殺人の門

張智淵 譯

東野圭吾

殺人之門

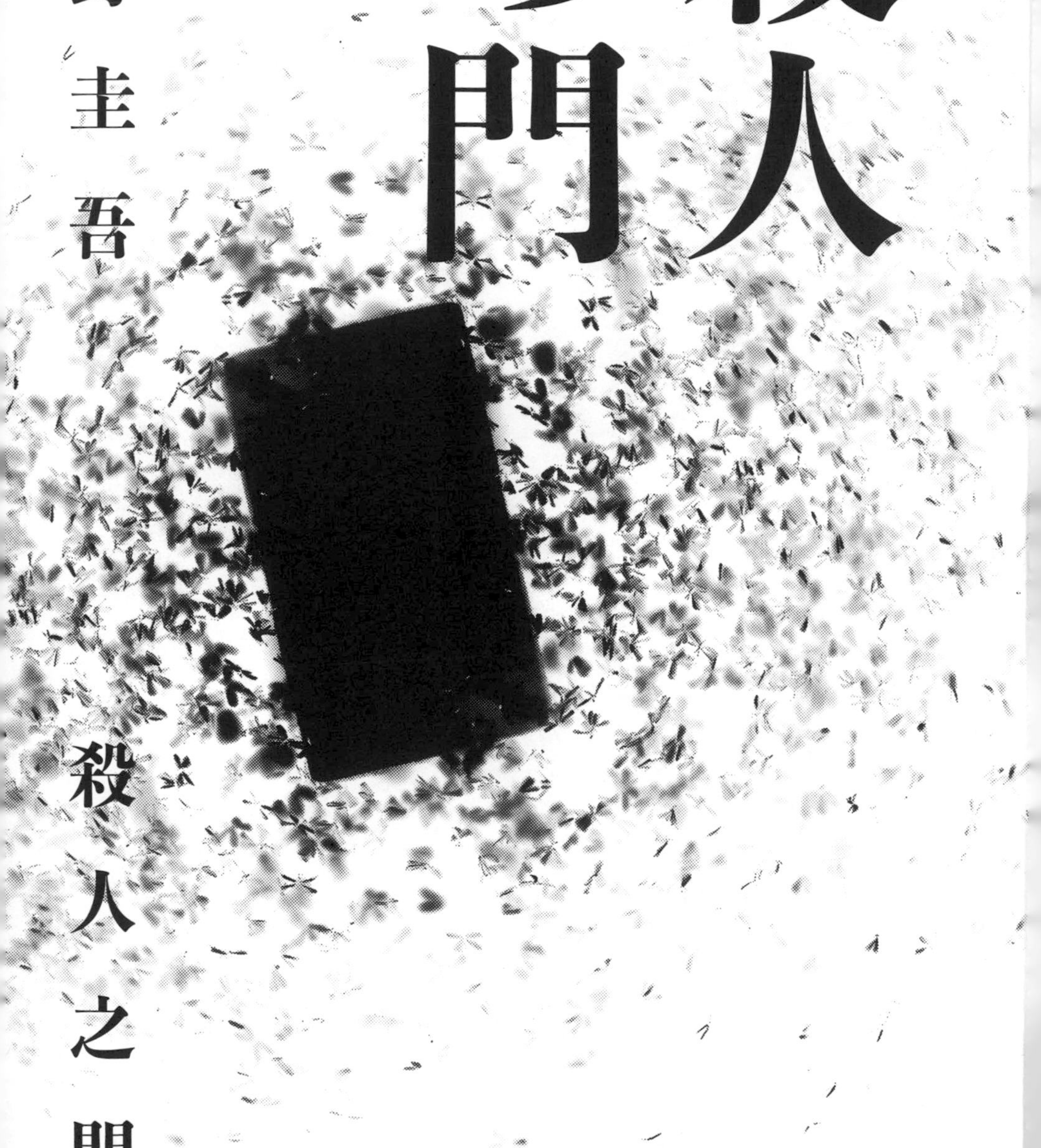

殺人之門

Contents

由不屈的堅持所淬煉出的奇蹟

總導讀——林依俐

如果你問我，東野圭吾是位什麼樣的作家？

我會回答你，他是位不幸的作家。

你一定會覺得奇怪，光是以《嫌疑犯X的獻身》（二〇〇五）一書，便幾乎囊括了二〇〇六年日本推理文學相關獎項，同書在日本的銷售量更是打破五十萬大關的「暢銷作家」東野圭吾，怎會有什麼不幸可言？

在說明之前，請讓我先簡單介紹一下東野圭吾這位作家。

東野圭吾一九五八年生於大阪，大學畢業後進入汽車零件製作公司擔任工程師。由於希望在工作以外，也能在私生活之中有個較爲不同的目標，所以開始著手撰寫推理小說，投稿日本推理文學代表性的公開徵選長篇小說獎「江戶川亂步獎」。

這並不是東野第一次寫推理小說。早在他十六歲的時候，由於看了小峰元的作品《阿基米德借刀殺人》（一九七三，第十九屆江戶川亂步獎作品）大受感動，之後又讀了松本清張的《點與線》（一九五八）、《零的焦點》（一九五九）等作品。一頭推理熱的他便曾試著撰寫長篇推理小說，而且第一作還是以重大社會問題爲主題。然而由於完成於大學時期的第二作被周遭朋友嫌棄，「寫小說」這件事便從他的生活之中消失了好一陣子。

而獲得亂步獎的夢想讓東野重拾筆桿。在歷經兩次落選後，他的第三次挑戰——以發生在女子高中校園裡的連續殺人事件爲主軸展開的青春推理《放學後》（一九八五）——成功奪下了第三十一屆江戶川亂步獎。之後他很快地辭了工作，前往東京致力於寫作。自從一九八五年《放學後》出版以後，東野圭吾幾乎是每年都會有一到三部甚至更多的新作問世。他不但是個著作等身的多產作家，其筆下的內容也橫跨了推理、幽默、科幻、歷史、社會諷刺等，文字表現平實，但手法卻絲毫不拘泥於形式，多變多樣。

看到這裡，如果你對於近年的日本推理有一定程度的了解，或許你會聯想到宮部美幸——多采的文風、平實的敘述、充滿令人訝異的意外性；但是在兩者之間卻又有著決定性的不同。

那就是——相對於宮部美幸出道約二十年來，陸續囊括高達十項的日本各式文學獎，筆下著作本本暢銷；東野圭吾卻是一直與日本的各式文學獎項擦肩而過，且眞正開始被稱爲「暢銷作家」，也是出道後過了十多年的事。

實際上在《嫌疑犯X的獻身》同時獲得直木獎與本格推理大獎，並且達成日本推理小說三大排行榜——「這本推理小說了不起！」、「本格推理小說BEST10」、「週刊文春推理小說BEST10」——前所未有的三冠王之前，東野出道二十年來所寫下的六十本小說（包含短篇集）裡，除了在一九九九年以《祕密》（一九九八）一書獲得第五十二屆日本推理作家協會獎之外，其他作品雖然一再入圍直木獎、吉川英治文學新人獎等獎項，卻總是鎩羽而歸。

在銷售方面，他也不是那種只要出書就大賣的暢銷作家。在打著「江戶川亂步獎」招牌的出道作《放學後》創下十萬冊的銷售紀錄之後（江戶川亂步獎作品通常都能賣到十萬冊），整整歷經了十年，東野才終於以《名偵探的守則》（一九九六）打破這個紀錄，而眞正能跟「暢銷」兩字確實結緣，則是在《祕密》之後的事了。

或許是出道作《放學後》帶給文壇「青春校園推理能手」的印象過於深刻，東野圭吾本人雖然一直想剝下這個標籤，過程卻不太順利。書評家們往往不是很關心他在寫作上的新挑戰。這也難怪，在東野出道後兩年，也就是一九八七年，以綾辻行人等年輕作家爲首，提倡復古新說推理小說的「新本格派」盛大興起。從文風與題材選擇看來，東野圭吾作品用字簡單，謎題不求華麗炫目，內容既不夠社會派又不像新本格，自然不會是書評家們熱心關注的對象。

就這樣出道十餘年，雖然作品一再入圍文學獎項，卻總是未能拿到大獎；多少有機會再版，卻總是無法銷售長紅；傾注全力的自信之作，卻連在雜誌的書評欄都占不到個像樣的位置。

所以我才會說，東野圭吾是個不幸的作家。說眞話這何止是不幸，實在是坎坷，簡直像是不當的拷問。

在獲得江戶川亂步獎後，抱著成為「靠寫作吃飯」之職業作家的決心，東野圭吾辭去了在大阪的穩定工作來到了東京。這個決定使得他沒有退路，不管遭遇什麼樣的挫折，都只能選擇前進。於是只要有機會寫，東野圭吾幾乎什麼都寫。

二〇〇五年初，個人有幸得以見到東野圭吾本人並進行訪談時，曾經談到關於他剛出道不久時，在推理小說的範疇內不斷挑戰各式題材時期之心境。他是這麼回答的：

「那時的我只是非常單純地覺得自己必須持續寫下去，必須持續地出書而已。只要能夠持續出書，就算作品乏人問津，至少還有些版稅收入可以過活；只要能夠持續地發表作品，至少就不會被出版界忘記。出道後的三、五年裡，我幾乎都是以這種態度在撰寫作品。」

不過畢竟是背負著亂步獎的招牌出道，畢竟是身處日本泡沫經濟蓬勃、推理小說新風潮再起的八〇年代後半至九〇年代，向其邀稿的出版社當然也都希望東野圭吾能夠以「推理」為主題書寫。配合這樣的要求，以及企圖擺脫貼在自己身上那「青春校園推理」標籤的渴望，東野嘗試了許多新的切入點，使出渾身解數試著吸引讀者與文壇的注意。於是古典、趣味、科學、日常、幻想，在他筆下似乎沒有什麼題材不能入推理，似乎沒有題材不能成為故事的要素。或許一開始只是為了貫徹作家生活而進行的掙扎，但隨著作品數量日漸累積，曾幾何時也讓東野圭吾在日本文壇之中，確實具備了「作風多變多樣」這難以被輕易取代的獨特性。

是的，東野圭吾是位不幸的作家。但也因此我們才得以見到，那些誕生於他坎坷的作家路上，由歷經幾多挫折仍不屈的堅持所淬煉而成，在簡素之中卻有著數不清面貌的故事。以讀者的角度而言，能與這樣的作家共處同一個時代，還眞是宛如奇蹟一般的幸運。

在推理的範疇裡，東野圭吾從不吝惜挑戰現狀。從初期以詭計爲中心的作品，漸漸發展出許多具有獨創性，甚至是實驗性的方向。其中又以貫徹「解明動機」要素（WHYDUNIT）的《惡意》（一九九六）、貫徹「找尋凶手」要素（WHODUNIT）的《誰殺了她》（一九九六）、貫徹「分析手法」要素（HOWDUNIT）的《偵探伽利略》（一九九八）三作，可說是東野在踏襲傳統推理小說元素之下，卻又充分呈現了屬於現代風貌的鮮麗代表作。

而出身於理工科系的背景，也讓東野在相較之下，比其他作家更擅長消化並駕馭以科技爲主軸的題材。像是利用運動科學的《鳥人計畫》（一九八九）、涉及腦科學的《宿命》（一九九〇）和《變身》（一九九一）、生物複製技術的《分身》（一九九三）、虛擬實境的《平行世界戀愛故事》（一九九五），還有之後以湯川學爲主角展開的「伽利略系列」裡，東野都確實地將自己熟悉的理工題材，在分解組合後以最簡明的方式呈現在讀者眼前。

另一方面，如同「處女作是作家的一切」這句俗語所述，高中第一次寫推理小說便企圖切入當時社會問題的東野圭吾，由《以前，我死去的家》（一九九四）中牽涉兒童虐待的副主題爲開端，對於社會人心的描寫，似乎也成了他作家生涯的重要課題。例如以核能發電廠爲舞臺的《天空之蜂》（一九九五）、試探日本升學教育問題的《湖邊凶殺案》（二〇〇二）、直指犯罪被害人及加害人家屬問題的《信》（二〇〇三）和《徬徨之刃》（二〇〇四），都在在顯露出東野對於刻畫社會問題與人性的執著。

東野圭吾這種立足於推理，進而衍生至科技與人性主題上的寫作傾向，在發表於二〇〇五年的《嫌疑犯X的獻身》中，可說是達到了奇蹟似的調和，也因爲這部作品，在二〇〇六年贏得各種獎項，讓東野圭吾正式名列「家喻戶曉的暢銷作家」之列。加上這幾年來，東野作品紛紛電視電影化，他的不幸時代成爲過去，並站上前人未達之高峰。二十年來的作家生涯開花結果，創造了日本推理文壇近年來難得一見的奇蹟。

好了，別再看導讀了。快點翻開書頁，用你自己的眼睛與頭腦，去感受確認東野作品中理性與感性並存，而又如此引人入勝的獨特魅力吧！那將會勝於我在這裡所寫的千言萬語。

本文作者介紹

林依俐，一九七六年生。嗜好動漫畫與文學的雜學者。曾於日本動畫公司GONZO任職，返國後創辦《挑戰者月刊》並擔任總編輯，現任全力出版社總編輯，另外也負責線上共享閱讀平台ComiComi（http://www.comibook.com/）的企畫與製作總指揮。

人性偵探東野圭吾　東京現場直擊

採訪　劉黎兒

東野圭吾是從二十年前出道後便不斷推出形成話題痛快傑作的的天才型作家，現在是位於當代日本推理小說家最巔峰的少數的幾人之一，創作領域廣泛，超越傳統推理的框架，具有透視時代能力、嚴密細緻的結構以及因果關係，並精彩地刻畫人活著本身的無奈、喜悅，加上豐潤的物語性、高度的社會性，作品思想深度不斷加強，但卻不曾意圖賣弄純文學性，充分確保推理小說的娛樂性，展示眞正的大眾小說作家的典型。

東野作品的細膩精準，或許與其理工科系出身的背景不無關係；東野原本在日本一家大電機廠家擔任工程師，一九八五年以《放學後》得到江戶川亂步獎，九九年以《祕密》而獲日本推理作家協會獎以及入圍直木獎，其後共入圍直木獎五次，創出各式融合型的新種推理小說，確立了東野在文壇屹立不搖的地位；作品近年來如《祕密》、《綁架遊戲》（片名爲g@me）、《湖邊兇殺案》（lakeside）、《變身》、《tokio》等均相繼搬上銀幕或是拍成連續劇等，其中如《祕密》甚至對於韓片等都發生影響，東野已經成爲亞洲規模的重要作家，也是台灣推理迷喜愛的超級寵兒。

經過長期的安排與等待，終於在東京專訪到這位身材修長的日本男作家中難得的美男子東野圭吾，在相當貼近的距離裡訪談，是十分興奮而值得炫耀的，這也是東野首次接受華文媒體的採訪。以下爲訪談內容：

問：你從出道以來，便不斷向各種新領域挑戰，像是初期的校園推理，然後是各種運動推理，還有科幻小說般的作品，也有社會性很強的核能發電、變性、腦移植等作品，也有黑色幽默的小品，如果在不同時期讀你的作品的話，認識的東野就是不同的東野，像是如果不讀你最近的作品，便又不能了解「東野世界」已經換新面貌了，不知道你爲何如此不斷嘗試、挑戰？每次更換領域是否有什麼契機？

東野：最大的理由是如果反覆一直寫類似的東西，我自己會生厭，另外，自己也對許多事物都有興趣，所以有時會想寫自己感興趣的主題。我就是這樣一路寫下來的，所以每次都變成不同風格的作品。

問：不過要開拓新領域不是那麼簡單的事，人總有擅長與不擅長的領域，你是如何培養這樣的本事，你曾經表示過你喜歡找一些自己所不擅長、較弱的領域來挑戰，這是什麼樣的創作心理？

東野：的確，擅長的領域寫來輕鬆，不過人往往也會關心許多其他主題，還有許多終究不能不寫的主題。自己喜歡、擅長的領域，不需要壓力也總會去寫的，所以我反而會挑自己最不想寫、最不拿手的主題來嘗試，而不會往後順延，至少我的內心對這點一直是特別留意的。

問：這畢竟不是一般人所做得到的，誰都會從容易著手的開始；這是意志的問題嗎？

東野：我想這是「專業」吧！

問：但是向陌生領域挑戰，總會遭遇到瓶頸吧？

東野：當然會，而且是經常遭遇瓶頸。

問：眞的嗎？從作品裡完全看不出有什麼瓶頸、掙扎？這眞的讓人相信你是不管哪一類作品都能寫的天才；如果眞的有瓶頸，那你是怎麼克服的？

東野：我很棘手的領域非常多，例如，像是我的小說裡寫過古典芭蕾；老實說，我對古典芭蕾完全興趣缺缺，但是我為了想了解其中奧妙，一年去觀賞了二十次。

問：所以你是故意選這種主題的？如果沒有寫作的契機，你或許一輩子都不可能去觀賞古典芭蕾吧？

東野：是的，因為我勉強自己去探求陌生的事物，因此邂逅了古典芭蕾。

問：或許古典芭蕾這樣的領域是你所棘手的，其他你也寫過關於運動的推理小說如弓道、滑雪、棒球等，像著名的《鳥人》、《魔球》等，那應該算是你比較擅長的領域吧！你本人是運動健將，不過眞的能精通百般武藝？

東野：的確，我很喜歡運動。即使不見得是想要寫成小說，只要是關於運動，我都會想要徹底了解。因為眞的很喜愛。

問：你已經挑戰過數不清的領域，現在還打算挑戰哪些新領域？或許算是商業機密，但是是否可以告知呢？

東野：有的，只透露一點點給妳，我現在是考慮寫歷史方面的推理小說。

問：你寫過關於未來的推理小說，至於歷史，你關心的範圍是到什麼程度呢？

東野：是描寫明治時代歷史事件的小說。這是日本出版社的編輯們也都不知道的事，所以就不便多說了！

問：你對於自己的挑戰永遠充滿自信嗎？

東野：我一直都是處於不安的狀態。

問：是嗎？跟作品呈現的感覺有很大的不同呢！你從一九八五年成為專業作家至今正好滿二

十年，曾經因爲「怪獸少年」而想成爲電影導演的你，對於現在成爲作家的自己有什麼樣的看法？

東野：現在已經不再夢想成爲電影導演了，我覺得成爲小說家很不錯。

問：怎麼不錯法？例如不用上班？

東野：當然不必上班很重要，但是最重要的是我獲得了自己一個人也能活下去的自信。

問：你的推理小說跟其他作家很不同的是會跟許多領域融合，是一種融合型的小說，這是你意圖如此做的嗎？

東野：因爲每一種領域都有其長處，我都想截取這些不同的優點。

問：你的作品也有許多標榜是那種純粹講究邏輯的「本格推理」小說如《誰殺了她？》，讀了之後，我發現蘊含更深厚的內涵，並非單純解謎，那是因爲只是「本格推理」無法滿足你嗎？

東野：那是因爲寫正統本格推理的人很多，所以我並沒有特別必要去寫，所以我想寫只有我才能寫的作品。

問：你對「本格推理」的看法爲何？裡面包含了什麼要素？

東野：我覺得「很理論性地解謎」的作品便算是「本格推理」，但是如果在敘述中謎團便逐漸解明，或是謎底是歸諸於很情緒性的原因，那便不算是本格推理。

問：你的作品最後的謎底常常是源自於人性或是人際關係，那是不是因爲你眞的認爲社會上發生的事件，其根源就是在此呢？

東野：我現在是喜歡這類的謎；但是或許是對於「本格推理」，我已經不像年輕時有那麼多的idea了。

問：眞的會這樣嗎？不會吧！寫了二十年，經驗應該更是老道吧？

東野：不，頭腦現在比較僵硬了。

問：我想如果你再向新的領域挑戰，應該又會有新的想法出現吧。還有可能也是因爲你現在已經比較成熟了，下筆也比出道時愼重多了。

東野：或許是吧！

問：你的作品像是《宿命》、《tokio》等都是跟記憶、時間等有密切關係，原因何在？是有什麼特別的體驗嗎？

東野：我不知道這算不算體驗，但是我覺得對於過去的事，我似乎比別人記得多了些當時不覺得怎樣或是不以爲意的體驗，後來長大成人後才發現有些是相當重大的事，才體會其中有深厚的涵意，而那些事後的感動、後悔，都成爲小說的題材。

問：這樣說來，記憶力強眞是好處多多呢！你的作品很喜歡玩時間的遊戲，《tokio》、《宿命》如此，其他如《平行世界．愛的故事》、《從前我死去的家》等作品也是，用時間、記憶來捉弄人，而且時而回到過去，時而跳入未來，你對時間的順序感覺似乎也不同於一般人呢！

東野：我基本上不喜歡「時光機器」（time machine），因爲時間改變的話，許多事物都會改變，人也會因時間而發生變化，所以時空變遷的力量非常驚人，我是比其他的作家更重視這點。

問：你爲了寫《宿命》曾經花了三個月來製作一份時間表？

東野：是的，那是因爲情節是從孩提時代開始，涉及兩代，時代範圍很長，而每一個時點的背景絲毫不能有誤呢！

問：像你這樣對於時間變化如此敏感的人，在日常生活中是否也有不同常人之處？

東野：我很會安排、訂定自己的日程表吧！並確實地按表行事。

問：那太恐怖了，那不會順便嚴格要求別人嗎？還有如果遭遇意外，無法按表行事時，豈不是會陷入憂鬱狀態？

東野：日程表與其說是嚴格要求別人，主要是我自己隨時都有份時間表，通常我是會做某種程度的保留，來對應可能出現的意外，也就是確保必要的時間、金錢，讓自己有餘裕來對應。

問：不僅是時空的變遷很多，也有許多是人格的對調、變換的作品，如《宿命》、《變身》、《祕密》、《分身》、《tokio》、《從前我死去的家》等，是不是你曾經對於什麼是眞正的自己有過懷疑呢？

東野：有一段時期，我的確對於自己的存在本身相當在意過，想得很多，例如，我現在是腦認爲、認識「我是我」，但是如《變身》中，腦袋裡移植了他人的腦時，那是否還算是自己嗎？或是自己的記憶遭到篡改時，那是否還算是自己呢？還有如果自己的肉體遭到複製時，那是否也還是自己呢？我曾經對於其他各式各樣的「自己」的存在可能性非常感興趣。

問：那你是覺得「自己」本身是很不確定、曖昧、模糊的玩意，而對「自己」本身崩潰覺得很恐怖嗎？

東野：我那個時期發現了原來「自己」是很複雜、很脆弱的。

問：提到複製人，你的作品如《分身》出版是一九九三出版的，都較世間爲了複製人騷動更早，而且如二〇〇一年出版的《片想》（單相思）是描寫性別認同障礙的故事，也是出版後日本才有相關事件。你比日本社會早了好幾步留意到這些問題，而且反對有如此障礙的人視爲需要治療的社會少數，爲何能有這樣的先知先覺？

東野：是的，關於複製人，我剛寫的時候，各界認爲這完全是杜撰的故事、虛構的童話，並沒多理會，但是兩年後複製羊誕生，這才引起矚目！

問：這簡直像是有預言能力的天才，這是如何做到的呢？如何才能走在時代尖端？

東野：我經常會盡量將各種資訊都採擷進來，並且有隨時思考其中有什麼問題的習慣。

問：《惡意》、《殺人之門》等都是很強調殺人的動機，動機與無底深淵般的惡意、殺意相關，爲何會以動機爲焦點寫了這麼多作品呢？

東野：因爲有動機，外在的震撼舉動才會很明確地表現出來。是因爲有動機才製造了殺人事件，而自己會很想去探求動機究竟何在。

問：《偵探伽利略》、《預知夢》系列中的天才物理學家湯川是最貼近你本人的角色嗎？因爲是學理工出身，又具有豐富的科學知識。

東野：不，其實每個小說中的人物都是從既有的自己採擷一部份創造出來的，所以不論作品中哪個人物都有自己的影子。

問：日本古典的推理小說，如松本清張的小說都非常注重動機，不過現實社會裡「無動機的犯罪」不斷增加，但是你的作品裡卻依然對於動機相當執著，你對動機的看法如何？如《惡意》中還有相當詳盡的描述。

東野：動機當然是非常重要的因素；但已經逐漸不像過去那般受到重視了。因爲犯罪不僅是動機而已，還有原本的人性、環境等條件齊全了才會有犯罪，應該將這些條件一一放在燈光下來檢驗。

問：基本上動機是存在的嗎？

東野：犯罪理應存在動機，但是現實上居然是相當稀薄的，此時便應該檢討爲何如此稀薄的動機也會發生犯罪。

問：你的作品中的基本假設幾乎都是非常生活的，尤其在有關人際關係的部份都描繪得很精準而具有普遍性，跟別的作家的推理小說很不相同，這是有強烈的意識如此作嗎？

東野：我對人本身的描繪都盡力求接近眞實，不是勉強，而是接近自然，例如《祕密》是女兒的肉體有母親的靈魂寄宿的非現實的假設，登場的人便不可以是非現實的，一定要眞實自然地描寫，才會讓虛構的故事有眞實感。

問：你的作品都是相當意外的結局，似乎重點都放在結局，並非詭計，讀者都你被狠狠地騙了，這也是故意如此的嗎？

東野：是的，因爲我喜歡這樣做，這樣做比較刺激。

問：所以你在寫作過程中，算是樂在其中？

東野：那是最重要的，但是寫作本身很艱苦！

問：不過要如何維持意外性呢？像你的作品有不少都是先有連載，連載的話，常常無法修改情節，那是一開始就算計好在哪裡要讓讀者吃驚嗎？還是邊寫邊想呢？

東野：幾乎都是邊寫邊想。

問：那不是相當困難嗎？因爲要前後連貫又要製造意外的高潮。

東野：所以每次都苦不堪言呢！因爲已經登出去的東西無法收回，常常在下一次要寫時，才感覺得後悔、糟糕。不過開始設法補救時，反而會出現自己至今沒有想到的一些新主意，也就是說反而可能有意外的收穫；結果往往還比按照自己原先都想好、決定好的底案來寫還要更好，因此會有更好的作品誕生。

問：你的作品裡不時有許多孩子出現，而且都是小孩比大人更聰明懂事，像是《湖邊兇殺案》或是早期的學園系列也有許多學生比老師更講理，你是否認爲大人一定比小孩更有智慧？小孩不相信大人，這是否跟你的成長經驗有關呢？

東野：有關係，與其說是小孩比大人聰明，其實是大人不見得比小孩聰明，不是大人就比較偉大。

問：小孩反而看到許多大人所沒看到的事嗎？

東野：我在孩提時期對大人有不信感，而現在自己變成大人之後，並不覺得自己在孩提時代的想法是錯的。

問：雖然你的作品還以小孩爲主角，不過已經不寫學園推理了，是否已經完全從學園作品畢業了？

東野：那是因爲我已經沒有描繪現在的高中生的自信了，我想盡量描寫等身大的人物，儘可能自己能化身爲小說中的主角。

問：你最早的作品問世時，是二十五歲，那時寫高中生還很接近；你最近的作品則有作家、編輯或是大學助教授等，是否因爲這樣身邊的人物比較容易塑造？

東野：雖然比較容易，但是盡量不以這些人物當主角就是了。

問：不過《湖邊兇殺案》卻是依然以小孩爲主角，這是怎麼回事，你不是已經遠離孩提時代了嗎？

東野：我是想描寫欠缺自信的父母，社會上這樣的父母很多，這種欠缺自信的狀態孩子是會感受到的，我是想描寫這樣的感覺。

問：這本小說裡是以升學考試為題材。你對這有興趣嗎？

東野：我為了寫這書，稍微研究了小孩的升學考試，另外我朋友的體驗也非常值得參考。我的身邊有許多朋友對孩子的升學非常熱心，我很同情他們。

問：你的作品一直都會從完全不同的觀點來看事件，像有從刑警的，也有從犯人來看的，最近的作品則相當多討論到加害者家屬或是受害者家屬的立場，如《白夜行》、《徬徨之刃》等。你對於犯罪本身的看法如何？

東野：我是覺得有關犯罪這方面的討論非常不足，《徬徨之刃》是針對少年犯罪，而以遺族的「復仇」為主題的小說。這是因為我聽聞見識了許多有利於犯罪者的社會矛盾，從以前便覺得這是很奇怪的事，媒體也很少討論，對此覺得有點不滿，所以用小說的形式來表達，因為社會並沒一個體系能救贖受害者家庭那種情何以堪的悔恨。

問：那你對於犯罪的裁決的看法如何？

東野：日本法律對於加害者未免太寬容了；我覺得對人活下去而言，最重要的是生命，其後順序或有不同，大致為時間、金錢、人權；如果有一個人被殺，遺族如果想要「復仇」，就是要加害者的命；不過現代的刑罰，是加害者收監，也就是奪取犯罪者的時間，但是頂多判處七至十年便得赦免，像是二十歲殺人，服役到三十歲便出獄，時間很短，實際或許上比十年還短，這是受害者家屬所無法接受的；只有剝奪時間是不夠的，但也不能剝奪錢，否則有錢人豈不是能殺很多人？所以至少應該相對地剝奪犯罪者的人權，而犯罪者及其家屬當然應該會遭到歧視，這也是嚇阻犯罪兇惡化很重要的概念。日本對於犯罪兇惡化以及每天發生一萬件的犯罪相當痲痹。

問：你是否接觸到犯罪者家屬才寫出這類的小說？是否經過一番採訪呢？我覺得你除了與核能發電相關的《天空之峰》以外，很少去採訪呢！那是你的一種「主義」嗎？

東野：是的，基本上我是不喜歡為了寫小說而特意去採訪的，而是在平時就吸收許多資訊、知識，從中等待作品自然誕生。像是性別認同障礙等問題，究竟什麼時候才會寫我並不知道，只要有興趣的事物便會去查閱、蒐集，或是跟相關的人見面，而不是想要寫小說之後才去採訪人。

問：那就是等題材自然形成嘍！有的會很花費時間吧？

東野：非常花時間。

問：有可能現在寫的東西是好幾年前就已經想到的事？

東野：是的。

問：那很累，等於是平時要埋下許多種子才行？

東野：是的，每天每天都要去吸收探求。今天做的，明天不會有結果，五年後能收成就不錯了。

問：那你平時如何吸收埋種呢？

東野：像是跟人接觸時，會有許多話題，例如有人問起我是否喜歡歌舞伎，其實我現在談不上好惡，因為我根本沒注意，那是我不擅長的領域。但是我卻不會這麼說，我反而會回答說：「我有興趣，我想去觀賞一次！」即使沒興趣，也絕對不說出口。

問：就算做表面，也要有好奇心？

東野：應該說絕對不說沒興趣，這樣下次別人可能會來邀你一起去。一旦有人邀請就去，去了就絕對會有所發現。就這樣透過人際關係，接觸一些自己不擅長的領域，藉此不斷增加自己儲備題材的內心的抽屜的數目。

問：那你現在內心的抽屜有多少個？

東野：我沒有數過。

問：那等於是無時無刻對任何事物都得感興趣？

東野：是的。

問：你的作品有許多都搬上銀幕、電視等，你對於自己的作品影像化感覺如何？

東野：影像化是專業人士製作的，他們認爲如何製作才能吸引觀眾，我是素人，不應干預；透過影像化，能讓更多人讀原著是最大的優點。

問：像是《綁架遊戲》（片名爲g@me）男女主角藤木直人以及仲間由紀惠在台灣很有人氣，你覺得如何？

東野：一般反應這片拍得很有意思。

問：這一作品的綁票跟一般的綁票案完全不同，爲何有此念頭要寫這樣綁票？

東野：我想挑戰的是不同的觀點，也就是不一味從刑警的觀點，而是只從犯人的的觀點來看的綁票，男主角也假定是一位討人厭的傢伙。因爲我想寫一次與既有的綁票不同的設定、味道不同的綁票。

問：你的小說的結局常常都是相當苦澀的，這跟你的人生看法有關嗎？

東野：大概是我在孩提時代受到當時流行的漫畫如《小拳王》或是《巨人之星》的影響，結局都不是圓滿的，或許內心覺得苦澀的結局比較瀟灑。

問：你的推理小說有不少還是SF（科幻）氣氛的，按理說SF與推理是很難兩立的，你是如何使之融合的？難道是有天才般的平衡能力？

東野：我沒有故意想要融合，而是想定一個題材，便想將它寫得有意思些，就算最後不是推理小說也無所謂。

問：所以一開始是以相當自由的心情來寫的？

東野：是的。

問：像《偵探伽利略》中出現的湯川助教授是理科的天才，這是否是最接近你自己的人物？

東野：基本上小說中任何人物都有作者的投影，湯川甚或犯人都有我自己的存在吧！

問：你的作品跟科技相關的佔相當的比率，雖然你自認爲是「非理科系人間」，結果你還是無法從理科系出身的宿命逃出來吧？

東野：或許是吧！不過科技跟我、跟作品的關係，大概跟運動跟我、跟作品的關係一樣吧！

問：你的作品最近文學性越來越高，是否是自然的趨勢？

東野：眞的嗎？那非常感謝，我並無意如此。

問：你的作品很少提到外國，我只知道你去過加拿大的博物館等，你到過亞洲其他國家嗎？

東野：我不是沒有興趣，只是沒有具體目的時，身體就不怎麼想動的。

問：那你一定要來台灣，請絕對不要說「我沒興趣」，或許在台灣你會有新發現。至少不同國家、文化的人在讀你的作品。你有可能將到台灣訪問排到你的日程裡嗎？

東野：那或許是很重要的動機；或許也不是不可能的。

殺人之門

一

小學五年級的時候，我第一次意識到了人的死亡。我想那是在過年結束，第三學期（*1）剛開學沒多久的時候。帶給我這個經驗的是祖母。當時，我並不確定她實際的年紀，根據日後父母所言，祖母應該剛滿七十歲。

就當時而言，我生長的老家算是一棟歷史悠久的日本古厝。一進玄關，正面有一條長長的走廊，和室挾著走廊並排兩側，最裡頭的是廚房。當時廚房的地板還是泥巴地，因此就連要做個菜也得穿鞋，流理台旁是後門，附近賣酒和賣米的經常會來詢問是否需要叫貨。

廚房前面向右轉，有一條走廊通往建在院子裡的別舍；那是祖母的房間。或許因爲當時我還是個孩子的關係，印象中挺寬敞的，但房間裡不過放了個小衣櫃，再鋪床棉被就差不多了，所以頂多兩坪多一點吧。這房間據說是將原本比現在更小的茶室改建之後，才成了看護祖母的房間。

在我的記憶中，祖母總是睡臥在床。雖然有時候她會醒來，但我卻不曾看見她離開睡鋪。我只有看過幾次她在吃飯時，辛苦地挺起上半身的模樣。父親好像說過祖母的腳有問題，但實際如何卻是不得而知。畢竟我並不特別在意祖母總是睡臥在床這件事，所以也就不會特別想去問出詳情。當我懂事的時候，她就已經是這個樣子了。等到後來我去朋友家玩，看見別人家的祖母身體硬朗地四處走動時，反而覺得對方很奇怪。

*1 日本小學一學年有三個學期。

打從吃飯到打點祖母的周邊大小事，都是由小富在照料。小富住在我家附近，我壓根兒不記得她是從什麼時候開始進出我家的。大概是在祖母臥床不起的同時，父母以看護祖母爲主要工作內容，雇她爲女傭的吧。

我的父親健介是名牙醫，在住家的隔壁開了一間小型診所。父親並非牙醫第二代，而是自行創業。原本家裡開的是木材行，但父親這個唯一的獨子卻堅決不願繼承。

我想那是祖母死前的夏天，父親告訴我他爲什麼會選擇走牙醫這條路。他說：「因爲商品買賣會受景氣的影響。」吃過晚飯，父親以泡菜當下酒菜，喝著啤酒。我已不記得怎麼會講到這樣的話題，大概是在聊有關我的未來志向吧。

「就這點來說，醫生這一行並不會受景氣影響。無論景氣再差，人都會生病。不，人在不景氣的時候反而會更拚命，所以容易生病。沒錢歸沒錢，但人只要一生病就無法工作，因此就算其他的部分省吃儉用，醫生還是一定得看。」

我問父親爲什麼選擇牙醫？穿短褲的父親拍一下大腿，一副問題問得好的表情，盤腿坐下。

「那你覺得當什麼醫生比較好呢？」父親反問我。

「內科或外科吧。醫生不是有很多種嗎？」

我說完後，父親抿嘴一笑。興趣釣魚的父親總是晒得一身古銅，或許是這個緣故，他臉上深邃的皺紋看起來比實際年齡還多。只要一笑，眼睛就埋入了皺紋堆裡。

「爲什麼那種醫生比較好呢？」

「因爲要是感冒流行起來的話，就會有很多病患來，可以賺大錢啊。」

父親聽了我說的話，這次是開口大笑了起來，笑得有點誇張，並且發出「哈哈哈」的聲響。

他喝起啤酒，以團扇對著臉搧風。

「要是感冒流行，病患的確會增加，不過醫生本身也有可能會被傳染啊。」

我發出「啊」的一聲。

父親繼續說道：「一般的小感冒也就罷了。可是感冒有很多凶猛的類型。你去給傳染看看！到時診所就非得休診不可了。這麼一來，豈不是損失慘重了嗎？雖然說是醫生，但並不代表醫生就不會生病。就這點來說，至少牙病就不會傳染給人。你沒聽說過蛀牙會傳染的吧？從這一個層面來說，眼科和皮膚科就不太好，因爲眼睛和皮膚的疾病會傳染。」

「可是感冒的人說不定也會來看牙醫。」

「感冒的人就算牙齒有點疼痛，還是會忍耐在家休息。來看牙醫通常都是等感冒好了之後。還有，對付感冒或肚子痛有很多成藥，對吧？可是牙痛卻絕對不可能不藥而癒。想要治癒，就非得找一天去看牙醫不可。」

「可是生病或受傷要動手術的時候，不是要花很多錢嗎？這樣醫生不就可以賺很多錢了嗎？」

「動手術是外科。」父親將杯子放在餐桌上，面對我重新坐好。「你聽好了，爸爸選擇當牙醫的原因很多，就像剛才講的那些，不過還有一個最重要的理由。」

面對父親不同平日的嚴肅表情，我稍微端正了坐姿傾聽。

「最重要的理由就是不用跟人的死亡扯上關係。至少不用去想病患會因爲蛀牙而死。爲重病患者開刀，取出內臟不好的部分，如果病患因爲這樣的大工程而得救也就算了；要是死了的話，心中不知道會蒙上多麼令人不快的陰影。弄不好的話，說不定還會被家屬怨恨。」

「可是醫生已經盡力了，病患回天乏術也是無可奈何的事啊。」

父親緩緩地搖頭。「人死這檔子事，不是那種大道理三兩下就可以道盡的。總而言之，最好還是不要跟人死扯上關係。就算知道不是自己害的，還是會一直覺得心裡頭不是滋味。」

所以還是牙醫好，這是父親的結論。我雖然點頭，卻覺得無法全盤接受，畢竟當時我還不了解人死是怎麼一回事。

母親峰子是一個具有行動力、爭強好勝的女性。至少在我看來，她是如此。母親的數字觀念強，每天晚上都會在餐桌上擺放一些文件，撥打算盤。應該是在計算診所的支出或收入吧。有的時候，父親會從旁插嘴，但會計的事是由母親負責，每個月會有一位不知打哪兒來的稅務代書來到家裡，與母親談論許多事情。臉型細瘦的稅務代書總是身穿灰色的西裝。

母親也在診所幫忙，所以每當我從學校回來，家裡就只有小富跟祖母在。我嫌學校的營養午餐難吃，幾乎沒什麼吃的我回到家的時候，肚子總是餓得咕嚕咕嚕叫，而餐桌上則會放著爲我準備好的飯糰。祖母死後，我才知道那是出自小富之手，而非母親爲我做的，因爲自從小富沒來家裡之後，餐桌上也就不再出現飯糰了。

即使如此，在經過多年之後，對我而言，那個飯糰就是媽媽的味道。每當想起那飯糰的滋味，就感到既懷念又哀戚。

我家幾乎沒有過全家人一起去哪裡旅行的經驗。一到星期天，父親就出門釣魚，而母親大多也會跟朋友出去玩。邊看電視，邊吃小富爲我做的午餐，就是我星期天的過法。

小富看起來像是阿姨輩的人，但也許是當時我年紀太小才會這麼認爲，實際上說不定她還不到三十歲。我記得母親曾經背著她，對人說她是「退貨」的壞話。內容不外乎是她好不容易嫁到一個好婆家，不到兩年就回來娘家，在家裡閒著也不是辦法，所以才會來我家工作。

當我一個人的時候，她常會來跟我說話：「小和，寂不寂寞啊？」接著陪我一起打電動，或教我翻花繩的變化方式。有時候，她甚至會叫我別跟父母說，偷偷煎鬆餅給我吃。雖然不過就是將麵粉和水去煎而已，但對我來說卻是人間美味，甚至連溶化的奶油香味都有別於以往。

我已無法清楚地想起當時的小富長得什麼模樣，腦海中頂多只能模模糊糊地浮現她將長髮隨性地綁在腦後，以及她圓潤的臉型輪廓。

不過，我倒是記得她的膚色很白。不，說膚色白並不精準，正確說來應該是屁股很白。

我想那件事情是發生在某個星期六。那天我很反常地想要從後門進入家中，打算讓在廚房準備午餐的小富嚇一跳。

通往廚房的小板門上了鎖，但我知道圍牆有一部分壞了，因此輕而易舉地就翻進了圍牆，然後悄悄地打開了後門。

小富不在流理台邊，瓦斯爐前也看不見她的蹤影。於是我將門再開一些，目光掃過整間廚房。乍看之下，原以爲她不在，但小富卻在緊鄰廚房的和室裡，背對著我，看起來好像蹲著。我悄悄地走近，卻看見她的裙擺被撩起，露出下半身，我的身體彷彿被捆住似地僵住了。

她的身體下面有人。那人穿著藏青色的襪子，兩隻腳底板朝向我，灰色的褲子褪及腳踝。

我的目光發現了放在和室角落的公事包，那絕對是稅務代書的公事包不會錯。

小富跨在仰躺的稅務代書身上，上下擺動著屁股。此時，我才發現到兩人激烈的喘息聲，稅務代書還發出了類似呻吟的聲音。

我看到不該看的東西了。這個想法向我襲來，我僵著身體走出屋外，悄悄地掩上了門，隨即跟剛才進來的時候一樣翻出圍牆外。

我跑了起來，只是為了甩掉剛才看到的情景。然而，即使在幾十年之後的今天，我依然能夠清晰地想起小富的白屁股。

近來，即使是小學生也對男女之間的性行為具備相當的知識。但當時的我卻一無所知。即使如此，我還是直覺地知道自己看到了大人的隱私。我沒有對父母說這件事，不光是父母，這件事我從沒對任何人提起。

在那之後，我想我對待小富的態度有了明顯的轉變。我絕不主動對她開口，也極力試著不去接近她。不過眞要說我討厭她，似乎又不是那麼回事。搞不好幼小的我已經將她當成一個成熟女人看待，所以當我發現她的本性跟自己所想的相去甚遠時，才會感到畏怯。

我完全不知道小富跟稅務代書發展到何種程度，持續到何時，因為在那天之後，我就再也沒有遇到會令人聯想到兩人這層關係的事情。相對地，我卻知道了她跟別的男人之間的關係。所謂別的男人，不用說自然就是我的父親。

那天是國定假日，診所休息，父親照例出門釣魚去。但因為母親和我約好了要帶我去看電影，所以我的心情很好。

然而，就在我們要出門的時候，有通母親的朋友打來找她的電話。講完電話的母親歉然地對我說：「抱歉，媽媽有重要的事，下次再帶你去看電影，今天就忍耐一下。」

當然，我哭著向母親抱怨，說她太賊了、不守約定、媽媽黃牛。

在這種時候母親就算剛開始會一臉困擾地道歉，但是一旦超過了忍耐的極限，便會惱羞成怒。她的個性就是這樣。當時，到了最後她也是對著不斷抱怨的兒子，擺出了令人害怕的神色。

「吵死人了，什麼電影、電影的唸唸唸！有重要的事我能怎樣？不是跟你說下次再帶你去了嗎？話又說回來，你學校的家庭作業呢？應該有家庭作業吧？別光是想玩，書也要讀一下！」

我哭喪著臉上樓，不過我的房間卻不是在二樓。當時的我還沒有自己的房間，二樓的房間裡只放了客人用的棉被和衣櫃。只要一有不如意的事，我往往都跑到這個房裡哭泣。

母親大概懶得搭理我這個愛哭鬼兒子，看也沒來看我就出門去了。

我事後回想，這個時候小富應該在家，但她似乎沒有聽到母親與我的對話，所以不知道母親留下了我，獨自出門。

母親外出後不久，樓下便發出了聲響。是父親的聲音，嚇了我一跳，照理說他去釣魚的時候，應該要到晚上才會回來。

樓下還有小富的聲音，兩個人似乎在講什麼，但內容聽不清楚。不久，好像有人上樓，我慌了。之前父親曾撞見我在放棉被的房裡哭泣，狠狠地訓斥了我一頓。

我馬上躲進櫃子裡，隱忍聲息。

有人打開紙門，走了進來，我感覺到是兩個人。

「婆婆呢？」我聽到父親比起平日更爲低沈的聲音。

「剛吃完飯，我想現在應該在睡覺。」對方果然是小富。

我感覺他們在脫衣服。小富發出了一種類似撒嬌的聲音。

接下來我就不太記得了，或許是因爲我拚命抗拒耳邊傳來的物品發出的聲響和兩個人的聲音，但我知道衣櫃門的外面正在發生什麼好事。腦海中浮現了之前看見小富和稅務代書的身影，我清晰地想起了小富的白色屁股。

不知過了多久，大概三十分左右吧。完事的兩個人離開了房間，但我卻在櫃子裡抱膝又待了好一段時間，無法動彈。

我趁機下到一樓，悄悄地走到外頭。這個時候已經看不見父親的身影，我又走進家裡，還故意發出很大的聲音。

「咦？你已經回來啦？媽媽呢？」從裡頭出來的小富一臉意外地問。

我回答我們沒去看電影。

「那你剛才在哪？」小富吃驚地問。

「公園。」

「公園？你一個人？」

「嗯。」

我穿過小富身邊，走到擺著電視的客廳去，沒能仔細看到她的表情。

到了晚上，父母相繼回家。父親拿魚炫耀，說是今天的收穫。小富拿那條魚做菜，我心想：「那條魚應該是在哪家魚店買的吧。」

愛吃魚的我，那天卻沒有對生魚片下箸。大家都問我怎麼回事，但我並沒有回答。母親對父親說，大概是因爲沒帶我去看電影，所以在鬧脾氣。

在那個寬敞的家中，我漸漸地失去了立足之地。

與倉持修開始變得熟捻，正好就是那個時候。我和他自從升上五年級之後，就在同一個班上，當時我們比鄰而坐，但我作夢也沒想到這個男人竟然會改變自己的一生。

倉持並不特別顯眼，說起來在班上應該算是個獨行俠。即使大家聚在一起打躲避球，他也只是一臉掃興地從遠處旁觀，從來不想要加入大家。

而我也是屬於不擅交友的人，總是避開人群，因此性情相似的人才會臭氣相投。不過就他看來，他實在意想不到會和我被認爲是同一類。他總是這麼說。

「我最討厭一堆人吱吱喳喳，好像很快樂的樣子。一旦有狀況，終究還是自己最重要，那又何必虛情假意裝出感情很好的樣子，眞是無聊。這些傢伙就是不明白這一點啊，一群小鬼！」

五年級的孩子稱同班同學爲「小鬼」實在令人啼笑皆非，但實際上倉持眞是個小大人，雖然不太引人注目，成績倒是頗爲優秀。他教了我很多學校裡學不到的事。譬如我們學校附近經常有很多江湖賣藝的，也是倉持告訴我他們的手法。

那些賣藝的，有的是讓人以十圓抽一次籤，拿出諸如一獎無線對講機、二獎照相機等獎品，來吸引孩子。然而，一大群的孩子不管再怎麼抽，就是沒有人中獎，於是走江湖的會看準時機伸手進箱子裡抽籤，打開一看竟是中獎籤，以示裡頭眞的有中獎的籤，不是騙人的。

「騙人的啦。」倉持偷偷地在我耳邊說。

「大叔把手伸進箱子之前，就把中獎的籤藏在手指間了。箱子裡哪有放什麼中獎的籤。」

「那得跟大家說才行。」我說。

「不用了啦。」他皺起眉頭。

「別理那群笨蛋。反正他們有的是錢，隨他們去吧。」

我想倉持應該不討厭江湖賣藝的人，因爲每當他們出現，他就會在一旁觀看，直到孩子們離去爲止，但他自己本身卻絕對不出錢。現在回想起來，那對他而言或許是上了一課，如何騙人錢財的一課。

倉持家是賣豆腐的，身爲長男的他照理說將來應該會繼承家業，但他卻說他絕對不幹。

「夏天也就算了，碰水的感覺還蠻舒服的。可是問題就出在冬天了。冬天就算什麼都不做也好像會凍傷，我才不想將手伸進水裡哩。」

他接著補充說道：「而且一塊豆腐才幾十圓，這種買賣要做到哪一年啊。做生意最好就是要一口氣大賺一筆。」

「賣大的東西？像是房子或飛機什麼的？」

「那也行啦，不過也有方法可以一口氣大量賣掉小商品。除此之外，還可以賣無形商品。」

「無形商品？那是什麼？那種東西怎麼能賣？」我笑著說。倉持露出一臉不屑的表情。

「你眞是無知，這個世上多的是在做買空賣空的人。」

一陣子後，我才知道他從哪裡獲得這些想法。當時，我只覺得這傢伙講的話很奇怪。

第一次帶我到電動遊樂場的也是倉持。當時還沒有什麼電玩中心，只有百貨公司樓頂上的遊樂場的部分場地會架設遊戲機。當然，那個時候還沒有像今天的電視遊樂器這種東西，最常見的就是彈子台和射擊遊戲了。

倉持幾乎沒花過自己的錢。首先，他會帶我到遊戲機前，告訴我那多有趣。當時他說得口沫橫飛，而他的話也有股吸引我的魔力。

等到看準了我有那個意思之後，他便說：「如何？要不要玩一次看看？」

我立即答要，接著掏出錢包。

然而，當我把錢投入機器的時候，他卻說：「先讓我示範給你看吧。」

反正我想要個範本，也就答應了他。於是，就由他展開了第一回合的遊戲。

有些機器只要得高分就可以再玩一次。像這樣的遊戲，幾乎都是由他先玩，而將硬幣投入機器的則是我。實際上，他的分數都打得很高，所以我不用再投錢就可以玩，但即使他失手沒有打出高分，他也不會說要付錢。他只是不高興地把氣遷怒在機器上，我也就說不出口要他還錢了。

倉持還常常帶我去撈金魚和彈珠台的店家。我從來沒有在初一、十五之外的日子看過這樣的店，第一次去的時候著實吃了一驚。

倉持在這裡也完全不花錢，只不過他也不會打算用我的錢去玩。他只會在我玩的時候，從一旁觀看，有時也給我一些指示。我問過幾次倉持爲什麼不玩，他的回答總是一樣。

「我不用了，玩太多次，已經玩膩了。而且我喜歡這樣看人家玩。」

跟著倉持玩，我的零用錢不斷地減少，但我卻不曾想要跟他斷絕來往，因爲只要跟他在一起，就會接連不斷地遇上新奇有趣的事情。這股新鮮味，對於快要失去在家中立足之地的我而言，成了一種慰藉。

沒和倉持約要去玩的時候，我常常會跑到別舍去。祖母會一邊握我的手或摸我的頭，狀似愉悅地聽我說在學校的事。

但事實上，我討厭祖母。

第一，我討厭祖母身上發出來的臭味，混雜著餿味、灰塵黴味，還有藥膏和樟腦丸的臭味。祖母很長一段時間沒有洗澡，幫她擦澡也是小富的工作，但我幾乎沒看過小富爲祖母擦身體。

再者，祖母皮膚的觸感也令我感到不快。每當她用皺巴巴、乾癟癟的手摸我的時候，我總覺得背脊發涼。老實說，看她的臉也不太好受。眼睛和臉頰凹陷、頭髮掉盡、寬闊的額頭突出，看起來就像在屍骨上覆上一層薄皮。

既然這麼討厭，爲什麼還要去祖母的房間呢？因爲我別有居心。只要一股勁兒地跟祖母講在學校的事，她一定會這麼說。「啊……對了。不給你零用錢怎麼行。」

祖母在棉被裡發出一陣窸窸窣窣的聲音，然後掏出一個布製的錢包，從中取出零錢給我，叫我不能跟爸爸說。

我老實地收下，道了聲謝。臥病在床卻持有金錢，這對小孩子而言眞是件不可思議的事，不過這件事我當然沒跟父母提過。我家應該比其他人家還富裕，但我的父母對花錢卻精打細算，只要我的用途不清，就連一角也拿不到。要是跟他們說祖母給我錢的話，一定會馬上被他們沒收。

不過，母親確實很討厭祖母，我經常聽她在電話裡說祖母的壞話。

「眞沒想到那樣的年紀就臥病在床了。眞夠煩的。不過啊，幸好因爲這樣不用跟她碰面，照料的事交給女傭去做就好，我反而樂得輕鬆。有本事起來走動走動嘛！要是像之前那樣碎碎念，我可受不了。什麼？嗯，那倒是，要是她早點那個就好了。呵呵。」

母親在談話之間不時把聲音壓到最低，時而流露另有他意的笑，讓我感到了她對祖母深不見底的憎惡。我也知道「早點那個就好了」的含意，事後我聽親戚說，母親自從嫁過來之後，就飽受婆婆的欺凌所苦。

我不太清楚父親怎麼看待自己的母親，因爲我幾乎不記得父親提過祖母什麼。然而，夾在老母和好勝的妻子之間，父親想必也有他的難處吧。我知道父親時常趁母親不注意的時候，跑去別舍。那時父親的背影，看來格外地渺小、傴僂。

但是只要我一想起在櫃子裡聽到小富的喘氣聲，就會感到些許的迷惘。父親竟然在家裡金屋藏嬌，還讓情婦去照料老母的日常起居。直到今日，他的心境終究是一個謎。

總之，我家人的心就像是以睡在別舍的老太婆爲軸心，徹底地扭曲了。說不定扭曲的程度已經達到極限。

那個老太婆死在一個冬日的早晨，而發現她的不是別人，就是我。

二

當時，我的手頭很緊。

這簡直不像是個小學生說話的語氣，但這既不是在開玩笑，也不誇張，事實就是如此。事實上，我迷上了一種東西，把僅有的一點零用錢幾乎全用在那上頭。拜其所害，我甚至連糖果店都逛不起。

讓我沈迷其中的是五子棋，我記得那也是倉持修邀我去玩的遊戲。當然，五子棋的玩法我是知道的，而他教我的則是如何靠它來增加零用錢。

他帶我去一處位在河畔的住宅區，裡頭聚攏著許多鐵皮屋頂的小房子。我們的目的地是其中的一間，一個稱之爲玄關卻又顯得粗糙的入口處鑲嵌了一扇鉸鏈壞掉的大門。門很矮，連我們這樣的小學生要進去都得留心頭頂。

一進門就是水泥地，地上放了一張小桌子，桌子的兩旁各有一張椅子。桌上放有五子棋盤，牆上則貼了一張五子棋遊戲規則的紙。

當倉持一吆喝，旁邊的紙門馬上打開，出現一個男人。男人身穿工作褲、襯衫，上身套了一件骯髒的日式短外套。在我看來那男人應該一把年紀了，但現在回想起來，說不定才三十五歲上下。他原本應是剃成五分頭的頭髮長長了不少。

倉持遞出兩個一百圓銅板之後，男人將那放在桌上，在對面的椅子坐下，接著從桌子底下拿出棋子。倉持坐在我跟前的椅子上，雙方並無交談就下起了五子棋。倉持起手先下，我站在他的斜後方觀戰。

倉持在途中犯了個重大的失誤，所以第一局由男人輕鬆獲勝。雖然我發現了倉持的失誤，卻不能告訴他，因爲牆上貼了一張「旁人出口　罰錢一百」的紙條。

第二局勢鈞力敵，倉持和男人都無失誤，最後倉持下了一手妙招取勝。男人低叫一聲輸了。下棋過程中，他只有這個時候發出了聲音。

緊接著第三局上場，又是一場膠著戰，但最後贏的是男人。

「田島也試試嘛。你應該會贏。」倉持咋舌地說。

據他所說，只要拿出兩百圓，跟男人三戰兩勝，贏了的話就可以得到五百圓。此外，如果連贏兩局的話，還可以得到一千圓。對當時的小學生來說，一千圓可是個一大筆數目。

我有些猶豫，但還是決定挑戰。我付給男人兩百圓，坐到倉持坐的座位上。我對五子棋很有自信，看了倉持剛才下的模樣，我暗忖這個男人不會強到哪兒去。

第一局由我取勝，竟然贏得如此輕而易舉，出乎我的意料之外，還眞有點掃興。

「耶！可以拿到一千圓囉！」倉持拍手叫好。

我也有些得意忘形。這下勝券在握，我甚至已經開始思考一千圓的用途。

不過男人在第二局開始稍微改變了作戰方式，困惑的我因而不小心犯了個錯，無法連勝。

「就差一點，你好好下！」倉持跺腳，大呼可惜。

不用他說，我自然小心謹慎地向第三局挑戰，要是這一局輸了的話，別說一千圓了，就連兩百圓也飛了。然而，我卻看錯了對方的棋路，無法拿下第二場勝利。我並不覺得這男人有多強，但這反而讓我更加感到懊悔。

那天，我一共花了六百圓，也就是在那之後我又挑戰了兩次。可是結果還是一樣，總是在棋到酣處時，男人在最後扭轉形勢獲勝。連我自己搞不清楚為什麼贏不了。

在那之後，每隔兩、三天我就會跑去下五子棋。要是我不堪一擊也就算了，偏偏有好幾次就快贏了。實際上，我幾乎沒有直接輸棋過，因此總覺得獲勝是遲早的事。此外，二連勝可以獲得一千圓也很吸引我。雖然電玩中心或撈金魚也很有趣，不過那種東西再厲害也賺不了錢，熱中的程度根本不能相提並論。

因此，我想要零用錢。話雖如此，我又不能說出錢的用途，所以也不能向父母要錢。這麼一來，我能指望的就只剩下一個人了。

我趁還沒有人起床的時候，跑到祖母睡覺的別舍，拉開留有印漬的紙門，唱歌似地叫了聲「婆……婆」。

祖母閉著眼，半張著嘴。室內依舊有些黴味兒，室溫比平常更冷。在我拉開紙門之前，室內的空氣彷彿完全靜止。

「婆婆。」我小小聲地又叫了一聲。要是叫太大聲被人聽到可就糟了，何況我特別不想讓母親聽見。

祖母沒有反應。甚至連眼皮都沒有動一動的跡象。我闔上紙門，爬近睡鋪，聞到一股老人慣有的臭味。

我想祖母大概睡著了，於是隔著棉被搖了搖她的身體。祖母只像玩偶般晃了晃，她的身體有如石頭般冰冷、僵硬。祖母平常總是鼾聲雷動，但現在別說是鼾聲了，從她半開的嘴裡甚至沒有發出一丁點的呼吸聲。

我想，可能死掉了吧？

在那之前，我從來沒見過人類的屍體，所以無法確定這究竟是否就是死亡的狀態。貓狗或蟲子的屍體倒是看過幾次，但牠們的死對我而言，不過就像是玩具壞掉的程度。理論上我能夠了解同樣的事情也會發生在人類身上，但就是無法體會。

我決定不再進一步思考祖母是否已經死亡。重點是祖母好像不會動了，也就是說現在是將零用錢據為己有的絕佳良機。

要是手腳不快一點的話，可就要被母親發現了……。

我心懷忐忑地揭開棉被，看見祖母瘦骨嶙峋的身體。祖母的睡袍胸前部分敞開，露出皮包肋骨的胸部。而我討厭的氣味變得更加濃烈。

接著我將棉被全部翻開，馬上發現放在肚子上的手正緊握著我的目標，從她枯枝般的指縫間可見錢包上小槌形狀的裝飾。

我將目光從祖母的臉上移開，試著取出錢包。但她的雙手卻緊緊地抓住錢包，我稍加使力拉扯亦是紋風不動。由於完全不能動之分毫，這甚至讓我聯想到祖母是不是還活著，而且不打算把錢包交給我。

不過事到如今，我可不會打退堂鼓。只有蠻橫硬搶了。我用雙手將祖母抓住錢包的手指一根根扳開，她的手指全無彈性，而且冰冷，那種觸感就像是在玩乾掉的黏土工藝。

我確認了一下總算搶來的錢包，裡頭除了有幾張印有伊藤博文和岩倉具視人頭的鈔票（*1），居然還有聖德太子的大鈔（*2）。我在心裡歡呼吶喊，自從過年從親戚收到紅包之後，就沒有再拿過大筆的金錢了。

既然目的達成，在祖母的房間多留無益。我將棉被恢復原狀，站起身來，原本打算不看祖母的臉，但她的臉還是在一瞬間映入眼角，讓我打了個哆嗦。

我感覺祖母死不瞑目，不光如此，彷彿還在瞪著搶她錢包的逆孫。

我沒有勇氣去確認這件事。突然，恐懼感向我襲來，我就像個齒輪壞掉的機器人，動作僵硬地離開了睡鋪。我覺得祖母彷彿隨時都會開口對我講話。我小心地不發出聲響，出了房間之後，逃也似地離開了現場。

約莫一個小時之後，有人發現祖母去世，引起了一陣騷動。

父親的麻將牌友——一位住在附近名叫西山的醫生來檢查祖母的遺體，原本我也想去看看情況，卻被小富阻止而無法進入房內。

儘管確定祖母已經死亡，西山醫生還是遲遲不從房裡出來。父母都在房間裡，好像在與西山醫生討論什麼。

*1　分別為一千日圓、五百日圓的舊版紙鈔。
*2　五千日圓和一萬日圓的舊版紙鈔。

當天夜裡舉行了守靈儀式，整天弄得大家雞飛狗跳的。從下午起，除了親戚之外，附近的鄰居也蜂擁而來，並且著手將我家佈置成簡便的守靈會場。他們在佛堂裡設祭壇，放置棺材。最後沒人告訴我祖母怎麼死。不過我從親戚的對話中，聽到了「壽終正寢」這個字眼。

我問舅舅什麼叫做壽終正寢，舅舅以一種讓我較容易理解的說法告訴我：「和幸你也有利用馬達驅動的塑膠模型對吧？像是雷鳥神機隊那種。那種模型只要裝上電池，馬達就會轉動，可是如果你一直讓它動的話會怎麼樣呢？是不是最後就停住了？你知道為什麼嗎？」

「是不是因為沒電了？」

「沒錯。人終究和那模型一樣，就算沒有故障，總有一天也會因為沒電而停止動作。這就叫做壽終正寢。人跟模型不一樣的地方，就在於人不能夠更換電池。」

這麼說來，人終究也不過是機器嘛。醫生看病就跟修理機器一樣。這麼一想，我才發現原來死也沒有什麼大不了的，不過就是壞掉了，無法復元罷了。

守靈與其說是追悼故人，倒更像一場宴會。家裡放了幾張不知從哪運來的長條茶几，上頭擺著附近外賣餐館送來的菜肴。許多人進進出出，輪番下箸挾菜。此外，現場也準備了很多日本清酒和啤酒，弔唁客人當中甚至有人一屁股坐在客廳，喝酒喝到講話含糊不清。有幾個人則在背後說他壞話，損他老是如此。

身為喪主的父親自是不在話下，母親也忙著應付弔唁客人而忙得團團轉。客人們表示同情與哀悼，而父母則一臉打從心裡哀戚難過地回禮。話雖如此，母親卻對娘家的人眨眼表示：「這下總算安心了。」對方也一副心領神會地點頭。

隔天舉行了葬禮，來的人比守靈的時候更多。

對我而言，這是個無趣的儀式，雖然不用上學是唯一值得高興的事，但是當我忍著哈欠聽和尚誦經的時候，我心想與其這樣倒不如去上課。

出殯之前，身穿黑衣的男子請大家做最後的告別。我不認識男人，他應該是葬儀社的人。大家將花朵放入棺材裡，其中有好幾個人還哭了。

「和幸，你也去跟婆婆道別。」父親對我說。

我一步一步地走近棺材，稍稍看見了祖母的鼻尖。那一瞬間，無以言喻的恐懼和厭惡感向我襲來，我停下腳步，並向後退。不知道是誰在我背後推了我一把。

「我不要。」我大叫。「我不要、我不要、我不要。」

我出乎意料的反應，讓周遭的人都慌了手腳。我的父母格外不知如何是好，兩人從兩旁攙扶抓住我的手臂，讓我站在棺材前。

「不要啦，好噁心。」

我想要甩開父母的手，但接著卻被父親摑了一巴掌。

「別胡說！快點獻花！」

父親硬逼我拿花，要我將花放入棺材裡。那個時候，我看見了祖母的臉。祖母屍骨一般的臉似乎在微笑。那副笑容，讓我更加顫抖不已。

祖母的周圍沒有當時我討厭的那種氣味，而是滿溢著花香，但聞到那股香味的剎那，一陣猛烈的嘔吐感湧上心頭。

我向後飛也似地逃離棺材，父親不知喊了什麼，我卻聽不見。我在當場狂吐。在那之前，我才剛喝了柳澄汁，片刻之間我的腳邊就染成了一片澄黃。

直到在火葬場等待的時候我才平靜了下來。我沒有年齡相仿的堂兄弟，只好無所事事神情恍惚地看著大人們的情況。父親告諭母親在回家之前，不准讓我吃喝東西，因此我也不能伸手去拿準備好的零食。不過話又說回來，我沒有絲毫的食慾。

我自己也搞不清楚為什麼會陷入那樣的恐慌。前一天，不是才剛聽舅舅的話，體認到人終究不過是機器嗎？而人死即意謂著機器壞掉，換言之，屍體不過是單純的物質罷了。既然如此，又為何會……？

大人們邊飲茶酒邊談話。讓我覺得奇怪的是，有不少人還在笑。雖然母親的臉上沒有笑容，但表情看來卻比平常更為生動。除此之外，父親也是一副心無罣礙的模樣。看到他們的樣子，我心想原來大人們都知道屍體不過就只是個壞掉的機器。

火葬大概花了一個多小時的時間，之後我又被帶到撿骨的位置。父母擔心我會不會又來胡鬧，但看來這層顧慮是多餘的。我看著像垃圾屑般的骨頭殘骸，心想：「什麼嘛，不過如此。」醜陋可怕的屍體一旦火化，幾乎一無所剩。這樣一來，也不會有人知道我搶了婆婆的錢包。

人死，就是這麼一回事——這是我的感想。

小富自葬禮隔天就沒再到家裡。原本她就是被雇來照顧祖母，沒來也是順理成章。

之前小富總是自行決定廚房裡調味或烹飪用具的擺放位置，方便自己使用，但母親似乎並不中意她的配置，有時候還會到廚房去整理一番。她似乎想要重新整頓一切，即使容器裡頭還剩下一點砂糖或鹽巴，也都直接丟進垃圾桶。

頭七那天，親戚們再度聚集。這天可眞成了一場宴會，不知道是不是因為大家彼此心知肚明而疏於注意的關係，有不少人盡興過了頭。

表面上，父親的親戚和母親娘家的人狀似親密，但身爲孩子的我也察覺到，他們實際上並不和睦。特別是姑婆們似乎對於最終這個家的財產成爲母親的囊中物，感到不悅。

「峰子這下子就可以隨意改建了。從以前她就一直抱怨她不喜歡這樣的古厝，現在總算讓她如願了。」大姑婆歪嘴說。她說話的對象是父親的堂姊妹們。不知何故，田島家的子嗣大多是女性，親戚也是壓倒性以女性居多。

「峰子一直忍耐到現在嗎？」

「是啊。因爲大嫂不肯。畢竟這個家還是登記在大嫂的名下。」

「哦，原來如此。」其他的女人們暗自點頭。

我之所以能夠偷聽到她們的對話，是因爲我在隔著一道紙門的走廊上看漫畫雜誌，而她們並沒有看到我的緣故。

「除了房子的事，峰子大概可以落個清閒了。聽說以前跟伯母之間發生了不少事。」一個父親的堂姊妹說。

「噢，那倒是啦。」另一個父親的堂姊妹語重心長地隨聲附和。

「聽說伯母的身體還硬朗的時候，好像對峰子挺嚴的不是嗎？」

「才不嚴呢。對我們而言，那算普通了。之前我會聽大嫂訴苦，心想娶媳婦兒的時候，眞的是要充分調查一下才行耶。當初如果娶一個更乖巧一點的媳婦的話，大嫂一定可以活得很長壽。她常說，都是峰子害她折壽的。」

「說不定就是這樣唷。因爲伯母被關在那個原本是茶室的房間裡，不是嗎？一整天都待在那種不見天日的地方，病根本治不好嘛。」

「再說，峰子最近完全都沒有照料伯母的起居，不是嗎？聽說請了個女傭，大大小小的事都丟給那個人去做。」

「那個女傭也眞的是。」大姑婆說。「聽說人不機伶，做起事來馬馬虎虎的，做的菜也很難吃，吃她做的菜還眞辛苦哩。」

女人們一同嘆息。

「這麼說，伯母簡直就是被峰子殺死的嘛。」

其中一人的發言讓所有的人霎時都沉默了。

「話不能這麼說。不管怎樣，這句話也說得太過火了。」有人發出了一句責備的話，但話中卻帶有幸災樂禍的語氣。

「不，我就是這麼認爲的。」大姑婆說。這已不是半開玩笑的說法了。「我認爲大嫂是被那個人殺死的。只不過我不知道是有意還是無意的就是了。」這下果然不好輕言附和，所有人都不發一語。

當時因爲出現了「被殺」這類令人不安的話語，所以這段對話我記得很清楚。雖然我對於電視劇裡的殺人事件早已耳濡目染，但在現實生活中倒是前所未聞。

還是孩子的我也察覺到了母親期盼著祖母的死。但是當時的我，卻還無法聯想到母親是因爲如此，才故意把祖母關在那樣的房間或請來一個做事不俐落的女傭去照顧祖母。

自此之後，我看待母親的眼神有了些許的轉變。

祖母死後，大夥兒忙碌也是一個原因，幾乎沒有全家聚在一塊兒好好地吃頓飯。父母交談的內容不是哪裡的誰包了多少奠儀，就是奠儀的回禮要送什麼才好。兩個人絕口不提對於祖母去世有何感想。

在法事按照世俗禮法結束之後，這個情況也沒有多大的改變。暫時休診的診所重新營業，父母又與從前一樣被工作追著跑。

不同的是，三餐改由母親下廚，但廚藝並不如小富好，做的是所謂的快速料理。父親對此並無任何怨言，我自然也就沒有立場說話。父親訓示過：挑剔食物就是奢侈。在那個時代，應該所有家庭都是如此吧。

每次吃母親做的菜時，我都覺得不可思議。就大姑婆所說，祖母好像曾經抱怨小富做的菜不好吃，但我卻從來沒有那麼想過，父親也總是讚不絕口。

我想，搞不好婆婆才是太奢侈了。

吃飯時，父母也幾乎不交談，頂多就是有關診所財務狀況的簡短對話。祖母死後，特別是父親變得不太愛笑了。他也不陪我玩，看起來總是一副若有所思的模樣。

就在那個時候，傳出了一個奇怪的謠言。

有一天，當我一個人放學走在回家的路上時，突然有人從後面叫住我。回頭一看，有三個六年級生靠了過來。其中一人是附近鐵工廠老闆的兒子。他人高馬大，長得一副大人樣，在學校是頭目級的人物。

老大面露奸笑，站在我面前一臉不屑地打量我。

「聽說你家的婆婆被殺了是吧？」老大說。其他兩個人訕笑著，一臉這下有好戲看的表情。

「才不是。」我回答。聽說這些六年級生只要一動怒，就會立刻痛毆低年級生，不爭氣的我聲音有些顫抖。

「你說謊！我都聽說了，牙醫家的老婆婆每天被人一點一點地餵毒，然後死掉的。」

「沒那回事！」

待我發火，他們三人大概覺得好笑，便笑了出聲。

「哎喲，怕死了咧。要是說錯話，搞不好營養午餐裡會被人下毒哦。」其中的一個小弟語帶消遣說。

「哦，對喔。這下不妙。」說完，鐵工廠的兒子和兩個小弟走開，但還不時回頭向我張望，彼此交頭接耳，竊竊私語。

隔天，似乎全班都聽到了這個謠言。其他的人什麼都沒說，只有倉持修告訴我這件事。

「不過這是假的吧？」他壓低音量問我。

「假的啦！當然是假的。我婆婆是壽終正寢的。」

「是哦。所謂的壽終正寢不就是沒有特別的死因嗎？」

「就是大限到了，跟電池沒電一樣。」

「可是，」他靠近我的耳邊說。「聽說有時候老年人死掉，搞不清楚病名什麼的時候，醫生因爲嫌麻煩，就會說是壽終正寢耶。」

「可是如果是被毒死的，醫生怎麼可能會不知道？」

「不過那種情形醫生好像都看不出來。畢竟被毒死的病人不多，很多醫生並親眼看過。」

不知道是不是因爲我眞的開始生氣的關係，倉持也就沒有再多問了。

此時，原本我還以這爲只是孩子之間的謠言，但沒想到謠言散播的範圍竟超乎我的想像。

附近麵包店的阿姨是出了名的親切，可是當我站在展示櫥窗前面的時候，她卻立刻露出一臉困惑的表情，然後擠出生硬的笑容，對我說：「今天好像沒有和幸愛吃的麵包哦。」一副就是要我快點走人的樣子。

不光是麵包店的阿姨，碰到我的人都是一臉尷尬的表情。剛開始我以爲是心理作用，但還是倉持告訴我不是那麼一回事。

「我媽也知道那個謠言耶。」在學校的時候，他偷偷小聲地告訴我。

我完全搞不清楚爲什麼謠言會散播得那麼厲害。大家究竟是從誰那裡聽來的呢？聽我這麼一說，倉持也偏著頭想著。

「我是從別班的一個傢伙那裡聽來的，我媽則是一個客人告訴她的。」

他的話讓我的心情變得更加鬱悶，眼前浮現了那些愛說長道短的主婦，在各家店裡眼神閃爍地大談八卦的嘴臉。

當然，我想父母親應該也知道這個謠言，但兩個人卻都沒有提到這件事，也許是想要避免在我面前提吧。

但是父母看來坐立難安，上診所的客人也大幅減少，想必與謠言脫離不了關係。

沒多久，警察來到了家裡。當我從學校回到家時，發現玄關放了兩雙我從沒見過的鞋子，從走廊可以看到兩個男人在和父母親說話。一個男人身穿制服，而另一個男人則身穿便服。我看過那個穿制服的警官，他經常站在車站前的派出所。

「不，我們絕對不是在懷疑貴府。只是想要請教貴府對於散播謠言這件事心裡是否有個底。」制服警官說。「要是一般的謠言，我們警察是不會出面的，不過，由於謠言的內容並不單純，所以才會請刑警一同前來。」

「我們怎麼可能心理會有底？這謠言沒憑沒據，我們倒想知道究竟是誰在散播謠言。」父親的聲音出奇地粗暴。

「眞的很傷腦筋。」母親從旁附和。

「所以，這也有可能只是單純的惡作劇……」

「就是惡作劇。」父親從中打斷了警官的話。

「而且是惡意的！」

「那麼，您是否知道誰有可能做出這種惡作劇呢？」

「天知道。人這種動物總是在一些令人想像不到的事情上嫉妒、憎恨別人。說不定就有人想要敲我家的竹槓。」

「是否可以列舉一些這類人物的名字呢？我們不會洩漏隻字片語的。」

「嗯……這個嘛。」父親沉吟了一下。「雖然你說不會洩漏，但是我怎麼知道會不會從哪裡洩漏出去。」

「不會的，絕對沒有問題。」

「與其如此，爲什麼不去一個個調查聽到謠言的人呢？這麼一來，應該就可以找到散播謠言的始作俑者了。」

「這個嘛，因爲消息錯綜複雜，我們無法限定出處。況且其中也有人會不肯告訴我們是從誰那裡聽來的。」

「眞是一場大災難。到底是哪個傢伙會幹出這種無聊的事呢?!」父親重重地嘆了一口氣。

「要是你們回去的時候被人看見，大概又要被人說警察終於來調查了。」

「不會的，我們離開的時候會十分小心。」穿制服的警官慌張地說。

一直沉默不語的刑警，這個時候終於開口：「您知不知道砒霜？」

「砒霜？」

「是的。這裡……或是診所，有沒有在使用砒霜？」

「沒有耶。」父親立即回答。「那是毒藥吧？」

「不是砒霜也無妨，是否有什麼含有砒霜的藥品呢？」

「沒有。爲什麼要問這種問題呢？是不是有謠言指出我母親是被人灌下砒霜而死的呢？」

「實際上正是如此。田島家的婆婆就是因爲每天吃的飯裡被混入少許的砒霜才死的——這就是目前傳得最厲害的謠言。」

「鬼扯！完全胡說八道。找到散播謠言的始作俑者，非告他不可。」父親大聲撂下狠話。

三

那天後，刑警沒再來了。大概原本就沒有特別的嫌疑，只不過是有點在意謠言。

我們漸漸地不再聽見那個謠言，鎮上的人對於與自己毫無關係的事不再感興趣。比起別人家發生了何種不幸，大家更在意自身的明天會如何。

然而，儘管謠言的熱度降溫，其內容卻沒有爲人所淡忘，只不過說的人變少了而已。當謠言不再成爲大家的話題，這個不祥的故事感覺上不再是單純的想像，而成爲一個事實，深深地烙印在眾人的記憶中。從父親的診所離開的病患，從此不再上門求診。原本朋友就不多的我，在學校日漸孤立。所謂謠言不會長久，但是這個定論似乎並不適用於負面的謠言。畢竟，過了好幾年即使在我家被拆掉了之後，那個城鎮裡還是流傳著「那家有個老婆婆被人謀殺」的謠言。

我的父母親持續以堅決的態度度過當時的難關。不論病患再少，父親還是跟以前一樣，繼續牙醫的工作，假日則邀約朋友出外釣魚。此外，他還囑咐與鄰居處得不好的母親，積極參與鄰里集會和家長會。母親雖然興趣缺缺，但原本個性就不服輸的她，在聽了父親「老是關在家，更會被人用奇怪的眼光看待」的話之後，反而比平常更刻意梳妝打扮，穿上最喜愛的服飾出門。我後來聽別人說，看到這樣的母親，在背後暗罵她「不要臉」的人還眞不少。

雙親似乎想要對世人宣告：一切都和從前一樣，並沒有改變。不過只要一走進家中，就會發現事實並不是那麼一回事。在我看來，父母簡直就像是變了一個人。

父親的樣子特別奇怪。有一天，我從學校回來的時候，聽見廚房裡傳發出了聲音。心想，怪哉！那天，母親應該是去了親戚家。

我提心弔膽地通過走廊，聽到了兩聲咳嗽聲。聽到這個聲音，我才鬆了一口氣。是父親沒錯，父親當時得了輕微的感冒。

等我走到廚房的時候，發現父親蹲在流理台前，打開下方的櫃子門，盯著裡頭瞧。父親的身旁擺著原本應該放在櫃子裡的醬油和日本酒的瓶子。

我環顧四周，發現還有好幾個餐具櫃和收納櫃的抽屜及拉門也都開著，買來放著的調味料及食材都有搬動的跡象。

父親很專心，似乎沒有注意到我的進入，繼續在流理台下找東西。當父親把醋瓶子拿出來的時候，總算察覺到有人在了。他一臉吃驚地回過頭來。

「搞什麼，原來是你啊。」

父親的聲調偏高。他的臉色異常紅潤，似乎不只是低著頭的緣故。因爲沒有別的話好說，只好說聲：「我回來了。」

「你什麼時候在那裡的？」

「我剛回到家而已。」

「這樣啊。」

父親當時大概正在想如何圓場，但又發現自己拿著味醂瓶子的不尋常舉動，只好慌忙地將瓶子放在地上，故做苦笑。「所謂君子遠庖廚，就是說男人不可以進廚房。這是死去的爺爺教的。我一直在實踐這個道理，才會一旦想要找什麼，都搞不清楚放在哪裡。」

「你在找什麼呢？」

「沒有啦，也沒什麼大不了的，就是這個。」父親做了一個倒酒的動作。「威士忌啦。我記得有人送我一瓶，可是怎麼找也找不著。」

「你現在要喝威士忌？」

當時好像才四點左右。

「不是要喝，是想送人。」父親開始把拿出來的醬油和酒的瓶子歸回原位。「眞奇怪，你媽是收到哪去了？」

「問媽不就得了？」

「嗯，啊……，也對……」父親一邊含糊其辭地回答，一邊繼續收拾善後。

當我察覺自己不該待在那裡，轉身要走的時候，父親叫了聲我的名字。

「和幸，這件事別跟你媽說哦！」

「咦……？」

「你媽的個性就是那樣，一旦是別人送的東西，打死也不肯送人，對吧？說穿了就是小氣鬼。像那瓶威士忌也是，明明自己不喝，我想送人她也一定會反對。我懶得被她碎碎唸，才趁她不在找找看。所以……你知道了吧？」

這不像父親平常的口氣，感覺像是在找藉口。通常，他會直接命令我「不准跟你媽說！」才不會囉哩叭嗦地向我解釋原因。

「嗯，我知道了。」我回答。

父親滿意地點頭，繼續收拾剩下的東西。但是他好像不太記得什麼應該放在哪裡的樣子。我心想就算我不說，母親也應該會發現吧，不過我還是閉上了嘴巴。

到了傍晚，母親回到家裡的時候，父親已經回診所去了。我在客廳看電視，同時注意母親是否發現了廚房不對勁的地方。

吃晚飯時，答案揭曉。

「你在廚房做了什麼？」母親邊吃飯，邊若無其事地問父親。

「廚房？什麼做什麼？」父親裝傻，繼續倒啤酒。

「你進了廚房對吧？」

「我嗎？沒有啊。」

「是嗎？真奇怪。」

母親將視線轉向我。我低下頭，只是默默地動著嘴巴和筷子，深怕被母親問到話。

「可是廚房的樣子不太對。」母親再度向父親開口。「像是調味料的位置什麼的，都跟平常不太一樣耶。」

「單純只是你的錯覺吧。應該是妳之前都不大進廚房的關係啦。」父親喝著啤酒說。父親像是在挖苦母親，小富在的時候幾乎都不做家事。

「可是像鹽巴跟胡椒都跑到了絕對不可能出現的位置上，你說這有可能嗎？」

「天曉得，不知道。」

「老實說吧！」母親盯著父親直瞧，父親好像刻意不跟母親對上眼。

「老實說什麼？」

「你是不是在檢查？檢查有沒有那個東西？」

「哪個？」

「前一陣子刑警說的東西啊。」

「他說了什麼？他說的話莫名其妙，我根本沒專心在聽。」

「你還眞敢說……」

母親對於父親顧左右而言他的態度感到不耐，開始有些動怒。

原以爲母親就要發作，但她卻隱忍了下來。我察覺那是因爲我在一旁的緣故。這使得我更加坐立難安，於是努力扒飯，打算及早離開現場。

吃完飯後，我下了餐桌離開餐廳，走到隔壁的客廳打開電視。不過我的目光卻沒有對著螢幕，反倒是耳朵貼著牆壁。我知道這樣就可以聽到隔壁房間的對話。從前，稅務局的人來的時候，小富就是這麼做的。

「你把話說清楚不就得了嗎？既然懷疑，就說你懷疑嘛。」是母親的聲音。

父親應了幾句，可是聲音模糊，聽不清楚。

「你是在找砒霜之類的毒藥，對吧？你聽刑警的話後，認爲我搞不好眞的會做，對吧？」

我聽見父親啐一句「無聊」，之後的話又聽不清，但應該是在否定母親的話。

「你不用裝蒜啦，我看你的臉就知道了。你老實說清楚，我反而落得輕鬆。我說老公啊，你對親戚那邊可不是這樣說的。你說媽突然猝死很不尋常。這，不是在懷疑我嗎？」母親的音量大概就算我耳朵不貼著牆也聽得見。

「我可沒那麼說。」父親稍微提高了音量。

「你說謊。」

「我沒說謊。」

「那你爲什麼檢查廚房？太詭異了吧？」

「不是跟妳說我沒檢查嗎？妳很囉嗦耶！」

「要不是你，那會是誰幹的好事？到處都有翻過的跡象。」

「我不知道，說不定是和幸在找點心啊。」

突然跑出我的名字，讓我嚇了一跳。

「那要不要我們去問問和幸？怎麼可能爲了找點心，去打開流理台下面的門嘛。」

「總而言之，我不知道。別再說那些莫名其妙的話了！」

「等一下，你別逃避！」母親說。父親似乎想要離開。

「我沒空陪妳說渾話，浪費時間。」

「我沒有做啦！何況，我根本沒辦法在媽吃的食物裡下毒啊。你剛才不是也說了嗎？我這一陣子又沒進廚房，能這麼做的就只有照料媽三餐的人而已。」

不知道是不是過度亢奮的關係，母親的話岔到莫名其妙的地方去。父親的反應有點慢半拍。

「愚蠢至極，她怎麼可能會做出那種事。」

「她？這個叫法還眞是意義深遠啊。」

「我稱小富小姐叫『她』有什麼不對？」

「你也不用刻意加個小姐啦。明明私底下都叫她富惠，對吧？」

「妳這什麼意思？」

「哪有什麼意思。你以爲我什麼都不知道嗎？」

我聽不見父親的聲音，但應該不是聽不見，而是父親沉默了。

沒想到母親竟然會發現父親和小富之間的關係。而且明明發現，卻吭都不吭一聲，這點讓我很驚訝。父親嘀嘀咕咕地說了些話，似乎並不承認和小富之間的事。

「別裝蒜了你，反正我也覺得無所謂。相對地，你錢可要給我按時入帳。只要你遵守這一點，我也就不跟你囉哩叭嗦了。」

「錢、錢、錢，妳這個貪得無厭的女人，要不要臉啊？」

「你才要不要臉哩。竟然被那種女人耍得團團轉。」

噹一聲，突然聽到東西翻倒的聲音，同時也聽到餐具撞擊的聲音。我的眼前浮現了父親踹倒餐桌的身影。

「就是因爲妳討厭媽，才只好叫小富來幫忙的不是嗎？人家對我們那麼好，妳居然還說得出那種話！」

「又不是沒付她錢。」

「錢還不是我付的！妳什麼也沒做，只希望媽早點走。妳對娘家的人說媽什麼我都知道！」

「所以就說是我殺的嗎？那你拿出證據啊！然後叫警察把我抓走不就得了？」

「吵死了！」父親怒斥。聽到一陣粗暴地開關紙門的聲音後，重重腳步聲通過走廊。

在那之後，我緊貼在牆上的耳朵聽到「碰」的撞擊聲，好像是什麼東西砸在牆壁上，隨即在牆下發出東西哐啷碎掉的聲音。

若從客觀的角度思考，父親似乎確實在懷疑母親，因爲父親當時在廚房的樣子並不尋常。況且，我知道父親在書房閱讀有關毒品的書籍。有一次，我到書房想借百科全書，偶然發現那本書塞在書櫃的角落。我被「毒」這個字所吸引，抽出來一看，發現書中夾著書籤，而且那一頁是有關砒霜中毒的內容。

亞砷酸是一種無味無臭的白色粉末，不易溶於冷水，但易溶於溫水。中毒症狀可分爲急性和慢性兩種，若喝下大量的毒藥，會出現急性中毒症狀，若喝下少量的毒藥，則會變成亞急性中毒。亞急性中毒的主要症狀有胃腸不適、腎臟炎、蛋白尿、血尿、脂腫大、知覺障礙、肌肉萎縮、神經炎、失眠、全身無力。

書的內容如上，症狀的最後以「會導致死亡」做總結。

我想起發現祖母屍體時的情景。眼底浮現她那像雞骨般瘦弱衰老的身體，以及幾乎感覺不到生命的膚色。祖母死前，說她全身上下都不舒服，那應該就是胃腸不適所引起的，而且她的肝腎功能一定也不正常。此外，還有明顯的知覺和運動神經失調，全身衰弱無力更自不待言。

如此想來，被人餵下砒霜的推論似乎越來越趨眞實。另外書中也寫到，有不少醫生誤判成其他疾病的案例。

父親既然閱讀了這一頁，當然對於祖母的死抱持疑慮，連我也覺得那個謠言可能並非單純的惡意中傷，畢竟母親希望祖母死是事實。

這件事可能是母親下的毒手，但是爲什麼我並不特別感到害怕呢？雖然我知道殺人是一種犯罪行爲，卻無法體會實際罪孽有多深重。這或許是因爲我對祖母並沒有親情之愛，總覺得睡在那個房間裡的老太婆是個骯髒醜陋的生物。再說，我並不認爲死有什麼特別，不過就是從生物變成單純的物質罷了。誠如舅舅所說，人死就像是玩具壞掉無法再動，我非常喜歡這個比喻。然後，我想起了在火葬場撿骨灰的情景。

死人本身一無所知……。

假使母親是殺人犯的話，祖母會感到悔恨嗎？我的答案是——不會！因爲祖母並不知道自己被人餵毒，也不會知道身體的異常是毒藥所致。她在完全不知情的情況下死去，所以直到她嚥下最後一口氣，也不知道自己是爲何而死。不，她應該連自己會不會死都不知道，因爲確認她是否死亡的是活著的人。

我從那時起就不相信有死後的世界和靈魂的存在，今日亦然，因此我並無法理解被殺害的人會心存怨恨這種概念。當然，我知道許多深愛死者的人，他們的憎恨與悲傷是存在的。只是想起大家在葬禮上並不十分哀戚的表情，也就可想而知他們的憎恨與悲傷不過爾爾。

相較之下，當時我心中更感興趣的是，殺人究竟是怎麼一回事？母親是懷著怎樣的心情，對祖母餵毒？而計謀順利得逞時的欣喜又是如何？

我時而會偷偷溜進父親的書房裡，翻閱有關砒霜這類毒藥的書籍。書中介紹的毒藥之多，著實讓人大吃一驚。其中，還描述了古今中外如何利用毒來殺人，諸如馬莎．馬雷克使用鉈的犯罪案例、凡寧卡利用鴉片毒害他人而聲名大噪的案例、被人灌下氰酸鉀卻沒死的怪僧拉斯普金，還有在日本國內毒害事件中屬於較近期的帝銀事件（*1）。

其中，我印象最深刻的就是布蘭比利耶公爵夫人的犯罪案例。她雖然已是有夫之婦，卻和丈夫的友人珊多．克洛亞墜入情網，也就是現在所謂的婚外情。她的父親杜布雷因為這件事情大發雷霆，並將珊多．克洛亞送進監獄。夫人等他出獄之後，和他聯手毒弒親父。據說杜布雷在鄉下靜養期間，夫人為了鬆懈父親的防備，在讓他喝下毒湯之前，竭盡所能地孝順父親。

當她察覺兩位兄長懷疑父親的死和她有關時，更派了手下到兄長的身邊，成功地將之一一毒害。根據書上記載，她的大哥到死亡約花了七十天；二哥則為九十天左右。據說她為了讓毒性能夠慢慢發作，在犯案之前還曾到認識的醫院裡做實驗，對貧窮的病患下毒。

然而，讓我驚嘆的是她持久的殺人念頭，以及在執行殺人過程的冷靜態度。以往在我模糊的印象中，殺人的慾望應該是爆發性的、短時間一湧而現的。或許是因為電視劇中描述的殺人情節，從產生動機到實際執行沒花多少時間所致。此外，在小孩的心目中大概也認為，在現實生活中絕大多數的案件都是所謂的「血氣上湧失手殺人」。因此，我對於復仇烈焰持續燃燒數十年，且為了殺害對方，不惜花費數十日的執著念頭，心懷畏懼。

殺人究竟是怎麼一回事呢？又是一種怎樣的心情呢？

我想，我就是從這個時候開始真正對殺人感興趣。每當我在調查毒藥的內容，就會想像使用毒藥的情景。要是我的話，會這樣做，不！那樣也可以。只不過當時還沒有讓我想要下毒害死他的人。正因爲如此，我想要知道實際下手的人他們的心境如何。

那本書中，並沒有畫出布蘭比利耶公爵夫人的肖像。但在我心中，那張臉卻跟我母親的臉重疊在一塊兒。

在那之後，父母就不曾在我面前爭吵。我將之解釋成兩人已經採取某種形式的妥協。相較之下，我更憂心自己在學校的地位。原因在於之前的謠言，使得沒人願意靠近我，跟我說話。就連老師，感覺上也想避免跟我扯上關係。

唯有一個人還是跟從前一樣。那個人就是倉持修。然而，他似乎也不想讓其他人知道他和我有往來。有人在的時候，他就不靠近我，甚至經常在我向他搭話的時候，他也無視於我的存在。

「聽說上村他媽到校長室去了耶。」有一次，在放學回家的路上，我們來到附近堤防的時候，倉持告訴我這件事。

我問他上村他媽去校長室的原因。

「聽說是希望校長不要讓她兒子跟田島在同一個班級。他媽說，那個謠言是眞是假不知道，但是只要想到班上有一個這種家庭的小孩，就覺得毛骨悚然。」不知道是不是該說倉持消息靈

*1　一九四八年一月二十六日在日本東京豐島區的帝國銀行椎町分行發生的強盜殺人事件。當時歹徒佯裝成衛生局人員，聲稱附近發生痢疾，要求行員喝下預防口服液，結果十六名行員因誤飲氰酸化合物而喪生。

通，不知爲何地總是特別擅長搜集這類的情報，格外清楚小道消息的細節。

「校長怎麼說？」

「好像是說這種事情他辦不到。也難怪啦，要是每人要求都一一採納，可就沒完沒了。」

總而言之，全班的人都想轉班。一想到這裡，我的心情就變得鬱悶起來。

「話說回來，好像有警察去找醫生耶。」倉持又抖出了另一個小道消息。

「什麼醫生？」

「好像是叫西山醫院的吧。」

我會意地點頭。西山是確認祖母遺體的醫生。

「爲什麼警察要到西山醫院去呢？」

「天曉得。應該是要問田島婆婆死時的事吧？人家不是說被毒死的屍體會有變化嗎？」

關於這點，我應該比倉持還要清楚，畢竟我一天到晚都在看這類的書籍。

「醫生怎麼回答呢？」

「那我就不知道了。不過應該沒有提到什麼有毒殺嫌疑之類的。要是那樣說的話，現在你家前面應該早就停滿警車了。」

眞是不會講話，但倉持卻說得一點也沒錯。因爲西山醫生不可能會包庇犯罪，所以大概沒有發現典型的中毒症狀吧。

我無法判斷母親是不是對祖母餵毒。何況究竟從哪弄來砒霜也是個問題。不過另一方面，有個畫面卻令我印象深刻，那就是在祖母死後，母親丟掉鹽巴和砂糖等調味料的情景。那到底是怎麼一回事呢？那眞的是鹽巴和砂糖嗎？難道不是什麼其他的「白色粉末」嗎？

從旁人看來或許會覺得奇怪，但我完全不想感情用事地相信母親。老實說，直到最後我還是不清楚母親是個怎麼樣的人。我也不懂殺人的心理是怎麼一回事。我甚至無法想像母親的內心是否萌生了那名爲殺人念頭的東西。如果她告訴我人是她殺的，我大概也只會覺得「哦，那樣啊」，而如果她告訴我她沒殺人，那我也可以接受。

我剛說到，直到最後我還是不清楚母親是個怎麼樣的人。而那個「最後」就在我剛升上六年級的時候突然地來到。

有天放學回來，父母已在家裡等著我。那天原本就不是診所休息的日子，所以更讓我感到事情非比尋常。父親的身邊坐著一個我沒見過的男人，後來他們才告訴我，他是律師。

父母逼我做選擇，看我要選擇跟著父親還是母親，因爲他們兩個人已經決定離婚了。

四

我這才知道，原來夫妻也會分開。我身邊就有好幾個這樣的人，小富也歷經過離婚。然而，我從沒有想到自己的父母親也會離婚。因此，剛聽到這件事，我著實有點會意不過來。

但那既不是開玩笑，也不是一個假設。從父母親絕不正視彼此就道出了這一點。

「隨便你選誰。」父親說。

「你沒選的那方，也不是從此就見不到面。想見面的時候，隨時都可以見面。只不過是看你平常想要跟爸爸或媽媽一起生活而已。」

「和幸到長大成人爲止，完全都不用擔心錢的事情。這點，我們已經達成了協議。」母親提起了贍養費的問題。「而且不轉校也沒關係。」母親補上一句。

「沒有必要急著逼他答覆，不是嗎？」在我不知如何做選擇的時候，律師幫我說了句話。於是，他們給了我兩、三天考慮的時間。但是父母分手卻一天也沒拖延。當天，母親就帶著基本必須的行李離開了家。我那個時候才知道，原來母親已經在外面租好了房子。

現在回想起來，母親也許預期自己不在，兒子會感到寂寞吧。如果她眞是這麼想，那她也未免太不了解我了。我對著她離家而去的背影，感到了如同冰一般的冷漠，與其說她是母親，我更將她視爲「搞不好是殺死婆婆的女人」。

另外，我的腦袋中還算計著：父親可能會支付贍養費，不過那應該不會是筆太大的金額。況且，沒有人能保證母親不會把那些錢用在養育我之外的其他用途上。過慣優裕生活的母親究竟能不能讓我過安穩的生活，也令人感到不安。

母親離家的那天夜裡，父親待我異常和善。他訂了外賣的特級壽司，叫我愛吃多少吃多少。雖然沒有叫我要留在這個家，但有點多話，不斷地問我在學校所發生的事。

「明年你就是國中生了，差不多也該給你弄間書房了才行。」父親喝著啤酒，以一副心情極佳的口吻說道，似乎深怕我心情不好。

這樣的父親眞是讓我感到鬱悶，看著父親那張臉，我的眼前同時就會浮現小富的白屁股。我想到，那個屁股曾經騎在眼前的父親身上，並且像當時的稅務代書般喘著氣。

不過，這樣的鬱悶我還可以忍受。反正白天父親不在家的時候，我可以一個人在家。對了，根本不需要爲我做什麼書房。反正從明天起，我就可以隨心所欲地使用這個家了。我已經有了自己的立足之地。

那天夜裡，我醒來好幾次。每次入睡就會夢到母親。她在夢裡不斷責罵我，罵到我受夠了。

當我回答留在這個家裡時，母親臉上浮現的不是失望，而是憤怒。她彷彿覺得遭到背叛。

「好啦，反正想見面的時候隨時都可以見面啊。」

父親打圓場地說。父親說得輕鬆，母親則不發一語，或許是覺得發牢騷會顯得更落魄吧。

即將邁入梅雨季之前，母親從家裡帶走了所有的行李。父親去診所之後就沒再露臉，只有我一個人待在院子的角落，望著熟悉的家具一件一件地被運上卡車。

其中，包括了母親的化妝台。化妝台上鑲著一面大鏡子，布套從上頭垂下來。我並不喜歡那個化妝台，當母親的臉映照其中的時候，看起來總不像是母親的臉，而是別的女人的臉。當母親坐在鏡台前，即意謂著她要丟下我，一個人外出。當然，母親帶我外出時應該也化了妝，但那樣的記憶比起她獨自外出的記憶模糊得多。

那個鏡台的左右都有抽屜，我知道右邊上面數來的第三個抽屜裡放有白粉的盒子。很久以前，母親曾和一個女性的親戚聊到脂粉。

「妳在用這種老舊的脂粉啊？」

「噢，那個是很久之前買的，現在沒有在用，可是又覺得丟了可惜，所以就放在那兒。好像也該丟了。」

剛上小學後不久，我曾經把脂粉抹在臉上，就像大部分的孩子都會想要玩玩看化妝。其中，我最感興趣的是色彩鮮艷的口紅。我知道母親在上口紅之前都會先把臉抹白，所以我心想首先得先撲脂粉。然而，就在我撲完白粉的時候，卻被母親發現了。母親看著我哈哈大笑，接著拿出口紅，把我的嘴唇塗成了紅色。

「這下看起來像個女孩了。」母親說完後，又笑了。

夜裡，母親將這件事告訴父親，父親垮著一張臉。

「男孩子別做那種事！」父親對我兇道。

原本以爲父親也會一笑置之，眞讓我失望。

當行李全部被運上卡車之後，母親走到我身邊來。

「這你拿著。」

她給我的是成田山的護身符。我將符握在手裡，她握住我的手，讓我放進口袋。

「要隨時帶在身上哦。不過可別讓你爸發現了。就算被發現，也不能說是媽給你的哦。」

「知道了嗎？」母親再三叮嚀。我默默點頭。

到了下一秒鐘，一顆顆的淚珠開始從母親的眼眶掉落。她的表情跟平常一樣帶著半分怒意，剎那之間我還搞不清楚究竟發生了什麼事。

「要注意身體哦。睡覺的時候，被子要蓋好。」

說到這裡，或許是因爲聲音哽咽，母親抓住我的肩膀，垂下頭。過了好一陣子，母親又再度抬起頭。

「要是想見媽的話，就把剛才的護身符打開，知道嗎？」

「嗯。」

「那，媽差不多該走了。」

我在大門前目送母親坐上卡車副駕駛座離去。後照鏡映照出了母親的面容。

那天夜裡，父親的心情有了一百八十度的大轉變。父親不大說話，淨是咂嘴，似乎是對找不到換穿的內褲、廁所的擦手巾不乾淨一副不高興的樣子。當然，家裡已經沒人可供他使喚。很快地，他開始感到不耐，因爲連喝杯茶都得自己泡。那一陣子，我們吃的都是從外頭餐館叫的便菜便飯。至於吃了些什麼，我已不太記得了。不過可以確定的是，我們吃的食物當中並沒有特級壽司那種令人印象深刻的東西。

一個人的時候，我打開了母親給的護身符，裡面裝了一張白紙，上頭寫著地址和電話號碼。

即將邁入暑假前，郵差送來一封署名給我的信。那是令人毛骨悚然、充滿惡意的信。在信紙的一開頭，就寫著一個「咒」字。文章內容如下——

這是一封詛咒信．請協助我的詛咒，用紅筆在明信片上寫下「殺」字，並以匿名的方式，寄給記載於這封信上最尾端的人。寄信時，務必注入你的咒念。

接著在一星期以內，將與這封信內容完全相同的文章，以匿名方式寄給三個人。屆時，從列在信尾端的人名當中，去掉剛才提到的最後一個名字，然後在最前面寫下你想要詛咒的人名和地址。五週之後，應該就會有兩百四十三人的咒念寄到那個人的手上。

千萬別切斷這個詛咒之輪，否則詛咒將會降臨到你的身上。大阪市生野區綠之丘市的奧林千代子小姐就是因爲切斷了這個詛咒之輪，連續五十三天爲高燒所苦，最後喪命。

你一定有想要詛咒的對象，請誠實地面對你的內心。

最後，絕對不能告訴別人你收到了這封信。

內文的最後，記載了五個不認識的人名和地址。我收到的這封信最後寫的人名是一個叫做鈴木的女性，地址是北海道的札幌。

我曾聽過班上同學在討論這件事，所以知道這封信的存在。但我沒親眼看過實物，也不知道裡頭的詳細內容。

這是一封邪惡的信，充滿令人無法輕忽的黑暗力量。

有兩件事讓我很猶豫。首先是我要不要寄封寫有「殺」字的明信片給這個名叫「鈴木」的陌生女子。其次是該不該把這封信寄給別人。不管是哪一樣，都讓我覺得既麻煩，又不是滋味。不過寫在信最後「如果切斷詛咒之輪，詛咒將會降臨你身」的這段文字，卻在我的腦中揮之不去。

先前說過，我是一個不信神佛的小孩。讀信的時候，我也不認爲會發生那種事。然而當距離一個星期的期限日子所剩不多時，我的心緒逐漸浮動起來。我迷惑的是，信中因詛咒而犧牲的案例未免描寫過於具體。不但死因如此，地址和姓名也都清楚載明，實在令人毛骨悚然。

其實只要稍做調查，就會知道大阪市生野區裡根本沒有綠之丘町這麼一個地名，而且我也該想到奧林千代子是改編自當時受歡迎的女歌手藝名。然而，當時我卻無暇思及這些，只覺得既然信上都寫得這麼具體，就應該不會是隨便亂寫的。

雖然信上使用了詛咒這個不科學的字眼，但它的實踐方式卻很具有數字概念。這點也讓我無法釋懷。兩百四十三這個數字乍看之下，並不是什麼整數，但是根據信上內容左右推敲之下，我才理解該數字的涵意。信的最後列了五個人名，若收信人依照指示不斷寄信的話，寫在第一個的人名被寫在信尾的總數將會是3×3×3×3×3＝243封信。

要是有人收到這麼多只寫了一個「殺」字的明信片，將會做何感想？我想大概無法將它當作單純的惡作劇而一笑置之吧。

我很想問問其他人有沒有收到這樣的信，但是信尾特別叮嚀「絕對不能對人提及」。在意這封信的本身，是否就意味著自己中了詛咒了呢？

還有一件事也讓我很在意，那就是這封信是誰寄給我的。信封上並沒有寫寄信人的姓名，就一切以匿名的方式進行這點來看，也是這封信陰險的地方。

我的腦海中浮現了幾個可能寄這種信給我的人。其中也包括了倉持修。

列在信尾的人名是推論出寄信人的提示，只要遵照信的指示，寫在第一個的應該就是寄信人想要詛咒的對象，而信中第一個人名是一個住在廣島縣名叫佐藤的人。當然，這個人我不認識。我所想到的人之中，包括倉持，沒有人和廣島縣扯得上關係。不過，如果他們在廣島縣有親戚，我也不可能會知道。

最令我感到不舒服的就是，我不知道寄信人但寄信人卻知道我。雖然我覺得像對方那種神祕人物不可能知道我是否切斷了詛咒之輪，但我還是擔心會因爲某些詭計而被識破。畢竟，寄信的人即成了所謂的詛咒共同體，一旦切斷了詛咒之輪，難保不會遭到他們報復。

但最後我既沒有將寫有「殺」字的明信片寄給那個叫鈴木的女性，也沒有將詛咒信寄給任何人。這並不是因爲我有堅定的信念，而是在我左思右想的時候，期限到了。因此，根本沒時間將這篇冗長的內容抄三遍。既然期限不守，寄信也無謂，所以我沒寄出「殺」字明信片了。

然而，我倒也不是眞的忘得一乾二淨。我將那封信收進抽屜，心裡總覺得自己做了一件無可挽回的事。

之後不久，倉持向我提起了詛咒信。他問我知不知道有這樣的信，我告訴他我知道。

「你看過嗎？」他進一步詢問。

「不，那倒是沒有。」

我無法將那封信已寄到家一事說出口，依然遵照著「不准對人說」的指示。

「這樣啊，我也沒有。」倉持說。

當時我心想搞不好他收到了。畢竟我們有共同朋友，從同樣的人收到信的可能性很高。

「要是信寄來的話，你會怎麼做？按照上頭寫的去做嗎？」

「這個嘛。」我慎重其事地回答。「沒有眞的收到信，我也不知道。」

「聽說要是切斷詛咒之輪的話，詛咒可是會降臨在自己身上哦。」

「怎麼可能嘛。」

「是嗎？聽說眞的有人死了耶。」

「那一定是碰巧啦。」

「不過聽說就算眞的收到詛咒，只要將詛咒的數目刻在神社的鳥居上，就能得救啃。」

「是哦。」我裝做不感興趣的樣子。

另一方面，當時家裡有些微妙的變化。父親爲了逃避每天的家事，雇用了新的女傭，不過沒有再次雇用小富。新來的是一個不管怎麼看都覺得她已經過了五十歲的瘦小女子。我至今仍然不知道她的全名，父親要我稱她阿春姨。

阿春是個做事一板一眼的人，打掃的動作乾淨俐落，每當我放學回家，家裡總是一塵不染。除此之外，她也經常幫我們洗衣服。如此一來，洗完澡就不會找不著內褲了。她做菜的功夫普通，不過當時偏瘦的我馬上就恢復了原本的體重。

只不過她的個性是給一分錢，做一分事，從來不做份外的工作。她只要一做好我跟父親的晚飯後就趕緊回家了。連父親晚歸，我必須一個人吃晚餐的時候，她也不曾陪過我。說到底，她只要沒事，就不會跟我說話。她大概認為陪小孩是薪水範圍外的工作吧。她的態度完全符合了「沉默寡言」這四個字。

從孩子的眼中看來，阿春稱不上是個美女。況且她的年紀比父親還大，父親好像也沒有想要和她做出當時跟小富的行為。星期六的午餐是我們三個人唯一齊聚一堂的時候，但父親對阿春也是一副毫不在意的樣子。

前面說過父親有時候會晚歸，但那並不是因為工作。受到先前的謠言影響，上診所的病患有減無增。屋漏偏逢連夜雨，車站前新執業的牙醫頗受好評，病患似乎都跑到那邊去了。

雖然那大概也是原因之一，不過父親在工作之後，出外喝酒的頻率增加了。剛開始，父親還會回家一趟，告訴我他要出去一下。久而久之，他說都不說就出去了。因此，有好幾次我都是等了半天之後，才吃起冷掉的晚餐。就我而言，我是想要恪守「不能比父親先下筷」的訓示，不過久而久之我也就不等父親，自己先吃了。

父親似乎去了銀座，每次回來總是滿臉通紅，嘴裡吐著酒氣，說的話讓人摸不著邊際，而且還有好幾次走起路來東倒西歪的。父親原本就愛杯中物，只不過在那之前從未如此醜態百出，著實讓我有些吃驚。他的酒力沒道理突然變弱，應該是酒量增加了吧。

記不得是什麼時候的事了，有天父親這麼說道：「我今晚有重要的事，會晚一點回來。搞不好就不回來睡了。你明年就上國中了，一個人沒問題吧。」

這句話令我吃驚，不過我還是默默地點了頭。父親見狀露出滿意的表情。

「睡覺的時候門窗要鎖好。原則上，我會拜託阿春儘量晚點回去。」

當時父親的穿著與平常有些不同，就像是出現在外國電影中的紳士。只不過他沒有像銀幕明星那樣會穿西裝。

是夜，父親沒回來。父親說「搞不好就不回來睡了」，但其實他原本就打算那麼做吧。

自此之後，父親三不五時就在外過夜。不過他從沒告訴過我，他是在哪兒過夜。

有天夜裡，父親也外出。隔天沒放假，照理說父親應該不會外宿。我一邊在被窩裡看書，一邊等著父親歸來。漸漸地，我習慣了一個人過夜。當時，我熱中於阿嘉莎．克麗絲蒂（*1）的作品。她的作品內容大多與毒殺有關，對於因祖母事件而對毒藥感興趣的我而言，是很好的教科書。不過，我對她的作品也不是完全滿意。即使理智上能夠接受小說中所描述的犯罪動機及犯人心理，但感覺上還是覺得有點難以認同。直到現在，我還是完全無法了解，兇手在設下毒藥陷阱之前，突破心理障礙的瞬間究竟是怎麼一回事。

我想父親應該凌晨一點左右回來。當時看的小說著實有趣，讓我完全忘了時間，一頁接著一頁。若是平常，這時已是就寢時間，但我聽到外頭有聲音，於是直接穿著睡衣起身。我很期待父親有時候帶回來的盒裝壽司，心想說不定今天也……

然而，那天夜裡父親帶回來的卻不是吃的。

當我走到走廊，正好撞上隱著腳步聲從玄關走進來的父親。父親狼狽異常，大概是篤定兒子在睡覺的關係，不過事情似乎沒有那麼簡單。父親的背後還站著一個陌生的女人。

「噢，搞什麼，你還醒著啊？」父親僵硬的臉上浮現要笑不笑的表情。

我說我在看書。但父親好像沒有聽見我說話，回過頭說道：「這是爸爸的朋友。」

「晚安。」那女人點了個頭。她身著和服，挽著頭髮，臉蛋嬌小，膚色白晰。此外還有一對迷人眼睛以及細長睫毛。不過大概是假睫毛吧。

「晚安。」我點頭回禮。那女人身上飄散著一股我從沒聞過的氣味。我心想，父親就是去了這種粉味的場所。

「爸爸跟朋友有點話要說，你快去睡覺。」

我順從地對父親點點頭。穿和服的女人看起來像是在低頭微笑。

我不知道父親把我當成幾歲小孩，但至少我知道兩個人之間的關係，也察覺到他們接下來打算做什麼好事。我想，父親之前與小富在放棉被房間裡做的事，現在換成和這個人做吧。

隔天早上我起床的時候，穿和服的女人已經不見了。父親在寢室裡打鼾。

過不多久，阿春一走進鄰近廚房的和室，就微微抽動著鼻子，接著到流理台去不知道在檢查什麼，然後又回到和室來。

「昨天有客人啊？」阿春問我。

我不知道該不該說謊，微微地點了頭。

阿春於是趴在地上，直盯著榻榻米瞧。不久之後，阿春好像發現了什麼，用手指掐著。

*1 阿嘉莎．克麗絲蒂（Agatha Christie，1890-1976），生於英國西南部的泥盆。美國籍父親在她還小的時候去世，由英籍母親一手拉拔長大。她從小沒有到學校上學，而是在家接受教育，希望成爲音樂家（鋼琴、聲樂），十六歲才進入巴黎的音樂學校讀書，後來卻因生性容易緊張而放棄音樂，開始從事小說創作。得年八十五歲的她，留下了七十多部作品，作品總發作量高達五億冊，「推理女王」的封號實是當之無愧。

「頭髮。」

阿春歪著半邊臉頰和嘴角，露出一種奇怪的笑容。這是我第一次看到阿春的笑容，一種讓人有不祥預感的笑容。我接到詛咒信就是在這個時候。老實說，我的腦袋裡淨是家裡的事，壓根兒沒空去理會別人的詛咒。

不過就在暑假將要結束的時候，有一天寄來了令我震驚的東西。

那是兩張明信片。兩張都是標準明信片，一封的郵戳是來自荻窪；另一封則是來自品川。印象中，一封的署名是用黑色原子筆，而另一封則是用藍色墨水的鋼筆寫的。

問題出在明信片的背後，兩張明信片的背後寫著完全一模一樣的字——用紅色鉛筆寫的「殺」字。

看到這個的時候，我的大腦因爲過度恐懼霎時陷入混亂。我心想，會收到這種東西，難不成是因爲自己切斷了詛咒之輪的緣故嗎？不過在冷靜思考過後，我大致理解整件事的情況。

信尾列舉的五個人名當中，有人加上「田島和幸」。只要收到信的人遵照信的指示，這個名字就會依序地被寄到許多的人手上。三的五次方——兩百四十三個人。

有人詛咒我——這個事實讓我的心情變得暗淡無比。我承認自己有時候會爲點小事與人起爭端，但從來沒有被人詛咒過。明信片的寄件者是誰不重要，反正他們不過是遵照指示寄信罷了。

我不想把這件事放在心上，這只是某人開玩笑幹的好事。況且，也不過才兩張寫有「殺」字的明信片。

然而，等到隔天寄來三張，後天又寄來兩張詛咒明信片的時候，我的心情變得更加鬱悶了。

那些明信片當中，有不少除了「殺」字之外，還寫了些其他文字。其中，甚至還有在「殺」的周圍，圍上一圈「死」字的。另外，照理說信中應該只有指示要「用紅筆」寫，但有些明信片不管怎麼看，我都覺得那是用鮮血寫的。

我無法理解，能將如此令人不快的東西寄給陌生人的人，究竟在想什麼。一張張的明信片還不致於令人感到不舒服，但是一旦累積起來，便會成爲一股邪惡的負面力量。

寫有「殺」字的明信片在一個星期內不斷寄來，總共二十三張。兩百四十三分之二十三是這個詛咒的達成率。

我想視若無睹，但心裡卻有個聲音告訴我不能如此。或許是我察覺到四周的世界正在歷經重大的變動。

我想起了倉持的話——就算眞的受到詛咒，只要將詛咒的數目刻在神社的鳥居上就能得救。

某天夜裡，我半夜出門前往附近小學旁邊的神社。我的手裡握著雕刻刀。

神社裡最大的鳥居是混凝土製的，但我知道神殿旁有一座木製的鳥居，於是我毫不遲疑地前往那座小型的紅色鳥居。

雖然「做這種事才會遭到詛咒天譴」的想法掠過腦際，但現在已經不是猶豫的時候了。我盡可能找不顯眼的地方，在鳥居的下方刻上了「二十三」。在刻最後的「三」時，雕刻刀一滑，割傷了左手的大姆指。我一面舔著從傷口流出來的血，一面踏上了回家的路。

五

父親帶那個穿和服的女人回家僅只一次。但他們的關係並非從此一刀兩斷，反倒是父親夜裡出門的頻率增加，夜不歸營的次數變多，而我也習慣了獨自一人過夜。

診所的生意連我看來也覺得清淡。偶爾有事到診所去，候診室裡常常空無一人，只有櫃台的小姐閒閒無事。

即便如此，當時的父親還是一臉愉悅，穿著派頭，上理髮店的次數也增加了。

某天夜裡，我聽到父親在講電話，對方似乎是個女性。

「我就叫妳早點辭掉店裡的工作嘛。妳到底什麼時候才要辭職？」父親壓低聲音說，但我還是聽見了對話的內容。

「倒也不是現在馬上就要結婚，可是那是遲早的事。我沒騙妳，我是認眞的。所以志摩子，儘早辭掉工作吧！聽到沒？拜託妳了。」

我聽到父親的話，大吃一驚。母親離開才沒多久，但父親似乎是來眞的。

要是現在的我，就能給當時的父親許多建議，但還是孩子的我對男女之事一無所知。我猜想，對方應該也像父親一樣，是打從心裡愛著父親的吧。

某一個星期天，我切身感受到父親日漸加深的愛意。

「喂，我今天帶你去一個好地方。」吃稍晚的早餐時，父親開口說。

我問父親去哪。

「銀座。去買東西。買點什麼給你吧。然後去吃點好吃的。」

我樂翻了。父親好一陣子沒有帶我出去了。

我想，那應該是我第一次去銀座。高級的店家櫛比鱗次，打扮光鮮亮麗的大人昂首闊步。整條街充滿了活力，一切的事物看來都金碧輝煌。我完全無法想像這和自己平常生活的世界，是連結在一起的同一個空間。

「如何，這條街很壯觀吧？」父親邊走邊說。

「和幸變成大人之後，一定也要有本事在這條街上購物才行。」

我點著頭，環顧四周。心想，來到這裡就證明成功了嗎？

雖然說要購物，父親卻先進了咖啡店。店裡排著皮革椅，一些看來福態的客人談笑風生，女侍者身著輕飄飄的圍裙。這讓我想起了母親從前說過的話，她說她實在搞不懂爲一杯咖啡付好幾百圓的人心裡在想些什麼。當時是我第一次踏進咖啡店。

父親點了咖啡，他看我慌張失措地不知道該點什麼，於是建議我點柳橙汁。

送上來的柳橙汁，比起我之前喝過的任何果汁都要美味。而它們竟然同樣使用柳橙汁這個名稱，簡直令我感到不可思議，喝起來完全是天差地遠。我用吸管小口啜飲著。

過沒多久，店裡出現一位女性，是之前穿和服的女人，不過此時她身上穿的不是和服，而是質地輕薄的連身洋裝。或許是頭髮放下來的關係，她看起來比之前見面更年輕。

「不好意思，讓你們久等了。」她笑著說，在我們的對面坐下。

「不會，我們也才剛到不久。」父親回答。他的語調比平常更爲輕快。

她點的是檸檬紅茶。父親在茶送來之前，再度爲我們彼此介紹。但說是介紹，其實只是告訴我她的名字叫做「志摩子」，所以直到如今我還是不知道她姓什麼。

父親滔滔不絕地說我的事，像是擅長什麼科目、喜歡什麼遊戲，還有我的個性如何。聽著父親說話的內容，我有一種奇怪的感受，因爲跟我差太多了，簡直無法想像那就是我。譬如我的擅長科目，我想父親的記憶大概還停留在我小學低年級的階段。他似乎把我當成了一個已經十二歲，卻還在玩怪獸遊戲的幼稚小孩。

父親大概是想將我當作一個「天真好應付的小孩」介紹給志摩子吧。大致上，談話過程中我都低著頭，只是偶爾在喝飲料的同時，順便抬頭瞄志摩子的臉一眼。不知道在第幾次的時候，我和她的視線對上了，她微微地笑了一下，於是我滿臉通紅，慌張地低下頭。

「只要你喜歡，爸爸都買給你。」走出咖啡店後，父親對我說。

我說，我想要音響。當時我對音樂開始感興趣。

「好，就買給你。」父親鏗鏘有力地說，開步往前。

可是父親的腳步，卻先停在高級珠寶店前。志摩子勾著父親的右臂，不知道在他耳邊輕聲說了什麼。

「那麼，我們就去瞧瞧吧。」父親意氣風發地點頭，接著就被志摩子勾著手臂步入店內。

店內是一個令人目眩的世界。展示櫃裡陳列的物品都散發著神聖的光輝。店員的身上也具備了之前我不曾接觸過的高尚氣質。店裡充斥著唯有被挑選出來的菁英才能在場的優越感。

店內有一處放置接待用沙發的場所，父親叫我在那裡等候。女店員拿給我飲料和巧克力。從店員的樣子看來，父親他們似乎不是第一次來到這家店。

身著灰黑色上衣的男店員與父親他們應答著，但主要在交談的卻是那個店員和志摩子。父親只是不時頷首，聽著他們的談話。

志摩子讓店員接連將戒指、項鍊排放在展示櫃上，並且一一地拿在手上實際試戴，接著詢問父親好不好看，而父親總是千篇一律地回答：「還不錯啊。」

花了好一段時間，志摩子獲得了戒指、項鍊、耳環之類的首飾。剛得到一堆禮物的她，心情自是好得沒話說，而父親也像是讓情人瞧見自己威風的一面而一副心滿意足的模樣。

志摩子才剛買完一堆珠寶，一走出店門口卻又對父親說：「人家好想要誕生石唷。手上一顆也沒有怪寒酸的。」

「好，下次來的時候再買給妳。」

「眞的?你最好了。」她緊緊地勾住父親的手臂。

我曾聽過志摩子的生日是五月。但我不知道父親事後是否信守承諾買了祖母綠給她。

走出珠寶店後，這下換進了和服店。我等得不耐煩，不知道父親什麼時候才要買音響給我，但父親似乎沒有將我的事放在心上。當時的父親心裡，說不定正在爲成功地將情人和兒子介紹給彼此認識而感到喜不自勝呢。

志摩子在和服店也是東穿西戴，最後買了看起來最昂貴的和服及衣帶。和服店的老闆滿臉笑容地對父親點頭哈腰，連聲道謝。接著，父親的腳步總算走向電器行。但驚人的是，我選音響選到一半時，志摩子竟對父親小聲說：「人家想要新的電冰箱。」

「耶?電冰箱妳不是有了嗎?」

「我想要大一點的嘛。你也知道，我平常又沒辦法去買東西，人家想多買點東西存起來，以免你突然來的時候沒東西吃嘛。」

「原來如此。」

不消說，買完我的音響之後，父親自然又前往了電冰箱賣場。

我無從得知父親究竟在那個女人身上花了多少錢。父親幾乎天天到銀座的高級酒店報到，而且包含奢侈品在內，負擔她全身上上下下的行頭。一個月的費用換算成今天的物價，恐怕不會低於兩百萬日圓。除此之外，還要給母親贍養費，可以想像父親的經濟負擔並不小。重點是診所的生意依舊不盡理想。

然而，父親不可能向任何人訴說實情，所以也沒人會給父親任何忠告。唯一察覺到田島家危機的是女傭阿春。

「先生還真能撐耶。他晚上花天酒地的時間，比待在診所裡的時間還長吧？」阿春經常在準備晚飯的時候，夾針帶刺地說。「不過反正先生只要按時付我薪水，我也沒資格說話。」

每次回想起當年，我就覺得可恨。不論誰都好，要是有人提醒父親一下就好了。或許要讓迷戀上年輕貌美女性的父親覺醒並不容易，但當時要是有人阻止他繼續荒唐下去的話，說不定就不會引發那麼嚴重的後果了。

到銀座購物後過了一個多月，那天夜裡父親也外出。我一邊用新買的音響聽披頭四，一邊像平常一樣看著推理小說。

接近凌晨一點的時候，電話響起。在那之前，從來不曾有人在那麼晚的時間打電話來，著實嚇了我一跳。我走到走廊上，提心弔膽地伸手拿起放在櫃子上的黑色電話。

「喂。」

「啊……請問……」打電話來的男人似乎感到困惑，話只說了一半。他大概沒有想到接電話的會是一個小孩子吧。「這裡是田島家嗎？」

「是的。」

「啊，這樣啊。你母親在家嗎？」

「她不在。」

「那麼，家裡還有其他大人在嗎？爺爺或是奶奶都可以。」

「沒有，只有我在家。」

「只有你在家？」

男人不知如何是好，和身旁的人講了一些話之後，才又拿起話筒講話。

「其實我是警察。你父親受了傷，被送進醫院了。」

「咦？」我嚇得全身發冷。

「等一下會有巡邏警察到你家，在那之前，可不可以幫我查一下親戚或熟人連絡方式？」

「哦，好。」我回答時腦中一片空白。

男人問我叫什麼名字。我費了不少工夫，才告訴他和幸的寫法。

接下來的幾個小時，我在慌亂中度過。先是警官到家裡來，然後親戚也趕來，問了我一大堆問題，又命令我做東做西。當我到達父親被送進的醫院時，天早已亮。然而，卻因爲謝絕會客的關係，我最後還是無法見到父親。

事後經人說明，綜合我知道的部分，那天夜裡發生的情形大致如下。

父親像平常一樣前往志摩子工作的店，喝到十二點多，然後一個人離開酒店，到另一家酒吧去。他和志摩子約在那家店裡碰面。

然而，父親在前往另一家酒吧的途中，卻被人從身後襲擊，當場昏倒。那條路沒什麼人經過，所以並無目擊者。在父親昏倒之後，經過的路人皆以爲他是醉倒街頭，壓根兒沒想到要報警。直到後來，才有一個拉著攤子賣拉麵的大叔發現父親的頭在流血。

父親的錢包等隨身物品都還在身上，警察從他的身份證和名片確認他的身份，於是在打電話到家裡來。

現場找到一把沾有血跡的螺絲扳手，上頭的血跡和父親的血型一致。警方認爲這並不是一起搶劫財物的案件，而是和父親有仇怨的凶嫌所爲，經過搜查之後發現，嫌犯是一名在新橋工作的酒保。這名酒保和志摩子在交往，志摩子一個星期有一半的時間會在他的住處度過。

志摩子和父親交往純粹只是爲了錢。她的最終目的是和她的酒保男友開店。爲了這個夢想，她似乎能忍受暫時將自己的身體交給不喜歡的男人。但是，年輕的情人可就受不了了。那天夜裡，他找到志摩子和父親相約的地方，就地埋伏等待父親的到來，再從背後襲擊父親。

他被警方逮捕招供之後，還聲稱自己無意殺人，只是想要讓父親吃點苦頭，或許父親就會有所警戒，不再接近志摩子。犯罪的動機竟是出於如此單純的想法。

父親被送進醫院之後不久就恢復了意識。他的頭上有兩處重傷。我見到父親是在事發後的第四天。父親的意識很清楚，對於事件的經過也記得一清二楚。父親在被毆打之前，看到了躲在大樓背後埋伏的男人臉，使得警方得以及早破案。

父親住院期間親戚們輪流到家裡來住。他們不斷向阿春打聽志摩子這個風塵女子的事，關心焦點集中在父親到底在她身上浪費多少錢。從阿春那裡聽到經過的親戚，無不皺起眉頭。

同時，親戚們偷偷地在我家召開了一場家族會議。當時，還找來了負責診所會計事務的稅務代書。他就像個被告，坐在眾人面前被質問我家的財務狀況。

這個時候，大家才知道牙科診所的經營情形每況愈下，以及田島家的存款大幅減少。有人攻擊稅務代書爲什麼放任不管，讓事情落得這般田地。稅務代書小小聲地反擊說自己只負責稅務，對於經營沒有置喙的餘地。再說，稅務代書根本無從掌握顧客私底下怎麼用錢。
親戚們七嘴八舌地說：「要是再這樣下去的話，田島家會完蛋的，一定要快點想想辦法。」但吵了半天也討論不出立即見效的解決方法，所以只好等到父親出院再說。
然而，事情的嚴重性卻超乎他們的想像。
三天後，父親出院。父親的堂姊妹們說要去接他出院，但父親卻自己回家。他的心情糟透了，親戚上前迎接，他也懶得搭理。
「他是惱羞成怒啦。錢被女人騙了，還遇上那種倒楣事，才會感到難為情，沒臉見大家。」親戚嘟囔地回家去了。
我和父親好久不曾一同吃飯。那天夜裡，阿春為我們煮了一頓大餐。然而，飯吃到一半，父親突然停下筷子，瞪著右手。我也發現到父親指尖在微微地抽搐。
「爸……你的右手怎麼了？」
父親沒有馬上回答。他盯著自己的右手好一會兒之後，才回過神來往我這邊看。
「耶？啊，哦，沒什麼。」父親放下筷子，直接走出餐廳。
牙醫就像工匠——這是父親的口頭禪。
「你想想看！牙醫又削又補的，還要將金屬塡進牙洞裡，再說又不能將齒模師做好的假牙，直接放進病人的嘴裡就算完工了事，還得依照每個人的情況，做最後的修整。這哪裡不像工匠？牙醫和金屬雕刻師、手工藝匠一樣都是工匠。證據就在於，不但做出來的工要好，價格也要便宜。這都是要靠技術的。同是做金牙，金子用的量越少，價格自然就越便宜。」

父親以自己的高超技術爲傲。只要一有病患跑來找父親哭訴，抱怨別的牙醫做的假牙戴起來有多不舒服，父親就會高興一整天。

「口腔就像是從人體獨立出來的生物。要是像最近的年輕牙醫那樣，只有那麼一千零一招的話，根本應付不來各式各樣的病患。唯有徹底看清口腔的情形，才能完全根治病症。」

父親以麻醉注射爲例，說明他的高超技術。

「我們不是常常聽說，有人打了好幾支麻醉針卻一點效果也沒有嗎？那就是因爲技術太差勁。將麻醉藥注射到牙齦的時候，靠的是集中精神和直覺。重點在於如何一口氣將針頭插進那一點，必須快、準、狠，而且手不能顫抖。」

父親經常把筷子當成針筒，對我說這些。而這一段話說完後，他幾乎都會補上一句：「總而言之，有一技在身的人就佔了上風。爸爸只要這隻右手還在，就不怕沒飯吃。」

我總是抬頭看著父親的右手，覺得很有安全感。

然而，那隻右手卻出了問題。父親接連幾天跑到各式各樣的醫院及民俗療法的診所。有時候，還會將身懷絕技的按摩師找到家裡來。

父親絕口不提他的右手出了什麼毛病。他大概是不想讓兒子感到不安吧。更重要的原因是，他不願承認自己失去了唯一足以自誇的右手吧。因此，我也就不再多問了。

然而，我還是略微察覺到了父親右手的症狀。他的右手手腕到指尖的部分不時會痠麻或是抽搐，伴隨的症狀是沒有感覺，使不上力。而且這種症狀總是毫無預警地發生，因而我好幾次都看到筷子、湯匙，還有鉛筆之類的東西從父親手上滑落。這明顯是頭部受傷的後遺症。

也難怪父親會緊張，處在這種右手不知道什麼時候會失去知覺的情況下，根本沒辦法繼續當牙醫。實際上，那一陣子診所都沒營業。

縱然嘗試了所有的治療方式，父親的右手依舊不見好轉。過一陣子，附近的人都知道，父親的右手不聽使喚了。或許是這個緣故，甚至出現了田島牙科就要關門大吉的謠言。

從那個時候起，父親乾脆就不治療右手了。反正不管做什麼都是白費工夫，所以他放棄了。他越來越常從大白天喝酒喝到晚上，還把氣出在我和阿春身上。

不但如此，父親每到晚上就會漫無目的地出門。他不說去哪裡，但似乎是在銀座或新橋一帶徘徊。我曾經有一次聽到父親對著話筒這麼說：「妳怎麼可能不知道？在店裡的時候妳們不是無話不談的手帕交嗎？……妳那麼說，只是爲了包庇志摩子吧？反正不管什麼都好，告訴我妳知道的！她家的地址，還是電話號碼也好，告訴我她可能會去的地方！」

事情發生後，父親再也不曾提起志摩子這個名字。我想，他應該是眞心想要忘掉這個名字吧。可是每當頭部受傷的後遺症發作時，他還是無法忘懷。我猜想，父親應該還想再見到那個女人，對她破口大罵一頓。

後來父親找來律師，對那個讓父親受傷的酒保提出損害賠償的訴訟。既然是因爲後遺症導致無法繼續當牙醫，提出損害賠償是天經地義的事。但就結論而言，我不記得父親由這起訴訟得到了什麼賠償。酒保因傷害罪入獄服刑，出獄的時候根本不可能有錢賠償。

我就在這一連串狗屁倒灶的事中，迎接小學六年級那年的過年。既沒有年菜可吃，也沒有紅包可拿，只有寒冷與我相伴。父親大概是想逃避殘酷的現實吧，成天不是喝酒，就是酩酊大醉，窩在棉被裡呼呼大睡。

三個月後，我國小畢業，確定要進入當地的公立國中就讀。原本父親打算讓我進入私立中學，但家裡的經濟完全不允許。再說，牙科已經到了非關門不可的地步，父親也沒有心思思考我的升學問題。

一切都因爲父親受傷開始脫軌，害得我躲在棉被裡哭喊：「爲什麼事情會變成這樣呢？」

這個時候我想起詛咒信。我的手邊寄來了二十三封只寫了「殺」字的明信片。帶著二十三個人的咒念的明信片……

我想，我被詛咒了。

六

那些詛咒明信片我只看過一次就包上報紙塞進了抽屜深處。我總覺得隨便處理掉不太好，所以沒有將之丟棄。後來在鳥居上刻上數字，也是基於相同的理由。雖然我並不相信有詛咒這回事，但卻完全受到詛咒的束縛。

有一天，我從抽屜裡拿出放了好久的明信片打算丟棄。我認爲，擁有這種東西會帶來不幸。我手上的明信片共有二十三張，但只實際仔細看過幾張。因爲我知道上頭寫的內容一模一樣，越看只會越讓自己受傷。不過，在丟棄之前，我還是一張張地看了一遍。不可思議的是，我比第一次看到那些明信片時還要冷靜。大概是因爲當時已經發生了不好的事。

再次看著明信片，我發現了一件奇怪的事。那就是收信人姓名寫錯了。我的名字是田島和幸，但所有明信片上寫的卻是田島和辛。我稍微想了一下，馬上就明白了原因。寄出這些明信片的人並不認識我，他們只是照抄寫在詛咒信上的地址和姓名罷了。所以，是第一個在那封信上寫下我的名字的人寫錯了我的名字。

我想，犯人和我不熟。他應該是在哪裡發現了我的地址和姓名，抱著半開玩笑的心情將我列在那封詛咒信上而已。儘管如此，這個失誤也未免太諷刺了吧。不過是把我的「幸」寫錯成「辛」，就讓我的人生扭曲變形。

我猜想，那個犯人應該和我讀同一間學校。這麼一來，我更想去唸私立中學了。小學的朋友大多會唸當地的公立國中，如果我去私立中學的話，就不用再見到他們了。

然而，我家的情況改變，搗毀了我唸私立中學的夢。我至少必須度過三年孤獨的學生生涯。這件事，比起校規硬性規定學生要剃光頭更令我鬱悶。

不過，眞的成爲國中生之後，我發現天底下倒不全然是壞事。我唸的那間國中也有不少來自其他小學的孩子，完全不知道我家過去的同學倒也不會排擠我。

當然，那間國中裡也有和我是同一間小學畢業的人，不難想像他們會在背後損我。我想實際情形應該也是如此。不過，在一次偶然的情況下我找到了克服這個困境的方法。

就在休息時間和大家聊天的時候。「田島家是開牙醫診所的吧？眞了不起，所以你是有錢人家的大少爺囉。」一個同學說。他來自別間小學，說話應該沒有惡意。

身旁一些聽到的人一臉尷尬地低下頭。不用說，他們自然是和我同一間小學畢業的人。

「我家現在歇業中。」我回答。有的人住在我家附近，可不能胡謅。

「是哦，爲什麼？」

「因爲客人說我爸的技術不值得信任，所以都不來了。」我半自暴自棄地說。

然而，聽到我那麼說，不知情的人都笑了。他們似乎以爲我在開玩笑。

「爲什麼不值得信任呢？難道在你家看完牙的人，嘴巴都腫起來了嗎？」

「天曉得。說不定是害怕會被殺掉吧。」

我這句話也沒半點開玩笑的意思，但從別的小學來的同學們卻捧腹大笑。

「搞什麼，原來是會殺人的牙醫啊？」

「大家好像是這麼說的。」

大家又是一陣哄堂大笑。我困惑了。大家的笑聲中不帶惡意讓我感到不可思議。

「這麼說，你們家現在已經不是有錢人了嗎？」

「當然不是。所以原本我想唸私立，卻只能進來這裡。我是『前』有錢人。」

前有錢人這個詞一時成了我們班上的流行語。被他們這麼一笑，我才發現，根本沒有必要隱藏自己的遭遇。一切成為別人的笑柄也無所謂。如此一來，就不會有人在背地裡說我的壞話了。說不定，覺得和我說話很悶的人也會減少。

自此之後，我便故意將家醜當笑話講，徹底成為班上的小丑。前有錢人、前大少爺之類的話語受到大家的歡迎。兩、三個月過後，田島已成了公認愛搞笑的傢伙。

「婆婆去世的時候，眞是整慘我了。有謠言說她是被人餵毒死的。連刑警都來了。不過，最痛苦的還是吃飯的時候。因為我都會邊吃飯邊想：『這飯裡該不會眞的摻毒吧？』」

大家很喜歡這種自虐式的玩笑話。我心想：「要是大家聽膩了可就糟糕。」於是自曝其短的情形越演越烈。到最後，我終於還是在學校裡搬出了父親被酒家女的愛人痛毆那一段，但卻有不少人以為這是我編出來的故事。

在人前說出這段丟人現眼的糗事並不有趣。只不過，我認為大夥兒在笑鬧之間，我不會遭到排擠，於是拚命地扮演丑角。每聽他們笑一聲，我的心就痛一下。我知道自己變得越來越卑微，但欲罷不能。

有一個同學名叫本原雅輝，他是我進國中之後交的第一個朋友。他住在隔壁的村鎮，完全不知道我家那個令人厭惡的謠言，認爲我的話有大半是言過於實。他的身材嬌小、身型纖細、皮膚白晰，要是留長髮、脫掉制服的話，大概會被誤認成是女孩子，因而也有不少人叫他人妖。

可是，眞正的他卻是一個典型的十多歲少年。他崇拜女歌手，老是在說班上的某某最可愛。我第一次看到進口的外國雜誌也是在他的房裡，當時，連露出乳房的彩頁照片都難得一見，而那本雜誌上竟然還刊登了露出下體的照片。只不過，重要部位會以奇異筆塗黑。我和木原在他房裡，試過各種方法想要將奇異筆的部分弄掉，什麼稀釋劑啦、揮發油啦，甚至連乳瑪琳、特殊的橡皮擦也都試過，卻幾乎沒什麼效果。儘管如此，只要我們的目標物偶爾隱約可見，就會讓我們樂得歡天喜地。

有一次，他問我有沒有看過眞人，而不是照片。

「媽媽或姊姊的不算哦。」木原賊賊地笑著補充說道。這時候我們一如往常在他房裡聊天。

「沒很清楚看過。」我老實回答。「不過，如果是一點點，我倒是在大人嘿咻時看過。」

我的話讓他驚訝得瞪大眼睛。他馬上很感興趣地湊到身邊問我：「什麼時候看見的？」

我告訴他小富和稅務代書做那檔子事時的體位。他半張著嘴，聽得入神。

「我都沒看過那種場面。」他羞紅臉頰地說。「不過我倒是看過幾次女孩子的那裡，但是都是小孩子。」

「那我也看過呀。像是親戚在爲小嬰兒換尿布的時候。」

「沒那麼小啦！大概和我們同年的女生。」

據木原所說，有的女孩子只要你肯出錢，她就願意露給人看。五十圓只能看；一百圓就可以稍微摸一下。木原說：「跟我們同年，可是好像不同學校。」

「不過她是個醜女。」木原補充一句，笑了出來。

那女孩住的地方似乎離木原家有一段距離。聽他在講那女孩家在哪兒的時候，我想起了別的事；她家就在我從前沉迷下五子棋那間房子的附近。

我說出那件事後，木原的表情似乎並不特別意外，並且點點頭說：「如果是賭博的五子棋，我知道呀。有三戰兩勝跟五戰三勝的，對吧？」

「我玩的是三戰兩勝。先勝兩局的人可以贏得對方的錢。」

「沒錯。」木原想了一下之後說，「不過，那是騙人的。」

「騙人的？」

「我是聽來的。」

「怎樣騙人？」

「詳情我是不知道，不過聽說絕對贏不了。」

「可是，如果是五子棋的名手應該會贏吧？」

木原搖搖頭。

「他們是不會跟這樣的人比賽的。他們只會選那種一定會輸的人。」

「怎麼選呢？對方是強是弱，不下一局怎麼知道？」

「他們不會跟自己上門的客人比賽，只會和知道對方實力的人比。所以，他們穩贏不輸。」

「可是，我看過是客人贏的耶。」我反駁說。

「三戰兩勝，他贏兩次了嗎？」

「嗯。」

「那傢伙是不是帶你去的人？」

我默不作聲。被他說中了。

「我想他是和店家串通好的。」木原歉然地說。

「要是都沒人贏得了，客人就會放棄走人。但那是不行的，必須讓客人覺得就差那麼一點兒就贏了才行。爲了做到這點，他們會讓客人看到眼前的其他客人贏棋。不光是這樣，他們也會讓那個客人贏，但是只會讓他贏三局中的其中一局。」

聽著木原的話，我感覺全身汗毛豎立。那簡直就是倉持修第一次帶我去賭五子棋時的情景。只會和知道對方實力的人下棋，這一點也吻合。換句話就，他們只跟同夥人帶來的人下棋。我是「穩輸不贏的大肥羊」，因此被帶到那裡去。

「那人是你的朋友嗎？」木原有點猶豫地問。

「不是。」我搖搖頭。「他是一個不太熟的人。」

木原臉上露出放心的表情，說：「我想也是。」

倉持修和我進了同一所國中，不過因爲班級離得遠，所以當時幾乎沒有來往。

我開始思考當時花費在賭五子棋上的金額。從小學生的零用錢這個觀點來看，應該是筆不小的數字。我就是爲了這筆錢，從祖母身上偷走了她的錢包。

我想找倉持確認這件事情的眞僞，問清楚他是不是欺騙了我。然而，現實情形卻不容許我那麼做。眼前發生更緊急的事，一個弄不好，可能會連住的地方都沒有。

任誰都看得出來田島牙科診所事實上已經經營不下去了。父親的右手不見起色，診所的大門依舊深鎖。儘管如此，父親還是沒有打算從事其他工作，照樣每天從早喝酒喝到晚，喝得爛醉就呼呼大睡。漸漸地，他也失去了尋找志摩子的力氣。

我家的經濟狀況不斷惡化，漸漸到了坐吃山空的地步。父親如今就算捨不得投注在志摩子身上的金錢，亦爲時已晚。

所幸阿春依然到我家幫忙。她領到的薪水應該不多。直到後來，我才知道她來幫傭不是單純出自一片好心。

爲了東山再起，父親選擇放手一切。一開始，他似乎想將診所租給別人，卻找不到人肯租。想是田島牙科診所的名聲太糟糕，以致新開業的醫生也望之怯步。不得已之下，父親只好將整間診所賣掉，卻賣不了什麼好價錢。

每天都有不動產業者在我家進進出出，與父親商討事情。他們最後的結論是，土地連同房屋一併出售。

父親打的如意算盤是——賣掉土地房屋，再找個地方蓋間小公寓，靠房租收入度日。失去唯一技能的他，只對坐著不動就有錢滾進門的事業感興趣。

而不管父親做什麼都要講上一句的親戚們，自然不可能默默地看著父親爲所欲爲。他們按例在我家召開了家族會議。父親的提議當場被所有人駁回。眾人一致認爲，系出名門的田島家絕對不許將祖厝變賣他人。

即使眾人反對，房屋的所有權卻握在父親的手中。父親力排眾議，或者該說是無視於眾人意見，遂將房屋和診所賣給了某家不動產業者。這件事情是發生在我上國中那年新年過後不久。

我喜歡那間大房子，而且好不容易可以隨心所欲地使用各個房間，現在卻不得不搬家，令我大受打擊。而我對於今後不知何去何從更不安。我不討厭父親，但自從他被那個叫做志摩子的女人騙了之後，我完全失去了對他的信賴。父親原本那麼寬厚的背膀此刻看起來卻是如此瘦弱。

此外，我心裡還幾個單純的疑問。搬家之後要吃飯怎麼辦？打掃誰做？髒衣服誰洗？鈕扣掉的時候該怎麼辦？父母離婚的時候，我毫不遲疑地選擇留在父親身邊。這個時候，我第一次後悔當初做下的這個決定。

一個寒冷的傍晚，我出門到附近的書店。我並不是有事要去書店，我的目標是書店前的電話亭；口袋裡裝著滿滿的十圓硬幣。

我一踩進電話亭，立刻拿出母親給我的護身符，裡面寫著她的地址和電話號碼。

在這之前，我從來沒有想過要主動打電話給母親。因爲雖然無憑無據，但我相信母親總有一天會打電話給我，或來找我。可是，母親卻沒有和我聯絡。

我將十圓硬幣投進投幣口，撥電話號碼，心裡七上八下地聽著電話鈴聲。

過不多久，電話通了。

「喂，您好，這裡是山本家。」

我聽到一個男人的聲音。他的口吻聽起來很冷淡、一副嫌麻煩的樣子。

我無法立刻應答，對方更不耐煩地問：「喂、喂，找哪位？」要是再過幾秒還不說話，電話一定會被掛掉吧。

「喂，請問……」我總算說出話來了。

「嗯……？」大概是因爲聽到小孩子的聲音，對方不知該做何反應。

「媽媽在嗎？」

「媽媽？」

「是的。那個……我媽叫做峰子。」

這下換對方沉默了。他似乎知道了我是誰。

「喂？」我又問了一次。

「她現在不在。」男人用一種不帶感情的冷淡口吻說。

「她什麼時候回來？」

「這我不清楚。她回來我會告訴她你找她。」

「哦，麻煩你了……」我話還沒說完，電話就被掛掉了。

在那之後，我每天都在等母親的電話，但她卻沒打來。我本來想再打一次給她，但總覺得又會是那個男人接的，也就不敢打了。

於是我決定星期天去母親家。我事先買好地圖，確認大致的位置之後，出了家門。我想，那大概是我第一次獨自搭電車到陌生的地方。

母親住的地方比我想的還要簡單就找到了。那是一棟兩層樓的公寓。不過，我卻沒有勇氣立刻登門拜訪，一直站在路邊望著門。其實我期待母親不久會從屋內出來。

過不多久，大門開了。出來一個不認識的男人和年約三歲的小女孩。男人身穿厚夾克，圍著圍巾，手上拿著洗臉盆。

男人的臉上帶著笑容，不知道對著屋裡說了什麼。他和小女孩邁開步伐後，從屋裡伸出了一隻手臂砰一聲關上門。那隻手臂穿著粉紅色的毛衣。我確信那是母親的手。同時，一股心灰意冷的情緒在我的心中擴散。事到如今，我已經不能投入母親的懷抱了。我明白，母親的身旁已經容不下我了。

父親在距離舊家頗遠的地方買了一塊地，決定在那裡蓋公寓。就結果而言，那不過是個被中間業者矇騙的計畫，但卻沒有人給失去冷靜判斷的父親忠告。親戚們完全放棄父親了。

公寓一蓋好，我們就可以住進其中一戶，於是在公寓蓋好之前，我和父親在附近賃房居住。這一切進行地非常倉促。

離搬家剩下寥寥數日。有一天父親整理物品，去了一趟久違的診所。入夜後，我也去了診所，發現父親雙眼無神地坐在診療台，東西都還沒什麼整理，地上放了好幾個打開的瓦楞紙箱。

「噢，是和幸啊。」父親看到我，張開千斤重的嘴。

我問父親在做什麼。

「不，沒什麼。」父親從診療台上下來，嘆口氣。「不知在這裡看過多少病患呢。」

「如果換算成牙齒的數目，那數字一定更驚人。因爲一個人不見得只看一顆牙。」

父親聽了我的話，落寞地笑了。「是啊。」

父親環顧室內後說：「剩下的明天再收。把電燈關掉，那邊的東西不准碰。」然後往門方向走去。

我跟在父親身後，看到身旁的一個瓦楞紙箱，停下了腳步。裡面放了許多藥瓶，其中一瓶上頭寫著「昇汞」字樣。

我悄悄地將那個小瓶子放進了夾克口袋。

搬到租賃的房子後，我還在原本的國中上了一陣子學。原因出自於父親拖拖拉拉，沒有趕快把該辦的各項手續辦好。我曾經在從學校到車站的途中繞遠路去看從前的家。那棟古老而氣派的日本古厝失去了主人，彷彿一座巨大的墳墓般沉沒在群屋當中。

不久，我正式確定要轉學了。幾個聽到這個消息的朋友捨不得我要離開。當然，拚命扮小丑博得歡笑，也是他們捨不得我的原因之一。

最依依不捨的要算是木原雅輝了。

「好不容易成為朋友卻要分開，我覺得好遺憾。」他說。

「我也是。」

我送給他披頭四的黑膠唱片。那是他們東京公演時的盜版唱片，雖然不太能聽，卻是我的寶貝。他收下後很感動，說在我最後一天到學校上課之前，也會準備東西送我。

有一天，我一如往常地來到舊家附近，發現一群男人開始拆房屋。他們用推土機推倒圍牆，鏟平樹叢，輕而易舉地折斷梁柱；土牆如紙般應聲倒下。

沒花多少時間，那棟歷史悠久的古厝就在我的眼前化做一堆瓦礫。男人們一臉工作告一段落的表情，開著卡車揚長而去。

等到四周不見人影，我往舊家的斷垣殘壁走去。我的家，徹底變成了粉塵灰燼。光看幾片殘破的瓦礫，根本不知道那曾是家的哪個部分。

有鐘擺的掛鐘摔在地上。我記得，那原本是掛在二樓那間放棉被的房間裡。只要有不如意的事，我都會跑到那個房裡哭泣。望著那個掛鐘，我的眼眶熱了起來。我蹲了下來，小心忍住聲音地哭了一會兒。

過了一陣子，我感覺有人在看我，抬起頭一看，阿春站在路旁靜靜地盯著我。她一和我四目相交，一臉彷彿看到了什麼不該看的表情，慌慌張張地離去。她大概是買完東西要回家吧。身上穿著圍裙，手上提著菜籃。說不定她已經找到了新的雇主。

父親說要解雇阿春的時候，她要求父親連本帶利，全額支付之前積欠的薪水。

「那個女人知道我跟不動產業者見面，企圖總有一天要我連本帶利付她薪水，所以之前她才會吭都不吭一聲。」阿春回去之後，父親恨得牙癢癢地說。

三月的結業式那天，也是我和大家道別的日子。明天起就是春假，同學們的臉上滿溢著雀躍之情，只有我是滿腹的不痛快。離開大家並不難過，我卻不知道接下來的日子要怎麼過，不安的心情壓得我快要喘不過氣來。

對我完全沒幫助的女班導向同學宣佈我要轉學，一聽就知道她是故意選擇煽情的詞彙，害得我光是站在她身邊聽她講話都覺得難爲情，結果果然沒有任何一個笨蛋因爲她的話而流淚。

最後，班導要我向大家道別。我走到教室前面，說了些連自己都覺得冷淡的話。教師並不滿意我的發言；至今喜歡看我扮小丑的同學們也是一臉期待落空的表情。

那天，木原到車站送我。好像還有其他幾個人也來了，不過我完全沒有印象。對當時的我而言，木原是唯一的朋友。我到現在還是會想，要是小學的時候就遇到他該有多好。

「這個送你。」他遞給我一支鋼筆。我知道這是他經常在英文課上用的筆。

「這樣好嗎？」

「當然好。還有這個。」他又從書包拿出了另一樣東西。

那是一本紀念冊。打開一看，裡面寫滿、畫滿了同學的簽名、留言和塗鴉。長期以來，我在班上一直戴著小丑面具，不過看到那本紀念冊的時候，我的內心到底還是澎湃激昂的。

謝謝，我小聲地道謝。

我搭上已進站的電車。其實，我又不是要到別的縣去，今後想見面的話隨時可以見得到面，但當我在電車裡向大家揮手道別時，卻有一種今朝離別後，永無相見日的愁緒。

事實上，那是我最後一次和木原見面。後來，成績優秀的他進入我怎麼也進不去的高中，上了國立大學的國文系，畢業後並且在總公司設在東京的報社工作。不過，這件事和我的命運倒是沒有任何關係。

和本原道別後，我在電車內再度打開紀念冊；每一頁由一個人簽名留言。當我看到連不太熟的同學也有留言時，心情很特別。

翻著翻著，我才發現原來留言的人不只有同班同學，還有因爲體育和工藝課而熟稔的其他班同學。我很感謝木原，是他將這本紀念冊傳給其他班級留言的。

不過，這種幸福的心情卻隨著我看到某一頁的內容頓時煙消雲散。

那一頁是倉持修的留言。木原大概是聽誰說過小學時代我和倉持很熟吧。

「到了新的學校也要加油！別輸給其他人！」

倉持修用彩色簽字筆寫著，字的一旁還漂亮地畫了一張《巨人之星》(*1)主角的臉。

如果只是這樣的話，也就沒什麼了。問題出在寫在右上角的文字。

上頭如此寫著——獻給田島和辛。

七

新學校座落在水質污濁的運河旁。涼爽的季節還好，一到天氣轉熱非開窗不可的時候，教室裡熱烘烘的空氣中淨是油臭味和腐臭味，課根本上不下去。不過，我很快就知道，就算不是身處在這種惡劣的環境之下，我的國中生涯也不可能過得舒適快活。

班導是一個長得像山羊的老人。他實際上應該沒多大年紀，但我完全無法從他那放棄一切的爲人態度中感受到一絲活力。這群國中生就夠難帶的了，現在又要加入一個異類，他大概覺得很鬱悶吧。我甚至可以察覺到，他覺得自己被選爲擔任我的班導，是天上掉下來的不幸。我這個轉學生因爲不安而心情低落，但他的腦袋中，壓根兒沒有想到要讓我放鬆心情，對我毫不關心。

「我來介紹新同學。」

坦白說，班導第一次帶我到班上的時候，只說了這一句話。剩下的就是非常事務性地要我向大家自我介紹。

四十多位同學對於突然跑來的轉學生，投注的眼神中夾雜了各種惡意。諸如看到珍奇異獸的眼神、感到厭煩的眼神、品頭論足的眼神、充滿敵意的眼神等等。除此之外，還有不少人一副事不關己的樣子。我一面做形式上的自我介紹，一面心裡想：「這些是蛇的眼神。」我現在正被一群蛇所包圍。

---

*1　漫畫家梶原一騎所畫的棒球鉅作，一九六〇年代轟動一時。主角爲星飛雄馬。

我印象中那個班級裡沒有壞到骨子裡的傢伙。一言以蔽之，那是一個由普通的學生、極度平凡無奇的國中生所組成的班級。沒有人會剃眉毛；也沒有人會在課堂上無視老師的存在而玩起紙牌來。我也不曾聽說班上有人接受輔導。

不過，所謂的「普通」即意謂著不好也不壞。這樣的人雖然不會主動採取行動，卻往往會不加思索地參與他人提出的壞主意。

一開始，並沒有出現直接的「惡作劇」。所有人都在四周觀察我的一舉一動。要是這個時候有人跟我說話，而我也能夠圓滑應對的話，說不定我就能慢慢融入這個班級。可惜不幸的是，他們一開始對我採取的行動就是「什麼都不做」。換言之，就是視若無睹。

首先，第一個人採取不理不睬的態度，看到他這麼做的第二個人，於是被迫選擇要如何對待轉學生。看是要仿傚第一個人呢？還是採取自己的作法。基本上，選擇後者需要某種程度的勇氣，必須做好與第一個人對立的心理準備。就這樣，第二個人也決定多一事不如少一事，選擇對我不理不睬。如此一來，剩下的人會怎麼做不用說也知道。從第三個人開始，總不能只有自己採取和大家不同的態度，只好有樣學樣。

轉學後過了將近一個月，我成了一個班上可有可無的人。大家總是避免和我四目相交，不管做什麼，他們都不會想到有一個同學叫做田島和幸。

好比說，有些課是以分組的方式進行，這個時候唯有我是多餘的。老師看到這個情形，自然會讓我加入某個小組，但小組中也不會有人找我講話，即使課堂的設計目的是要讓一個小組齊心合力完成工作，我也不會被分配到任何工作。整節課我就只是看著大家動作。

體育課打壘球的時候，我既沒有防守位置，也輪不到我打擊。但是我還是一度站上了打擊區，只不過投手投的淨是球棒搆不著的壞球。然而，擔任裁判的同學卻判定每一球都是好球。結果，我一球也沒打到，就被判三振出局。對此，沒有任何一個人有意見，只有人在私下竊笑。

我時常回想當時的情景，但就算我想破了頭，也想不通爲什麼自己要受到那種對待。我應該沒有過錯才對。我總是盡可能積極地和同學說話，試圖融入團體之中。但是當我回過神來，我和他們之間已形成了一堵厚實的牆。

書上說，「霸凌」（Bully）是在一九八〇年代之後才開始浮上檯面。不過，大人應該都知道這是存在已久的問題，只不過沒有人特別提出來討論罷了。

教育人士和學者針對霸凌事件一直在思考爲什麼會發生這種事。從受過霸凌的人的立場來看，霸凌事件必然會發生。想要排斥自己不熟悉的事物是種本能。就跟他人的不幸會令人產生快感一樣，看到別人痛苦是一件快樂的事。事實上，決定一名犧牲者，大家藉由攻擊那名犧牲者，即可讓彼此產生同儕意識。有團體的地方，就有霸凌的行爲存在，這是很難避免的。

其中，轉學生特別容易成爲被霸凌的對象。這樣就不用傷害已經認識的人，並且得以反覆進行「霸凌」這個吸引人的活動。如果轉學生沒有被霸凌，原則上必須具備相當程度的條件。舉例來說，像是外表看起來擅長打架、是有錢人家的小孩、成績卓越出眾等。當班上的帶頭者願意讓轉學生融入大家時，轉學生有時也能倖免於難，但說起來還是要算他幸運。

我看起來既不像擅長打架的人，家裡也不有錢，而且本來就嘴拙，一和人說話就結結巴巴，會被渴望欺負他人的傢伙視爲絕佳的犧牲品一點也不奇怪。

視若無睹這種霸凌方式其實對身體根本不痛不癢，但卻對我的精神造成了實質的傷害。然而，我連一個能夠商量的對象也沒有。父親滿腦子都是如何妥善經營公寓，而一副山羊臉的班導則是擺明了不想和我扯上關係。

在一次所謂全班校外教學的活動中，我們要去參觀某家報社，在搭乘遊覽專車時，發生了一件讓原本漠視不理的霸凌行爲變爲暴力相向的事。

遊覽車上全是雙人座，同學們兩兩落座，問題是誰要坐田島和幸的旁邊呢？座位不多也不少，沒有辦法讓我獨自一個人坐。

結果最後採用抽籤的方式決定座位，一個名叫加藤的男同學要坐我旁邊。其他人因爲沒有抽到這個位子而鬆了一口氣，但加藤卻很火大。「爲什麼我要坐那傢伙的旁邊？眞是倒楣透頂。」

我一副沒事人的樣子，坐在一旁聽他說。大家雖然同情他，卻還是竊笑不已。我坐在靠窗的座位；加藤將一隻腳伸到走道上，和坐在其他座位的人聊天。內容大半是今天眞倒楣。

過一會兒，加藤開始出現了奇怪的舉動。他微微抽動鼻子說：「有股怪味兒。」不久，他將臉轉向我，直接皺起眉頭，捏住鼻子：「搞什麼，原來臭味就是從我身旁發出來的。」

聽到他這麼一說，立刻有幾個人笑了出來。他們也跟他一樣，做出在嗅味道的動作，甚至還有人說：「眞的，臭死人了。」

那一陣子我確實連續幾天穿著沒好好洗過的制服，但不致於臭到要捏住鼻子。我火上心頭，狠狠瞪著加藤。就算眾人無視我，我也一路忍下來，但這時眞是孰可忍孰不可忍。

加藤反瞪我一眼。

「幹嘛，你有意見嗎？」

我別開視線，因爲我無意吵架，加藤也沒有再多說什麼。車上瀰漫著尷尬的氣氛。

這次的校外教學期間沒事發生，但隔天放學後，包括加藤在內的四名男同學將要回家的我團團圍住，把我帶進體育器材室。

「你昨天很臭屁嘛。」加藤叫囂道。

就在我想要回嘴的時候，有人從背後架住我，我還來不及抵抗，架藤尖尖的鞋尖一腳就踹中了我的胃。我發不出聲，向前傾倒，又被他踹了兩、三腳。

身後的人放開我，但我痛到無法站立，捧腹蹲在地上，接著又是一陣亂踢。他們除了臉以外，不斷地踢著我的肚子、腰，還有屁股。大概是怕弄傷了我的臉，會惹禍上身吧。

不知道他們踢夠了，還是踢累了，終於停止綿密攻勢。有人不知道說了什麼，另外一個人答腔。我不記得詳細的交談內容，或許應該說當時的我意識模糊，完全沒有力氣仔細聽他們談話。

他們抬起癱軟的我，將我放在一個四方形的箱子裡。就在我恍恍惚惚，不知道他們要做什麼的時候，他們闔上了蓋子，把我關在黑暗狹窄的空間。我剛才說我聽不清楚他們的談話，不過我記得加藤說的最後一句話。他說：「你膽敢跟父母和老師打小報告的話，我就殺了你。」

撂下這句話後，他們的聲音逐漸遠去。

我忍著全身的疼痛，想弄清楚自己被關在什麼地方。不久，我便明白自己是在體育器材室的跳箱裡。因此只要推開最上面的一層，我應該就出得去了。然而，蓋子卻異常沈重，無法輕易抬起。我不知道和蓋子奮戰了多久，最後逃出去時，我已筋疲力盡，倒在地上久久無法起身。後來我才發現，原來跳箱的上面還蓋著體操用的墊子。

我拖著疼痛不堪的身體回家。擦肩而過的路人看著全身被體育器材室的灰塵弄得灰頭土臉的我，面露噁心的模樣。

當時，我和父親還是賃屋而居。透天厝不過是虛有其名，除了狹窄的廚房之外，就只有兩間髒兮兮的和室。

回到家中，我看到父親開著電視，人在睡覺打鼾。餐桌上留有許多日本酒的空瓶子，一旁擺著一本筆記本。我好幾次看過父親將經營公寓相關細節清楚地寫在上頭。

然而明明有了土地，最重要的公寓卻遲遲不見開工。詳細情形我是不知道，不過如今回想起來，應該是因為資金不足吧。雖然可以將土地抵押給銀行借錢，而且父親應該也打算那麼做，但是這麼一來，房租收入必須得足以支付預估的還款金額。就算所有的房間都出租了，房租至少該收多少呢？若從地點等條件考量，恐怕必須興建相當高級的建築物才合算。相對地，如此一來就需要更多的資金，增加借款金額，而還款金額也就隨之增加。原來父親每天晚上就是在這個沒有出口的迷宮裡兜圈子。他用酒灌醉自己，顯然是在逃避現實。

餐桌上擺著幾盤附近熟食店裡買來的菜餚，都冷掉了。平常的話，我總是將那當作晚餐，可是那天我實在沒有胃口。我到隔壁房間換衣服，脫下衣服一看，全身上下都是淤青，腫脹發熱，不過倒是沒有出血。

我想，今天沒辦法去澡堂洗澡了。

在那之後，霸凌行為仍然持續著。全班除了無視於我的存在，更是經常突如其來地遭到暴力相向。欺侮我的主要是加藤那幫人，有時候也會有別人加入，甚至對我而言，那些看到我被欺負而感到高興的人都算是幫凶。即使是佯裝沒看到的旁觀者也是一丘之貉。

但是為什麼明知會被霸凌，還是每天乖乖地到學校去呢？關於這點，我找不出明確的理由。就像霸凌我的人沒有理由一樣。我深以為只要沒有生病就得去上學。我只能說，這是讓我去上學的唯一理由。要是「拒絕上學」這個說法早點廣爲流傳的話，說不定我就會選擇這個方法了。如今只有一件事情支撐著我，讓我得以忍受苦痛。我一面受人霸凌，一面這麼想著。隨你們愛怎樣就怎樣！總有一天，我會殺掉你們……

大概從在這個時候起，我開始具體思考如何殺人。我每天都在想像殺人這件事；這不單單只是個幻想，我的手中握有殺死他們的方法。我就將它藏在家中書桌的抽屜裡。

昇汞的瓶子。

書上說，昇汞正式的化學學名叫做二氯化汞，是一種無色的結晶，在醫學上用來當作消毒劑、防腐劑等藥品，毒性猛烈，0.2到0.4克即足以致死。

從父親的診所裡偷來的時候，我還沒有決定如何使用。對毒藥感興趣的我，一看到瓶上的標籤，就知道那是寶物，因而偷偷地放進口袋裡。

從以前開始，我就渴望使用這個毒藥。我常在想，總有一天我要讓某個人吃下它。如果哪天出現了一個我想殺害的人，我一定會用這殺死他。

於是每天晚上我的腦袋都在幻想，如果讓班上同學吃下昇汞的話，不知道會怎樣。不過，我不想馬上對加藤那群愛霸凌他人的團體下手。因爲他們一死，恐怕警方就會出面調查，說不定還會經由解剖，發現有人對他們使用昇汞。如此一來，我一定會被懷疑。大家都知道我有殺人的動機，警方只要一調查，就會知道我能拿到昇汞。

要殺害加藤那群人，我完全不會感到良心不安。不過，除非他們把我逼到不惜同歸於盡的地步，我才會實行這個計畫。當時，我還沒有那麼絕望。

話雖如此，我卻沒有打消殺人的念頭。我反而想要證明自己眞的能夠殺人。再說，我也想要確認看看昇汞的效果如何。

這個時候，我腦中浮現的人影是倉持修。

我想，我是有理由恨倉持的。

他不但騙我，還把我帶到五子棋那個耍老千的男人那裡去。因爲他的關係，我花光零用錢，還落得從祖母屍體身上偷錢包的下場。

撇開這件事不談，還有之前的詛咒信。

將我的名字寫在詛咒對象名單上的，一定就是倉持。把田島和幸寫成田島和辛，除了他還有誰會犯這種錯？因爲他的緣故，我收到了二十三個人寄來的「殺」字明信片。

我眞的曾經一度認爲，那個詛咒已經成眞。自從接到寫有「殺」字的明信片以來，我三番兩次遭遇不幸。我不知道詛咒的效果如何，但倉持修希望我遭遇不幸卻是事實。一想到這裡，憎惡之情立即湧上心頭。虧我還曾經相信他是我的少數朋友之一，這個想法更令我懊悔不已。

我心想，這樣不足以構成殺人動機嗎？

世界上，有千百種殺人兇手。爲了區區數千圓而一時衝動殺人也時有所聞。不過，我對於那樣的殺人動機並不感興趣。我憧憬的殺人魔形象是具有確切的殺人動機，心中長期懷有殺人的念頭，並且冷靜地付諸實行。就像從前在書上看過的布蘭比利耶公爵夫人的犯罪案例一樣。

殺人這個行爲很誘惑我，但不能沒有殺人動機。我的想法是，若是沒有殺人動機，就不能算是眞正的殺人。

有人詛咒我、期待我遭遇不幸，這些足以做爲殺人動機嗎？我總覺得，這可以成爲憎恨他們的理由，卻還不至於讓我想要殺掉他們。我對自己憎惡他人的情緒無法膨脹感到焦躁，也覺得自己是個非常軟弱的人。

然而諷刺的是，消除我心中軟弱的也是加藤他們。當時，體育課因爲下雨改成自習。當我在自己的座位上看推理小說的時候，他們湊了過來。

「唷，這傢伙在看這種書。」其中一人搶走我的書。

「自習的時候可以看什麼小說嗎？」加藤馬上接著說。

你們自己還不是到處亂晃，憑什麼講我。這句話我當然說不出口。我將兩手放在桌子上，歪著頭看地上。

「這是什麼書？外國小說耶，踋的哩。」

「喂，拿過來我瞧瞧。」加藤從同夥手中接過書本，開始出聲唸了起來。每當他遇到困難的漢字就會卡住，唸得七零八落。唸完兩、三行後，他說：「哼，這什麼玩意兒。寫什麼讓人看得莫名其妙。」

「偵探小說吧？會不會出現魯邦和福爾摩斯啊？」

「不會出現那種東西啦。不過應該會寫犯人怎麼犯罪有的沒的。這書是在找犯人的嗎？」

「大概是吧。偵探到最後會找出犯人。」

「眞了不起呢。」加藤回話的口氣令人討厭。他打開書本最後面的地方。

「喂，田島，你猜猜看犯人是誰！如果猜對的話，我就把書還你。」

我默不作聲。要猜什麼呢，那本書我才剛開始看，連有哪些角色都還不知道。

「什麼嘛，答不出來啊。那就當作家庭作業吧。」加藤話一說完，從我胸前的口袋裡抽出鋼筆。那枝筆是木原雅輝送我的，我頓時慌了手腳。

加藤開始用鋼筆在文庫本的最後一頁上亂畫。他的舉止很粗魯，筆尖都快被他弄壞了。

「還來！」我扯開嗓子大吼。

一向逆來順受的人居然出聲反抗，加藤一臉自尊心受傷的表情。

「幹什麼，你有意見嗎？」他將文庫本摔在地上。對我而言，書怎麼樣都無所謂，重要的是鋼筆。

「還來！」我試著從他手中奪回鋼筆。

但加藤可沒那麼容易放手。我們搶奪的時候，鋼筆墨水噴出來，弄髒加藤的制服袖子。

「啊，你這傢伙！」他的臉扭曲，抓住我的制服領口。「你搞什麼鬼！混帳東西！」

我才正想回嘴，就被推倒在地上。我想要起身，卻被加藤的同夥們壓住動彈不得。

「把他的褲子連同內褲扒下來！」

兩、三個人遵照加藤的指示，將手往我的下半身伸過來。我雙腳亂踢抵抗，卻只是白費力氣。他們解開我的腰帶，脫下了我的褲子和內褲，露出小不拉幾、縮成一團的小鳥。女同學別過臉去；男同學則大半都在笑。

加藤在我的腳邊蹲下，開始分解木原送我的鋼筆。他打開墨水匣的部分，兩手牢牢握著兩端。想也知道他要幹什麼。

他雙手一用力，鋼筆「啪嚓」一聲折斷，黑色的墨水一滴一滴地滴在我的下體，將縮成一團的小鳥弄得黑不隆咚的。看到的同學們哄堂大笑。

「去拿板擦過來！」加藤下令。有人快手快腳地去拿來遞給他。

加藤用板擦往我的下體拍了好幾下。原本烏漆抹黑的小鳥這下變成了雪白一片。看到的人無不捧腹大笑，甚至還有人笑出了眼淚。

就在這個時候，有人大叫：「老師來了！」

加藤他們迅速地將我的褲子和內褲拉上，手腳俐落地爲我繫上腰帶，就這麼將我丟在地上，各自回座。當禿頭的體育老師走進教室的時候，我還站不起來，一屁股坐在地上。

「你在做什麼？」體育老師看著我說。從體育課上課時的情形看來，那個老師應該也已察覺到我遭同學霸凌，但他和許多老師一樣，沒有爲我做什麼。

我默默地搖搖頭，慢慢地回到座位上。我感覺到周圍的人都在訕笑。要是我向老師告狀，加藤他們一定會在事後圍毆我。

我在心中暗自決定——我要殺了你們，總有一天我要殺掉你們這幫人！

我純粹想要獲得力量。我想要確信，自己是一個有心就能殺人的人。我再次閱讀布蘭比利耶公爵夫人的犯罪情節，得到了一個啓示。她連察覺到她弒父的兄長也一併殺害。實際上，她曾以人體進行殺人實驗。換句話說，也就是殺人預演。

這個時候，我又開始思考倉持修這個人。

我當時並沒有非殺倉持修不可的動機。不過，我想要事先預演一遍，爲實現更大的野心做準備。所謂更大的野心指的自然是殺掉全班同學。我想，只要透過殺人預演，肯定自己的能力，就能拾回因爲被同學霸凌而失去的事物。

從那天起，我開始思考殺害倉持修的方法。這是我有生以來第一次擬定殺人計畫，而且不只是單純的幻想。

我決定使用昇汞做爲殺人凶器。但是要怎麼讓倉持吃下去呢？我最先想到的是混在食物裡送給他吃。不過，稍加思考過後，我發現這個作法並不可行。如果食物來路不明，收下的人應該會提高警覺。我也可以假借倉持好友的名義將食物送給他，可是無功不受祿，一般人在吃之前說不定會先打電話確認。當然，如果以我的名義送的話，自然又另當別論了。

然而，就算倉持不起疑，我也不確定這麼做是不是能夠只殺掉他一個人。一個不小心，可能會誤殺其他人。這有違我的本意。畢竟，我只想解決掉我看上的獵物。

東想西想之後，我下了一個結論，看來還是得由我親手將摻進毒藥的食物交給他。這樣一來，就能設法讓倉持獨自吃下。

不過，我必須不讓任何人知道我和倉持見過面。只要做到這一點，警察懷疑我的可能性就不高了。自從小學畢業以來，我和倉持走得並不近，轉學後更是一次也沒連絡過。警察應該也料想不到，轉學到其他國中的學生竟然會特意擬定復仇計畫，回到原來的學校行兇。

我思忖，什麼食物適合摻進昇汞呢？書上說，昇汞只能稍微溶於水，卻能夠溶於酒精和丙酮。換句話說，果汁之類的軟性飲料不能用。

我的思緒回到和倉持一同渡過的小學時光。我們經常兩個人一起去電玩中心玩打彈珠台。

我想起了他常常一邊咬著鯛魚燒，一邊打彈珠。

八

要毒死倉持修，必須先完成下列條件。

首先，須兩人獨處。不但不能讓第三者看見我和他在一起，也不讓人知道我和他見過面。其次，不能讓倉持起疑心。這個計畫要讓他毫不猜疑地吃下我送的鯛魚燒才能成功。問題是他吃下去之後該怎麼辦呢？假設我成功地毒死倉持，可以放任他的屍體不管嗎？但話說回來，要搬運他的屍體是不可能的。如此一來，犯罪之後就必須迅速逃離現場，不被任何人發現。當然，也不能留下任何可能成為警方偵查線索的物證。至於鯛魚燒要在哪兒買，也必須經過審慎的考慮。萬一店員記得我的長相的話，一切的計畫可就泡湯了。

衡量以上的情況，我不由得嘆了一口氣。不管怎麼想，我都不認為事情會順利地進行。不過即便如此，我還是不打算放棄。實行下毒殺人計畫的決心，可說是我當時唯一的精神支柱。

考慮到最後，我想先調查倉持的日常生活作息。如果知道他每天的作息，說不定就能找到下手的機會。

隔天放學後，我急忙趕到車站搭電車。不用說，目的地當然是從前住的城鎮。

倉持家在商店街上經營豆腐店，對面有一家書店，距離豆腐店約二十公尺。我決定在那家書店一面站著看書，一面觀察倉持家的情形。快到吃晚飯的時間，商店街上人來人往，我一直在書店門口看書(*1)也不會顯得行跡可疑。除了我之外，還有許多國中、小學生站著看漫畫雜誌。

倉持的父母在家裡應付客人。五點過後，店裡排著許多提著菜籃的家庭主婦。我想起了倉持從前曾說：「一塊豆腐才幾十圓，這種買賣要做到哪一年啊。」

*1 日本書店門口常會擺陳列書籍的推車。

六點過後，倉持從店裡出來。他跨上放在店門口的舊腳踏車，不知道要去哪。他騎車經過我所在的書店前面，好像並沒有發現我。我很想知道他要去哪呢？我想跟蹤他，但對方騎腳踏車，要追上他是不可能的。

隔天我照樣監視他。那天下著雨，當我撐傘到那家書店前時，只見老闆爲了避免書淋濕，將店門口的書全收進了店裡。要是進了店裡，就不能監視倉持家了。不得已的情況下，我只好轉移陣地至稍遠的一家模型店。小學時，我曾在那家模型店買過雷鳥神機隊的模型。

那天大概是因爲下雨的關係，路上行人小貓兩三隻，豆腐似乎也賣得不好。等著等著，倉持又出來了。他比昨天還早出門，不過畢竟沒有騎車，撐著雨傘走起路來。我眼看機不可失，隨即離開模型店展開跟蹤，有種在當刑警或偵探的感覺。倉持完全沒有注意到身後，獨自走在雨中。他可能在趕時間，感覺腳步稍快。

過不久，我們來到了河畔的住宅區。這個地方我有印象。從前倉持曾帶我到這裡賭五子棋。他在那間只能稱之爲木板房的屋子前停下腳步，撐著傘左右張望四周的情況。我馬上用傘遮住臉，躲在一旁的角落。

我收起雨傘，從建築物的內側探出頭來，看到倉持蹲在那間屋子前面。那裡擺了好幾個盆栽，他好像在搬動其中一個。他站起身來，摸了摸破舊大門的把手一帶。我知道他在開鎖。門一打開，他便迅速進屋。

我在那裡待了十分鐘以上，但倉持卻沒出來的跡象。我不清楚他在裡面做什麼。這是一個大收穫。我確信，他昨天一定也是來這裡。而且他自己開鎖即意謂著屋裡沒有其他人在。

隔天是晴天。我放學後先回家裡一趟，換過衣服再出門。我搭上電車，在同一個車站下車，不過我沒有前往商店街，而是直接往那間在河旁邊的屋子走去。抵達的時間剛好是六點左右。

我躲在停在路邊的麵包車後面，不久倉持便騎著腳踏車出現了。他和前一天一樣，先察看四周，從盆栽下面取出鑰匙，然後開門進入屋子。我確定他進屋之後，就離開了那裡。當時，我已在腦中慢慢勾勒殺人計畫了。

要在哪裡買鯛魚燒是一個大問題。我四處觀察了好幾家店，選擇了客人最多的一家。我在那裡買了兩個鯛魚燒，走進附近的公園，坐在板凳上，確定沒人之後拿出一個鯛魚燒。

首先，我小心不留下指印地將魚頭部分的皮稍微弄破，露出裡頭的餡來。接著，我伸手進口袋裡，拿出一包有昇汞的小紙包。我攤開紙包，謹慎地將它灑在餡上。就我所知，倉持在吃鯛魚燒的時候，會從魚頭吃起。如果他的習慣沒變的話，第一口應該就會把我摻進去的昇汞全吃下肚。然後，我從口袋裡取出另一樣祕密武器——前一天晚上我用太白粉做成的澱粉糊。我先前在想，該如何將鯛魚燒一度弄破的皮修復原狀呢？結果想到了這個好方法。沒想到小學上的實驗課會在意想不到的地方派上用場。

爲了避免和空氣接觸，我將澱粉糊裝在塑膠袋裡。我用手指沾起澱粉糊，再將鯛魚燒的皮黏起來。成果比想像中的還要完美。如果不仔細看的話，應該不會發現這個鯛魚燒曾經有人動過什麼手腳。

最後，我用指尖捏掉另一個鯛魚燒的尾巴，然後將兩個鯛魚燒一同放回袋子裡。不用說，捏掉尾巴自然是爲了做記號。一切大功告成之後，我從椅子上站起來，前往車站。

現在回想起來，當時我並不想殺倉持，而是沈醉在想要下毒殺人的計畫之中。正因爲自己樂在其中，所以才能準備周全，一直不死心地監視倉持。

我在六點前抵達那間屋子。我知道倉持會從哪個方向來，所以決定埋伏在稍遠的地方。

約莫過了十分鐘，倉持來了。他將腳踏車放在屋子前面，從盆栽底下拿出鑰匙。一如往常的動作程序。等他進到屋子之後，我便展開行動。

四周無人，這很重要。要是被人瞧見我進入屋子，計畫就必須中止。

我站在門前，做了兩次深呼吸之後敲門。那間屋子沒有對講機或門鈴這種方便的東西，為了控制敲門的聲音大小花了我不少精神。要是太小聲，怕屋子裡的倉持會聽不到；要是太大聲，又怕被附近的人聽見。在倉持應門之前，我整顆心都懸在半空中。

過了一會兒，屋裡好像有反應了。倉持應道：「來了。」大門緩緩開啓。

他見到來的人是我，一時反應不過來，眼睛眨了好幾下後才開口說：「咦？怎麼會是你？」

「嗨，」我試著發出開朗的聲音。「好久不見。」

「你為什麼會來這裡？」他還一臉搞不清楚狀況的表情。

「我來到這附近的時候，看到了你。本來想叫你的，結果你就進了這間屋子。」

「是哦。」他似乎接受了我的說詞，一副「天底下居然有那麼巧的事啊」的表情。「你怎麼會來這裡呢？」

「我去朋友家，回家的路上到處閒晃。」

「這樣啊。」

「倒是你，你在這種地方做什麼？」

「我啊？我在打工。」他賊賊一笑，總算露出他應有的表情。

「打工？」

「進來再說。」

屋子裡和以前來的時候沒有什麼改變。不同的是，之前用來下五子棋的桌椅不見了。至於貼在牆上的那張寫著遊戲規則的紙仍舊在那兒。

屋子裡只有一間狹窄的和室和廚房。榻榻米變成了焦褐色，到處都起了毛絮，而廚房則是漆黑髒污。和室裡放了一張矮餐桌，上面放著許多由瓦楞紙裁成的細長紙條。矮餐桌旁有一個瓦楞紙箱，裡面裝著用瓦楞紙做成的套子，約指尖大小。

「你在做什麼？」

「就說了我在打工嘛。」他在矮餐桌前盤腿坐下。

「給你看樣好東西吧。」

「嗯。」

倉持從口袋拿出一塊紫色薄布。他雙手拿著那塊布，像魔術師似地讓我看看布的兩面。

「好，我沒動手腳，這塊布也沒有機關。」說完後，他左手握拳，將布一點一點地塞進左手中。完全塞進手裡之後，他在我面前攤開左手，那塊布竟然不見了。

「咦？」

我覺得不可思議，但我馬上發現了倉持左手的大姆指上，戴著一個皮膚色的套子。

「什麼嘛，那是騙三歲小孩的把戲。」

「話是這麼說沒錯，但你剛才還不是被我騙了。」

倉持拿下大姆指上的套子，放在矮餐桌上。套子裡裝著剛才的那塊布。

我將它拿在手上，很沒質感。

「你在做這種東西啊？」

「將瓦楞紙裁成這般大小，以漿糊黏合，等乾了之後再放入箱子。這樣一個賺五圓，眞不是人幹的。」他雖然聳肩表示無奈，但手還是拿起了剪刀，剪起了瓦楞紙，彷彿分秒必爭。

「你每天都做嗎？」

「是啊。我今天打算做一百個。但也不過五百圓。」

「爲什麼你要做這種事呢？而且還是在這種地方。」

「住在隔壁的婆婆死了。這份工作本來是那位婆婆在做的家庭代工。岸伯伯接下這份工作之後，卻都沒有在做，只好由我接手。」

「岸伯伯？」

「你知道吧？你不是跟他下過五子棋嗎？」

「噢，就是那個人啊……。」

我的眼底浮現骯髒的日式短外套和工作褲。那個人好像是這間屋子的主人。

「賣藝的要是沒道具就嚷個不停，岸伯伯是因爲鄰居的交情才幫忙做的，但他原本就不喜歡幹細活兒，所以我就當作打工了。你如果有時間，要不要做？看你做多少我會把錢分你唷。」

「不，你做就好。」

「這樣啊。」

倉持在說話的同時，手也沒閒下來。眼看著瓦楞紙做的套子一個個增加，他的動作非常熟練，大概之前已經做了不少吧。

「你跟岸伯伯挺熟的哦？」我試探性地問。

「嗯，算是吧。他教了我很多有趣的事。從他身上可以學到比學校老師教的還要受用的東西。」他抬起頭來，又一個奸笑。

「那個人的五子棋很強哦？」

「是啊。不過他已經不行了。他的本領已經被人看盡了。有一次來了一個像是學生的客人，連贏了他三局。那個客人好像之前從沒見過。事隔一天，又來了別的客人，也是連贏他三局，然後走人。這下岸伯伯才知道大事不妙，他被其他玩賭博遊戲的人盯上了。對方徹底分析過岸伯伯的棋路，岸伯伯不管下幾局都不會有勝算。他擔心日後對方上門要求賭大的，就收手不幹了。」

「有那樣的人啊？」

「好像有。賭象棋、賭撞球、賭麻將，聽說賭什麼的人都有。」

我從來不知道這些事情，因而只能點頭。

「當初，」我說，「你就是認爲我贏不了，才帶我來的對嗎？」

我原以爲倉持會有些動搖，豈知他那裁瓦楞紙的手連晃都沒晃一下。他靈巧地上完漿糊後，泰然地應了句：「對啊。」

「那個時候都沒客人，岸伯伯很頭疼，所以我就帶了幾個人過來。」

「也就是說，你跟岸伯伯是一夥的囉？故意一會兒贏、一會兒輸，讓客人抱持希望。」

「你對這件事情懷恨在心嗎？」倉持停下手邊的工作，抬頭看我。

「老實說，我有一點生氣。」

「不過，比賽是眞的唷。你要是眞有實力的話，就能像那些玩賭博遊戲的人一樣，連贏三局帶著獎金回家了。」

被他這麼一搶白，我無話可說。話雖如此，我還是不能接受。

「我在五子棋上可是花了不少錢唷。」

「好像吧。老實說，我沒想到你會那麼著迷，所以有點擔心。這話可不是說來騙你的唷。」

「好，又做好一個了。」他說。他又做完了一個套子。

「岸伯伯去哪了？」

「大概在哪個道路施工路段幫忙吧。工作完，他會去路邊攤喝酒，晚上大都不在家。」

「你有跟父母說你來這裡嗎？」

「沒說啊。我跟他們說我在朋友家玩。反正我家的小孩都是放牛吃草。」

也就是說，就算他死在這裡，在岸伯伯回來之前，也不會被任何人發現。我小心翼翼地不讓自己粗心到處亂摸，以免留下指紋。

我將紙袋放在矮餐桌上，說道：「你要不要吃這個？」

「那是什麼？」

「鯛魚燒。」

倉持停下手邊工作。他的眼神像小學的時候一樣，熠熠生輝。

「這樣好嗎？」

「我買了兩個，我們一人吃一個吧。」

「謝啦。我剛好肚子餓。」倉持露出笑容。

我從袋子裡拿出有尾巴的鯛魚燒遞給他。我的心跳加速，感覺自己的手指在顫抖。

「你放那邊吧。我做完這個再吃。」倉持說。

我將紙袋的一邊稍微撕開，放在矮餐桌上，然後再將鯛魚燒放在上面。用澱粉糊修補過的痕跡已經完全看不出來了。

「我不是因爲你買鯛魚燒來才這麼說的，但我或許該爲另一件事向你道歉。」

「另一件事？」

「就詛咒信那件事啊。你記得吧？」

我發出「啊」地一聲。

倉持一臉尷尬，用手帕擦手。「你收到過寫有『殺』字的明信片吧？」

我點頭。我的心臟開始怦怦亂跳，不過和剛才心跳加快的理由不同。

「我把你的名字寫在詛咒信上頭了。」

我一聽瞪大了眼睛。他慌張地說：「我不是因爲恨你才那麼做的。我當時想，那不過是小孩子的遊戲，所以才會半開玩笑地把你的名字寫了上去。」

「就算是半開玩笑也不能那麼做吧？」我嚥下一口口水，然後繼續說：「被寫名字的人可不願意呀。」

「大概吧。所以我才要向你道歉。」

「你知道你那麼做，讓我的心情有多不痛快嗎？」我的聲音裡透著怒火。

「哎喲，別那麼生氣嘛。我之所以那麼做，一半是開玩笑，一半則是爲了實驗。」

「實驗？」

「我想確定一下，收到那種信之後，大約有多少人會摻一腳。結果是二十三人，對吧？如果所有人都參加的話，就是兩百四十三人，所以有回應的大約是十分之一的比例。」
我很驚訝他竟然知道二十三這個數字。不過，我馬上就明白了他的詭計。
「你想要知道結果，所以才會告訴我把數字刻在鳥居上就能得救嗎……？」
「是啊。鳥居上漂亮地刻著二十三。」我對他那副爽朗的表情感到憎惡。
我當時是用多麼悲慘的心情刻下那個數字的，而且手指還被雕刻刀割傷。
「你爲什麼想知道那個數字？」
「嗯，重點就在這兒了。我說，你收到了二十三張明信片，對吧？那麼，如果那些全部都是千圓紙鈔呢？就賺了兩萬三千圓耶！」
「明信片又不會變成千圓紙鈔。」
「我說的不是這個。因爲那些信是詛咒信，所以才會變得那麼不吉利。假設是更好康的事，像是請對方寄一千圓紙鈔給寫在名單上的最後一個人。」
「胡說八道。怎麼可能會有人把錢寄給陌生人。」
「那很難說唷。因爲我會把信的內容寫成這樣——錢寄出去之後，請將你的地址姓名寫在名單的最後面。如此一來，過幾天就會有兩百四十三個人寄千圓紙鈔給你。」
「耶……？」我看著倉持的臉。他奸詐地笑。
「如何？有趣吧？」
我不發一語地縮起下顎。這件事的確有意思。我看到詛咒信的時候，完全沒有想到那種事。
「不過，會不會有人不寄錢，只把自己的名字寫在名單上呢？」
「問題就在這裡。我現在還在想方法，如何防止這種侵佔他人錢財的行爲。」

「你說你在想……難道你眞的打算要做嗎？」

「總有一天，」倉持歪著嘴角笑了。「你看看我做得這麼努力，一個也不過五圓。接下來的時代要賺錢靠的可不是手腳了，而是這裡。」倉持指著自己的腦袋。

「所以呢……」他繼續說道。「我才會做那種實驗，利用你眞的很對不起。不過，請你諒解。我還是有替你著想的，雖然不知道你有沒有察覺。你的名字寫錯了，對吧？田島和幸的『幸』字應該被寫成了『辛』字。要是寫正確的名字，我也會過意不去。」

「原來是這麼一回事啊。」

「所以我要向你道歉。對不起。」他低下頭。

「事情過去就算了。」我說。

「是嘛。那麼，這個我可以吃嗎？」倉持伸手要拿鯛魚燒。

「啊，等一下。」我比他搶先一步拿起鯛魚燒。「這個沾到頭髮了。我這個給你。」說完，我將袋子裡那個沒有尾巴的鯛魚燒遞給他。

「我無所謂呀。」

「不行，這一個我吃。」我將下毒的鯛魚燒放進袋子。

「你不吃嗎？」

「嗯。我現在不太想吃。」

「是哦。那麼，我就不客氣了。」倉持和以前一樣，一口咬下鯛魚燒的魚頭，吞嚥下肚後臉上露出笑容。「冷了，不過很好吃。」

「是嗎。」我點頭。

「我說田島，新學校怎麼樣？好玩嗎？」

「該怎麼說呢。」我知道自己的表情很僵。

聽到我這麼說，倉持彷彿看穿了我的心思似地說：「不管到哪裡去，都會有討厭的人。重要的是要讓對方怕你。無論使用什麼手段都行，只要讓對方怕你就好了。岸伯伯說過，人類終歸會採取行動，逃離他所害怕的事物。」

「嗯。」我模稜兩可地應了一句。倉持吃鯛魚燒吃得津津有味。

我之所以不讓倉持吃有毒的鯛魚燒，倒不是因爲他爲詛咒信的事向我道歉，正確說來應該是他獨特的說話方式讓我感到困惑，進而失去了殺害他的念頭。我後來再仔細地思考一番，發現他的道歉中有可疑之處。他說，他是故意將田島和幸錯寫成田島和辛，那麼我很想問他，我轉學前他在紀念冊上寫錯的名字又是怎麼一回事？他兩邊都寫錯了。

他說不定早已下意識地察覺到，我發現了是誰將我的名字寫在詛咒信上。大概是我提到五子棋詐術時，讓他察覺到了這一點。他知道我已經看穿了他和那個叫岸伯伯的男人是同夥，因而認爲趁這個機會跟我攤出另一件事情才是上上之策也說不定。

我和倉持告別不久就想到了這些，但我已無意再次嘗試殺害他了。說穿了，我覺得很掃興。出車站，在回家途中，反方向走來幾個年輕人。一開始因爲天黑，看不清楚他們的長相，走近一看才發現是我現在最不想看到的人。

「哦，黑鳥鳥在散步耶。」加藤臉上浮現一個不懷好意的笑。

我無視他的存在，想要就此擦身而過。但他們閒得很，並不打算默不作聲地放我一馬。

「喂，等等。」有人抓住我的手臂。

「我們經過的時候，你要在一旁等候！」加藤說。

「跪下道歉！」另一個人說。

我瞪著加藤的臉。這個舉止好像傷了他的自尊心，他的臉色又變了，雙手抓住我的領口說：

「你那是什麼表情！」然後把我舉了起來。即使如此，我仍舊瞪著他。

「你手上拿著什麼東西？」有人從我手中搶走紙袋，瞧瞧袋裡，笑著說：「什麼嘛，原來是鯛魚燒啊。」

「拿來！」加藤將那個鯛魚燒拿在手上，臉上擠出一抹輕蔑的笑。「吃這麼寒酸的東西。」說完，他打算一口咬下去。

「裡面下了毒哦。」我說。

加藤張大嘴巴，停止動作。接著又伸手來抓我的衣領。

「別撒那種無聊的謊了。」

「如果你覺得我在撒謊的話，儘管吃好了。你會死哦。」

加藤用憎惡的眼神看著我。其他人呲牙裂嘴地笑。

「我摻了昇汞。」

「ㄕㄥ ㄍㄨㄥˇ？」

「又叫二氯化汞，吃下0.2到0.4克就足以致死。我在魚頭的部分摻了一大堆。」

「少胡說八道了！爲什麼你會有那種東西？」

「爲了……」我的目光掃過加藤和其他人的臉。我不知道哪兒來的勇氣，心一橫，「爲了殺死你們！」

「什麼！」加藤手臂使力，將我整個人壓在牆壁上。

「他騙人的啦，加藤。」有人說。

「我知道，這一定騙人的。好傢伙，你以爲這麼說我們就會怕嗎？」他眼珠子瞪得老大。

「所以我叫你吃啊。吃了就知道我是不是在騙人。你會死哦。」

加藤輪流看著鯛魚燒和我的臉，臉上浮現迷惘的神色。

「你身上幹嘛帶著餵毒的鯛魚燒？」

「你要問幾遍？」我搖搖頭。「我剛才不是已經說過，爲了給你們吃的嗎？」

「聽你在胡扯！」

「加藤，就算他胡扯好了。那麼，你餵那邊的野狗野貓看看啊。如果牠們吃了沒事，就證明這傢伙在撒謊。」

加藤一臉覺得同伴的提案有道理的表情，將手從我的領口放開。

「好，那麼接下來就做動物實驗。反正一定不會有事的。喂，田島，你明天給我做好心理準備，可別落跑！」

「你們才別落跑！」

聽我這麼一說，加藤的臉扭曲得更嚴重了。下一秒鐘，隨著衝擊的力道，我的眼前金星亂冒。當我回過神來的時候，我整個人一屁股跌坐在馬路上，臉頰上留著吃過拳頭火辣辣的感覺。

我抹了抹嘴巴，手背上沾著鮮血。

「那種毒藥我還有。我還能把它摻進你們的便當裡！」

加藤咂嘴，往我呸了地吐一口口水，命中我的運動鞋。
「大夥兒找隻狗或貓。」他們邁開步伐。我還聽到了「明天殺了你」的聲音。
隔天上學時，我包了好幾包昇汞，放在制服口袋裡。我打算萬一如果他們的動物實驗失敗，就拿出來讓他們瞧瞧。
不過，我是多此一舉。
當我出現在教室的時候，加藤他們並沒靠過來，只是用憤恨的眼神看著我。不過，當我一瞪回去，他們隨即別開了視線。無論使用什麼手段都行，只要讓對方怕你就好了——我想起了倉持說過的話。接著我在想，被用來做實驗的是狗，還是貓呢？

九

我的國中生活過得水深火熱，不過三年級那一年卻轉眼即逝。暑假一過就得開始考慮將來的路要怎麼走，但是我對未來卻沒有任何理想與目標。從前，我曾隱約想過，自己大概會繼承父親的診所，成爲一名牙醫，但如今診所已經關門了。再說，要當牙醫就得進入學費高昂的醫學大學就讀，但是我家應該沒有那麼多錢。或許進國立醫學大學也行，但我對自己的成績有自知之明，要進國立醫大無異是痴人說夢。
於是我沒有考慮太多，就決定要唸高工。我並不特別喜歡理科或數學，反正心想既然唸不成大學，不如選擇畢業後容易找工作的工科唸唸也好。
我唸的那間高工，一入學就強迫學生決定主修科目。我一樣沒有想太多地選擇了電子科。因爲當時正開始流行電腦和電子等詞彙，我只不過希望自己所學能夠合乎未來時代的需求。一陣子之後，我才發現自己的選擇並沒有太大的意義。

從教室的窗戶能夠看到正在興建的高速公路，這所高工是我期盼已久的休息之所。班上沒有人和我來自同一所國中，所以沒人知道我的過去、遭遇，也沒人會對那些事情感興趣。我依舊不擅長交朋友，交到的朋友頂多就是在下課時間閒聊幾句罷了。

一年級的夏天，我做了有生以來的第一份兼差。工作的內容是在公營游泳池的販賣部店裡賣果汁和霜淇淋。學校雖然嚴禁學生打工，但幾乎沒有學生將校規放在眼裡。

販賣部的客人很多，一個人得做好幾份工作，相較之下時薪則顯得微薄。不過，我總是滿心雀躍地去打工。理由很簡單，因爲可以見到江尻陽子。

那家店裡除了一位中年的女店長和我之外，還有一個工讀生陽子。她唸的是當地的商職。身材嬌小、鵝蛋臉的她，臉上稚氣未脫，說她是國中生也不爲過。每當她浮現笑容，我心中的憤怒、煩惱等負面情緒總是一掃而空。我希望看見她的笑容，所以嘴拙的我總會沒話找話地向她搭話。不管是多麼無趣的話題，她都會直視著我的眼睛聽，最後一定會對我微笑。

「田島眞是個有趣的人，淨想一些有趣的事。」

從頭到尾，她只跟我說過一次這樣的話。或許當時的我就如她所說，是一個有趣的年輕小伙子。是她，改變了我。

店長對錢管得很嚴，不過要是店裡沒客人，我們聊天她也不會講話。而不僅如此，只要稍有空閒，我和陽子就會溜到涼爽的地方去，因此我們經常有機會兩個人獨處。

陽子家是單親家庭，唸小學的時候，父親因胃癌去世。從那時起，就全靠母親幫人做和服過日子。當她一聽到我也是和父親相依爲命時，彷彿遇上了什麼新奇好玩的事般眼睛眨呀眨地說：

「是哦，真巧耶。」

「不過，陽子真開朗，總是笑瞇瞇的。我覺得妳真了不起。不像我，常被人說個性陰沈。」

「我媽跟我說過：『妳呀，沒有什麼優點，所以至少要笑口常開唷。』再加上我天生就開朗，畢竟我的名字裡有個太陽的陽嘛。」她說完後，又微笑地補上一句：「你也很開朗呀。跟你在一起很開心。」

當時她的聲音和笑容不知幾度出現在我的腦中。我想，大概到我死都不會忘記吧。她是我一生中遇見過的美好事物之一。

那份工作還有幾個附帶的好處。那就是中午可以任意吃店裡賣的東西，霜淇淋更是愛吃多少就吃多少。這的確很令人高興，不過最讓人期待的莫過於可以到游泳池游泳。販賣部下午五點關門，工作結束後到六點游泳池關門前，可以盡情地游泳。

我和陽子幾乎每天工作結束之後都會一起去游泳。我們比賽誰游得快、相互追逐，在水中嬉戲，就像小學生一樣嘻笑玩耍。她穿的是學校規定的藍白條紋連身泳裝，那身古銅色的肌膚總讓我看得目眩神迷。

我想，我是真的戀愛了。真希望這份幸福能夠持續到永遠。

時序進入八月後，不速之客來訪。

那天大概是陰天的關係，店裡的客人比平常少。我很高興能有多點時間和陽子說話。

當工作告一段落，我心頭小鹿亂撞地想「又可以和她說話」的時候，事情就發生了。

「一支霜淇淋。」

當時我背對著櫃台，聲音從我背後傳來。即使天氣熱到人不動也汗如雨下，聽到那聲音的剎那，我全身上下的汗毛還是豎立了起來。

我一轉身，就看到了倉持修那賊賊的笑容。看來他已經察覺到店員就是我了。

「倉持……」

「嗨，你氣色挺好的嘛。」

倉持比國中的時候看起來更像大人了。他的身材抽高，一身泳褲裝扮，修長的身上有著恰到好處的肌肉。

「你怎麼會在這裡？」

我一發問，他滑稽地張大嘴巴。「我才想問你哩。為什麼你會在這種地方賣霜淇淋？」

「打工啊。」

「這我知道。我要問的是，為什麼你在做這種投資報酬率低的工作？」

「沒有你說的那麼糟啦。」

「是嗎？看起來好不到哪。」他很快環顧店內一周。「不過話說回來，我在等你的霜淇淋。」

「啊，抱歉。」

當時陽子離開去上廁所了。我一邊將霜淇淋裝進蛋捲餅乾上，一邊心裡想，她最好暫時別回來。我下意識地不想讓她和倉持見面。事後回想，那可說是一種驚人的直覺。

然而，倉持接過霜淇淋，付完錢之後，卻不肯馬上離去。他一邊吃霜淇淋，一邊和我東扯西扯。我敷衍地回應他，心想：「下一位客人怎麼不快點來。」但偏偏這時候就是沒人來。店長依舊不知道跑到哪裡納涼去了。

自從那次鯛魚燒事件以來，我就沒再和倉持見過面，所以不知道他進了哪間學校。他一隻手拿著霜淇淋，臭屁地說他進了一般高中，在學校還參加了英語會話社和網球社。

「英語會話社還好，網球社不是很花錢嗎？」

「還好啦。我用學長送的舊網球拍，學校不用場地費，請教練也不用花錢，眞是賺到了。唯一美中不足的是訓練很嚴格，不過忍耐一年就好了。反正學長沒在看的時候還可以摸魚。再說，我又不想要變成正式的網球選手。」

原來還有這種思考方式啊。我感覺又被他上了一課。我就是討厭嚴格訓練和花錢，才沒參加社團的。

這個時候，陽子回來了。她應該是看到了我們的樣子，於是問我：「你的朋友嗎？」

「小學同學。」我回答。

「是哦。」陽子對倉持微微一笑。「你好。」

「妳好。」倉持也以笑容回應。「妳也是高中生？」

「嗯。」她點頭應了一聲。

「我叫阿修，倉持修，妳呢？」

「我姓江尻。」

「江尻小姐，妳叫什麼名字？感覺好像會叫美代子。」

他的玩笑話讓陽子笑得更陽光了。她的表情讓我感到緊張。

她回答自己叫做陽子。倉持又接著問她名字怎麼寫。對於不認識的人，當時的他早已練就不讓對話中斷的交際本領，以及隨機應變的能力。

「這裡的工作到幾點？」倉持問我。

我不想回答，因為我猜想得到他接下來會說什麼。就在我猶豫不說的時候，陽子從一旁回答：「到五點半。」
「那麼，還有三十分嘛。這樣的話，我等會兒去換個衣服，然後五點左右再來，看回家路上要不要三個人一起去咖啡店坐坐？」
「這個嘛，可是……」我看著陽子，內心祈禱她會拒絕。
但我當時的祈禱也沒如願。
「我可以呀。」她說。這麼一來，我就非去不可了。
「我也可以。不過，倉持你沒有帶朋友一起來嗎？」
「沒有。我一個人來的。那就五點見。」倉持舉起一隻手，人總算是走了。
「他很風趣耶。」目送他離去後，陽子說。她對倉持的親切令我很在意。
「那傢伙從以前就很會講話。」
「他說他一個人來，我想他一定很喜歡游泳。」
「是嗎……」我歪著頭回溯小學時候的記憶，印象中他並沒有特別喜歡游泳。
「今天不能游泳了耶。」我試探性地說。我想要強調快樂的時光被不速之客打擾的心情。
「那就請他等一下再換泳衣，三個人一起游到六點再去咖啡店也行呀。」
「不，算了。那傢伙說不定去更衣室了。」我說。我不想讓倉持看到陽子穿泳裝的模樣。
倉持五點準時來報到。他身穿方格花紋襯衫，配一條白褲子。兩者看起來都是高檔貨。
他帶我們到最近的鬧區，直接走進一家咖啡店，感覺他對這裡很熟。
倉持點了一杯美式咖啡，我也跟著他點一樣的，但我完全不知道美式咖啡是怎樣的飲料。我既不知道它和普通咖啡哪裡不同，也沒喝過眞正的咖啡。陽子點了一杯牛奶蘇打。

我們坐在咖啡店裡，由倉持主導話題。他變得比國中的時候更會講話了。舉凡最近看過的電影、藝人的八卦、流行事物、音樂等，彷彿有源源不絕的話題可講。而我，只能出聲附和，對他說的內容時而感到佩服，時而感到驚訝，間或喝著不知道哪裡好喝的淡咖啡。

陽子變得異常多話。我不但第一次聽到她是滾石合唱團（Rolling Stones）的歌迷，而且在那之前，我壓根兒不知道她和一般的少女一樣，會注意流行動向。當她提到未來的事時，臉上甚至還浮現出平常不曾看見的嚴肅表情。

倉持不單單是口才好，似乎也很擅長讓對方說出眞心話。他不動聲色地撒下眾多誘餌，然後立即看穿對方吃下的是哪一種誘餌。看穿這一點之後，他再慫恿對方，或是裝做對對方的話感興趣的模樣，有時還故意唱反調，營造出能讓對方暢所欲言的氣氛。在他面前，任誰都會變成說話高手，但說話的人卻不知道，其實自己是在他的如來佛掌中翻滾，按照他的腳本演戲。

我們在那間咖啡店裡混兩個小時，幾乎都是倉持和陽子在說話，我在一旁聽他們聊天。

走出咖啡店後，他說要送陽子回家。

「因爲我等一下得去一個地方，剛好跟陽子同方向。」他看著手表說。

我想起他在剛才聊天的過程中，巧妙地問出了陽子家在哪裡。

早知如此，要是我也說「一塊兒走」的話就好了。只是我家和陽子家的方向實在差太遠了，這句話根本說不出口。我期待陽子拒絕，可是她沒有。我甚至覺得她對倉持的話表示歡迎。我們一起走到車站，在那裡和他們兩人告別。我從月台的另一邊看著兩人上電車，他們早已忘了還有我這麼一個人的存在，聊得好不開心。

當我回到白鷺莊時，管理員室的燈還是暗的。我拿出鑰匙打開門，進入管理員室，沒有打開燈直接走到裡頭，紙門的另一面共有兩間房間和廚房。那裡是我們父子的居住空間。

父親日夜期盼的公寓約在一年前完成。父親在不管成本收益是否划算、許多前提尚未明朗化的情況下，決定破土動工。但是跟銀行借的錢根本不足以蓋好房子，於是父親向已斷絕關係的親戚低頭，而最後願意借錢的則是父親最親的堂兄。不過，那位伯伯也要父親瞞著伯母和其他親戚。當然，他還特別叮嚀父親，這是最後一次借錢。

感覺上，父親想蓋一棟高級公寓，但就預算來看是不可能的事。這裡的交通不算方便，收不到好房租。最後，父親決定蓋一棟以單身人士和學生爲出租對象的公寓。一、二樓共十六間房間；入口處隔了一間管理員室作爲我們的新家。

就像先前擔心的一樣，經營公寓並不簡單。花費比想像中的還要兇，每個月的收益不見起色。畢竟，光是沒租出去的空房就有三間。還掉每個月的借款之後，剩下的錢只能勉強度三餐，因此我之所以打工，倒不完全是爲了見陽子。

父親那天很晚才回家。果然不出我所料，他又喝醉了。當時，父親經常和一個名叫前田的男人在一起。他總是拖著醉醺醺的父親回家。前田在附近的小鋼珠店工作；父親經常去那家小鋼珠店，而前田好像都會偷偷告訴父親，今天哪一台最有可能中獎。乍看之下，他是一個親切的人，實際上卻是一隻披著羊皮的狼。我並不喜歡那個中年男子。

父親一進屋裡，整個人就倒在管理員室的地上，開始鬼吼鬼叫些莫名其妙的話，嘴裡還流出口水。

「你怎麼醉成這樣？」我對父親說，話中隱含著對前田的抗議。反正前田一定是靠父親的錢白吃白喝，拉著父親一間接一間地買醉。

「哎喲，我本來說要回家了，是田島先生要我再陪他喝一下的嘛。」

我心想這一定是騙人的，但還是歉然地說：「老是給你添麻煩，真是對不起。」

「我是沒關係，反正早上不用早起。不過，田島先生怎麼了？整個人突然變得很奇怪。」

「變得很奇怪？」

「嗯。我們在關東煮的店喝酒時他還像平常一樣好好的。可是當我們前往下一家的路上，他卻突然停在路邊，一直朝著完全無關的方向看。我問他怎麼了，他也說沒什麼，但那之後就變得很奇怪。明明不太會喝，卻開始大口大口地灌酒，結果回來的時候就成了這副德性。」

父親在看什麼呢？是什麼會讓父親如此失控？

前田大概是怕我要他幫忙照顧父親，逃也似地回去了。我從壁櫥裡拿出一條毛巾被，蓋在躺在地上的父親身上。我想都夏天了，躺在地上睡應該不會感冒吧。

隔天一早，當我醒來時，父親已經起來了，坐在電視機前看報紙。他皺著眉頭，裝出一臉不高興的表情，明顯是要我別問昨晚的事。我什麼也沒說，默默地烤土司、煎荷包蛋，解決了早餐。不知道從什麼時候起，我家開始有了自己要吃東西自己想辦法這種不成文的規定。父親幾乎天天在外吃飯，而我則經常吃速食，有時候也會去超市買熟食回來吃。

吃完飯後，我急急忙忙出門。酒醉的父親不重要，我比較關心的是陽子。

她比我還早上班，已經穿好圍裙了。她看到我所露出的微笑表情，和昨天之前的一樣。

「後來怎樣？」我提心弔膽地問。

「昨天嗎？」

「嗯。」

「沒怎樣啊。我們就直接回家了。怎麼了嗎？」

「不，沒什麼……」

「倉持很風趣耶。他知道好多事情。」

「是嗎？」

「像他那樣的人，應該從小學就很受歡迎了吧？感覺是班上帶頭的。」

「那傢伙嗎？不，沒那回事。他挺不起眼的。」

「是哦，感覺不像耶。」陽子頭微偏，然後好像想起了什麼似地，噗嗤一笑。

「倒是田島你應該很安靜吧？聽說你朗讀國語課本時，因爲聲音太小老被老師罵。」

「那傢伙連這也說了嗎？」

「有什麼關係，都是小時候的事了。」

她說得輕鬆，這對我可是一個大問題。我對自己的少年時期感到自卑。如果可以，我不想讓她知道當時的自己。不但如此，我也想要隱瞞祖母被毒死的謠言，更不想讓她聽到隨著田島家沒落，我在學校慘遭同學霸凌的事。

我一邊像平常一樣賣霜淇淋和果汁，一邊在心裡祈禱倉持永遠不要再來。

不知道是否因爲我的祈禱如願，一整天都沒看到他現身。五點下班的時候，我心情愉快地對陽子說：「那麼，我在那個游泳池畔等妳。」

那裡是我們在下水前集合的地方。然而，她卻雙手合十，一臉抱歉地說：「對不起，我今天得早點回去。」

「啊，這樣啊。」

「抱歉，改天吧。」

「那就明天囉。啊，明天放假，那麼後天……？」

「好啊。再見。」她微微揮手，走出販賣部。

我心中感到不安與落寞，目送她的背影離去。不知道爲什麼，我總覺得她今天變得好遙遠。

那一天，父親在管理員室裡。他看到我，要我晚飯叫外賣。對父親而言，這是一件稀奇的事。因爲他老是說：「反正既然都要付錢，當然是去店裡吃比較省事。」

吃飯的時候，父親和平常不大一樣。他平常對我的高中生活總是不聞不問，那天卻問了。話雖如此，他看起來卻不像認眞在聽我說話。他擺出一副和兒子交談的樣子，卻完全心不在焉。電視上在轉播巨人戰，即使父親支持的選手被三振出局，他也沒像平常一樣激動地拍桌子。

我看得出來父親很在意時間。吃完飯後，他看了好幾次時鐘。當指針過了十點，父親從位子上站了起來。「我出去一下，會晚點回來。你門窗鎖好先睡覺。」

我默默地點頭，可是父親卻連看都沒看我。

都夏天了，父親卻穿著外套出門。我知道他剛才不但確認過錢包，出門前還整理過頭髮。過去好像曾經發生過類似的情形。就是上國中之前的那年，父親迷上了一個叫做志摩子的酒家女，每天晚上外出。我能從父親身上嗅出和當時一樣的氣氛。

我不安地想，他該不會又在哪個女人身上亂花錢了吧？眞是如此的話，這回會是哪裡的女人呢？父親只要跟女人扯上關係，不幸就一定會降臨。他和小富搞婚外情之後導致離婚，迷上志摩子之後又失去工作。我可不想再遇上災難了。

但另一方面，我又會夢想這個世界上的某處有一個女性能夠拯救我們。我想要吃熱呼呼的家常菜。我需要心靈上的平靜。我心想，萎靡不振的父親如果和一位好女人再婚，說不定就能恢復昔日的可靠。

父親接近凌晨兩點的時候回來。我假裝入睡，豎著耳朵聽著父親的動靜。父親一反我所料，沒有喝醉，感覺好像坐在餐桌前。父親既沒攤開報紙，也沒有打開收音機。每當他酒醉入睡，就會發出如雷的鼾聲，但我也沒聽見。

我悄悄地起身，將臉湊近紙門的縫隙，看到了父親傴僂的背影。他的襯衫被汗水浸濕，浮現出背心內衣的形狀。

餐桌上放著瓶裝酒，好像是回家路上買的。

父親喝了一口酒，微微嘆了一口氣。我看不到他的臉，不過眼神應該是盯著某一點。

隔天游泳池放假，我整天待在家裡看高中棒球賽和漫畫。父親魂不守舍地坐在管理員室裡。

入夜後，父親又開始準備外出。

「你又要出去啊？」我試探性地問。

「嗯。」父親只是點點頭。

「你去哪？」

「我……有點事情。」父親像先前一樣，連看都不看我一眼就出門了。

不會錯！父親一定是去找女人。

看夜間棒球轉播的時候，我也坐立不安，頻頻看時鐘。巨人隊贏也好，輸也罷，我都不在乎。我十點離開家門，目的地是附近的小鋼珠店。

十

小鋼珠店已經關門了。透過玻璃可以看見店內，前田邊走邊用團扇對著臉搧風。我敲敲玻璃門，引起他的注意，往我這邊看過來。他一臉意外的表情，幫我打開玻璃門。

「這麼晚了有什麼事？如果是要找你父親的話，他今天沒來唷。」

「這我知道。我有事情想要請問前田先生。」

「這可眞難得哩，你居然會有事要問我。什麼事你說吧。」

「之前，我爸喝醉酒的時候，前田先生不是跟他在一起嗎？我想請你告訴我，你們離開關東煮的店之後去了哪裡？」

「離開關東煮的店之後去了哪裡？」前田皺起眉頭。「噢，你要問我那時候的事啊。離開關東煮的店之後，我們去了一家叫『露露』的酒店。不過，跟你說這個，你也不懂吧？」

「那家酒店在關東煮的附近嗎？」

「說近也近，走路的話……大概十二、三分左右吧。」

「可以告訴我那家關東煮的店和叫做『露露』的酒店在哪裡嗎？幫我在這裡畫出大概的地圖就可以了。」我遞上從家裡帶來的便條紙和原子筆。

「啥？搞什麼，你要去找你父親啊？這樣的話，不用特地跑一趟，打電話給他就行了吧？我告訴你『露露』的電話號碼。」

「不，我不想打電話。」

「那麼，我幫你打。你應該有急事找你父親吧？」

「倒也不是什麼急事。反正，你只要告訴我地點，剩下的我自己會想辦法。」

「是哦。好啦，隨便你。不過，我不太會畫地圖唷。」

前田總算在我遞給他的便條紙上畫起了直線、四方形和圓形。那地圖確實畫得不好，但勉強能夠知道大致的地點。

「謝謝你。」我收下地圖，向他道謝。

「你跟你父親說一聲，告訴他我說：『不可以太讓兒子擔心。』」

我微笑點頭，在心裡回了他一句：「還不是因爲你拉他去喝酒害的。」

地圖上顯示的地點是附近的鬧區。不久之前，我和倉持以及陽子去的咖啡店也在那條街上。

我搭電車到了那個車站，往熱鬧大街的反方向走去。沿著鐵路的幽暗人行道上，有一家路邊攤。根據前田的地圖，那應該就是關東煮的店。我走近一瞧，果然有香味飄來。

一條約能容納五個人的長板凳上，坐了三個客人。因爲布簾(*1)的關係，看不見他們的臉，不過沒有一個背影看起來像父親。

我看了看地圖，再度邁開腳步。這條路通往「露露」，但我的目的地卻不是那兒。

父親喝得爛醉回家的那一天，前田曾說：「我們在關東煮的店喝酒的時候，他還像平常一樣好好的。可是當我們前往下一家的路上，他卻突然停在路邊，一直朝著完全無關的方向看。」

據前田所說，後來父親的樣子就變得很奇怪。我很篤定父親應該不是去「露露」，而是前往酒店途中的某個地方。

從關東煮的店到「露露」有好幾條路。我將那些路全都走了一遍。一路上，有好幾家酒店和小酒吧。如此一來，要是父親進了其中的一家店，我要找到他終究是不可能的事。

就在我死心斷念，要回車站的路上，望向馬路對面時，看到了一個在自動販賣機買香菸的人的背影，不禁呆立原地。那一定是父親的背影沒錯。

我馬上躲到停在一旁的麵包車後面，父親似乎沒有發現我。

父親拿著香菸盒，走進身旁的建築物。一樓的花店已經打烊了，二樓是咖啡店。父親從樓梯走上樓。就在我不知所措的時候，抬頭一看咖啡店，玻璃窗的那一頭出現了父親的臉。我吃了一驚，趕忙將頭縮回。

然而，父親根本沒往我這邊看。他的視線落在離我二十公尺處，咖啡店正對面的一棟大樓。那棟大樓掛著幾間酒店的招牌。

我察覺到父親好像在等人。他等的人一定在一整排招牌的其中一家店裡。

不久，有人從那棟可疑的大樓出來。我看見父親趨身向前一探。

從大樓裡出來的，是三名穿著花俏的女人，和兩名看似上班族的男人。不用說，那些女人自然是酒家女。

父親在咖啡店裡看著他們，又恢復原本的姿勢。看來他的目標並不是這些人。父親的面前突然起了一陣白霧，他似乎在抽菸。

---

*1 原本是禪寺在冬季用來防風的垂簾。江户時代之後，商家將其印上店名用來招攬生意。

酒家女和客人在一陣卿卿我我之後，兩名客人終於從大樓前離去。三名酒家女目送他們之後，消失在建築物中。過沒多久，又有人從大樓裡出來。這次是一名客人和兩名女人。這兩個女人並不是先前的那三個女人。

父親和剛才一樣，將臉貼在玻璃窗上，俯視他們。不過，父親這次一直保持不動，雖然我站的位置距離很遠，但是我知道父親的表情變了。

我再度看了兩名酒女一眼，突然倒抽了一口氣。

身穿淡藍色套裝的女人，就是那個志摩子。她比之前見面的時候還要消瘦了些，原本臉就小的她，下巴看起來更加尖細了。

沒想到她竟然在這種地方工作……

父親和前田去喝酒的那天夜裡，一定是偶然看到了志摩子。他想起了不愉快的過去，才會喝到爛醉。

我原本以爲父親說不定會從咖啡店裡衝出來，然而父親卻只是隔著一層玻璃俯視著她。我想志摩子一定作夢也想不到，受她之累而災厄連連的一對父子就在咫尺之遙。她送走客人之後，和另一個酒家女有說有笑地走進建築物裡。

我看見父親重整坐姿，沒有起身離席的意思。

我又在原地待了二十分鐘左右，但志摩子沒有再出來。然而此刻差不多是最後一班電車發車的時間，何況再待下去恐怕會讓路人起疑，於是只好放棄，離開現場。

我在家裡等到凌晨一點多，父親才回來，看起來很憔悴。我想，像那樣一直在咖啡店裡枯等，當然會感到疲憊。

「你還沒睡啊？明天要打工不是嗎？不睡沒關係嗎？」父親看著我的臉說。他那不悅的口氣，或許是因爲對我感到內疚的緣故。

「你這一陣子都很晚回來哦？」

「嗯……因爲公會的關係，有很多應酬。」父親坐在矮餐桌前，攤開手上的體育報。那大概是他在咖啡店等人的時候打發時間買的。

我比父親先躺進被窩閉上眼睛，但是許多事情放心不下，根本睡不著。當我翻來覆去的時候，紙門開了，我睜開眼睛。

「你果然還醒著啊？」父親站著說。

「嗯。有事嗎？」

「噢……你有雕刻刀吧？」

「雕刻刀？小學用的倒是有。」

「那就行了。借我一下？」

「可以是可以……現在嗎？」

「嗯。」父親點點頭，一副想不開的表情。

我從被窩裡爬出來，打開書桌最下面的抽屜，裡面有一個盒子，裝有五支雕刻刀和磨刀石。我最後一次使用這套工具，是因爲詛咒信事件，收到了二十三封寫有「殺」字的明信片，跑到附近神社的鳥居上刻下二十三這個數字。

「你要雕刻刀做什麼？」

「不，沒什麼。不好意思，還讓你特地爬起來找。」父親說完後，拿著雕刻刀組的盒子，離開了房間。

我再度鑽進被窩，閉上眼睛，但怎麼也睡不熟，不時轉醒。每當我一醒來就會聽到奇怪的聲音。咻咻咻地，像在磨什麼的聲音。父親在做什麼呢？我一面想著這個問題，一面進入夢鄉。

隔天一早，當我在吃早餐的時候，父親還沒起床。他昨天似乎弄到了三更半夜。我環顧室內，沒有使用過雕刻刀的痕跡。雕刻刀組放在電視機旁邊。我拿起來打開蓋子，五支雕刻刀的刀尖依舊鏽跡斑斑。心想這根本不能用，接著我看了磨刀石一眼，卻發現有使用過的痕跡。印象中，我記得以前不曾用過磨刀石磨刀子。這麼說來，父親昨天夜裡用過磨刀石，只不過磨的卻不是雕刻刀。

我想起了昨天夜裡聽到的「咻咻咻」的聲音。那正是在磨某種刀時所發出來的聲音。原來父親想要的不是雕刻刀，而是磨刀石。

我走到廚房，打開流理台下方的門，門的內側有一個菜刀架。不過話說回來，我家幾乎不開伙，所以家裡只有水果刀和菜刀。

我發現菜刀的刀柄是濕的，拿起來一看，完全沒保養的菜刀理應佈滿鐵鏽，可是此時非但刀鋒閃著銀光，連生鏽的地方也少了許多。很明顯地，父親磨過刀。

和做菜無緣的父親，應該沒必要用兒子磨雕刻刀的磨刀石來磨菜刀。就算眞的有其必要，他的目的也一定不是爲了做菜。

那天的天氣和往常一樣，從一大早起就很熱，但我卻感到不寒而慄。

我敢肯定，父親打算殺死志摩子。

千萬不能讓他那麼做——我完全沒有這種想法。想到志摩子把我們害得從天堂掉到了地獄，我覺得父親要殺她是理所當然的。

我反而對別件事情比較感興趣。那就是父親打算用什麼方法殺她呢？打算什麼時候殺她呢？殺了她之後要怎麼做呢？還有，他想要殺她的念頭有多強呢？

在咖啡店裡盯著志摩子的父親，以及以前埋伏在倉持修家旁的自己，這兩個影像在我腦中重疊在一塊兒。當時，我說沒有成功地讓倉持吃下毒藥。雖然那是我自己不讓他吃下毒藥的，但事後回想起來，還是不得不承認那是個失敗。我自以爲下了多麼大的決心，卻被他那些不知是眞是假的話，三言兩語弄得暈頭轉向，鬆懈了心情。原來我的殺人意念，也不過爾爾。

也許這樣的說法很奇怪，但我想要父親示範給我看。祖母去世的時候，有謠言說母親下毒。要是那件事是眞的的話，當時的我也很想問母親，究竟是抱著怎樣的心情面對「那種事」的呢？

父親磨好菜刀，是打算拿來當作凶器使用嗎？如果是的話，我覺得好像還少了什麼。用菜刀殺人的行爲總讓人感覺是衝動行事、漫無計畫的。我希望父親務必成爲一個冷酷的執行者。我希望他能讓殺人的念頭在體內發酵，縝密地擬定計畫，然後大膽地執行。要做到這點，下毒無疑是最適合的殺人手法了。那時候，那個裝昇汞的瓶子，還藏在我的抽屜裡。我甚至在想，要不要告訴父親這件事。

自從那天晚上之後，父親夜裡不再出門。但相對地，他總是一副若有所思的樣子。我認爲他可能在想殺人計畫吧。

因此，即使我人在游泳池販賣部工作，一顆心卻也是懸著。我在想，父親會不會在我工作的時候跑去殺死志摩子。老實說，我甚至希望能夠當場親眼看見父親殺死她。

當然，我也不是整天都在想這件事。還有另一件事令我煩惱不已。

我想，江尻陽子一定發生了什麼事。我不知道是好事，還是壞事，但不管怎樣，似乎發生了什麼事讓她的心情產生了變化。內在的變化也會顯現於外在。她一天天地改變，那令我著迷天眞少女不知道在什麼時候消失得無影無蹤了。純眞無邪的笑容原本是她迷人的地方，但現在她的臉上卻經常露出憂慮的表情。可偏偏這種不曾見過的表情，更爲她增添了成熟的魅力。

「陽子，妳最近有點怪怪的，發生了什麼事嗎？」我看準時機，決心好好地問她。那時剛好沒有客人。

「沒什麼呀。」她笑著回答，但臉上的表情和之前有些不一樣。

「那就好。我還以爲妳有什麼煩惱呢。看妳經常想事情想得出神，不是嗎？」

「噢……我沒事，不是你想的那樣。」她揮揮手。「謝謝你擔心我。」

「如果沒事就好。嗯……對了，今天還是不行嗎？」

「今天？」

「游泳啊。工作結束之後，如果有時間的話，要不要一起游泳？就像之前一樣。」

「噢。」她的笑容變得僵硬。「對不起，我有事耶。」

「是哦。那就算了。」我也試著擠出笑容，但應該只會讓自己的表情看起來更不自然吧。打工結束後一同去游泳的樂趣完全被剝奪了。只要一到下班時間，陽子就像是被什麼催趕著似地，匆匆忙忙回家。

我很清楚，她是什麼時候開始變成那樣的。是從見到倉持那天開始。自從那天以來，她就變了。但我不願意去想他們兩人之間發生了什麼事。在我心裡，除了不想讓別人搶走我喜歡的女生，也不想讓別人玷污她的純潔。

「那麼，下個星期三如何？」我問。

「星期三？」

「嗯。打工快結束了，那是最後一次休假了吧？如果可以，要不要看場電影什麼的？」

那是我第一次，也是最後一次約陽子。後來，我不知道後悔了幾千幾萬次，要是早一點約她的話就好了。

她一臉抱歉地雙手合十。「對不起。星期三我有事了。雖然我也想跟你約一次會……」

「噢，這樣啊。既然如此……嗯，那就算了。那麼，我只能再見到妳五天耶。」

「啊，對耶。時間過得眞快。」她扳起手指算了算日子之後說。

我們的打工到中元節爲止。

到下個星期三，我去了最近的百貨公司。我心想，既然會約不成，至少送點什麼禮物給她。話雖如此，不曾和女生交往的我，完全不知道該送什麼才好。我在首飾專櫃和女性用品的樓層逛了好次圈，最後買了一條平凡無奇的手帕。我原本想買條更美的，但都貴得離譜，完全沒有選擇的餘地。

隔天，也就是打工的最後一天，我從一大早起，滿腦子都在想什麼時候把禮物交給她。

「妳今天也有事嗎？」我趁工作的空檔，試探性地問。

「嗯，最近不知道爲什麼變得很忙。」

「妳眞辛苦。」

「還好啦。」她的語氣有點吞吞吐吐，好像有什麼事情瞞著我。

下午五點，暑期的打工結束。領完打工費之後，我和陽子一起走出游泳池，往車站而去。

「嗯……十分鐘就好，妳可以陪我一下嗎？」

她一臉意外地回頭看我，好像有點困惑。

「我有東西想要給妳。所以……」

陽子垂下雙眼，一手放在頭上向我道歉。「對不起。我在趕時間。」

「這樣啊……」我邊走邊將手伸進口袋裡，拿出一個小紙袋。「那麼……這給妳。」我將紙袋亮在陽子面前。她總算停下了腳步。

「這是什麼？」

「一點小禮物。本來想送妳更實用的東西，可是想不到什麼可以送。」

她從袋子裡拿出手帕，臉上硬擠出笑容。「哇，好漂亮。我真的可以收下嗎？」

「當然可以。我就是買來送妳的呀。」

「可是，我什麼都沒有準備……」

「不用啦。是我自己要送妳的。倒是妳可不可以告訴我妳家的電話？說不定再找妳出來。」

陽子拿著手帕低下頭，默不作聲，好像在猶豫什麼。

「妳怎麼了？」

「嗯，啊，告訴你電話號碼是沒關係，」她微微抬起頭，看著我說：「不過，我有男朋友了。所以，嗯，就算你打電話給我，我想我大概也沒辦法出來。」

「啊……」我呆立原地。倒不是因為沒想到事情會這樣，而是沒想到她會說得這麼白。

「啊，我沒別的意思，只要妳把我當作普通朋友，跟我見面就行了。」

「抱歉。我不擅長處理感情這種事。」她將手帕放回袋子裡，遞給我。「這，我不能收。你的好意我心領了。」

「不，不用還我。請妳收下。」

「可是……」

「眞的沒關係。況且，像這種圖案的手帕，我也不能用。」

「是嗎……，那麼，我就收下做紀念好了。」她將袋子放進包包裡。

我們再度往前走，但我的心情好沉重。我的初戀就這麼簡單地落幕了。

「我可以問妳一件事嗎？」通過車站的剪票口之後，我說：「那個和妳交往的人，我該不會認識吧？」

陽子顯得不知所措，但看來不是很驚訝。她大概也預料到我已經察覺到了吧。

她一語不發地點頭，緊抿著唇。

「是嘛，我就知道。」我嘆了一口氣。「今天等會兒也要見面嗎？」

「嗯。等他也打完工之後。」

「是哦。」我沒有其他該問的問題，也不打算讓她受折磨。

我們在上月台的樓梯前停下腳步。我和她要搭不同的電車。

「那麼，保重。」我說。

「嗯。」她點頭步上樓梯。電車好像剛好進站，當我走上月台時，已經不見她的芳蹤。

我到套餐店解決晚餐後才回家。父親則在超市裡買來烤雞肉串，當作啤酒的下酒菜。他已經喝光了三大瓶酒。我看了酒瓶一眼，走到廚房拿了一個玻璃杯回到客廳，坐在父親面前問他：

「我可不可以喝一杯？」

父親驚訝地瞪大了眼。「搞什麼，你還是高中生，別開玩笑了。」

我心想：「沒好好工作的人憑什麼這麼說我。」但我悶不吭聲。電視上正在轉播夜間棒球賽，我別過頭去看電視。

過一會兒，我察覺父親在倒啤酒。轉頭一看，他將啤酒倒進了我的杯子裡。我向父親道謝，灌下啤酒。沁涼的口感和恰到好處的苦澀在嘴裡散開。那並不是我第一次喝啤酒。

「發生了什麼不愉快的事嗎？」父親問我。

「不，沒有。倒是爸爸你發生了什麼事嗎？」

「沒什麼。我只是想喝就喝罷了。」

「我也是。」

現在回想起來，那眞是一幕滑稽的畫面。我們父子倆居然都因爲忘不了離開自己身邊的女人而在喝悶酒。後來大概是酒精發揮作用，我睡著了。之後因爲聽到了某種聲音才慢慢地回過神來。等到醒來一陣子之後，我才想到那是玄關大門的聲音。

當時的時間是凌晨十二點多，到處都看不到父親的身影。

我一驚之下跑到廚房去，打開流理台的門一看，那把菜刀不見了。

我的心跳加速，全身發熱，腋下卻冷汗直流，不禁打了個顫。

我急忙換穿衣服，離開家門。我的口袋裡放著今天剛領的打工費。一到大馬路，我馬上攔下一部計程車。當時是我第一次一個人搭計程車。我告知目的地後，計程車司機露出驚訝的表情。

大概是因爲一個高中生竟然在夜裡要去不該去的地方吧。但他沒有拒載（*1）。

我在車站前下車，和那一天晚上一樣走路過去。賣關東煮的路邊攤也一樣在營業。

我和之前一樣走到同一個地方，抬頭看那間深夜營業的咖啡店，果然在窗戶的那頭發現了父親的身影。他一直盯著對面的大樓入口。那姿勢宛如一座石像般，一動也不動。

可惜的是，沒有車停在附近，我只好走到馬路對面，躲在小巷子裡。小巷子有小便和嘔吐物的痕跡，發出陣陣惡臭。

不時有人三五成群地從那棟大樓出來，卻不見志摩子的身影。

就這樣過了三十分鐘以上，志摩子總算出來了。她獨自一個人，身穿樸素的連身洋裝，好像是要回家。

她走在對面的人行道上。就在我不知如何是好的時候，突然有人從小巷前面穿過。

我小心翼翼地探出頭來，此時父親正跟在志摩子的身後。

十一

父親微微弓起的背部，釋放出一股無以言喻的迫人氣勢。我確信，父親已做好了心理準備，並下定決心要跟蹤那個女人殺了她。我吞嚥下一口口水，卻感到口乾舌燥。我忍受著舌頭黏在口

*1　日本司機基於下列四種情形，得拒載乘客。一、在車內做出違反法令規定、公共秩序及善良風俗，且不聽從制止、指示者。二、酩酊大醉、服裝不潔，可能造成其他旅客困擾者。三、無人陪同的重病患者。四、身患傳染病的患者。

腔上的感覺，悄悄地走出小巷，尾隨在父親身後。

志摩子似乎完全沒有察覺我們父子在她後面，逕自往車站的方向走。那時早已過了最後一班電車發車的時間，她大概打算攔計程車吧。而父親應該也很清楚她平常總是在哪一帶攔車。

父親加快了腳步。要是在追上她之前讓她坐上車，可就沒戲唱了。我小心翼翼地不被兩人發覺，也加快了腳步。

我在想，父親打算如何犯罪呢？一旦到了車站，就算是深夜，無論什麼行動都會被人看見的。要是突然揮起菜刀砍人，必然馬上引起騷動。難道父親已經有所覺悟，縱使被人看到也要執行殺人計畫嗎？刺殺她之後父親就只能逃跑，在沒有預備逃走用的車輛的情況下，他認爲能夠順利逃脫嗎？還是他認爲只要殺了她就了無遺憾，即使當場被警方逮捕也無所謂？

我邊走邊想像自己是殺人凶手兒子的情景。光是想像就令人害怕得快要發抖，但事實上，我的心裡仍對此有所期待。殺人凶手的兒子——我總覺得這句話有一股看不見的力量。我期待自己能夠得到那股力量。

要是別人知道我是殺人凶手的兒子的話……

應該就不會有人敢瞧不起我了吧。不僅如此，所有人一定會對我退避三舍。他們心裡會想：「別惹惱他！那傢伙很可怕，不知道會做出什麼事。畢竟，他身體裡流著殺人魔的血液。」想像大家用那種害怕的眼神看自己的感覺還不賴。

志摩子在離車站數十公尺前的大樓前停下腳步。她看著馬路前方，大概在等計程車。

父親沿著建築物的牆壁走去。志摩子面向馬路，沒有察覺到父親。我感覺心臟狂跳，手心開始冒汗。

父親走到她的背後時，先停下腳步，左右觀望四周。我一看到父親四處張望，馬上躲到身旁一台可口可樂的自動販賣機後面。此時我離父親大約有二十公尺的距離。

父親將手伸進外套的內袋裡，並且緩緩地靠近志摩子。我的腦中浮現父親拿刀直接刺進她背部的情景。

然而，父親的舉動卻和我想像的不一樣。他緊挨著志摩子，站在她背後。

這個時候，來了一部白色計程車。

她的手舉到一半停在半空中。她明顯察覺到背後有危險。父親好像在她耳邊說了什麼。

白色計程車從他們面前駛過，兩人一動也不動地站在那裡好一陣子。他們身旁只有一個客人模樣的人不知道在對酒家女說什麼。客人對酒家女死纏爛打，企圖將她弄上手，酒家女想用手肘給他個拐子吃，又礙於他是熟客，不能對他擺出臭臉，所以感到很頭疼。

終於兩人動了起來，不過他們的動作不管怎麼看都顯得很不自然。父親跟在志摩子的斜後方，右手環抱她的肩；左手在她的背後游移。他的左手裡確實握著那把菜刀。

我看志摩子的模樣，很清楚她全身僵硬。雖然從後面看不到她的表情，但想必是表情緊繃，而且臉色鐵青。父親的表情應該比她更不自然。志摩子的臉看著正前方，父親注意周遭的情形，但就是沒有餘力回頭看。

兩人在第一個轉角轉進一條狹窄昏暗的馬路。馬路上沒有路燈，連外頭大馬路上的霓虹燈也照射不進來。

我停下腳步，從轉角探出頭來觀察兩人的行動。只見他們走進一條小巷子，我也快步跟進。

當我走近小巷子的時候，聽到了女人微弱的尖叫聲。我趕忙靠近，悄悄地察看情況。父親背對我站著。志摩子一屁股坐在地上，連身洋裝的裙擺零亂，好像是被父親推倒的。

「妳知道妳把我害得多慘嗎？」父親的聲音經由小巷牆壁的共鳴而產生迴音。他的背影看得出來，他激動得肩膀上下擺動。

「我不知道。是那傢伙擅自動手的，我什麼都不知道。」

那傢伙指的應該是毆打父親的男人吧，也就是志摩子的男友。

「妳完全沒提過那傢伙。我，一點也不知道，妳身邊有那樣的男人。」父親激動得語塞，講起話來上氣不接下氣。

「我怎麼能說？我可是陪酒賣笑的，怎麼能對客人說我有男人呢？」

「你從一開始就打算騙我是吧？」

志摩子用充滿憎惡的眼神抬頭看父親。酒女欺騙客人哪裡不對？——我心想她的嘴裡說不定會溜出這句話。然而，她的眼神卻突然變得軟弱，似乎是想起了父親手上拿著菜刀。

「我也覺得我有錯。我並不想騙你。」

「妳說謊！」

「我是說眞的，所以才會急著早點要和那傢伙分手。我不想一直欺騙你，而且也不知道那傢伙要是知道你的事之後會做出什麼事來。可是……我遲了一步。我眞的覺得對你很過意不去。我沒騙你。求求你，請你相信我。」這女人說話的口吻變成了哀求的語氣。

不可以被那種人騙了！我在心中吶喊。殺掉她算了！就是她害得我們今天這麼窮途潦倒的。這樣的仇恨千萬不能忘了！我希望自己的吶喊能夠傳到父親耳中。

「那妳爲什麼逃走！」父親問。

「因爲我害怕。我想你一定很生氣。我想，不管我怎麼解釋，你都不會原諒我。再說，我沒臉見你。我眞的覺得對你很抱歉……。其實，我很想和你當面說清楚。我希望你能了解，我一點背叛你的意思都沒有。我說的是眞的。」

我從志摩子的話中完全感覺不到一絲誠懇。然而，關鍵是父親心裡怎麼想。我看不見父親的表情，心中不安了起來。

「我……我……因爲受傷的後遺症，不能再當牙醫了。甚至連老家都不得不賣掉。親戚也和我斷絕關係。我已經一無所有了。」

「所以我覺得很對不起你。雖然我知道道歉也無濟於事，但我除了道歉，還是只能道歉。不過，我希望你知道，我也很恨他。我打從心裡恨他，居然讓你遭遇到那樣的不幸。我不知道幾度想要找他報仇，可是憑我一介女子的力量根本毫無辦法。我懊悔到幾乎無法入睡。」志摩子巧妙地將所有責任推到男友身上，並將自己說成了受害者。

「妳和他還有來往嗎？」我感覺父親的聲音裡有些微妙的變化。我很著急。父親的怒火正逐漸平息。

「怎麼可能還有來往。我連他出獄了沒都不知道。我恨他，而且老實說，我不想再被他纏上。我剛才說我是怕你才逃走的，但我更不想讓他發現。」

我心想，這女人盡挑好聽的話講。先把自己講成是逼不得已，然後再說一大堆理由把過錯全推到男友身上。顯然她認爲這麼做才是上策。

父親沉默不語。我不知道他做何表情，但他的背影看起來比剛才小了一圈。

志摩子抬頭看著父親，臉部出現了態度改變的徵兆。她的恐懼之色斂去，漸漸恢復成一種遊刃有餘的表情。她整理裙擺，端坐原地。「不過我想這種話說再多也沒用，你一定不可能原諒我。你打算殺了我，對嗎？你打算殺了我，才會帶菜刀來，對嗎？你用那刺我就會消氣了嗎？」

父親看著自己手邊。他的目光應該是落在菜刀上。那把半夜用兒子的磨刀石磨的菜刀。

「要是你那麼做就會消氣的話，」志摩子挺起胸脯，做了個深呼吸。「就請你用刀刺我吧。我沒有辦法給你任何補償，但至少可以平息你的憤怒。」

她的雙手在胸前交握，閉上眼睛。

父親站在原地不動。他的心明顯動搖了。大概是因爲事情發展完全和他腦中的劇本不一樣。他原本或許以爲，要是志摩子破口大罵心中的怒火會更加熾烈吧。

父親的左手無力地垂下，握在手中的菜刀噹一聲掉在地上。

「我並不想刺妳……」父親低聲說。

「你大可以刺我。」

父親搖搖頭：「那種事，我辦不到。」

志摩子再次深呼吸。這次是對自己一生一次的好戲順利演出鬆了一口氣。但父親卻沒有發現到這一點。她緩緩地站起來，拂去連身洋裝上的泥巴。「這次我非得躲得遠遠的才行。」

父親抬起頭說：「躲得遠遠的？爲什麼？」

「因爲，」她握緊手提包。「我沒有臉見你。你一定光是想到我在這裡就很不愉快吧？我明天起就從你眼前消失。」話一說完，她從父親身旁穿過，往我這邊走來。我慌張地將頭縮回來。

「等等，」父親出聲叫她。「我一直在找妳。我有話想問妳。我想知道妳心裡眞正的想法。」

「事到如今，你不是全都知道了嗎？你還想知道些什麼？」

此時很明顯地，兩人的立場已經完全對調。我的眼前浮現志摩子那張驕傲自滿的臉。下一秒鐘，我聽到一句令人無法置信的話。

「志摩子，我們重新來過吧。拜託妳，我們重新來過。」

我小心翼翼地偷看。這次看到的是志摩子的背影。父親在她面前，兩膝著地。

「什麼重新來過？那是不可能的。我可是害你不淺的女人，不是嗎？」

「不，仔細想，我沒道理恨妳。不管怎樣，我只想跟妳在一起。好嗎？志摩子，拜託妳。」

「可是……」

「算我求妳。」

我看到父親雙手著地、低頭哀求的樣子，腦袋裡一片混亂。原本想要殺那女人的父親，竟然向她伏首乞求。我離開了那個現場。父親的形象徹底在我心中幻滅。不，或許應該說我對父親薄弱的殺人意志感到失望。父親究竟也是殺不了人的。

我搭計程車回家。過了兩個小時之後，父親才回來。當時，我躺在睡鋪中，卻還沒睡著。回家的父親喝著啤酒，不時哼著歌。

迎接那個荒唐可笑的結果之後又過了十多天，暑假便結束了。這個夏天沒發生過一件好事。不但被江尻陽子甩了，還見識到父親愚蠢的一面。好久不見的同學看到我晒得比任何人都黑著實嚇了一跳，但這一身古銅色不過代表了一段痛苦的回憶。

父親在那之後又變得經常外出了。只不過，一看他的表情就知道他外出的目的和之前完全不同。父親總是高高興興的，注意服裝儀容，而且沒再帶那把菜刀出門。

徹底被志摩子吃定的父親，搖身變成了她上班酒店的常客。我從父親帶回來的火柴盒知道了這點，與其說是感到生氣，反而更覺得可悲。

一心以為和志摩子重修舊好的父親，整天眉開眼笑，假日好像也都和她見面。我想起幾年前和他們一起去銀座時的情景。父親受到那麼慘痛的教訓，卻完全沒有學乖。

這樣的狀況持續了兩個月左右之後，某個星期六，我一個人弄泡麵當午餐。我打開早報的社會版，一邊側眼看報，一邊將麵條送入口中。我很喜歡看社會新聞，特別是殺人案件，不論多麼小的報導，我都會仔細閱讀。

那一天的社會版裡沒有殺人案的報導。不過卻刊登了一則學生在學校跳樓自殺的消息。我起初側眼讀著，接著停止了吃麵，隨即將報紙拿在手上。我的食慾瞬間消失無蹤。

那間學校是江尻陽子唸的高職，而跳樓尋死的正是江尻陽子本人。

事情似乎是發生在放學後。在傍晚六點半社團活動之前，一切都很平靜。晚上快七點的時候，幾乎所有學生都回家去了，校園裡沒剩下幾個學生，而還留下來的人正好目擊到事情的經過。他們看到有人從對面校舍的窗戶往下跳。

那是一棟四樓高的校舍，江尻陽子從四樓的窗戶跳下來，摔落在水泥地上。屍體的頭蓋骨破裂，臉部遭到強力撞擊，光看屍體根本無法辨識出死者是誰。不過從死者身上的學生證得知，她是一年級的江尻陽子。在調查教室之後，並沒有發現類似遺書的物品。

我反覆看了好幾次那篇報導，怎麼也無法相信。我無法想像，那個深深吸引我的開朗的陽子，竟然會煩惱到想要尋短。

我的心情陷入無盡的悲傷。雖然失戀很苦，然而和江尻陽子一同度過的時光依舊是我重要的寶物。無論是在上課或是一個人的時候，我總是不厭其煩地、一次又一次地在腦中回想起關於她的一切。她的笑容總是填滿了我的心。

我也很在意倉持，但是我儘量避免想起他，因爲他的出現會成爲快樂回憶中的唯一污點。

陽子死亡兩個星期後，有一通電話打到我家來。由於父親不在家，於是我接了那通電話。

「嗯，請問是田島家嗎？」感覺上是一位年長女性的聲音。

「是的，不過我父親現在不在家。」

「不，我要找的不是你父親，而是一位名叫田島和幸的人，請問他在嗎？」

「我就是。」

聽我這麼一說，電話中的女性發出「噢」地一聲。

「我姓江尻。我是江尻陽子的母親。」

「啊……」事情太過突然，讓我說不出話來。

「請問，你知道陽子的事嗎？」

「嗯，我知道。我們一起打工。」

「不，我要說的不是這個……」她欲言又止，大概是難以啓齒吧。我察覺到她想要說的事。

「如果您要說的是自殺的話，我知道。我在報紙上看到了。」

「噢，果然。」她只說了這麼一句，又沉默了。感覺她好像在猶豫什麼。我不知道她會說出什麼，因而感到不安。

「嗯，我想跟你談談有關陽子的事，可以嗎？」她的語調生硬。我知道她是經過一番深思熟慮才打電話來的。

「可以是可以，什麼事呢？」

「這個……我想要當面跟你談。我有很多事情想要問你。」

「哦……」

聽到她這樣說，我實在感到憂心，但是我還是回答：「好吧。」她問了我家的住址：「不知道等會兒是否方便登門拜訪？」那時是晚上六點多，我回答：「可以。」

掛上電話後過了四十分左右，她出現了。鵝蛋臉和大眼睛與陽子神似，不過陽子母親的眼角有點下垂。父親還沒回家。這個時間他要是不在家，一定會在外面吃過飯才回來。不用說，和他一起吃飯的人自然是志摩子。

管理員室裡放著簡陋的沙發。我請陽子的母親坐下，自己坐在管理員專用的椅子上。

「我聽陽子提過你的事。說在打工的時候經常受你的照顧。」

「哪裡，我才受陽子的照顧。」

「其實我今天來，是有件事情想要請你老實地回答。」陽子的母親低著頭說。「你和陽子是不是在交往？」

「您是說……我們是不是男女朋友的意思嗎？」

「嗯，是啊。」她的眼珠往上看著我。

我馬上搖頭。「完全沒那回事。我們只是很要好而已。」

「真的？」

「真的。」我斬釘截鐵地說。

江尻陽子的母親極力想要看穿眼前這個年輕人說的話是不是在騙人。他緊閉的嘴唇和銳利的眼神道出了這一點。

「今年夏天，那孩子確實是和某個人在交往。她唸的是女校，所以我想，要是她有戀愛對象的話，一定是在打工的地方認識的。」

「不是我。」

「是嗎？」

「是的。」

「就算你們沒有意識到彼此是男女朋友，該怎麼說呢？嗯，你們有沒有發生什麼踰矩的事情？畢竟就各種層面來看，到了夏天人都會變得比較開放，不是嗎？所以……」她說到這裡，不知道爲什麼突然閉上了嘴。感覺好像是後悔自己說太多了。

在她說這些之前，其實我本來打算說出倉持的名字，但聽完她的話，我打消了這個念頭。因爲我察覺到了江尻陽子自殺的原因。眼前的這位母親想要調查出女兒自殺的詳細原因。

「我什麼都不知道。我和陽子只有在店裡的時候會說話。兩個人也不曾去喝過茶。」

陽子的母親盯著我的臉，然後問道：「我可以相信你吧？」我默默地點頭。

隔天，我去見倉持修。我傍晚打電話給他，要他到附近的公園來。我坐在長條椅上等他。

「夏天之後就沒見了，你好嗎？」過沒多久，他出現了。他的臉上露出可以稱之爲爽朗的笑容，在我身旁坐下。「你說的急事是什麼？」

「你知道陽子自殺了吧？」我開門見山地問。

他一臉詫異地皺起眉頭。「陽子？那是誰啊？」

我不禁瞪大了眼。

「江尻陽子啊。和我一起在游泳池打工的女孩。」

「噢。」倉持張大嘴巴，點點頭。「聽你這麼一說，是有這麼個女孩子。咦？她自殺了嗎？什麼時候的事？」

「兩個星期左右前。」

「是哦，我完全不知道。我不太看報紙的。」

我確定他在裝傻。要是他眞的現在才知道的話，應該會更驚訝。畢竟，他們曾是男女朋友。

「你和陽子自從那一天之後就沒見面了嗎？」

「哪一天？」

「我們三個人不是去了一間咖啡店嗎？就那一天啊。」

「噢，那時候啊。嗯，我自從那之後就沒見過她了。」

看到倉持那張睜眼說瞎話的嘴臉，我眞想一拳揍下去。我之所以沒那麼做，是因爲我還有其他事想做。

「陽子好像懷孕了。」我把心一橫，試探性地說。我邊說邊盯著倉持的表情。我不想看漏任何一絲細微的變化。

霎時我看見倉持的臉上閃過狼狽的神色。

「是哦。這樣啊。然後呢？」

「詳細情形我不知道，不過她可能是爲這件事所苦才自殺。但不知道孩子父親是誰。」

「那可眞是不得了啊。」說完之後，他看著我。「田島，你是從誰那裡聽說這件事的？」

「跟陽子唸同一間高職的朋友。這件事情在學校內好像成了一個大八卦。」

「是哦，成了八卦呀……」倉持盯著空中。他明顯動搖了。

陽子懷孕這件事，不過是我從她母親的話中推測出來的。看到倉持的模樣，我知道我猜中了。同時，我確定他就是孩子的父親。

「田島，不好意思，我還有點事。如果你沒別的事的話，我可以回去了嗎？」他從長條椅上起身。我想了一下，回答道：「嗯，可以。」

倉持快步離開了公園。他發現我已經知道了一切，所以才逃走的。

我看著他的背影，心想：「還好剛才沒揍他。」我必須給他更大的懲罰。我不會像父親那樣丟人現眼，也不會熄滅自己的怒火。我在心裡發誓，總有一天會完成殺人計畫。

十二

父親對志摩子執迷不悟，幾乎每天晚上都外出，回來的時候往往不是深夜，就是隔天早上，要是遇到隔天放假，有時候甚至要到中午才會回來。

他白天只會在裡頭的房間睡大頭覺，管理員的工作幾乎都不管。管理員室不過是徒具虛名，其實常常放空城。不得已我只好在放學回家之後坐在管理員室裡，而房客們彷彿等待已久似地一個個跑來抱怨。

「走廊上的燈什麼時候才要換啊？烏漆抹黑的，很危險耶。」

「我不是說過雨水會從樓上的陽台漏下來嗎？都已經過兩個星期了，你還在拖拖拉拉個什麼勁兒啊！」

「我不是說了，我家窗戶下面有一隻貓的屍體，你不快點幫我處理掉，我很頭痛的。要是腐爛發臭的話怎麼辦？」

這些事我並不是沒有傳達給父親知道。我一一記在管理日誌上或形式上地寫在黑板上，甚至直接告訴父親，但父親大都喝得醉醺醺的，從沒見他留意過日誌或黑板。

不過，好像還是有房客直接向他抱怨。有一天晚上，我們在吃晚餐，父親突然低聲說了一句：「沒想到公寓管理員要做的事情那麼多，眞是辛苦。」

「那是當然的囉。公寓管理員就是得把公寓弄得舒舒服服的，讓所有人都住得舒適自在才行啊。」我心想，事到如今你還在說什麼鬼話啊？

父親沉吟了一下，然後說：「說不定自己當管理員是個錯誤。看來還是該請人才對。」

我一聽嚇了一跳。我們就是沒閒錢請人才會自己當管理員的不是嗎？再說，要是不當管理員，我們連住的地方都沒有了。

父親完全沒有心思工作了。他的腦中淨想著成天女人鬼混。他從前不是這麼窩囊的。我打從心裡憎恨那個叫做志摩子的女人。是她，讓我尊敬的父親墮落到這副德性。

「我說爸，你也差不多該適可而止了吧。」我直截了當地說。

原本在扒飯的父親抬起頭來，用一種「你這兔崽子在說什麼」的眼神看我。

「我覺得有喜歡的女人不是壞事。可是，也用不著每天出門吧？」

被我點出女人的事，父親到底拉不下臉。他試圖以憤怒的表情矇混過去。

「你在說什麼蠢話？哪有這回事？你這小鬼，少在那裡大放厥辭。我出門是爲了工作應酬。大人的事情，小孩子別管。」

「那麼，你都和誰見面？是怎樣的工作應酬？」

「那些事，跟你說你也不懂。」

「爸爸偷懶放著管理員的工作不做，到頭來傷腦筋的還不是我。拜託你，把事情好好處理一下啦！」

「囉嗦！」父親「碰」地拍了一下桌面。「還在靠我吃飯就給我閉嘴！不過是暑假打了點工就跩起來啦？工作可沒那麼輕鬆！」

聽到這句話，我不禁正視父親的臉。我沒想到一個完全喪失工作意願的人嘴裡竟然說得出這樣的話。與其說是生氣，我反倒覺得可笑。如果這是玩笑話，也未免太具笑果了。然而，父親的表情是認真的。

「是那個人，對吧？以前一起去銀座的人。」

父親瞪大了眼睛。他大概沒想到，兒子居然會發現他和志摩子舊情復燃。

我看著父親的眼睛，繼續說下去。「都是那個人害我們落到現在這個樣子的，不是嗎？」

「責任不在她。」

「所以你就原諒她了嗎？」

「問題不在這。」

「你想見她是人性使然。可是，你也不用每天跑去他們店裡喝酒吧？你們可以像一般的情侶一樣，星期天約約會不就好了嗎？」

「我就說不是那樣了嘛。大人有大人的世界。」父親拿起報紙，走進管理員室。

我的指責絕對是站得住腳的。既然是兩情相悅，就沒有必要特地跑到店裡去，假日見面有的是時間。我想父親心裡一定也是那麼想。因爲這樣不但比較省錢，又可以兩人獨處。

不過父親大概是害怕志摩子看輕他吧。他不想讓她看到他落魄的一面。

在那之後，父親還是繼續到志摩子上班的酒店光顧。我看過酒店寄來的請款單，上頭寫著我怎麼也無法想像的金額。原來父親一直付給酒店那麼多錢。

現在回想起來，父親當時的心情應該就像是在地獄的上空踩著鋼索吧。我家的經濟已經陷入窘境，存款也已見底，不知道父親是用什麼樣的心情看待遽減的數字。還是他已經下定決心視而不見呢？然而，再怎麼視若無睹，也不可能從現實逃離。不久之後，我家的錢用盡。我在某一天傍晚知道了這件事。

那一天，父親很稀奇地待在管理員室裡。我一邊看電視，一邊吃泡麵。我聽見從管理員室裡傳來聲音，父親在和別人說話。因爲太過稀奇，於是我側耳傾聽他們的對話。對方是房客之一，一個有兩名小孩的家庭主婦，她的先生在民營鐵路公司上班。我將門微微地拉開，偷看他們的情況。我看見坐在管理員專用椅上的父親背影，看不見那名家庭主婦的臉。

「是，房租我確實收下了。這是收據。」父親說。

「那麼，管理員先生，那邊的玻璃就請你快點修理。」

「好的好的。我下周就修。」父親只有那張嘴討人喜歡。這種敷衍口吻是他唯一所學。

接著我看到了難以置信的畫面——父親將那名家庭主婦給的房租放進了自己的錢包。按照之前的做法，本來應該是要收在裡面的保險箱，等收齊所有房客的房租之後再一併拿去銀行存。

我悄悄地闔上門，因爲我怕再看下去不知道還會看到何等醜陋的景象。然而天不從人願，這次讓我聽到撥打電話的聲音。

「喂，是我啦。妳在做什麼？……噢，這樣啊。不，沒什麼事啦。我只是在想好久沒吃好料的了，到店裡去之前，要不要去吃……我想想，螃蟹怎麼樣？也差不多是螃蟹的產季了。」

我聽著父親的聲音，感覺自己正跌落黑暗的深淵。我祈禱父親不要傻到這種地步。

但我的祈禱沒有如願。父親出門之後我走進管理員室，先看了房租帳本，上頭記載一半以上的房客都已經付了房租。接著，我打開保險箱，裡面只剩下一點散錢，連一張聖德太子也沒有。

我在打開的保險箱前癱成了一個「大」字，完全沒有力氣爬起來，就那麼躺了好一陣子。

明明沒什麼積蓄卻將剛收進來的房租揮霍殆盡，生活當然過不下去。再說，蓋這間公寓時的借款也還沒還完。

即使身處在如此拮据的狀況，父親還是沒有恢復理智。他依然不斷地光顧志摩子上班的酒店，不但如此，似乎還不時送她昂貴的衣服和首飾。

說不定父親完全自暴自棄了。我想父親已經做好了破產的覺悟，縱使破產也要將錢財拱手獻給好不容易回到身邊的女人。我只能如此解釋父親的行爲。對於右手殘廢、失去社會地位、財產和親戚的父親而言，他只能執著於志摩子這具年輕的肉體。

然而，沒錢的窘境卻殘酷地反映在現實生活中。盜用房租應該是父親的最後手段了。

不知從什麼時候起，父親夜裡外出的次數大幅減少。要是他肯放棄志摩子的話，我也就無話可說了，可惜事情根本不是如此，他只不過是因爲財庫見底，無法再常常出門揮霍罷了。證據在於父親一到深夜就會打電話：「喂，是我。妳剛回到家嗎？……怎麼可能？我三十分鐘前也打給妳……，爲什麼那麼晚才回來？店應該早打烊了吧？……那就沒辦法了，不要弄太晚哦！」

當時，我不知道偷聽過幾次父親嘰嘰咕咕講電話的聲音。父親沒辦法再到店裡去消費，相對地非常在意志摩子做了什麼。每天晚上一到志摩子差不多回家的時間，他就會撥電話。黑暗中聽父親的低沉嗓音，震動著屋裡的空氣，令人毛骨悚然。

話說有一天，那天是學校的創校紀念日，放假一天，我從早上就待在家裡。中午過後，我出門去買文具用品，在回家的路上看到了父親。我從父親前往的方向判斷他可能要去車站。

我突然有一種不好的預感。從父親戴深色太陽眼鏡和弓著的背影，可以感覺出他似乎想要避開旁人的目光。我馬上尾隨在父親身後。我心想，這是第幾次跟縱父親了呢？

父親買電車票後，我心中的疑惑較爲確信。那一陣子，父親搭電車出門的次數少之又少。

我有將票出示給站務人員看之後，便通過了剪票口，在月台上稍遠的地方監視父親。父親好像完全沒有察覺到我的樣子。他單手提著一家有名蛋糕店的盒子。不久，電車進站。我看到父親上車，也跟著上車。

父親在第三站下車。我沒想到會這麼近，不禁想：「這麼近的地方，騎腳踏車都能到。」那一帶是住宅區，沒什麼商店，要持續跟蹤並不容易。如果父親回過頭來的話，恐怕就會發現我。然而，父親的心卻全被等會兒要見的人給佔據了。父親到了一間白色全新的高級公寓前，非常自然地走了進去。我找了一個能夠看見公寓外面走廊的地方，等待父親出現。他出現在二樓的走廊上，在第二扇門的門口前停下腳步，從口袋裡拿出鑰匙開門。從父親的舉動看來，我知道這是他的另一個窩。

等了三十分鐘左右，仍不見父親出來，於是我毅然決定進入那棟高級公寓一探究竟。

我站在父親進屋的那扇大門前面，側耳傾聽屋內的動靜。可惜這裡不像我家那間破公寓般簡陋，什麼也聽不見。我束手無策地盯著門瞧，門上沒有掛門牌（*1）。

過了一陣子，我聽見了屋裡傳來聲音，感覺門的另一邊有動靜。我慌張地從門前逃離。

我隱身在走廊轉角觀察情況。不久，大門打開，父親走了出來，志摩子跟在他身後。她身穿毛衣搭配荷葉裙，頭髮自然地在腦後束成馬尾。

「那麼，我明天再來。」父親說。

「等你。」志摩子說。

她目送父親往樓梯走去。

我等志摩子進屋之後才邁開腳步。然而，就在我通過她的房門前時，大門竟然毫無預警地打開來，險些與走出來的她撞上。我緊急停下腳步，和一臉錯愕的她四目相交。

我最後一次和她見面是在幾年前。我想她不可能會記得我，於是若無其事地從她面前經過住宅區，但就在我往前走了幾公尺之後，她突然出聲叫住我：「等一下。」

我只好稍微回頭。志摩子朝我走來。

「你，是田島先生的……」

我很意外，她竟然記得我。既然如此，我也就裝傻不得，只好微微點頭。

「果然沒錯。一陣子不見，你長大了哪。對了，你怎麼會在這裡？」

原因我當然不能說，只好緘默。

*1 日本住戶習慣將自己的姓氏標示在大門或大門旁邊。

「你跟蹤你父親到這裡來？」

我還是只能默不做聲，不過這跟默認沒兩樣。「這樣啊。」志摩子理解地說。她雙手環胸，端詳著我。「你找我有什麼事嗎？」

我本來想回答沒什麼事。但腦中突然浮現了新的想法。

「我有事想拜託妳。」我一改原本沉默的態度。

「拜託我？是哦。」她點點頭，稍微想了一下之後說：「那進來吧。」

她二話不說地打開門。

一進門是一道走廊，裡面有一間飯廳，飯廳的隔壁是和室，和室裡有小茶几、電視機和衣櫃，每一件看起來都是全新的。不過，我的目光卻是落在角落的瓦楞紙箱。除那裡之外，飯廳的角落也堆了許多瓦楞紙箱。

「我才剛搬過來，東西都還沒整理。」

「妳搬過來了嗎？」

「是啊。」志摩子要我在椅子上坐下。我默默地坐下。

「所以，你要拜託我什麼事？」她開始煮開水，並且從餐桌上拿出茶杯和茶壺。其中一個茶杯應該是父親在用的吧。我想像他們兩人面對面坐在這裡的模樣。

我做了一個深呼吸。她看到我緊張的樣子，噗哧一笑。大概是高中生緊張的樣子很滑稽吧。

我鼓起勇氣說：「我希望妳和我父親分手。」

志摩子臉上的笑容瞬間消失，但嘴角馬上放鬆了下來。「爲什麼？」

「因爲，妳並不愛我爸爸。既然如此，妳又爲什麼要這樣……」

「為什麼要這樣和他交往嗎？」我看著她的臉，抬起下巴。

志摩子深深地呼口氣。「我不討厭你父親。他對我很好，我很感謝他。這樣不行嗎？」

「你們不會結婚吧？」

「結婚？他完全沒跟我提這檔子事，所以我也沒有想過這個問題。」

我心想，怎麼可能？父親分明想要讓志摩子變成他所獨佔的女人。

「我們的關係不是你想的那樣。」她解釋道。「結婚並不代表一切。人長大之後，有些事情是很複雜的。」她一副想說「等哪天你就會知道了」的樣子。

「可是，我家被妳給害慘了。」

「此話怎講？」

「我家完全沒錢了。我爸最近都沒去喝酒，對吧？他是沒錢去。」

聽我這麼一說，她「哼」地冷笑一聲。「怎麼可能？你家有那麼大一間高級公寓，房租收都收不完了。你爸沒來店裡，是因為在忙吧？」

「那不是什麼高級公寓，而是一間破公寓。我們不但欠了一屁股債，而且我爸已經將這個月的房租花光了。」

「不會吧？」

「我說的是真的。所以，請妳別再讓我爸花錢了。」

「這……」

水蒸氣從茶壺口冒出，發出「咻咻」的聲音。志摩子關掉瓦斯爐的火，但沒打算泡茶。

「你這麼說，我很傷腦筋。是田島先生自己要來找我的。這間屋子也是他租給我的。」

我啞口無言。其實看到父親拿出鑰匙的時候，我就察覺了這點。

這個時候，放在瓦楞紙箱上的電話響起。志摩子向我說聲抱歉，接起話筒。

「喂……噢……那個，我現在剛好有朋友來家裡。所以……嗯，好的。」她很快地掛掉電話，看著我說：「是店裡的人。嗯……剛才說到哪？」

「妳可以和我爸分手嗎？」

聽到我這麼一問，她偏著頭，沉默了好一會兒之後才開口。「我會考慮。」

「我爸一定是腦袋有問題。」

志摩子一臉認眞地盯著我的臉，然後說：「也許吧。」

回到家後，父親躺在電視機前面喝啤酒。我走進隔壁房間，坐在書桌前假裝在做功課的樣子，其實心裡充滿了對父親的憤怒。他讓我們的生活過得如此寒酸，卻讓那個女人極盡奢華之能事。除了租高級公寓給她，他一定還買了家具和電器用品給她。

這個時候，我的心中第一次對父親湧現殺意。當然，我不是眞的想弒父，但確實幻想過好幾次。每當看到父親像北海獅(*1)一樣，邋里邋遢地醉倒睡著的背影，就想掐住他的脖子。

我也想過要殺志摩子。對於殺她的幻想心情上帶有幾分的認眞。想到志摩子臉上浮現的輕蔑，我在腦中幻想過好多次用力掐緊她那細長脖子的情景。我想，我有足以殺人的動機。我不會受到罪惡感的苛責，說起來，這應該算是一種正當的殺人行爲。

然而，每當我想要付諸行動時卻總是差那麼臨門一腳。儘管殺害志摩子的幻想讓我的情緒亢奮，但一想到事後一定會遭到警方逮捕，想殺她的念頭就會打住。

在一個寒冷的傍晚，終於來了三個地獄使者。

三人一身西裝革履打扮，年紀約莫三、四十歲，其中一個戴著金邊眼鏡，提著黑色大公事包；另外兩人則像手下一樣站在他身旁。

金邊眼鏡男問我：「你爸在嗎？」當時，我剛好在管理員室裡。我告訴他，父親人在裡頭的房間。三個人連聲招呼也不打就打開了通往裡頭房間的門。

我聽見父親驚惶失措的聲音。有人擅自進入家裡，理應是生氣，但父親似乎是在害怕。三個人進屋之後，用力地甩上門。我幾乎聽不見他們的對話。只有一句父親的話從門縫中洩了出來。他說：「我會想辦法。」他的聲音很小，而且在發抖。

不久之後，三個男人打開門，走了出來。他們瞧也不瞧我一眼。金邊眼鏡男走出管理員室的時候，回頭說了一句：「那麼，就下個月了。」

父親在裡頭的房間低垂著頭。

「什麼下個月？」等到那三個男人回去之後，我問父親。

「沒什麼。」

「怎麼會沒什麼……」

「囉嗦！」父親突然躺在地上。「這事跟小孩子無關。」

看著父親的背影，我確定即將發生不祥之事。

從那天起，父親變得益發憔悴。不過我事後回想，或許父親在更早之前就已憔悴不已了。他

＊1　又叫北太平洋海獅、斯氏海獅、海驢等，是體型最大的一種海獅，因爲頸部生有鬃狀的長毛，叫聲也很像獅吼，因此得名。

很清楚，將有索命的地獄使者會到家裡來。

父親日漸消瘦。他氣色很差，臉上總是浮著一層油光，眼窩凹陷，皮膚毫無彈性，臉頰的肉醜陋下垂。而眼睛充血大概是因爲睡不好吧。

但是即使如此，他還是不時外出。他一定是去志摩子那裡。我想，他大難臨頭，但仍想沉溺在短暫的快樂之中吧。

兩個星期後，晚飯吃到一半時，父親突然說：「和幸，你覺得住在松戶的姑姑怎樣？」

「住在松戶的姑姑？」她是父親這邊的親戚，沒見過幾次面。「什麼怎樣……？」

「你不討厭她吧？」

「不會呀，既不討厭也不喜歡……」

「是嗎？」原本在吃速食烏龍麵的父親放下筷子。

「你暫時到松戶的姑姑那邊去。我會事先跟她打聲招呼。」

「去她那邊是什麼意思？」

「嗯。我說和幸啊，我們很快就不能住在這裡了。」

我想，該來的總算來了。筷子從我手上滑落。「這是怎麼一回事……？」

「嗯，這裡啊，我賣給別人了。」

「賣給別人……可是，爲什麼？」我感覺血液往腦門衝。

「說來話長，以後我會告訴你。總而言之，事情就這麼決定了。」

「你這麼做，以後怎麼辦？爸，你會做其他的工作嗎？」

「嗯，會。」父親避開我的視線，小小聲地回答。

「做什麼？」

「這我還沒決定。」

「可是。」

「沒問題的。我馬上就會去接你。在那之前，你就待在松戶，知道了嗎？我會拜託你姑姑讓你去唸高中的。」

「不要。我才不要住在那種陌生的地方。你爲什麼要賣掉公寓？你別賣嘛。」

「事情已經決定了。你又不是小孩子了，給我忍耐一點！」

「我不要！打死我都不要！」我站起來。

「和幸！」

「什麼嘛！一下子說跟小孩子無關，一下子又說你又不是小孩子了，給我忍耐一點，你太自私了！」我踢倒餐桌。餐桌上的大碗翻倒，白色麵條和湯汁全灑出來，裡頭卻沒像樣的料。

我直接穿鞋，衝出家門。我沒有聽見父親出聲阻止。

我不記得在夜裡的街頭徘徊了多久，只記得在公園、車站和商店街不停亂晃。

回家後，不見父親的身影。我弄倒的餐桌整理過了，弄髒的地方也打掃乾淨了。我想喝水，到廚房去。

我打開流理台下面的門，原本應該插在門上的菜刀不見了。

我霎時全身發燙。我察覺父親去了哪裡，再次穿上鞋子，騎上放在公寓前的腳踏車。

我在志摩子住的高級公寓前下車，衝上樓梯。我來到門前，轉動門把。

門沒上鎖。我衝進屋裡。屋裡一片漆黑。我摸索牆上的電燈開關，打開開關，燈卻沒亮。

我打開門，靠著屋外照進來的光線，看見了一雙似曾相識的舊皮鞋。那是父親的鞋子。除此之外，看不見其他鞋子。一關上門，屋裡再度籠罩在黑暗之中。

我摸黑往裡頭前進一腳踏進飯廳，覺得和先前來的時候不太一樣。我佇立原地，等待眼睛習慣黑暗。

過了一會兒，屋內的模樣朦朧地浮現眼前。我察覺到有些不對勁，一言以蔽之，這裡的樣子完全變了。屋內空無一物。餐桌、我坐過的椅子、瓦楞紙箱全不見了。

我看了隔壁的房間嚇了一跳。那裡一片空盪盪，只有一個黑色的人影在房間的正中央。那個人影一定是父親。他背對著我，盤坐在地上。

我頓時明白了。志摩子逃走了。她一定是從父親的憔悴模樣，猜測到這個男人已經身無分文了。沒錢也就罷了，說不定會還賴到自己身邊來，那可就麻煩了。她一定是這樣想，所以在昨天晚上或今天早上消失了。當然，連同從父親身上騙來的東西也一併帶走了。

一把菜刀掉在我的腳邊。大概是父親帶來的吧。父親說不定是想殺死志摩子，然後自殺。我撿起那把菜刀，再度看著父親的背影。

那是一個何其悲慘的背影，那是一個何其愚蠢的人啊！

我心底湧現的不是憎恨，反倒更接近於厭惡。厭惡自己因爲是這種蠢人的兒子，所以要受到這樣的煎熬。那個背影令人如此不快。

我的手握緊菜刀，向父親走近一步。

「你想捅我吧？」父親突然說。那聲音聽起來像是從古老的井底發出來的。

我渾身僵硬。

「想捅就捅吧。」父親說，然後緩緩地轉過身來面向我。他端坐原地，低下頭來。「抱歉，有我這種不成材的父親。」

看到他那個姿勢的瞬間，我感到極度厭惡。我高舉菜刀至肩膀位置，之後只要用力揮刀砍人就是了。

這個時候，父親抬起頭來。「還是，我們一起死吧？」

我看見父親的臉上布滿淚水，但他卻在笑。一抹失魂落魄的笑。

我感到一股寒風吹過心中，同時帶走了某些東西。一種稱之爲一時衝動的東西。我失去了揮下菜刀的勇氣。

「怎麼了？」父親問。

我無力回答。我放下右手，菜刀從手中滑落。

我隨即掉頭往玄關走去。連穿上鞋走出大門，也沒回頭。

十三

那天晚上父親沒回家，不過我一點也不意外。不但不意外，甚至隱約感覺到，我將永遠不會再見到他。

我的預感是對的。到了隔天，甚至後天，父親都沒有再回到公寓來。

又過了幾天，家裡來了幾個父親那邊的親戚。其中一個是松戶的姑姑。他們的嘴裡接連說著：「眞麻煩呀、傷腦筋呀。」沒有任何一個人正眼看我一眼。他們只問了我一次：「你知不知道你父親去了哪裡？」我回答：「我不知道。」

那一天，之前的那三個地獄使者也來了。他們和親戚間沒有特別發生爭吵，只是低調地辦了一些事務性的手續。三個使者面無表情，親戚們垮著一張臉聽他們說明事情原委。

幾天後，住在三鷹的親戚來接我。我只帶著必要的行李離開了公寓。那位親戚在經營造園事業，家裡有一間沒人使用的空房間。

我從那位親戚家通學，但生活並沒有因此獲得安穩的保障。我在他家待了三個月左右，接著寄宿在別的親戚家，過了兩、三個月之後，又被踢到另一個親戚家。

就這樣，當我升上高工三年級，才搬到父親說已經打過招呼的松戶姑姑家。她家的女兒已經出嫁，因此允許我住進她原本使用的房間，但是嚴格禁止動她房間裡的物品，只可以使用書桌和書櫃。緊閉的壁櫥在縫隙貼了幾張紙，而且還捺上封印。至於衣櫃則是上了鎖。

房間裡擺了一台小型音響，使用的時候必須經過他家人的同意，不過我還是經常擅自使用。我會戴上耳機，收聽FM播放的流行歌曲和外國音樂。聽音樂的時候，是我在那段顛沛流離的生活當中唯一心情平靜的片刻時光。其實，我比較想聽唱片，但是唱片應該都放在壁櫥裡吧。

書櫃上排列著小說、上學時用的參考書和少女漫畫。其中，還摻雜著幾本女性雜誌，雜誌的內容讓從沒看過這種書刊的我大吃一驚，裡面有許多關於性愛的大膽表現。我這才知道，原來女性對性愛也有興趣。好一段時間，閱讀那些雜誌成了我私密的樂趣。

我每天疲於應付他們家的人。不過，事後回想起來，其實那家人都是好人。他們和我沒什麼血緣關係，卻供我吃住，還讓我去上學。雖然他們常常讓我覺得自己很礙事，但他們卻不曾把厭惡的心情寫在臉上，或用難聽的話挖苦我。我後來想想，其實在壁櫥上封條或衣櫃上鎖也是理所當然的事。雖然她女兒嫁出去了，不過也真虧她肯同意把房間借給我呢。

她女兒經常回娘家，看到我的時候，還會笑著對我說：「房間你可以隨意使用。」有一天不知道怎麼著，我發現衣櫃和牆壁間的縫隙間塞有東西。我用三十公分的尺將它搆出來一看，發現是一個小紙袋，裡面裝著六個未使用的保險套。

我當然知道這種東西的存在，只不過實際看到還是頭一遭。我不清楚房間的主人為什麼會有保險套，又為什麼會將它塞在那種地方。然而，發現保險套卻讓我想像到房間主人作愛的情景。那種幻想讓我感到異常地興奮。我生平第一次戴上保險套自慰。不用說，我在腦中侵犯的對象自然是房間的主人。罪惡感和破戒意識交融，化為一股刺激，讓我達到至高無上的快感。射精之後，我虛脫地思索著該將使用過的保險套丟到哪裡才好。

父親依舊下落不明。我不知道親戚是否積極地調查父親的下落，至少松戶家的人應該不會認為保持現狀即可。只不過，他們似乎在思考別的解決方法。因為姑姑曾經這樣問過我：「我說阿和，你會不會想要跟媽媽一起住呢？」

她指的媽媽當然是我的生母。她大概是認為，與其找到父親，不如把我交給母親比較快。

老實說，事到如今我並不想和母親同住。我對她的母愛抱持懷疑，更對她的不負責任感到生氣，但是我卻回答：「我不知道。」

「可是，還是和親生母親一起住比較好吧？」姑姑還是繼續問我。

我偏著頭，回答：「我不知道。」這是我最大的讓步了。姑姑不滿地點頭。

後來，把我交給母親的計畫好像失敗了。她們不可能找不到母親住的地方，說不定是母親拒絕了。我從很早以前，就親眼看到她和別的男人建立了一個和樂的家庭。在那之後，松戶的姑姑不曾再問我與母親同住的事。

升上三年級，自然必須考慮未來的出路，但這完全輪不到我操心。在我幾乎完全不知情的情況下，學校就已經幫我安排到一家製造廠工作了。雖然名為造船廠，但實際上卻不製造船隻，而是一家以製造重機械為主的公司。

畢業典禮後不久，我就住進了位在府中的單身宿舍。一個離車站很遠，連要到公車站都得走上將近二十分鐘的地方。工廠就在那個公車站附近。

宿舍很老舊，細長型的房間裡鋪著八張榻榻米(*1)，活像個鴿子籠。如此狹窄的房間由兩人共用。和我同住的是一個名叫小杉，看起來曾當過混混的男人。他好像生性對什麼都有意見，一搬進宿舍就抱怨連連，不光是對狹窄的空間有意見，一會兒抱怨工作服的造型太俗氣，一會兒說戴上工作帽會弄塌髮型，連護目鏡他都能碎碎唸，說它看起來愚蠢至極。除此之外，宿舍的伙食難吃和浴室的水流太小，也在他抱怨範圍。格外令他不滿的是，舍監會擅自跑進住宿生的房間。小杉第一次發現這件事的時候，還拿著雨傘跑去舍監室找他理論。連同我在內，有幾個人聽見了他的咆哮聲。不過，幸好他沒有笨到拿雨傘敲舍監的頭。

小杉從不看布告欄，因此他完全不知道舍監通知住宿生的各種事項。多虧有我罩他，他才沒有出洋相或挨罵，因此儘管他總是開口閉口抱怨，卻不曾對我發過一句牢騷。我甚至還幫他寫過新進員工必須寫的日誌。我想，他本性應該不壞，只不過，他明知道頭髮會被帽子弄塌，還是要一大早起來用吹風機吹個老半天，好將頭髮立成雞冠頭，這點實在令我受不了。

不管怎樣，單身宿舍是我期盼已久，好不容易才到手的「自己的城堡」。

我隸屬於機器馬達的生產線，最先分配到的工作是將瑕疵品解體，然後是檢查和包裝。每一項都是極耗體力的工作，因此每輪一次晚班，我的體重就會掉兩公斤。

我的小組自組長以下有十三個作業員。沒有人和我同時期進公司，全部的人資歷都比我老。其中，有一個大我三歲名叫藤田的男人，凡事都要找我的碴。

藤田的做法很陰險。好比說，他負責的是我上一個製程，但他會先大量囤積產品，然後再一口氣流到我手上。對於新工作還不熟悉的我，馬上就一陣手忙腳亂。如果只是這樣也就罷了，偏偏他不時還會故意將瑕疵品混在產品中。他這麼做是期待我在慌亂中沒找出瑕疵品。實際上，我的確好幾次沒找出瑕疵品，每次都被組長狠狠地罵了一頓。我很想告訴組長都是藤田在搞鬼，可惜我並沒有證據，只好乖乖挨罵。

等到我習慣了工作之後，藤田又要出了另一個令人無法置信的蠻橫花招。他會趁我不注意的時候，將瑕疵品混進平板架上已經檢查完畢的產品中。還好當時我剛好察覺到，要是就那麼包裝出去的話一定會招到客戶抱怨，並且引發一場大騷動。

我不太清楚藤田討厭我的理由。他似乎沒有捉弄所有後進員工，或許是特別討厭我吧。我聽過閒言閒語說他就是看不爽我的長相，所以我想說不定就是兩人不投緣吧。

然而，我受不了只是因爲兩人不投緣就捉弄我。有一天，我忍無可忍，停下手邊的工作，走到藤田身旁。藤田的目光透過護目鏡，惡狠狠地瞪著我，一副在說「有何貴幹」的樣子。

「你剛才把瑕疵品混進平板架上檢查完畢的產品中，對吧？」

「我才沒做那種事呢。」藤田別過臉去，繼續手上的工作。

---

*1 兩張榻榻米約一坪。

「你爲什麼要那麼做？被罵的可是我唷！」

「我說了，我不知道。你想找人吵架嗎？」

「想找人吵架的人是你吧？」

但藤田沒有回答。他無視於我的存在，繼續組裝產品。

「反正，會做出那種事的……」我話說到一半的時候，警鈴在我背後響起。回頭一看，我負責的地方堆了一堆產品。我慌忙地趕回去卻已太遲了，運送產品的輸送帶已經停了下來。

「田島！」耳邊傳來組長尖銳的叫聲。「你在發什麼呆呀！好好幹！」

「對不起。」我在道歉的時候，瞥見藤田面露嘲笑的側臉。我一時火上心頭，把手上用來檢查產品的工具朝他丟去，擊中了他的右肩。

「你搞什麼鬼！」

「還不是因爲你幹的好事。」

「你想把過錯推到別人身上嗎？你是不是腦袋有問題啊？」

我拿起一旁的板手，直接朝他丟去。

「混帳！」聽到這句話的同時，我被人從身後架住。原來是組長。「田島，你在做什麼?!」

「都是那傢伙害的。」我想用穿著安全鞋的腳踢藤田，但腳卻不夠長，踢不到他。

藤田一面訕笑，一面往後退：「我好怕唷。這傢伙的腦袋不知道哪根筋不對。」

「藤田，你做了什麼？」組長問。

藤田伸出手在臉前揮呀揮。

「我不知道呀。這傢伙突然跑來找我的碴。」

「我沒有找碴。」
「閉嘴！總之，你們兩個一起給我過來！」
組長將我拖到工廠角落。
我說明事情原委，但組長並不相信我說的話。組長後來也問了藤田，藤田當然不可能承認，但組長卻沒有懷疑他。
自從那天以來，我遭到眾人的孤立。我從生產線上被調了下來，主要的工作變成調度材料和將裝箱的產品搬到出貨區。我好像被視爲打亂團隊合作的害群之馬。當休息時間大家吵吵鬧鬧地在玩紙牌或撲克牌的時候，我也一個人看書。
就在我開始爲工廠生活感到憂鬱的時候，同寢室的小杉偷偷帶女孩子進來宿舍。有一天，當我結束晚班工作回宿舍睡覺的時候，小杉帶著女孩子走進房間。我們彼此都嚇了一跳。他那天請特休，似乎忘了我上晚班。
「她叫奈緒子。」小杉紅著臉爲我介紹。那是一個短髮，個子嬌小的女孩子。她畏縮地低頭向我行了個禮。
據小杉說，他不是第一次帶她進宿舍了。
「因爲，帶女人進來的又不是只有我。」說完，小杉賊賊地笑了。「我也看過好幾個人帶女人進來。不過我不會去告密的啦。大家禮尙往來嘛。你也這麼認爲吧？」
小杉在暗示我，要我別張揚這件事。當然，我並沒有打算打小報告。
原來奈緒子住在同公司的女子宿舍。她和我們同期，在別間工廠工作，好像是透過聯誼認識小杉的。閒聊之下，我意外地發現了一件事。奈緒子竟然和江尻陽子是同一所高職畢業的。我小心翼翼地問她認不認識一個叫做江尻陽子的同學。沒想到奈緒子竟然眨眨那雙大眼睛，說她們是同班同學，而且感情還挺好的。

「同班同學……換句話說，是一年級的時候，對吧？」

「嗯，畢竟……」

「我知道。」我點頭制止她繼續說下去。陽子只唸到高職一年級的秋天爲止。

小杉想要知道事情原委，於是我將陽子自殺的事情向他說了一遍。小杉也一臉黯然地低聲說：「眞是難爲她了。」

「那妳知道她自殺的原因嗎？」

我問奈緒子。她低頭有些猶豫地說：「好像有很多謠傳……」

我察覺到她知道原因。

「我聽說她懷孕了。」我試著套她的話。

「嗯，我想這件事應該沒錯。因爲陽子她母親在找讓陽子懷孕的男人。」

我的推理果然沒錯。

「等一下。她是因爲懷孕而自殺的嗎？」小杉插嘴說。「一般有可能發生這種事嗎？我唸的高中，有個女生大著一個肚子，也沒見她特別在煩惱什麼啊。畢業的時候她還挺著大肚子，抬頭挺胸地和大家站在一塊兒呢。」

「每個人的想法不同吧。再說，我想那個女生應該也不是一點煩惱都沒有。」

「是嗎？」

「挺著大肚子出席畢業典禮，是表示她打算把小孩子生下來吧？」奈緒子說。「如果是這樣的話，雖然會有點不好意思，但畢竟是有了喜歡的人的小孩，高興的心情應該會大過於羞愧。不過，要是小孩子不能生下來的話，就又另當別論了。」

「畢竟她才高職一年級，又不能把小孩子生下來。」我說。

「那把小孩拿掉不就得了。」

「你別說得那麼簡單，拿小孩跟割盲腸可是兩碼子事。」

「割盲腸反而比較嚴重吧？我認識的一個女人，唸高中的時候就墮了兩次胎。她本人也若無其事地說：『墮胎哪用得著住院。』」

「她只是看起來若無其事吧。」

「當然啦，她應該還是會有點煩惱吧，但我認爲她不會想要自殺哩。」

「所以每個人處理的方式不同嘛。」

在我們爭執不下的時候，奈緒子說：「不對。」

「重要的是男朋友的心態。女生要是感覺到男朋友是爲自己著想，雖然覺得難過，但應該還是能夠忍受墮胎。可是陽子的情況，大概就不是那樣了。」

「不是那樣是什麼意思？」我看著奈緒子的臉。

她先是低下頭，然後抬起頭說：「陽子在自殺之前，做了些奇怪的舉動。」

「什麼事？」

「她用很快的速度在學校的樓梯爬上爬下。一次又一次，一次又一次，有好多女生看過，我也看過一次。」

「她在做什麼?」小杉問。

奈緒子搖搖頭。「當時我不知道。除此之外，還發生了一件奇怪的事。我一個朋友看到陽子在放學後邊哭邊講公共電話。」

「她在和誰講電話呢?」我心裡有個底，但還是姑且一問。

「我不知道。不過，我那個朋友聽到了一些陽子說的話。」

「她說了什麼?」我的心跳莫名地開始加速。

「內容不是很清楚，總之陽子好像邊哭邊說她想停止了。」

「想停止了?停止什麼?」

「她好像沒說，只是一直哭著說：『我想停止了。我不想再做這種事了。』不過，她看起來好像被對方說服了。」

「是哦。這到底是怎麼一回事呢?」小杉抱著胳膊，陷入沉思。

我隱約窺見了事情的眞相，但卻不想要進一步推論心中那個逐漸成型的部分。因爲，那實在太過悲慘，而且令人不舒服。我默不作聲地盯著老舊榻榻米的縫隙，看了好一陣子。

「我覺得這件事好過份。」奈緒子突然說了一句。

從這句話中，我知道她也察覺到了陽子的淚水所代表的意義。

「過份什麼?」遲鈍的小杉好像還不懂。

「電話裡的那個男的啊。」我說。「他大概就是讓陽子懷孕的人。」

「她哭著說她不想懷孕嗎?」

「不是那樣啦。都已經懷孕了，說她不想懷孕又能怎樣?」

「那是怎樣嘛？」

我看著奈緒子，和她四目相交。她似乎不想開口。

「對方那個男的想要讓陽子流產。」我不得已只好說了。

「咦？是這樣嗎？」小杉一臉完全沒想到的表情，輪流看著我和奈緒子。

奈緒子微微點頭，說：「大概是吧。」

「你沒聽說過嗎？孕婦不能做激烈的運動。快速上下樓梯更是不行。」

「這我是知道。」小杉將手放在用定型噴霧劑固定的頭髮上。「爲什麼要讓她做那種事？帶她去醫院不就得了嗎？」

「因爲去醫院要花錢啊。」

「話是這麼說沒錯。」

「陽子家是單親家庭，所以她不想爲母親添麻煩吧。再說，她大概也不想告訴母親她已經懷孕了的事。」

「錢由男方出不就得了嗎？誰叫他要讓她懷孕。」

「那傢伙大概沒錢吧。」

或者是不想爲那樣的事出錢的人。我的腦中突然出現倉持修在下五子棋時的背影。

「眞過份。所以讓她上下樓梯，強迫她流產嗎？那就難怪她會哭了，會說她想要停止了，這也是理所當然的。」小杉義憤塡膺起來。

「她爲什麼會對他言聽計從呢？」我低聲說。

「應該是不得不那麼做吧。我想，陽子也很清楚自己不能把小孩子生下來。要是有錢的話，可以不用想太多，就去醫院拿掉孩子。假如她是比較會玩的女孩的話，說不定就會想到跟朋友說，向朋友籌錢去墮胎了。」從她說話的口吻聽來，好像有認識的朋友那麼做似地。

「而且……」奈緒子繼續說道。「我猜她大概還喜歡那個男的，所以才會照他說的去做。她喜歡那個男的，害怕要是違背他的話，對方會討厭自己。」

「她喜歡那種惡劣的男人？」

「嗯。」奈緒子點頭。小杉搖頭低喃：「眞是搞不懂女人啊。」

即便是剛上完晚班，那天我無法入眠。縱然我躺在床上蓋好了棉被，悲憤之情卻不時從心中湧現，讓我輾轉反側。

和江尻陽子在游泳池裡嬉戲的時光，對我而言是無可取代的珍貴回憶，但倉持卻奪走了它，還用卑劣的手段害死了她。沒錯！那樣的行爲簡直與殺人無異。

我的腦海浮現出陽子在無人的校舍裡默默地上下樓梯的身影。她氣喘如牛、汗流浹背，咬著牙聽從心愛男人的命令。再沒有比殘害懷有身孕的身體更痛苦的事了吧，更何況是心愛的男人命令自己那麼做，想必更加悲哀。即使如此，她還是不肯停止。因爲她相信，唯有順利流產，才能挽回男人的愛。或者，她只是因爲太過絕望而喪失判斷力，機械性地移動腳步罷了？

然而，她的精神狀態已經到了臨界點，一旦超越那一條線，心中的一切將會崩潰。她停止上下樓梯，走進教室。或許是從教室的窗戶看出去的風景非常吸引她，也或許是她認爲，跳下去就能消弭一切的痛苦，拔除煩憂。

陽子並不是基於一個悲壯的決心，而是在一種作夢的氛圍中從樓上跳下去的。至少，我想要那麼想。若不那麼想的話，我實在無法接受這個事實。

此時此刻，我的心中再度燃起了對倉持修的憎惡之情。原本因爲自身命運的劇變，而將那份感情長久封存在記憶深處，然而此際卻鮮明地復甦了。

不能讓那種男人活下去——那股激動的情緒不同於之前萌生的殺人念頭。爲的不是自己，而是爲了江尻陽子。我要殺了他。

十四

當然，我並不想馬上跑去殺掉倉持。我心中燃起了熊熊怒火，從小到大對於殺人的憧憬弄得胸口漲痛，但要動手殺人還少了什麼。我想，那可以是對倉持更深一層的憎惡，說不定多點衝動或自我陶醉也已足夠。只不過這些都是當時的我所欠缺的。

在尚未習慣工廠生活的情況下，我必須要花費最大心力才能平安無事地度過每一天。光陰飛逝，轉眼又到了年底，我依舊待在工廠裡，做著非生產線的工作。總有一天要殺掉倉持的念頭，在不知不覺中消失得無影無蹤。

重點是，這個念頭只是暫時消失，並沒有不見。我意識到這件事，是在我到某個地方，看到某樣東西的時候。

那個地方是機械製作工廠的倉庫。所謂的機械製作工廠，指的是製作或調整生產線上使用的機械的工廠。當時，組長命令我到那裡去拿某種樹脂的粉末。

那間倉庫有倉管人員。只要亮出取貨單，他就會將上頭記載的物品拿到窗口。不過，有時候若是東西太重，或者倉管人員沒空時，也會叫取貨者自己去拿。我去的時候，倉管人員看起來並不忙。然而，他看了取貨單後卻點頭對我說：「你去拿吧。知道地方吧？」

我回答我知道，倉管人員便低下頭繼續弄一些文件。大概是因爲我常常進出的關係，他對我鬆懈了戒心。

我確實知道我要的東西在哪裡，因爲我經常來拿。我從固定的架子上取出固定的需求量，放在推車上後準備離開倉庫。然而，就在那個時候，我發現一旁放置藥品的櫃子門沒關，裡面有許多咖啡色和白色的瓶子。我蹲下身，興趣昂然地看看有哪些藥品。

瓶上的標籤寫著藥品名稱和化學式，淨是我不熟悉的。不知道是不是因爲很少用，大部分的瓶子上都蒙了一層灰。

當我打開另一邊的門時，我的心臟重重地跳了一下。最下面的櫃子裡，有一瓶咖啡色的大瓶子，上面的標籤印著氰化鉀（KCN）的字樣。也就是所謂的氰酸鉀。我從以前就知道這是毒藥之王，一直想要親眼目睹。而現在，夢寐以求的毒藥就在眼前。

機械製作工廠也從事金屬加工，有時會用氰酸鉀冶金或鍍金。不過，使用的機率應該並不高，因爲那已經是一種舊技術了。

如此寶物就在眼前，我的身體頓時動彈不得。過了好一陣子，我才察覺自己將要抵擋不了眼前的誘惑。我的良心發出警訊，要我速速離去。

然而，警訊卻越來越弱，繼而消失。我從倉庫裡找來一個塑膠袋，將樹脂粉末裝進去，再將氰酸鉀的瓶子從櫃子裡拿出來，小心翼翼地打開蓋子。裡面裝的白色結晶略爲結塊，瓶中還有一支細長的湯匙。

我知道氰酸鉀屬於強鹼，皮膚只要一碰到就可能引起發炎，所以我小心地不碰到手，挖了三匙左右的白色結晶到塑膠袋裡。我將袋中的空氣完全擠出，用橡皮筋綁住袋口。我也知道，氰酸鉀一旦接觸空氣，就會變成碳酸鉀。

我將塑膠袋放進口袋中，若無其事似地離開倉庫。經過倉管人員面前時，我還故做平靜地向他打了聲招呼。倉管人員依舊低著頭回應我。從他的表情看來，他怎樣也想不到菜鳥作業員居然會帶走惡魔的毒藥。

我將氰酸鉀藏在宿舍桌子的抽屜裡。雖然我很怕同寢室的小杉會擅自觸碰，不過和他交往一陣子之後，我很清楚，這個好相處的小混混不是那種會隨便開別人抽屜的人。

拿到氰酸鉀，使得沉睡在我心中的殺人念頭再度甦醒。總有一天我要用上一用。吃下它的人會怎麼樣呢？會怎麼死去呢？會像小說中常見的情節一樣，吐血而死嗎？杏仁味究竟是怎麼樣的氣味呢？

我就跟拿到手槍的人一樣，陷入了一種自以爲變強了的錯覺——要是有哪個討厭的傢伙，儘管讓他吃下這個毒死他。

我想起了中學時代的事。拿到昇汞的我，曾警告欺負我的同學，我可以用昇汞毒死任何人，因此得以從卑劣的霸凌行爲中逃脫。我認爲，在大人的世界中，這樣的做法一樣有效。好比說，藤田就是個好目標。他仍然不斷使用陰險手段捉弄我，要是我告訴他我手上握有祕密武器的話，不知道他會露出怎樣的表情。

然而，我馬上又否定了這個想法。我絕不能讓任何人知道我有氰酸鉀。當然，另外一個原因是我的腦海中浮現了倉持的身影。

「哎喲，有沒有辦法能更快存到錢啊。像現在這樣，就連結婚戒指也買不起。」

藤田在休息時間一面跟死黨玩牌，一面抱怨。我冷冷地望著他。要不是我計畫殺倉持的話，說不定你早成了我的實驗白老鼠！我的目光中隱含著這樣的想法。

所謂的結婚戒指，是指他計畫結婚。對象是在隔壁組工作的一個女性作業員。我很意外，沒想到像那樣卑劣的男人也找得到結婚對象。不過大家都知道，那個女性作業員經常一覺得工作太累就會用生理期爲藉口蹺班。或許他們算是物以類聚吧。

就這樣到了年底。我沒有其他地方好去，只好一個人留在單身宿舍裡過年。小杉回家之後，房間顯得寬敞許多，住起來很舒服。

年假結束後過了兩、三天，松戶的姑姑家寄來了一個大信封，裡面是賀年卡，其中夾雜好幾封從之前公寓轉寄來的卡片，幾乎都是高工朋友寄來的。

當我拿起其中一張時突然渾身發熱。寄件人是倉持修。在新年快樂與舞龍舞獅的插畫中間，寫著以下的文字：

你現在在做什麼？大學生？還是社會人士？我有好康的事要告訴你，見個面吧。請和我聯絡。要是不和我見面的話，你一定會後悔唷。就這樣啦。

他的地址改成了練馬。賀年卡上還寫著電話號碼，看來想見面不是場面話。

我想，這大概是上天賜與我的良機吧。既然對方說想見我，我去找他就完全不用擔心他會起疑心了。某個星期六，我總算打了通電話給他。他在家裡，一聽到我的聲音，好像就知道是我打來的樣子。「你總算打給我了。我等你很久了唷。」我不知道這句話是眞是假，他用興奮的語調說：「你過得好嗎？」

「還好啦，普普通通。」

我提到近況，倉持便用不知欽佩還揶揄的語氣說：「你在穩定公司裡，做著穩定工作啊。」

「你呢？在做什麼工作？」我儘可能親密地問。

「嗯，我就是要跟你說這個。我在賀年卡上也寫了，我有好康的事要告訴你。要不要見個面？我想見面之後再慢慢聊。」

「什麼事？」

「這當然是留到見面再說呀。明天怎麼樣？我有空。剛好咱們哥兒倆去喝點啤酒吧。」

「嗯，我也有空。」

「好，就這麼決定了。我們就約在……」

倉持約在池袋車站前的一家咖啡店。

當天，我猶豫要不要帶之前從倉庫拿來的氰酸鉀赴約。我想要儘可能地按計畫殺人。要是因為一時衝動犯罪，一定會馬上落網。

即使如此，我最後還是將塑膠袋放進口袋裡，離開了宿舍。畢竟很難說今後會不會有第二次不被起疑接觸他的機會。我想起無法下手殺死志摩子的父親背影。命運女神不是天天出現。

我身穿廉價毛衣和粗呢短大衣，打扮成隨處可見的外出裝扮前往約定的店。那家咖啡店縱使在白天也很昏暗，而且座位很多。如此一來，只要沒有太過醒目的動作，其他客人和店員應該不至於會記住我的長相。

倉持坐在角落一個兩人座的座位。我很意外，他竟然比約定的時間早到幾分鐘。我想必然是有相當重要的事情呢。

「好久不見。你是不是瘦了點？」倉持看到我說。

「在公司被當狗使喚啊。倉持你現在在做什麼？昨天電話裡，你好像說你沒上大學。」

「我在做銷售的工作。也就是所謂的推銷員。」

「你在賣什麼？」

「很多啊。嗯，工作的事情待會兒再說。」

倉持將頭髮規規矩矩地分邊，有梳子梳整過的痕跡。我想，因爲他做推銷員，所以要注重服裝儀容吧。他穿的外套也很有質感，看起來更老成。在旁人眼裡，大概不會以爲我們倆同齡。

我們聊些無關痛癢的事，並且喝了杯咖啡之後就離開咖啡店。他約我上啤酒屋，我沒有理由拒絕。我們吃著炸雞塊和毛豆這些隨處都吃得到的東西，乾了好幾大杯的啤酒。他專問我的工作情形，但一提到他自己的事情卻又含糊帶過。我感覺，他有什麼企圖。

「從你的話聽來，你的工作好像挺耗體力的。這樣的話，薪水和工作份量好像不成比例吧。」倉持直言不諱地說。

「我沒那麼想過。反正能夠確實領到錢，我就心存感謝了。再說，只要繼續待下來就不用擔心住的問題。」

「住還不簡單。我是說，那樣的生活方式你快樂嗎？弄得全身油膩膩、髒兮兮的，卻一輩子只是公司的一顆小螺絲釘，你不覺得無趣嗎？在那種地方工作，就算再拚命，能賺的錢還是有限。人生取決於你賺的錢多寡。再這樣下去，你就只能找個普通女人結婚，買間鴿子籠大小的房子，然後一輩子被貸款追著跑。」

「那也無妨。我覺得結婚有個家，就很幸福了。」

「別說得一副你好像大徹大悟的樣子。你有沒有想過未來等著你的是什麼？生兩個不太聰明的小孩，過著令人厭煩的家庭生活。這種日子要過幾十年唷！不，是到死爲止。你還不到二十歲，就打算選擇這樣的人生嗎？」

我定定地看著倉持熱切訴說的嘴角。

「有很多人連這種生活都得不到。光是唸到高工畢業就費了我好多力氣。今後我想要過的是風平浪靜的生活。不像連續劇那樣精彩也無所謂。」

聽我這麼一說，他搖搖頭。

「瞧你講得那麼沒志氣。我們還年輕，一點幹勁都沒有可怎麼辦啊？我說，田島，想想你當初把一丁點零用錢投注在五子棋上的樣子！那時候的你跑哪兒去啦？」

我驚訝地再次看著倉持的臉。讓我將零用錢投注在五子棋上的人是他，而且他和那個賭五子棋的傢伙還是一夥的。這件事情我可沒忘，而他竟然還敢厚顏無恥地在我面前提起，我眞懷疑他的神經有沒有問題。然而，他卻無視於我的驚訝，繼續說道：「我是爲你好才說的。像那種工作你最好早點辭掉。在這個世界上，再怎麼辛苦耕耘也不會有出人頭地的一天。只有想到好方法的人，才能賺大錢。」

聽他說到這裡，我總算知道他想說什麼了。

「你剛才說你在做推銷員，對吧？那就是『好方法』嗎？」

他賊賊地笑。「是啊。聽完我的話，包你嚇一跳。你一定想不到有這種好方法。而且，你絕對會加入我的行列。」

「這很難說。」

他趨身向前靠近我。「怎麼樣？等一下要不要來我家？我想跟你好好談談這件事。我家從這裡搭電車十多分鐘，不會花你太多時間。」

倉持總算進入正題了。我對他要談的事多少有點感興趣。再說，我也想事先看看他住在什麼樣的地方。因爲這會成爲今後擬定殺害他的計畫時的重大參考依據。

「好啊。」我回答。

倉持拿著帳單朝收銀台走去，我連忙追上他。當我拿出錢包，他輕輕揮手制止我。

「不用了，這裡我請。是我約你的。」

「可是，不好意思。」

「不用客氣，不用客氣。」他將一萬圓紙鈔遞給收銀員，湊近我的耳邊說：「要是聽我的話，以後你一定會覺得這只是一點小意思。」

我一看他，他愉快地向我眨眼。

倉持住在一棟距離練馬車站步行幾分鐘的二樓公寓，好像才剛蓋好不久，外牆的白色油漆都還是光鮮亮麗的。

「進來吧。」

倉持要我進屋。一走進去，一個大型衣櫃吸引了我的目光。衣櫃旁是床和書櫃，眼前的廚房裡有餐桌、電冰箱、電鍋、迷你烤箱。這裡和我住的宿舍簡直天差地遠，是可以稱爲家的空間。

「天啊，一應俱全。」

「大致上啦。不過，大部分都是中古貨。前輩便宜賣給我的。」

「前輩？」

「職場的前輩。嗯，我來泡咖啡吧。」

「不，不用了。倒是你說的事情是什麼？」

倉持喜上眉梢，很高興我主動發問。他大概是覺得，發財的話題讓我上勾了。

我們面對面，隔著餐桌而坐。他將一個大信封放在桌上，從裡面拿出幾張文件。信封上印著「穗積國際」。

「那是什麼？」

「我工作的公司。我想讓你也參一腳。」

他在我面前攤開介紹手冊，上頭展示著紅寶石、藍寶石等色澤鮮艷的寶石。不知道是不是因爲拍照時特別強調光澤的關係，即使是照片看起來也很耀眼。

「你在賣寶石嗎？」我不禁睜大了眼睛。

「基本上，這家公司賣的是寶石。」倉持的說法聽起來怪怪的。「不過，公司的目的不是賺錢，而是打造一個相互扶持的組織。」

「相互扶持？」

「互助的精神。也就是藉由買賣寶石讓大家輕鬆過日子。」

「完全不懂。」我百思不解。

倉持要我等一下，然後起身拉開裡頭房間的櫃子抽屜。我隨意瀏覽室內，只見家電用品和家具雖然一應俱全，感覺卻都有點舊，的確好像是中古貨。而且看來倉持不常打掃，表面上東西收得很整齊，實際上角落卻積著灰塵。

「你一個人住在這裡嗎？」

「嗯。雖然有很多不方便的地方，不過很自在。宿舍就很難保有個人隱私了，對吧？」

「是還好啦⋯⋯有人常來嗎？像是你女朋友。」

倉持顫肩笑道：「我沒女朋友。玩玩的女人倒有，不過不會帶到這裡。因爲事後很麻煩。」

這句話讓我突然想起江尻陽子那件事，心裡也燃起一股熊熊怒火。原來陽子對他而言，也是一個「玩玩的女人」，所以他才無法接受那樣的女人懷孕，更對她的自殺感到棘手，於是選擇裝傻到底。我想，在這裡殺了他也無妨。反正沒有人看見我進到這間房子裡。

我後悔沒要他泡咖啡了。

倉持完全不知道我心裡在想什麼，他拿著一個看似珠寶盒的小箱子回來。

「你打開看看。」他將小箱子放在我面前。

打開蓋子一看，裡面放著幾顆貨眞價實的寶石，但都不怎麼大顆。

「很驚人吧？」倉持盯著我的臉說。

「是啊。」我回應道。從前母親有一個珠寶盒，裡面裝的寶石更美更大。

「這些全部至少值一百萬。」

「是哦。」我一時會意不過來一百萬是多少。

「你要不要用六十萬買下它們？」

「你說什麼？」我看著倉持的臉。他一臉正經。「你開玩笑吧？」

「如果你沒錢的話，可以分期付款。我會和上頭商量，幫你把利息壓到最低。」

「別鬧了！」

「我是說真的。你現在可能會覺得這是無稽之談，不過聽完我的話之後可以再重新考慮。」
「不管你怎麼說都一樣啦。我買寶石做什麼？」
「你可以轉手賣掉。」
「什麼？」
「轉手賣掉。就像我剛剛說的，這是一項一百萬也賣得掉的商品。你用一百萬賣掉看看，馬上淨賺四十萬。」
聽到這個數字的時候，我有些心動，但隨即恢復了理智。
「要怎麼賣？我又不認識會買寶石的朋友。」
「你不是有親戚嗎？要是你說這些寶石只賣一百萬的話，他們一定會高興地買下來。」
我搖搖頭。「我決定不靠親戚了。再說，我一陣子沒見到他們了，今後也不打算見面。」
「是哦。這樣的話就沒辦法了。」倉持嘆了一口氣。「既然如此，四十萬如何？」
「咦？」
「我問你如果四十萬的話，買不買？」
「爲什麼突然降二十萬？如果這樣，一開始賣四十萬不就好了？你想從我身上賺一手嗎？」
倉持兩掌對著我，試圖安撫我。「在你動怒之前先聽我說。以四十萬賣出是有條件的。那就是你必須先成爲穗積國際的會員。」
「你說什麼？」
「只要成爲會員，就可以用優惠價格購買。只不過，想要成爲會員必須達成一定的業績。不過，也沒什麼大不了。想起來這是很有前途的工作。我當初是想便宜地買到寶石，不得已才成爲會員的，不過這比你的正職做起來還有意義，而且賺錢，甚至有人辭掉一流企業的工作，改行來賣寶石。那個人的年收入超過一千萬唷！」

話題的內容突然變得更誇大，我全神戒備。

「這是怎麼一回事？業績是什麼？」

「會員的業績很單純。首先支付兩萬圓的入會費，再將一組寶石賣出去就行了。公司會從那個會員帶來的客人身上，拿回沒有從會員身上獲得的利益。誰也不吃虧，對吧？」

「原來如此。」聽起來這件事情本身倒是合情合理。「可是，爲什麼會員能賺到錢？」

「有佣金呀。賣出一組寶石，公司就會支付五萬圓的佣金給會員。」

「賣掉幾十萬的寶石，才給五萬佣金啊？」

「你把話聽完嘛。會員的業績是賣掉一組，但又沒人說不可以多賣。賣越多，就會有越多的佣金滾進你的口袋。」

「這我知道，問題是六十萬的寶石有可能那麼輕鬆就賣得掉嗎？如果眞有可能，一開始早把自己手上的寶石轉手賣出去了。」

「重點就在這裡。我剛才說業績是賣掉一組寶石，可沒說要以六十萬賣掉。」

倉持豎起食指，輕輕一笑。

「不是六十萬的話……」

「也可以賣四十萬啊。換句話說，讓那位客人成爲會員。」

「噢，」我突然感覺像是開了眼界。「原來是那麼回事啊。」

「而且最好的是，在這種情況下公司照樣支付佣金。只不過一開始是兩萬。我說一開始是有原因的。接下來才是有趣的部份。」倉持上半身趴在桌上，開始對我說明。「你拉進來的會員如果再招到新的會員，還是會有佣金的百分之幾進你的口袋。也就是說，當你的下線會員、下下線會員，還有下下下線會員不斷增加的時候，佣金就會以十萬圓爲一個單位，匯進你的帳戶。這麼一想，你不覺得與其單賣寶石，不如增加會員比較有利嗎？」

聽倉持講得舌燦蓮花的同時，一堆數字鑽進了我的腦袋。那股氣勢讓我稍微楞了一下。

「一開始需要四十二萬啊……」

「而且那四十萬也不只是付出去，還會以寶石的形式留在你的手上。實質的投資不過才兩萬。怎麼樣？這個金額應該連窮上班族也湊得出來吧？」

我抱著胳膊，發出低吟。我來這裡是擬定殺害倉持的計畫，怎麼完全被他的話拖著走。

「要不要試試看？我已經賺了兩百萬囉！」

「兩百萬……」

「我預計還會有很多很多錢進來。」倉持小聲地繼續說。「先下手爲強。最好有許多下線會員和下下線會員。如果你要做的話，我明天一大早就幫你送件申請。星期一人會很多，不過我會試試看的。」

他的言下之意是好像沒時間考慮了。

「這樣啊。」我考慮半天之後回答，「如果可以按月分期付款的話，倒是可以試試。」

「你要做嗎？」

「可以做做看。」

倉持站起來，突然哈哈大笑。他指著瞠目結舌的我，捧著肚子說：「田島和幸先生，你振作一點好不好。你怎麼可以上這種當呢？」

話說完後，他還是笑個不停。

十五

倉持說：「這是一種老鼠會唷！」

「你動動大腦嘛。要是按下線會員、下下線會員、下下下線會員這種速度增加下去，一眨眼就會超過日本人口了。實際上，有錢的人比想像中的還少，所以這種生意很快就做不下去了。依照數學原理，就算想要回收投入的資本，也招不到人成爲新會員。到頭來就剩一屁股債。」

「這我知道，但是及早加入是不是就會賺錢呢？」

「當然會賺。至少一開始就加入的人會大撈一筆，不過如果不是一開始加入的會員，要回本就很難了。」

「你的意思是說，現在才加入已經太遲了嗎？」

聽到我這麼一問，倉持笑笑點頭。「那是當然的囉。這種東西當幹部們賺一筆之後就玩完了。半途加入的人只是大肥羊。」

「可是，他們手上還有寶石吧？賣掉寶石就能收回投入的資本，不是嗎？」

「賣給誰？」倉持的眼神還帶著笑意。

「賣給誰都行吧？如果珠寶商不行的話，最壞的情形下，還可以賣給當鋪。」

「賣給當鋪的話，」倉持抱著胳膊，微微偏頭。「五萬……不，拿回三萬就要偷笑了。」

「咦？可是，你不是說那些珠寶值一百萬……？」

「那是個人價値觀的問題吧？但是，當鋪老闆可不會認爲那些珠寶値一百萬。沒有笨蛋會把錢砸在這種粗製濫造的人造石上。」

「咦？那是人造的嗎？」我再度看著寶石。

「而且還不是普通差的劣質品。雖然不至於是玻璃，但連一般的裝飾品也不談不上。不過，外行人光是用看的，大概也看不出它的優劣吧？大家都是一副不懂裝懂的樣子，只會看標價，然後講些有的沒的。」

「那麼，你這不是詐欺嗎？」

「我壓根兒就沒說這是天然石。就算我說了，買的人也沒有證據。」

我瞪著倉持。「這種做法眞下流。」

然而，他卻不爲所動。「賺錢就是那麼回事。不過就是合法地從別人身上獲取錢財。只要合法，沒有什麼下流不下流的。」他收好裝有寶石的盒子。

「可是我不懂，你爲什麼要告訴我內情？你不是打算騙我，才把我叫到這裡來的嗎？」

倉持看著我，意外地聳聳肩睜大眼。「我騙你？爲何騙你？要是我有意騙你，就不會連這些事情都告訴你了。早在剛才你有意要買，就若無其事地讓你在契約上簽名了。」

「我一直以爲你要找我入會。」

「田島啊，我們是朋友，不是嗎？而且還是從小玩在一起的交情，是吧？我怎麼可能會騙你嘛。就算你是開玩笑的，我都覺得很受傷呢。」

倉持一臉認眞說。我看著他想：「設計讓朋友收到詛咒明信片的人不知是誰唷？」

「你說不是有好方法嗎？」我對他說。「而且說我聽完一定會想加入。現在又告訴我老鼠會的內情，你到底想做什麼？」

「我要說的重點在後頭。倒是你要不要喝點什麼？不喝咖啡的話，啤酒怎麼樣？」

「來一瓶吧。」

倉持從冰箱裡拿出兩瓶啤酒，將一瓶放在我面前。我一邊打開易開罐拉環，一邊在心裡想：

「這下要摻進氰酸鉀可就難了。」

「就像我剛才說的，像這種老鼠會的生意，只有一開始就加入的人才賺得到錢，後來加入的人就只有賠錢。」倉持喝一口啤酒之後，開始說道。

「這我知道啊。」

「我接下來要講的才是重點。」他將一隻手肘靠在桌上，趨身向前對我說。「總而言之，這種生意的目的不在賣東西，而是想辦法增加會員。這麼一來，就出現了另一種生意。」

「另一種生意？」

「我們自己不要成爲會員，而是幫忙讓別人入會。組織只要有人入會就會賺錢，所以只要我們幫忙讓別人入會，獲得報酬是理所當然的，對吧？」

我看著倉持的臉。他接收我的視線，頻頻點頭。

「那就是你的工作嗎？」

「目前是囉。」倉持別有意涵地說，並且喝了一口啤酒。

「你說有好康的要告訴我……」

「就是這件事。聽起來不賴吧？我們和那些成爲會員的笨蛋不一樣，絕對不會損失自己的銀兩，而且不用業績，只需具備演技。」

「演技？」

「待會你就明白。」

倉持對我說明報酬的事。若是換算成時薪，的確不是我現在的工作所能相提並論的。我很驚訝，眞的那麼賺錢嗎？

「老實說，最近新會員一直減少。這次組織裡想舉辦大型宣傳活動，可是人手不足，所以上頭的人問我身邊有沒有值得信任的人，我第一個想起的就是你。其實，我今天約你出來已經跟上頭報告過了。」

「報告？你說了我的名字嗎？」

倉持搖搖頭。

「名字倒是沒說，我只說是從小學認識的青梅竹馬。剛才聽我說了那麼多，我想你應該知道，這份工作必須保守祕密，並不是隨便一個人就能做。怎麼樣？你可以繼續做現在的工作，要不要當作打工試試看？」

我啜了一口啤酒，嘆了一口氣。「沒興趣。反正說穿了，就是要跟你們合夥騙人，對吧？」

「剛才不是說過了？賺錢就是從別人獲取錢財。要是你想不通這點，一輩子都會吃虧。」

「不要。」我拿著啤酒瓶，搖搖頭。「我不幹。不可能有那麼好康的事。」

「我希望你相信我。」

倉持沒有繼續死纏爛打要我加入。

我喝完啤酒，從椅子上起身。既然無法實行殺人計畫，就沒理由花這麼長的時間和他待在一起。我發現，心中最重要的殺人念頭正在萎縮。不知道爲什麼，只要一和倉持長談，我的想法總會被他拖著走。

「我有一件事情想問你。」在玄關穿鞋之前，我對他說。

「什麼事？瞧你一副正經樣。」

「你記得一個叫做江尻陽子的女孩嗎？」

我心想，反正他一定又會裝傻，但還是忍不住問了。然而，他的反應卻出乎我的意料之外。他先是出神地微微張開嘴巴，然後皺起眉頭說，「記得呀。游泳池的那個女孩，對吧？」

「我之前跟你說過她死了，對吧？」

「嗯，你說過。幾年前的事了啊？」他搔著鼻翼。

「那個女孩在我們唸高一的時候去世。我應該也跟你說過她是自殺的吧？」

「嗯……」

倉持難得露出老實的表情，讓我不知所措。我原本篤定他一定會假裝連她死了都忘得一乾二淨。他按摩自己的後頸，開口說，「田島啊，我知道你對那個女孩有意思。我第一次在游泳池看到你們的時候就知道了。」

突如其來的發言，讓我慌了陣腳。「我想說的不是這個。」

「你聽我說。你對她有意思，所以才會對她的死耿耿於懷，對吧？可是，我勸你早點忘了她。那種女人……」

「那種女人？」我感覺嘴角抽搐。「那種女人是什麼意思？」

倉持伸手搔了搔吹整得一絲不苟的頭髮，露出一臉尷尬的表情。

「田島啊，你在懷疑我跟她的事，對吧？你以爲你喜歡的女孩子被我搶走了。」

我不發一語，呼吸急促地瞪著他。老實說，我感到驚慌失措。沒想到他會這樣說。

「我招了。我，跟她上過床。瞞著你是我不對。」說完他微微低下頭。我茫然地看著他頭上的髮旋。

「你果然是陽子的……」

「等等。話是這麼說沒錯，但要是你以為是我害她懷孕的，那誤會可大了。」

「還不是你害的？你都說你跟她上床了，還想逃避責任嗎？」我扯開嗓子吼，向他逼近了一步。

倉持兩手向前平伸，攤開手掌試圖制止我。

「我不想提這件事，因為我知道你喜歡她，不過我不想讓你誤會，不得已只好說了。」

「你在說什麼？給我說清楚！」

「那我說囉。是她約我的。」

「耶……？」

「你介紹她給我認識之後，她馬上就打電話給我，約我出去玩。我對你感到很內疚，但還是厚顏無恥地赴約了。這件事我道歉。不過，她是個天大的假淑女。」

「這話怎麼說？」負面情緒開始在我心中發酵，讓我感到微微的胸悶。

「第一次約會那天，她就問我：『你有沒有做過愛？』她一臉清純地說，嚇了我一大跳。我老實回答說我沒有。然後你猜她又說了什麼？她說，想做就做吧。」

「……你說謊……」我低吟地說。只要一閉上眼，我的腦中立即浮現出陽子的笑容。她那甜美的笑和倉持的一言一語完全是矛盾的。

「我騙你做什麼？我一開始也以爲她是在開玩笑，所以我也開玩笑地說，那我就不客氣了。結果她居然問我：『你身上有多少錢？』」

「錢？」我心想，陽子怎麼可能向倉持要錢。

「當時是我第一次約會，我也很緊張，身上帶了五千多圓。聽我這麼一說，她居然說：『五千圓就好，要在哪裡做？』」

「野炮？」

「你騙人！」我激動地搖頭，大聲喊道：「這一定是騙人的！你別胡說八道！」

「我沒有胡說八道。被她這麼一說，我才察覺她不是在開玩笑。後來我心臟撲通撲通跳，害怕的人居然是我，眞是遜斃了。她一副家常便飯的樣子，說打野炮也行。」

「就是在戶外辦事啦。結果，我們走到附近的河邊，找了一個沒有人的地方……」倉持說到後來開始支吾其詞。

我再度搖頭。「我不相信。」但我很清楚，我的聲音變得虛弱而無力。

「這是事實。她當然不是第一次，畢竟都習以爲常了，相形之後我可糗大了。完事之後，她迅速地穿上內褲，對我說：『五千圓拿來。』完全不享受事後的餘韻，眞有點掃興。」

「她那麼做……豈不是跟妓女沒兩樣嗎？」

「豈止沒兩樣，根本就是不折不扣的妓女。你不是說她家沒錢嗎？所以才會在游泳池打工吧。不過，我想在那裡打工的錢到底還是不夠用，所以才會做出那種事來。」

聽倉持這麼說，我的內心滾燙得如烈火中燒，心跳紊亂。我的耳朵裡聽見脈搏的聲音，卻仍不斷地在心中吶喊：「不可能！她不可能會做出那種事情！」

「我話先說在前頭，我可是有用保險套唷，而且那也不是我準備的，是她帶來的。這代表她一開始就打算那麼做。她只要找到有錢的對象，就會主動接近對方，出賣靈肉賺錢。我想，和她做過的搞不好有十幾二十個人。我僅此一次，我想那些人當中說不定有人是她的常客呢。」

不可能。我心中的吶喊漸漸變小。我對江尻陽子這個人並不了解，或許該說一無所知。

「我啊，原本以爲你和她也有一腿。」

聽到倉持這麼一說，我抬起頭，看見他的嘴角浮現一抹詭異的笑容。

「所以我還在想，這下跟你可成了『兄弟』，但你卻沒有上過她。這樣說來，她還眞小氣呢。看在打工同事的情份上，至少也該免費讓你玩一次嘛。反正都已經被一堆男人上過了，又不會少一塊肉。」

我一拳揮過去。腦中一片混亂，充塞著憤怒、悲傷和驚愕等情緒。他閃開我的拳頭，反抓住我的手腕，一拳飛過來將我擊倒在冰冷的地板上。我抬頭瞪著他，卻沒有力氣站起來。

倉持重重地喘著氣，坐在椅子上。

「我想你一定會大受打擊，所以才一直沉默至今。可是我想還是必須化解這個誤會。」

「我聽她高職同學說過她的事，她同學可沒告訴我她在賣春。她同學說是讓她懷孕的男人命令她把小孩拿掉，她才自殺的。」

「那只是謠傳吧？再說，她也不會在自己的學校賣春。」

我咬著嘴唇。他說的很有道理，但我還是無法接受。

「你有證據嗎？你能證明她做過那種事嗎？」

「我沒有證據，不過我就是證人。」

「她怎麼可能會做那種事……」

「人不可貌相。這是一個相互欺騙的世界。」倉持在我面前蹲下，單膝著地，一隻手放在我的肩上。「下星期六跟我出去走走。我讓你見識見識這是一個什麼樣的世界。」

隔週的星期六，倉持帶我到一棟新大樓中的一間房間。房間的大小約莫一間小學教室，裡面排了三十多張鐵椅子。我們到的時候，椅子已坐滿了三分之二以上。我和倉持坐在前面數來第三排右邊的位子。我穿著一般便服，倉持穿西裝。

「按剛才說的做就行了。然後你不說話沒關係。」倉持悄悄在我耳邊說。

一個身穿灰色西裝的年輕男人站在角落，環顧整個會場。

「非常感謝您今天蒞臨穗積國際的說明會。我想，接下來就開始今天的會議。首先，請保住浩太朗董事長向各位致辭。董事長，請。」

一個男人隨即出現在講台上。他戴著黑框眼鏡，看起來像是知識份子，中等身材。雖然掛著董事長的頭銜，不過年齡大概在四十歲上下。

保住開始致辭。他的語調鏗鏘有力，不時加重語氣強調某些語句。演講的內容諸如這個世界充滿機會；時下一般商品的買賣系統費時費力又荒誕不經；自己要賺錢，唯有先讓別人賺錢，唯有這種相互扶持的精神才能拯救明天的日本等等。他滔滔不絕，並且適時穿插笑話，可說是一個能說善道的演講者。

當他在演講的時候，他的背後已經架好了一塊黑板。保住拿起粉筆，在黑板上寫下「消費者＝銷售者」，然後畫了好幾個圓圈將字圈起來。

「各位都懂這句話的意思吧？人想要買東西的時候，最相信誰說的話呢？他們不會相信店員的話。因爲，店員只要把東西賣出去就好，才不管客人買了之後會怎樣，所以他們最相信的是實際買過那個產品的人說的話。各位也是如此，對吧？那麼，如果買了該產品的人向你推銷的話，又是如何呢？這下具有說服力了吧？當然，有的人即使自己吃虧也要拖別人一起下水，不過這種人以後就會被列入拒絕往來戶，所以這種行爲並沒有意義。」

他的話裡適度夾雜著輕鬆的語氣，這似乎也是演講技巧之一。事實上，我感覺到會場上的人們逐漸被他的說話技巧所吸引。

保住的話鋒一轉，變成了在講寶石的事。他得意洋洋地說，他們組織如何開發出一種特殊的銷售通路，在將成本減到最低的情況下，還能進口高級寶石。

「不過，問題就在這兒了。」他提高聲調說。「就算進貨價格再怎麼低，若是在到達各位手上之前還得經過好幾個關卡的話就沒意義了。再說，開家大店舖這種做法也太花錢了，於是這就是我們的想法。」話一說完，他用粉筆在黑板上寫著「消費者＝銷售者」的地方敲了好幾下。

接著他開始說明銷售系統的相關內容，那和倉持對我說的相差無幾，只有語調不一樣。我明知這是個陷阱，但聽著聽著，還是受到保住全身散發出來的氛圍和巧妙的說話技巧的影響，陷入一種錯覺，覺得聽他的話去做搞不好眞會賺錢。既然連知道內情的我都那麼想了，第一次聽到的人會被騙自是理所當然的事。

保住演講完畢後，剛才的司儀又站了起來。

「那麼接下來，我想要請在上一次說明會入會，且已做出實際成績的會員爲我們報告。渡邊和夫先生，請。」

聽到司儀言麼說，坐在我身旁的倉持站了起來。他走到前面，動作僵硬地行禮。當然，那也是演技之一。

「我是渡邊和夫。嗯……，這次組織指名要我上台，我眞是受寵若驚。」

說完開場白之後，倉持開始敘述他的成功經驗。說他從加入穗積國際之後，到今天爲止獲得了多少利益。不用說，這個成功經驗當然是虛構的。他的說話技巧雖然不如保住，卻演技十足，表現得像一個鹹魚大翻身，一躍成爲成功人士的平凡青年。我這才理解，原來他上星期說的演技就是這麼回事。所有與會人士對於他的成功經驗都感到振奮不已。

倉持講完之後，在眾人的拍手聲中回到座位上。他的表情依舊是一個木訥的青年，但我從他的眼神中看到了驕傲的神色，彷彿在說：「帥吧？」我眨眨眼，透過眼神告訴他：「幹得好！」

這就是倉持負責的工作。一個訴說成功經驗的演員。我來到這裡之前問過他：「爲什麼要這麼做呢？」他的回答簡單明瞭：「因爲實際上根本沒有那樣的成功人士。要是大談成功經驗的都是幹部的話，會被人起疑吧？於是這個時候就輪到我們出場了。」

當另一個演員講完成功經驗後，司儀又站起來了。

「那麼，說明會到此結束。接下來各小組會有一個負責人，請各位移駕至隔壁房。」

隔壁的房間裡，放著好幾張圓桌。客人們依照會員指示陸續就座。每四個人一張桌子。

我一坐下來，嚇了一大跳。沒想到我的對面竟然坐著藤田。他也察覺到是我，先是一陣驚訝，接著一臉不悅地皺起眉頭。

我想起了之前聽他說過：「有沒有辦法更快存到錢啊。」準備結婚的他，應該很需要錢吧。

一個女會員來到我們的桌子，向大家打招呼。她給我們看各種手冊之後，滔滔不絕地說著保住董事長是一位多麼偉大的人物，還有穗積國際的銷售系統有多麼優秀。

「聽到這裡，各位有沒有什麼問題？」

聽到她這麼問，一個女性怯懦地開口說。

「你們會不會教我們如何將自己買下的寶石轉賣他人的方法？」

「我們會介紹店家給沒有銷售通路的客人，將寶石放在店裡寄賣，等到賣掉之後，再將錢交到各位的手上。」

「可是如果是飾品還好，光是一顆寶石賣得掉嗎？」

「有些店會幫忙加工成飾品，各位也可以親手設計，再放在店頭寄賣。雖然要花加工費用，但相對可以賣到更好的價錢，所以也有許多人選擇這種做法。」

「能夠自己設計哦。眞棒耶。」發問的女性眼睛裡閃爍著光芒。

我舔舔嘴唇，下一個輪到我發問了。

「招入的會員多多益善吧？」

「那是當然。招入的會員越多，相對佣金的金額就會越大。」

「這麼一來，我的上線會員也會有好處吧？總覺得不太公平。說不定我的業績比上線會員還好，賺的錢還得被他抽成。」

「組織的本意是相互扶持，業績好的人要塡補業績差的人的不足額業績，但是業績優良的人一直當下線會員也很可憐，因此我們有一種晉級制度，也就是只要招到一定人數的下線，就可以晉級。」女會員對我的問題應答如流。不過這個問題只是按照對好的劇本照本宣科，能夠回答得那麼順也是理所當然的。

事實上，在我之前發問的女性也是安排的暗樁。換句話說，這張桌子的五個人當中，有三個是穗積國際這邊的人。三個人串通起來，讓另外兩個客人掉入陷阱，就是這個組織的目的。

女會員迅速回答我們提出的各種疑問。由於突然被帶到這種地方的人很難冷靜分析事情，因此若能對其疑問給予合理的答案，即能逐漸獲得對方的信賴。

我看見藤田和另一個客人點頭的次數增加了。

「如何？要不要和我們一起工作呢？」女會員對串通好的女客人說。女客人重重點頭。

「好的，請務必讓我加入。」

「非常感謝您的加入。那麼請帶著這份文件到那張桌子塡寫。」

女會員的目光接著轉向藤田。這下可是眞正的工作了。

「您考慮的如何？」

「我……該怎麼辦好呢……」藤田搔頭。

我知道，他無法理性思考。他之所以猶豫，除了因爲沒有勇氣用四十萬這筆巨款買寶石，一定是因爲直覺在作祟。

他往我這邊看了一眼，想知道我會怎麼做。

我本來今天的工作只有剛才的那個提問，接下來可以默不作聲。然而，我卻開口說話了：

「要入會的話，還是趁早加入比較有利吧？」

我突然提出沒套過招的問題，女會員頓時顯得驚惶失措。

「是……的，是那樣沒錯。」

「所以要是下次的說明會才入會，就可能成爲今天入會會員的下線，對嗎？」

「嗯，是的。」
「那麼，我要加入。越晚加入，可能成爲會員的人會越少。」
我接過文件，往辦理手續的桌子而去。倉持在那裡等我。
「怎麼了？即興演出嗎？」他一臉意外地問我。
「是啊。」我回頭望剛才的那張桌子。
藤田正一面接受女會員的說明，一面接過入會文件。

十六

話說，新年過後沒多久，有一天吃完午餐，我走到更衣室，聽見不知哪兒傳來的說話聲。說話的人好像在我的衣櫃後方。有兩個人在講話，其中之一肯定是藤田。
「總之，你來聽演講就是了。我不會害你啦。你一定會感謝我的。」
「可是，公司禁止我們打工，不是嗎？」
我聽過另一個人的聲音。這個男人在隔壁的工廠工作，應該和藤田同期。
「你不說公司就不會知道啦。再說，又不會花你多少時間。你只要放假的時候做就好了。放心啦。要來聽一次說明會唷。」
我很清楚，他們是在說賣寶石的事。藤田似乎沒有察覺到這是一個陷阱，還拚命招募會員。他是想要儘早拿回四十萬圓再大撈一筆吧。
和他交談的男人含糊其辭地說他會考慮，之後即刻離去。
我打開衣櫃的門。不知道藤田是不是因爲聽到我開門的聲音，從最旁邊的衣櫃那頭探出頭來窺看。當他一看到是我，隨即鬆了一口氣，嘴巴扭成一種令人厭惡的形狀。

「搞什麼，是你啊。」他的臉上甚至浮現笑容。「你在偷聽嗎？」

「是你自己講給人聽的。」我不看他的臉回答。「招募會員嗎？你眞積極耶。」

「我話可是先說在前頭，」藤田從身後抓住我的肩膀。「你不准對工廠裡的人下手！這裡的人都是我的客戶。知道了沒有？」

藤田認定我已經是那個騙人生意的會員了。

「我並不打算在工廠招人入會。」

「好，那就好。不過，就算你這種卒仔找人入會，大概也不會有人聽話加入的。」

我很想對他說，被那個卒仔演的戲騙得團團轉的不知道是誰呢。

「在公司裡招人入會不好吧。要是公司知道的話，可能不是被罵一頓就能了事。」

藤田「哼」地冷笑一聲。「公司爲什麼會知道？我的死黨當中可沒有那種會跑去打小報告的卑鄙小人。要是公司知道的話，那一定就是你！」話一說完，藤田揪住我的工作服領口，狠狠地瞪著我。我任他抓住我的領口，反瞪著他的臉。

過不多久，他放開了我。

「不過，你不可能會說的吧？畢竟，我們是一夥的。」

「你成功地招人入會了嗎？」

「是啊。我招了幾十個人入會，馬上就能變成幹部了。這麼一來，你就成了我的下線。眞爽呀！」

藤田用手背拍了拍我的胸口，雙手插在工作褲的口袋裡，走到通道去。我望著他的背影，想起了倉持說過的話。他在先前的說明會結束後，告訴我一些事情。

「老實說，幹部們準備要捲款潛逃了。他們在找好時機，拍拍屁股走人，因爲警方已經快盯上了。接下來就算有會員找再多的新人入會，他們也不付佣金，打算將賣寶石的錢和入會費全部據爲己有，然後落跑。」

倉持補上一句：「要是警方出面調查的話，他們的行爲大概是違反出資法吧。」

「他們能夠逃出警方的手掌心嗎？」

「逃不出也無妨。只要有充分的時間把賺的錢藏起來就好了。就算眞的遭到逮捕，董事長以外的幹部只要裝傻，表示什麼都不知道就行了。就連董事長也會聲稱他沒有意思要騙會員。」

「這樣就沒事了嗎？」

「嗯，這樣就沒事了。等到這陣子風頭過去之後，他們計畫再想一個新的騙人生意，騙一大群笨蛋上當。」倉持抽動鼻子，洋洋得意地說。

我不太清楚藤田對多少人提過那件事。只不過，他口中的死黨似乎不如他說的那麼值得信任。奇怪的寶石買賣謠言，比我想像得還早傳開。同寢室的小杉告訴我時，我才知道這件事。

「總之就是很可疑。只要成爲會員，就可以用便宜的價錢買寶石，要是介紹會員加入，還可以拿到佣金。有可能那麼容易嗎？」他用指尖摸著他引以爲傲的飛機頭。

「我總覺得好像有陷阱。」

我明知有陷阱還是裝傻。「對啊。乍聽好像能賺到錢，但這個世界哪有那麼好的事情。」

「有人找你入會嗎？」

「不，那倒是沒有。這話是從工廠的資深員工聽來的。好像公司裡有人到處宣傳這個賺錢的方法。不知道這個人是誰，但要是公司知道的話就糟了。」

「是啊。」我出聲應和，同時感覺到危機。既然謠言傳成這樣，早晚會傳進上頭的耳裡。公司方面要是知道謠言是藤田傳出來的，必然會找他本人確認。如果藤田矢口否認也就算了，要是他坦白承認的話，事情會變得如何呢？他被炒魷魚不干我的事，但他一定會說出我的名字。

就在這個時候，宿舍內廣播小杉的名字。好像有電話找他。他一臉高興地站起來，嘴裡唸唸有辭：「是奈緒子打來的吧。」電話設在各走廊的入口處。他走出房間去接電話。

過了一會兒，他回到房間裡，一看到我就問：「喂，田島。下星期六你有沒有空？」

「沒事啊。」

「那跟我們一起出去吧。奈緒子會帶朋友來，我想辦個聯誼，大家一起去喝一杯吧。」

那時我才第一次知道聯誼這個詞。

「你們去就好了啦。」

「爲什麼嘛？很好玩耶。」

「我不習慣那種場合。不知道該說什麼好。」

聽我這麼一說，他開口大笑。「你還眞清純耶。你這樣永遠交不到女朋友哦。所以才說要幫你介紹嘛。放心啦。如果不知道說什麼，那就別開口靜靜聽就好了。漸漸你就會習慣了。」

「嗯……可是，還是算了啦。」

「看你囉，不勉強你啦。不過，你不去的話，找誰好呢？奈緒子的同學都是同年紀，我們這邊最好也儘量找相同年紀的比較好。」

「同學？高職的？」

「對啊。哦，看你的表情，好像開始感興趣了。」

「沒啦，不是你想的那樣。」我低下頭，想了一下之後抬起頭。他仍然看著我。

「對方是奈緒子的同學，去去倒是無妨……」

「是啊，不去你會後悔。接下來就剩決定要找誰了。」

小杉倏地站起來，走出房間。他似乎打算找宿舍裡的其他同事一起參加。

星期六下雨。我們和那群女孩子在新宿的一家咖啡店集合。那是一場四對四的聯誼，男女隔著一張長桌，對坐在桌子的兩側互相自我介紹。我們這邊都是住在公司宿舍的同事，對面的女生則身份不一。

目前在家幫忙的香苗長相普通，卻是四人當中妝化得最濃的一個。她說，她和奈緒子高一同班。換句話說，她和江尻陽子也是同班同學。

無論如何，我想弄清楚陽子自殺的眞相，因此才決定參加聯誼。

離開咖啡店後，我們來到一家距離大約幾分鐘路程的西式居酒屋。店內相當寬敞，還有幾群跟我們一樣的年輕人。我們找了一張方桌，男女比鄰而坐。我本來想坐香苗旁邊，卻被其他兩個男同事搶走了她左右兩邊的位子。其中一個男同事明顯對香苗有意思。

不得已之下，我只好先和別的女孩子聊天，再伺機找香苗說話。我不時與她四目相交，原以爲只是單純的巧合，但當我起身去廁所時才知道不是那麼回事。我上完廁所，要走回位子時，香苗迎面走來。只見昏暗的燈光下她微笑著。我也以笑容回應。

「你叫和幸吧？」

她突然叫出我的名字，嚇了我一跳。我只在咖啡店裡自我介紹的時候說過一次我的名字。

「妳記得眞清楚。」

「嗯，不知不覺就記起來了。」香苗別有含意地眨眨眼。「你今天玩得盡興嗎？」

「還可以啦。」

「是嗎？看你好像悶悶不樂的樣子。」

「咦？會嗎？大概……吧。」

她一看我偏頭思考的樣子，噗哧地笑了起來。

「對了，聯誼結束之後你要做什麼？」

「不曉得，做什麼好呢？行程的事我完全交由小杉處理，我只是陪他來而已。」

「那你想做什麼呢？」她有點不耐煩地問。

「我都可以……」我搔著後頸說。

「那麼，要不要去哪裡？我想和你多聊聊。」

事後回想起來，她倒是挺積極的。然而，沒有和女孩子正式交往過的我，只是愣頭愣腦地想：「一般女孩子都是這樣的吧？」

能和香苗兩人獨處正如我所願，於是我馬上答應了她。

不久，聯誼結束。離開居酒屋後，所有人步行至車站。香苗第一個脫隊。好像只有她要搭地下鐵。她離去的時候，用眼神暗示我。

我猶豫不知道該用什麼理由脫隊才好。然而，我的擔心卻是多餘的，當其他人提議我們這群男人再去續攤時，我隨便找了個理由，說要先回宿舍，便和他們道別了。

當我到達約定的咖啡店時，香苗早在裡頭的座位等我。我看到她在喝啤酒，嚇了一跳。

「妳還在喝啊？」

「還喝不夠嘛。」

我想我一個人喝咖啡也說不過去，於是也點了一杯啤酒。

香苗問了許多我的事。工作方面還答得上來，但問到我的興趣或假日怎麼過時，我顯得窮於應答。當時，我第一次察覺到自己沒有任何可以稱之爲興趣的東西，也對此不好意思。

「妳和奈緒子是高一的同班同學吧？你記得一個叫做江尻陽子的女孩嗎？」

香苗瞪大了眼睛。「你認識陽子？」

「我和她一起打過工。」

「是哦。」她的眼神稍稍變了。也許在懷疑和我陽子的關係吧。

「她因爲懷孕而自殺了，對吧？」

「謠言是那麼傳的。」

「妳知道讓她懷孕的男人是誰嗎？」

「不知道。大家信口胡謅，卻都無憑無據。」

「妳和她熟嗎？」

「還好，普通吧。不過，她在第二學期唸到一半就去世了，所以也熟不到哪去。對了，爲什麼你淨問陽子的事？」

「因爲她母親曾經懷疑過我是不是小孩的父親。」

「是哦。」香苗定定地看著我的臉，頗感興趣的樣子。

「她是怎樣的一個女孩子？」

「什麼怎樣？」

「就是，她是不是那種隨便和男孩子交往的人？交往……嗯……該怎麼說呢……」

「你要問她是不是隨便和人上床嗎？」香苗的表情稍微和緩。她似乎不討厭這個話題。

「嗯，是啊。」我回答。

「這個嘛。她看起來是乖乖的，但說不定私底下完全不是那麼回事。」

「這話怎麼說？」

「畢竟，女孩子光看外表不準。有的看起來愛玩的女孩子個性一絲不苟；有的看起來乖乖女卻到處亂搞胡作非為。」

我心想，香苗這話是不是在說她自己呢？香苗明顯是「看起來愛玩」的那一類。

「聽說她自殺前，在校舍的樓梯爬上爬下吧？然後用公共電話和誰通話，還邊說邊哭……」

香苗嘆了一口氣。

「什麼嘛，你知道這些事啊。對哦，你從奈緒子那裡聽到的。」

「那不是惡意中傷吧？」

「應該不是惡意中傷吧。我聽到那些謠言後心想：『原來陽子也有不為人知的一面啊。』所以我剛才會說：『有的看起來乖乖的女孩子卻是到處亂搞。』」

「這話什麼意思？」

「利用爬樓梯讓小孩流產，這個方法在當時曾經成為大家討論的話題。就像是一種流行。」

「流行？不會吧。」

大概是我露出太過驚訝的表情，香苗覺得有趣，笑了出來。而我瞥見了她白色的牙齒。

「說流行好像不太恰當。該怎麼說呢，大家是口耳相傳說這種方法可以流產。不過，真要那麼做，就代表事情並不尋常。」

「怎麼說？」

「也就是說，她懷的不是男朋友的小孩，而是和不喜歡的男人發生關係之後有的孩子，所以才能用那種殘忍的手段讓小孩流產。要是男朋友的小孩，應該就沒辦法用那種殘忍的方法強迫自己流產吧？」

聽香苗這麼一說，我恍然大悟，覺得她說的也有道理。

「妳的意思是說，江尻陽子懷的不是她男朋友的小孩囉？」

「我是這麼認爲。要是男朋友的小孩，應該會到醫院拿掉吧？我想，錢應該不是問題。」

照香苗這樣的說法，雖然我還不願相信，但倉持修的話就有了幾分可信度。

我喝下啤酒，酒已經不冰了。

「可不可以不要再提陽子的事了呢？我不太想談那些。」

「再一個問題就好。女孩子經常使用那種方法流產嗎？」

聽我這麼一說，她聳聳肩，搖搖頭。

「眞實情況怎樣我不知道。除了陽子之外，我不知道還有誰實際做過。再說，陽子在流產之前就死了。不過，我後來聽說，沒有那麼簡單就流得掉。」

或許這是在性行爲開放的女孩間流傳的耳語吧。

「要不要到哪走走？我知道一間半夜也營業的店。」

「等一下嗎？」

「反正還早不是嗎？」

我看一眼手表，最後一班電車快沒了。不過，我若這麼說的話，恐怕會被瞧不起吧。聽了香苗的這一席話，我才知道自己至今是活在一個多麼單純的世界裡。

「那走吧。」我回答。

人生中有許多紀念日。首先是生日，然後大概是上小學的第一天。當然，這因人而異，說不定有人清楚記得學會騎腳踏車的日子，也有人將生平第一次考一百分那一天當成滿分紀念日。然而，有一個日子是大多數人共通的紀念日。第一次發生性關係的日子。即使不記得確切的日期，我想應該很少人會將當時的情景遺忘殆盡。

和香苗見面的那一天，對我而言就是那樣的日子。到她說的那家店之後，我和她喝了一堆酒，全部是我沒喝過的，每一種都很好喝。我只知道是雞尾酒，詳細的名稱一點兒不記得了。我連自己喝了幾杯都不確定。我只記得，原本長得不怎麼漂亮的香苗，看起來可愛多了。

我一走出店外就吻了她。我們站在路邊，完全不在意有沒有被人看見。

不知道是誰提議，或者只是順勢發展，總之三十分鐘後，我們進了賓館。我感覺自己輕飄飄地飄在空中，和香苗相互擁抱。我頭昏昏的，心中異常冷靜，清楚知道自己接下來終於要做愛了。

我想，我的第一次還算順利。大概是因爲她很習慣了吧。

隔天中午過後，我回到宿舍。宿醉使得我頭痛，卻感到莫名地愉悅。我覺得自己跨越了人生一道大牆。隔一段時間，我才發現其實根本沒有什麼牆不牆的，單單只是凡事必有第一次。

小杉不在房裡。我躺在床上，一次又一次地回想的初體驗。明明剛和香苗分開，卻想馬上見到她。一想到她身上的柔軟觸感，我立刻勃起了。

我想，我交到女朋友了。當然，那只是錯覺。就連心裡那種喜歡她的感覺，其實也只不過是一時的沖昏頭。然而，當時的我卻還沒成熟到察覺這一點。畢竟，第一次的性愛實在太迷人了。

十七

香苗的全名叫做津村香苗。聽說她父親是一個普通上班族。她之所以沒升學也沒工作，是因爲有別的夢想。

「我想演戲，所以進了某家劇團，但那裡的團長很不負責任，完全沒有意思要獲得大眾的認同感覺好像只要自得其樂就行了。我想，在那種地方再待下去會完蛋，所以很快就辭職了。」

香苗告訴我，她現在正在考慮未來的路該怎麼走。她沒有捨棄當女演員的夢想，但又覺得說不定有其他適合的工作。因此，她打算好好地思考一陣子。

自從第一次性經驗之後，我和香苗每週見面，看看電影，打打保齡球，就像一般情侶那樣約會。輪到上晚班的話，我要到星期天早上才能回宿舍，但通常我只小睡兩、三個鐘頭就外出赴約。我只能說是愛情讓我沖昏了頭。

同寢室的小杉不可能沒察覺到我的狀況。有一天晚上，他對著正在看電視的我說，「田島啊，你在和那個女孩子交往嗎？」

「哪個女孩子……？」

「你用不著跟我裝傻。聯誼時的那個女孩子啊。她叫香苗嗎？」

「嗯……」我不知道該怎麼回答，話講得結結巴巴。

「你們在交往吧？」

「嗯，算是吧。」我終於笑逐顏開。原本以爲會被他揶揄一番，但他從來不曾嘲笑過我。其實我很想嚐嚐害羞的滋味。

然而，小杉卻沒有調侃我，用一種不像平常的他的嚴肅表情，開口對我說，「呃……奈緒子告訴我，你最好放棄那個女孩子。」

我看著他的臉。他故意閃避我的目光。

「你這話是什麼意思？」我問他。

「我也不太清楚實際情形，不過奈緒子說，她很會敲詐，你最好多防著她……」

「很會敲詐？敲詐什麼？」

小杉玩著飛機頭前面的部分。「那個女孩子只是抱著玩玩的心態和男人交往，目的是要對方請她吃好吃的東西。說得偏激一點，聽說只要對方不是太討厭的男人，是誰都無所謂。總而言之，她是一個遊戲人間的傢伙。」

「這些是奈緒子說的嗎？」我瞪著小杉。

「你別怪她。奈緒子認識香苗很久了，很清楚她的爲人，所以才特地告訴我的。」

「就算她是想跟我玩玩，但也得不到什麼好處，不是嗎？」

「所以她是在打發時間啊。她好像很喜歡找個清純男，讓對方迷上自己。」

我氣得咬緊了牙根。要是我的個性再粗暴一點的話，大概已經把小杉打得滿地找牙了吧。

「她不是那麼壞的人。」我只說了這麼一句，就離開了電視機前。小杉也沒有再說什麼。

在那之後，有一天倉持打電話到宿舍來說有重要的事，問我能不能出去一下。當時是九點多。我有點猶豫，但他說有話一定要跟我說，甚至還補上了這麼一句：「要是你不聽我說的話，會發生無可挽回的事。」語氣相當認眞。

結果，我和他約在車站前的咖啡店見面。我騎著腳踏車出門。

「倒了。」我才一坐下來，倉持就開口說道。

「倒了？什麼倒了？」

倉持將臉湊近我，小聲地說：「那還用得著說，穗積國際呀。」

我發出「啊」地一聲，不禁渾身僵硬。

「所有的幹部今天都消失地無影無蹤，只是辦公室還在就是了。明天會去上班的只有毫不知情的臨時員工。媒體應該會發現這件事，到時候會引起一場小騷動。但是，他們挖不出任何新聞。穗積國際的做法就是鑽法律漏洞，所以弄到最後不過是倒了一家中小企業罷了。」倉持將咖啡杯端到嘴邊，興災樂禍地說。

「受害者怎麼辦？」

他彷彿就在等我問這句話似地賊賊一笑。

「受害者？哪兒有受害者？」

「會員啊。在說明會上入會的那些人。」

「等一下。那些會員自己想要加入穗積國際的，他們也是組織的一部分，爲什麼是受害人？」

「可是，他們付了錢不是嗎？四十萬耶！」

「那是買寶石的錢。或許那些寶石是劣質品，但是買賣契約成立啊。如果你要將他們買了不值錢的東西說成受害，那他們將相同東西硬賣給別人又怎麼說？那也是加害行爲唷。」

我看著他賊笑的臉，心想：「原來如此。受害者同時也是加害者。」

「話是沒錯，但還是會有人聲稱自己受害，出來鬧事。」我腦中第一個浮現的是藤田的臉。

「所以我才叫你出來。」倉持正色說道。他壓低聲音，接著說，「我們既不是受害者，也不是加害者。不過，有些人可不這麼認爲。要是被他們找到的話，可就麻煩了。」

「你該不會是要叫我逃走吧？」我心想，這種事怎麼可能辦得到。

倉持搖搖頭。

「沒有必要逃。我們只有一條可走。」他豎起食指。

和倉持見面的幾天後，媒體報導穗積國際倒閉。雖然倉持說媒體挖不出新聞，但報紙和電視還是用了「受害」這個詞。警方展開搜查，卻找不到相關人士的落腳處，留在辦公室裡的員工毫不知情。這些都和倉持說的一樣。

在那之後又過了幾天，工廠內開始傳出奇怪的謠言。好像有幾個穗積事件的受害者，但他們不可能主動露面，所以應該是曾被招募入會的人當中有人告發。

藤田沒有再來上班。他沒有告訴組長他缺勤的理由，後來由我代替他的工作。

「二課有一個叫做澤村的，對吧？聽說他被警察逮捕了。」休息時間一個在玩牌的組員說。

「爲什麼？」另一個人問。

「詳情我不知道，好像是在酒店鬧事。聽說那傢伙也是寶石買賣老鼠會組織的一員。」

「最近吵得很兇的那件事啊？哎呀呀，那傢伙也是受害者嗎？」
「聽說那傢伙借酒裝瘋，痛扁了拉他進老鼠會的人。在那之前他們應該是邊喝酒邊商量今後要怎麼辦才好吧。」
「是哦，這種被補的原因還真無趣啊。」
「喝酒鬧事被補還算好的了。問題是他們加入了那個老鼠會，要是公司知道的話，可不會輕易放過的。」
「那倒是。」
我聽著他們的對話，感覺心跳加速。被那個叫澤村的痛毆的人是誰呢？難不成是藤田嗎？
兩、三天之後，人事部的人跑來找我。我和兩個陌生人，面對面坐在搭在工廠一角的一間辦公室裡，其中一個是三十歲左右的瘦小男子，臉上始終露出令人作嘔的笑容，另一個比他年輕一些，幾乎是面無表情。
瘦小男子一開口就說：「放輕鬆一點。」
「我們接獲有關你的消息，有點在意，想跟你確認一下。」瘦小男子保持笑容問道。「你知道一家叫穗積國際的公司嗎？」
我全神戒備，心想：「該來的總算來了。」
「透過會員推銷寶石的公司，對嗎？」
「你很清楚嘛。」
「我看過報紙，而且工廠裡也流傳著一些八卦。」
「工廠裡？怎樣的八卦？」

「聽說員工當中有人受騙。」

「是哦。」瘦小男子微微點頭，雙手在桌上十指交握，然後將下巴靠在雙手上。「我們接獲的消息指出，你也是那裡的會員。」

「我嗎？不，我不是。」我搖頭。「是誰那麼說的？」

瘦小男子沒有回答，盯著我看。他的眼神彷彿想要看穿我說的話是眞是假。

「可是，有人在那家公司舉辦的說明會上看過你。」

毫無疑問地，消息來自藤田。這麼說來，他已經接受過人事部的調查了，那麼，繼續說謊並非上策。

「是藤田先生說的吧？」

「藤田？哪裡的？」瘦小男子的眉毛抬也不抬，裝傻給我看。

「我們工作單位的藤田先生。他今天休假。你們是不是從他那裡聽來的呢？」

「爲什麼你會那麼想？」

「老實說，我去過說明會。我倒不是因爲感興趣而去，而是因爲有人死纏著我要我入會，我嫌拒絕麻煩才去的。那個時候，我曾碰到過藤田先生。不過，那當然是巧合。」

我不需要否認出席過說明會，重點是不要說出是誰找我入會的——這是倉持給我的建議。

「那時你不是入會了嗎？」

「不，我沒有入會。他們要我入會，可是我拒絕之後就回家了。」

兩個人事部的男人互看一眼。

「眞的嗎？就算你有所隱瞞，總有一天我們還是會查清楚的唷。」瘦小男子說。

「我沒有說謊。你們調查就知道。」

瘦小男子看著我的眼睛。他大概以爲看我的眼睛就能知道我有沒有說謊。我也回看著他的眼睛，而且忍住不眨眼。

「據藤田所說，你確實辦了入會手續。」瘦小男子終於說出了藤田的名字。

「可能看起來是那樣吧，但我只是在和帶我去說明會的人說話。他也一直慫恿我入會，但我斷然拒絕了。因爲我根本拿不出四十萬這麼大一筆錢。」

「聽說可以貸款。」

「我不想借錢。再說，我總覺得這件事很可疑。」

瘦小男子微微點了個頭，嘴角仍帶著笑意，卻一副在思考什麼的表情。他大概正在猶豫，不知道該相信藤田還是我吧。

過了一個星期左右，有人告訴我藤田辭職了。聽說是他自動辭職的，但事實如何不得而知。他參加老鼠會，還拉了幾個員工加入是眾所周知的事實，而我們公司禁止副業，光是這點就足以構成處分的依據。就他讓更多員工受害這一點來看，人事部也不會放過他吧。

另外，這也是個八卦，聽說原本決定的婚事也取消了。藤田想多存點結婚資金而加入那種不正當的組織，卻使得婚事吹了，這只能說非常諷刺吧。

好一陣子，工廠裡到處流傳著他的八卦。一有人聽到新的消息，就在休息時間說給大家聽。有人說他成了領日薪的工人，有人說他全心投入了老鼠會，淨是些不知道可信度多少的內容。

然而，這一連串的事情卻沒有到此結束。

約莫過了一個月，連日天氣暖和，工廠裡早早就擬定好了賞花計畫。我已漸漸習慣新的工作，也和大家有說有笑。藤田的事幾乎不再有人提起了。

那一天，我加班兩個小時，換完衣服離開公司的時候，已經八點半左右了。我跨上腳踏車，朝宿舍的方向騎去。宿舍的餐廳開到十點。

我在途中的超市買了餅乾和罐裝啤酒，將袋子放在車籃裡，一路騎回宿舍。吃完晚餐後，在房裡慢慢喝啤酒是莫大的享受。

腳踏車停車場在宿舍後面。那裡燈光昏暗，一旁是垃圾場，飄散著一股怪味。我總是停止呼吸，將腳踏車停放到指定的位置。

當時，我也推著腳踏車，深吸了一口氣，就在那個時候，垃圾桶的陰暗處突然出現一個黑色的人影。與其說他是跳出來的，倒比較像是彎著身體滑出來的感覺。

我佇立在原地，對著那個人影叫了一聲「喂」。

我的身體僵硬。遠方的燈光隱隱照出對方。是藤田，他穿黑短夾克，臉上布滿鬍渣。

「你竟敢設陷阱害我！」藤田大吼著說。

我完全搞不清楚怎麼一回事。我想不通藤田爲什麼會突然現身，又爲了什麼出現在我面前。藤田向我靠近。我反射地後退。「設陷阱……你在說什麼？」我總算說出了這麼一句話。

昏暗的燈光下，只見藤田一臉扭曲。

「你別裝蒜了！明明是你設下陷阱，讓我上了那個騙人生意的當。」

我聽他那麼一說，總算了解是怎麼回事。他已經知道我在說明會上演戲的事了。但是，他爲什麼會知道呢？他是聽誰說的呢？滿腹的疑問讓我的腦筋霎時間陷入一片混亂。

「我沒有。」我勉強擠出這句話，心想：「怎麼不快來人啊！」

「你別裝傻了！我什麼都知道了。你知道你把我害得多慘嗎？我被迫辭職，婚事付諸流水，還被那些我找他們加入會員的人責罵，所有的錢也一去不回。你要怎麼賠我？你說啊！」

「所以我不是告訴過你別在公司裡找人入會……」

「少廢話！」藤田咆哮著，「我聽人事部的人說了。你這個不要臉的傢伙，居然說你沒有加入會員。他們不但放你一馬，還不處分你。只有我被炒魷魚，而你卻接任我的工作，對吧？媽的！豈能讓你佔盡便宜！」

他好像拿出了什麼來。我發現那是刀子，不禁全身顫抖。

「啊，哇，住手！」我不顧顏面發出驚叫，放開了腳踏車。一聲巨響後，腳踏車翻倒在地，車籃裡的罐裝啤酒和餅乾也四處散落。

藤田一腳踩過餅乾袋，餅乾隨著碎裂聲散落一地。

我心想「不逃不行」，但卻只是看著他的臉，雙腳無法動彈。只見他的眼球因憎惡而暴脹，臉色鐵青，嘴角扭曲，脖子到太陽穴一帶的青筋暴露。他身後的影子使得他臉上的表情更顯詭譎恐怖。他的呼吸紛亂讓我陷入一種錯覺，彷彿從他嘴中吐出的臭氣全往我臉上撲來。

他繼而從猙獰而扭曲的嘴角發出一種不知道是語言還是呻吟的聲音。他邊咕噥著，邊向我走來。刀子的光芒映入了我的眼簾。這時候，我的腳總算可以動了。我開始向後跑。

但是，有東西勾住了我的腳。等我察覺那是倒在地上的腳踏車手把時，已經太遲了。我向前撲倒，膝蓋和下巴猛力撞向地面。

我慌忙起身，藤田就在此時向我襲來。與其說我閃避他，其實是身體失去平衡，向一旁翻滾而去。霎時，我的左肩隱隱作痛。我一看，藤田的刀深深地刺進了我的左肩。

「啊……」我發出尖叫。原本隱隱作痛突然變成了劇痛，宛如烈火燃燒般向四處擴散。數秒後，身體左半部疼痛不堪。

藤田拔出刀子，好像打算再刺我一刀。我已做好了就死的心理準備。說也奇怪，比起死亡，反倒是令人痛不欲生的想像更令人害怕。

然而，藤田沒有再刺我一刀。他一個轉身，突然跑開，消失在腳踏車停車場的黑暗深處。

我感覺有人衝了過來。只有感覺，而聽不到聲音，彷彿聽覺麻痺了。

我倒在地上，有一張臉盯著我瞧，不知道在叫喊些什麼。

「……作！」我突然又聽得見了。「你還好嗎？」

我點頭。左半身熱熱麻麻的。

四周好像不只一個人。有人扶起我的頭。出現在眼前的是小杉的臉。

「田島，振作！」我聽見了他的叫喊。我想點頭，但脖子不太能動。

這個時候，某處傳來汽車緊急剎車的聲音。

醫生診斷我的傷勢要一個月才能痊癒。還好手臂沒有殘廢，我總算安心了。要是那時候幾個發現事情不對勁的同事沒有趕來的話，我一定會被刺死吧。

據說藤田行兇之後翻過宿舍的圍牆逃走，強行穿越六線國道，被一輛大卡車當場輾斃。據說是當場死亡。於是，我只好躺在醫院的病床上向刑警述說整件事情的經過。

我開頭就說：「眞是莫名其妙。」

「不知道爲什麼，藤田先生好像認定我加入了穗積國際。他好像對只有他遭到處分，我卻沒有受到任何責備感到非常不滿。」

「所以他爲了洩憤，拿刀刺你是嗎？」年紀大的刑警問我。

「我是這麼認爲。我能想到的就只有這個原因。」

大概是因爲嫌疑犯已死，我從刑警身上感覺不到一絲幹勁。他聽完一遍我對於案情的陳述後，馬上就回去了。我不太清楚警方在那之後怎麼處理。

傷口的疼痛日漸減緩，然而，有些事卻無法隨著時間淡去。

那時藤田絕對是抱著置我於死地的決心而來的。他渾身上下充塞著一股殺人的氣勢。

即使傷痛不再，那股令我全身動彈不得的殺意和令人厭惡的記憶，恐將永遠不會消失。

十八

原本說傷勢痊癒需要一個月，然而我只在醫院裡待了一個星期，出院後我休息了兩天，隔週的星期一就到公司上班了。

我回到工廠時，大家的態度很冷淡。所有的同事都避免和我的四目相交，即使我主動加入大夥兒的談話，他們也會故意各自走開。雖然我早預料到會有這種情形發生，但是實際看到大家的態度，還是很受挫。

他們一定很在意我招來藤田的恨意這件事。我想，他們一定覺得我很可怕，是個雙面人。我可以感覺到，他們不想和我扯上關係，寧可避開我，明哲保身。我回去做原本搬運資材的工作。

午休前三十分鐘左右，組長來找我。組長像是被大雨淋成落湯雞似地，一臉灰敗，要我跟他過去一下。他帶我到離生產線稍遠的一處休息區。一旁立著一塊黑板，可以擋住來自通道的視線。身穿白色制服的課長坐在那裡抽著香菸。我和那位課長幾乎不曾交談過。

組長要我和課長面對面坐下，自己也在一旁的椅子落座。

「你是田島嗎？」課長的目光透過眼鏡，看著我的名牌說。「發生了很多事情，眞是難爲你了。身上的傷都好了嗎？」

「嗯，差不多好了。」我含糊其詞地點頭，不知道他要說什麼，心裡惶惶不安。

「那件事後，警察也來找我問一大堆事，眞累死我了。噢，警察也去找過組長吧？」

組長突然被課長點到，一語不發地點頭。

「給您們添麻煩了，眞對不起。」我先道歉再說。

「嗯，那沒什麼。問題是今後你打算怎麼辦？」

我不知道課長在說什麼，看著他的臉。

「畢竟，加害者是藤田吧？而遇刺的人是你。同一個工作單位裡發生這樣的事情，總是個問題。生產線上重視的是團隊合作，對吧？要是小組內出現糾紛，組員就會無法集中精神工作。」

我想，我已經很清楚課長想要說什麼了。「我會被調到其他工作單位嗎？」

然而，課長卻沒點頭。他用手指抵住眼鏡的正中央，調整位置。

「嗯，這也是一個方法。」課長嘴裡像是含著一顆滷蛋，咕噥地說。「但是這件事已經傳遍了整間工廠，這麼一來，我們可能很難繼續用你。」

聽到這裡，我終於了解了他們眞正的意思，睜大了眼睛。「你們要我辭職嗎？」

「不不，」課長揮揮手。「我們沒有要你辭職。只是，你再待下去也很辛苦，再說你還年輕，還有本錢從頭開始……我想，這一切都是爲了你好。」

我心想：「這跟要我辭職有什麼兩樣？」但我沒說出口。

我看著組長。他脫下工作帽，撫摸帽緣的地方。深藍色的帽緣表示職位是組長。

我並非不能理解他們的困擾。雖說藤田已辭職，但同一個工作單位的員工發生殺人未遂的案件，直屬上司當然會被追究管理責任。設法處置田島和幸很可能是公司指示，而不是他們的本意。然而，我實在無法點頭同意。我舉目無親，要是被趕出單身宿舍的話，就連住的地方都沒有了。再說，要找到下一個工作談何容易。我唯有留在現在的公司裡才是生存之道。

「我不能辭職。」我老實說，「課長說的我懂，但我一旦辭職了，不知道接下來要靠什麼維生。而且重點是，我算是這起事件的受害者，我一點錯也沒有……」

這個解釋雖然不得體，至少強調了錯不在我。課長明顯露出不悅的表情，但沒有反駁我。

「我知道了。那麼，今後的事我再好好想想。」課長從椅子上起身，對組長使了個眼色。組長重新戴上工作帽。

我不認爲事情就這麼落幕。我很在意課長打算怎麼重新思考。我看著組長悶不吭聲走在前頭的背影，陷入一種錯覺，彷彿腳底虛浮，搖搖晃晃了起來。

在那之後過了好一陣子，什麼事也沒發生。工廠裡依舊沒人開口跟我說話，不過也沒有人作弄我。即使如此，我每天還是過得很不安。

另外，香苗的事也一直擱在我心上。

住院期間，她一次也沒來看過我。小杉和奈緒子來看我的時候，奈緒子說她也通知了香苗，所以她應該知道我受傷。我打過一次電話給她，接電話的是她母親。她母親只是淡淡地說她不在家。我請她母親告訴她我來過電話，但是否確實傳達就不得而知了。出院之後，香苗也沒和我連絡，我這才慌了起來。有一天夜裡，我拜託小杉，能不能請奈緒子幫我問問香苗怎麼了。

「她沒跟你連絡嗎？」小杉問。

「對啊。」我回答。氣氛極度尷尬。

「請奈緒子問問是無妨，可是……」

「可是什麼？」

「不……沒什麼。一有消息，我會告訴你的。」

「謝謝你。」我說。

過沒多久，組長又在工作時找我。這次他叫我去辦公室。我有一種不好的預感。一走進辦公室，我發現我的預感是對的。之前見過面的兩個人事部的人就坐在桌子的一邊等我。瘦小男子發現我來了，輕輕地抬起手。

「傷都好了嗎？」瘦小男子問我。

「嗯。」

「那就好。」瘦小男子簡短說完後，隨即看著手邊的資料夾。「廢話不多說，我想要大概整理一下這起事件的內容，所以想問你一些事情。」

「嗯……」

「總之，我最不清楚的是，」瘦小男子看完檔案後抬頭看我。「動機。爲何藤田想殺你？」

「這我已經跟警方說過了。」

「嗯。你是說，不知道爲什麼，藤田認定你也參加了那個買賣寶石的老鼠會，對於只有你沒有受到處分感到不滿，是嗎？」

「是的。」

「那麼，藤田爲什麼會那麼篤定呢？」

「這我之前也說過了，我去說明會是事實，藤田在那裡遇到我，就認定我也……」

「認定你也入會了，是嗎？」瘦小男子打斷我的話。「可是啊，就算再怎麼誤會，會到想要殺你的地步嗎？」

「這種事你問我也沒用。」我低下頭，卻依然感覺到瘦小男子的視線。

「其實，之前和你談過之後，我們又和藤田見了一次面。」

他的語氣稍微加重，我這才抬起頭。他的臉上不見平常的笑容。

「他一口咬定，你絕對不可能沒加入穗積國際。」

「他騙人。我沒有加入。」

「可是，他說他親眼看到你加入所以才想加入的。他看起來不像是在騙人。」

那個瘦小男子身邊的男人不知道是不是當時也在場，微微地點了個頭。

「藤田先生討厭我，他怎麼可能會因爲我入會？」

「但他說，他不想讓你一個人獨得好處，所以就加入了。」

「他騙人。」我搖頭。「我沒有加入。」

瘦小男子身體往後靠在椅背上，抱著胳膊，用一種觀察的眼神，目光依舊不離我的臉。

「我們確實沒有證據能夠證明你是會員，所以才認爲你的話比藤田說的値得相信。但卻發生了他攻擊你的事，而且在那之後，我們接獲了一個奇怪的消息。」

我的心臟在胸口怦怦亂跳。我有一種不祥的感覺，而且不是出於單純的直覺。我很在意藤田當時說的話。

「明明是你設下陷阱，讓我上了那個騙人生意的當。」

藤田爲什麼會知道呢？當我躺在醫院的病床上時，這件事也一直在我的腦海裡揮之不去。

「那個消息大致上是說你雖不是穗積的會員，卻受雇於穗積，在那裡打工。」瘦小男子說。

打死我也不能問爲什麼你們會知道。

「是誰？是誰隨便亂說的？」

「是誰應該不重要吧？我們只是要你知道，我們沒有笨到不經大腦思考就相信這種莫名其妙的消息。我們接獲任何消息，都會先調查以了解內情。就像我們沒有直接相信藤田一樣。」

「那……你們了解內情了嗎？」

「噢？」瘦小男子的表情終於變得和緩，趨身向前問我：「你在意嗎？」

「那當……」

「這不是很奇怪嗎？你剛才不是說那消息胡說八道嗎？既然如此，等閒視之不就得了。」

瘦小男子看我說不出話來，嘴角浮現出狡獪的笑容。

「關於穗積要求的打工內容眞的編得蠻像一回事的，不但具可信度，而且很有意思。總之一句話，所謂打工就是負責訛人。公司派這些人出席說明會，然後趁勢推猶豫不決的人一把。也就是說，表面上裝作入會的樣子，但實際上卻不入會。因爲訛人的傢伙本身很清楚穗積的眞面目，因而只幫忙招人入會。仔細一想，這種做法比自己加入會員、找死黨入會還要惡質。因爲，他們是在助紂爲虐。」瘦小男子眼珠子向上翻地看著我。「怎麼樣？不覺得情形跟你很像嗎？藤田說他確實看到你入會了，可是你卻說你沒有，而你實際上也沒有入會。因此，如果假設你在打那種工的話，一切就都說得過去了。」

我的腋下冷汗直流，嘴裡乾渴，腦中不斷地思索：「是誰散播這種消息的？」

「我沒有做那種事。」

「那麼，你是說這個消息有誤囉？」

「是的。」我回答。我告訴自己，不可以避開視線。

「那麼，若是出現證據或證人，你怎麼辦？到時你可是會因爲欺騙公司而被處以更重的懲罰，這樣也沒關係嗎？」

我從眼珠子向上翻地看著我的瘦小男人臉上，感受到一種無法言喻的惡意。我覺得自己正被逼進一條死胡同。或許實際情形就是如此，但我已無法回頭。

「沒關係。」我回答。「很好。」瘦小男子點頭。

「別忘記你說過的話。」

從位子上起身的他，臉上充滿了勝券在握的自信。

那個週末我決定要和倉持修見面，我主動找他出來。我們在之前約過的站前咖啡店裡碰面。倉持穿著深藍色夾克，一絲不苟地打著領帶，看起來倒有幾分像一流企業的業務員。

我告訴他人事部質問我的事。倉持邊喝咖啡邊聽我說，等我說完，他深深地嘆了一口氣：「總而言之，要是公司方面找到證據證明你在打工、招人入會的話，就要炒你魷魚嗎？」

「我想他們是這個意思。自從發生殺人未遂的事件以來，公司就視我爲眼中釘，千方百計想要開除我。」

「那也難怪啦，站在公司的立場，當然不會希望帶來那種麻煩事的人留下來。」倉持換一隻腳蹺二郎腿。「那麼，你找我出來有什麼事？」

「我不知道公司爲什麼會知道打工的事。而且從他們說話的口氣看來，好像握有什麼證據。這件事情有可能嗎？」

「我們的事應該沒有在穗積裡留下記錄，而且一般會員應該不知道我們這樣人存在。」倉持聳聳肩。「不知道耶。反正再想也沒有用。」

「沒有用？」

「不是嗎？若是公司方面握有什麼證據，事到如今才著急也無濟於事。」

我握緊了拳頭捶向桌面。一旁的女客驚訝地往我們這邊瞧。

「我可是在你的慫恿之下才一頭栽進那什麼打工的唷。」

「是又怎麼樣？你要叫我負責嗎？我看你好像忘了，讓我提醒你，當時你的工作只是在說明會上適時地發問，但你卻想讓那個叫做藤田的男人上當而假裝入會。如果要追根究底，事情的源頭就是如此，這一切都是你自作自受。」

對於他的反駁，我無話可說。他說的沒錯。要是當時我沒那麼做的話，藤田說不定就不會入會。不，就算他入會，大概也不會特別懷疑我。

「我說啊，」倉持壓低了聲調。「你心裡眞的沒有個底嗎？」

「有什麼底？」

「那件打工的事，你有沒有對誰說啊？」

我本來要說：「那還用說，當然沒有啊！」但卻猶豫了一下。我回答：「沒有。」

倉持沒有看漏我臉上表情的細微變化。他抬起眼盯著我的臉瞧。

「眞的嗎？」

「嗯。」

「你說謊。」倉持賊賊地笑，拿出香菸來，抽出一根，輕輕地敲香菸盒。「你對誰說了吧？你的臉上明明就寫著：『我有說。』」

「我信得過那人。」

倉持一聽到我的回答，苦笑地別過臉去，微微搖頭。「幾個人？」

「一個而已。」

「女人嗎？」倉持豎起小指(*1)。

看我沒回答，他當我是默認了。「你最好找她確認一下吧。」

「她爲什麼要將這種事告訴我的公司呢？那麼做對她又沒好處。」

「她跟別人講，別人又跟別人講。講著講著，就傳進你們公司耳裡。事情就是這樣。」

「不可能。」

「所以我才要你去確認呀。你們下次什麼時候見面？」

「還沒決定。」

*1 在日本小指意謂著女朋友。

「那麼，」倉持指著店內角落的公共電話。「等一下就去見她。馬上問本人最快。」

「我要用什麼理由找她出來？」

倉持笑得全身抖動。「找女朋友出來還需要什麼理由？」

「她最近常不在家。」

「那又怎樣？未必今天也不在家吧？」

我無言以對，慢吞吞地站起身來。我已經二十多天沒和香苗連絡上了。就算沒發生這樣的事，我也差不多該打個電話給她了。另一方面，我心想：「千萬別再被她母親冷言以待。」猶豫半天，我還是打了電話。但接電話的還是她母親，說香苗出去了。

「你到底是聯絡不上她，還是不想聯絡？」聽完我的話，倉持說，「直接見她不就得了。」

「話是這麼說，可是要怎麼做……」

「你知道她家吧？說不定她現在眞的出去了，但總會回家啊。」

「你要我埋伏在她家前面嗎？」

「你自己看著辦，」倉持將咖啡的錢放在桌上。「要是我的話，就會採取行動。東想西想，什麼也解決不了。」

「先走囉。」他說完便走了。

一個小時左右之後，我躲在電話亭後面盯著一戶人家——香苗的家。我曾送她回這棟有小型庭園的日式宅院過幾次。

我心想，這是我第幾次像這樣埋伏等人了呢？很久很久以前，我在倉持賣豆腐的老家旁邊埋伏過。幾年之後，我跟蹤過迷上酒家女的父親。而父親當時也在等待從店裡出來的酒家女。

我不太清楚自己在那裡待了多久。大概有兩個小時了吧。或許是因爲每當有人出現時，我就很緊張，所以感覺時間格外漫長。

晚上十點的時候，一部車停在屋子前。我清楚地看見坐在副駕駛座上的香苗。當看到開車的男人時，我屏住氣，那是參加聯誼的成員之一。當然，他和我同宿舍。一個叫芝山的男子。

兩人的身影霎時在車裡交疊在一塊兒，接著副駕駛座的門打開，香苗從車上下來。她穿著一件成熟的連身洋裝，好像不曾在和我約會的時候穿過。香苗站在家門前，直到車子離去。車子走遠後，她轉身走進家門。我在她背後喊：「香苗！」

她回過頭來，表情僵硬，面露畏怯和狼狽的神色。

「這是怎麼一回事？」我對著低下頭的她說。

「妳爲什麼會和那種傢伙見面？」

「愛跟誰見面是我的自由吧？」

「那我怎麼辦？打電話給妳也都不接。」

香苗開始鬧脾氣，悶不吭聲。我再次呼喊她的名字：「香苗！」

「別那麼大聲啦，家裡會聽到。」

「那妳倒是說句話啊。」

「我知道了。那我就坦白說，我已經決定不再見你了。」

「爲什麼？」

香苗嘆了一口氣，將瀏海撥上去。

「對不起，我喜歡上別的人了。我總不能腳踏兩條船吧？所以……」

「妳……」

「畢竟，人的感情是會變的。還是說，一旦開始交往就絕對不准變心？非得一輩子在一起才行嗎？」

「我沒那麼說，只是……」

「再說，」她抬頭看我。「和幸，你得辭掉工作了，不是嗎？」

我嘴巴張開，全身僵硬，下意識不斷眨眼。「妳在說什麼？」

「芝山先生都說了。他說，打那種危險的工，若是公司知道了，一定二話不說就開除。」

「妳跟芝山說我打工的事了嗎？」

她一臉「完蛋了」的表情，咬著嘴唇。我抓住她的手臂。「是不是？」

「好痛，放開我。」

「回答我！妳是不是告訴芝山了？」

「痛死了。來人，救命啊！」她的聲音傳得老遠。

玄關內的燈亮了。門內出現人影。我放開香苗的手。她按住我剛才抓的地方，衝向玄關。

「快點，快開門！」

我跑起步來，聽見背後有人發出怒吼。回到單身宿舍後，我悶不吭聲地待在房間。我本來想去找芝山，又覺得那麼做只會讓自己更難堪。

不久之後，小杉回來了。我不動聲色地向他打聽芝山的事。

「我不太清楚那個人。他好像比我們大三歲吧。那天聯誼，他是去代打的。」

「他在哪個單位？」

「不曉得。你幹嘛問他的事？」

「沒什麼。」我含糊其詞地回答。

大我們三歲，也就是說芝山和藤田是同期進公司的。他當然認識藤田。很有可能是他從香苗那裡聽說我的事之後，再告訴藤田，而藤田死後，將這個消息告訴人事部的也一定是芝山。

我跌坐在椅子上，覺得全身虛脫。

十九

人事部建議我主動辭職，這樣的話，公司還會發點離職金給我。

「你還年輕，得為將來打算。被開除和主動辭職聽起來可是兩回事唷！未來假如你到別家公司上班，對方一定會向公司打聽你的事，到時候你不想被說得很難聽吧？再說，我們公司也不會講主動辭職員工的壞話。」之前那個人事部的瘦小男子不時皺起鼻子，輕描淡寫地說。

這次面談一開始他就給我看一份文件，上頭記載著訊問某位證人的調查結果；內容是有關田島和幸從事泯滅良心的副業。對方的名字保密，但我猜一定是芝山。

我想就算我此刻依然採取否認的態度，人事部大概也不會停止調查吧。最後他們一定會找香苗問話的。事到如今，我不能期望香苗會為我說謊。

「就由你主動辭職，可以吧？」瘦小男子一臉巴不得我立即答應的樣子，低頭盯著我瞧。

「好吧。」我點頭。我對所有事情都失去了耐性。

當天，我告訴小杉我要離職了。大概是從那起刺傷事件以來，關於我的謠言傳得滿天飛，他沒有太過驚訝，但還是露出一臉沉痛的表情。

我希望他知道真相，於是我將和穗積的關係、香苗漏露消息等事情，原原本本地對他說。他聽我說完後，拚命揪著他引以爲傲的飛機頭。

「都是那次的聯誼不好，對吧？要是我沒介紹香苗給你認識的話，你也就不用辭職了吧？」

「你不用放在心上。錯在我自己要去做那份可疑的打工。再說，你也警告過我，最好別和香苗交往。」

「那女人果然是個騙子。」

「她讓我上了一課，以後我會小心女人。」

小杉無力地點頭，低聲說：「女人真可怕呀。」聽到他這句話，我打從心底覺得自己窩囊。我發現自己和從前父親犯的是同樣的錯誤。

我得趕緊思考下一個落腳處。因爲公司規定員工自離職日起一週內必須搬出單身宿舍。

但我無處可去，也不想住在親戚家。再說，自從工作以來，我就和所有親戚斷絕了來往。

等到宿舍裡的同事都去上班後，我在房裡翻閱就業雜誌。我不對薪水挑三揀四，我需要的是提供住宿的公司。然而，不管我再怎麼降低條件，要找一家肯中途雇用一個既沒有一技之長，也沒有證照的人的公司實在很少。如果還要求附住宿的話，那更是少之又少。

我一直找不到下一個適合的安身之處，時間卻無情地流逝，就在我開始感到焦躁不安的時候，一個危險人物打電話來了。不用說，那個人就是倉持修。

他問我要不要見個面。

「我想聽聽之後的事，而且我也有話要跟你說。」

我應該嚴詞拒絕，告訴他我們沒有必要見面。我應該認定將我逼上今天這種絕境的就是這個男人。然而，我還是答應了和他見面。老實說，我想和人說說話。如果能夠說些心裡的話，對方是誰都無妨。重點是我好寂寞。發現這個事實讓我感到不知所措，更陷入了自我厭惡的情緒中。但接近約定時刻，我還是出門前往車站前的咖啡店。

「在那之後怎麼樣？」倉持斜坐在椅子上，一看到我就問。

我咬著下唇，低下頭，然後抬起頭來瞪著他，嘆了一口氣：「我辭掉工作了。」

「果然，」倉持一副不出我所料的表情。「是女人出賣你的，對吧？」

我沒有回答。倉持冷哼一聲。

「那接下來你打算怎麼辦？你會被趕出那間宿舍吧？」

「嗯，我會想辦法。」

「有地方住嗎？」

「我正在找。」

「你能在宿舍待到什麼時候？」

「再三天吧。」

倉持對我的回答滿意地點頭，臉上露出別有含意的笑容，然後趨身向前對我說：「不然你要不要到我住的地方？老實說，我最近搬到一個挺寬敞的地方，地點一樣是在練馬。爲了下一個工作，先靜下心來準備也不錯吧？」

我看著他奸詐的笑容，緩緩地搖頭。「我不會再答應你的邀約了。」

「你說那是什麼話？」倉持苦笑。「你在恨我找你去穗積打工嗎？本來我認爲沒有必要再說什麼，但是我有騙你嗎？打工性質和穗積的內情我事前都跟你講過。你是在知情的情況下答應的。你的公司知道這件事跟我無關。我實在不想這麼說啦，但是你被刺傷，被公司開除，可都是你自己桶出的紕漏嗬！」倉持簡直像洋片裡的電影明星一樣，揮舞著雙手說。

我無法反駁。他說的一點沒錯。可是我卻不想承認。

「好啦，如果你不喜歡的話，我也不會勉強你。不過，要是你眞的無處可去，記得跟我聯絡。希望你在三天內找到地方。」

我含糊地點頭。「你找我就是爲了這件事嗎？」

「不，還有更重要的事。不過今天還是算了。時機不對。」他抓起帳單，往收銀台走去。

我認爲這時沒理由住進倉持的屋子，至今爲止只要一和那個男人扯上關係就絕對沒好事。就這樣，到了最後一天。在那個快走投無路的晚上，小杉對著在打包行李的我說：「決定下一個落腳的地方之後，告訴我一聲。」

「嗯，我一定會告訴你。」我對著一臉認眞的小杉回答，一股悵然若失的心情向我襲來。我相信今後大概再也見不到這個男人了。之前也是如此。之前國中的同班同學木原，以及那些只要對我敞開心扉的人，到最後一定會落得別離的下場。

「雖然相處短暫，不過能和你同住一間房間眞好。」

「是嗎？」我看著他。

「一開始我還以爲你是個超級無趣的傢伙呢。可是你不但教了我許多事情，而且還做了令人驚訝的決定，該怎麼說呢……嗯，你這個人很出人意表。」

「因爲這樣所以才得辭去工作呀。不過也是無可奈何的事。」

聽我這麼一說，小杉愁眉苦臉地低下頭。

「田島你是可以信任的男人。我啊，很少相信人。不過你不同，不認為你會對我說謊。」

「是嗎？其實我也有很亂來的地方。」

「只要住在一起就會知道了啦。人就算在外面擺出好人的樣子，一回到家就會露出眞面目。我可是一直在觀察你哦，所以大概知道你的個性。」

「或許吧。」

被他這麼一說，我才發現原來我也對小杉敞開了心扉。一開始我還認為他是個素行不良的混混，但和他長期生活下來，才漸漸發現他擁有和外表迥然不同的性格。

那一瞬間，我恍然大悟：要解開對倉持修的各種疑問，和他住在一起是最快的捷徑。想要看穿他至今的言行是謊言一籮筐或是發自眞心誠意，說不定這是最好的方法。

這個想法緊緊攫獲我的心。原本，我深信和倉持同居絕沒好處，但現在想來沒那麼糟。

直到那天深夜我仍然猶豫不決。畢竟要住進倉持家，心裡多少還是會有所抗拒，但我更想看看他的眞面目。

「你用這間房間。不好意思，有點窄就是。」

倉持指著一間一坪半的和室。他的住處是一共兩房一廳，和之前一樣一進門就是廚房，不同的是裡頭有兩間房間。雖說是兩間房間，其實不過是用紙門隔成三坪和一坪半大的房間罷了。據他所說，這間舊房子比之前住的地方離車站還遠，但相對的房租比較便宜。

「不用客氣，你就隨意使用。冰箱裡的東西你也可以吃，只是沒放什麼好東西就是了。」倉持笑著，然後豎起食指繼續說：「我們要尊重彼此的隱私唷！我可不想弄得彼此不愉快。」

「同感。」我說。

「好了，接下來吃晚飯吧？你有不喜歡吃的東西嗎？」

「不，那倒是沒有。」

「那太好了。要是還得爲吃的事情費神的話，不免讓人覺得煩躁。」

「你也不挑食嗎？」

「幾乎不挑。不過只有一種食物我不想吃。」

「什麼？」

「豆腐和豆腐渣。」說完，他的嘴角往下撇。「畢竟，我從小就一直吃那種東西，大概把一輩子的份都吃完了吧。」

我想起他家的豆腐，點了點頭。

那一天的晚餐是倉持煮的炒青菜和味噌湯。雖然不是什麼工夫菜，但我還是很佩服他那俐落的動作。看來他至今都是自己開伙。

「老是吃外賣或外食，會營養不均衡。而且花費也吃不消。」吃完飯後，他抽著菸說。

會做菜、討厭豆腐和豆腐渣、喜歡的香菸品牌是七星——這些都是至今我所不知道的事。

「你現在在做什麼工作？」我問。

「腳踏實地的工作。總歸一句話，就是推銷員。」

「又是推銷員？這次是賣什麼？」

「金子。黃金。」

「金子？之前是寶石，這次是金子啊？」

「別用那種懷疑的眼神看我嘛。我就說是腳踏實地的工作了。」

「該不會又是老鼠會，賣假東西吧？」

倉持聳肩苦笑。「這次不是那種騙人生意，而是我們推銷員挨家挨戶登門推銷商品。不會說『只要招募會員，就有佣金可領』那種好聽話。」

「那是怎樣的公司？」

我開口一問，倉持就到房裡去，拿了一張名片回來。名片上寫著「東西商事」的公司名稱。倉持隸屬於業務一課。

「這家公司我聽過。是東西電機的相關企業，對吧？」

「變成相關企業了嗎？印象中是有關係沒錯。」

「東西商事啊……這家公司應該沒問題吧。」我定定地看著名片，喃喃地說。東西電機是日本前五大的家電廠商。「虧你進得去這樣的公司。」

「朋友介紹我進去的。不過，我不是正式員工。做推銷員的幾乎都是臨時員工，一旦業績不佳，馬上就會被炒魷魚。」

「聽起來很辛苦。」

「公司有規定業績，要達成目標很辛苦。不過，只要習慣也很有意義。公司會依照業績好壞，發給臨時獎金。雖然我剛才說一旦業績不佳，馬上就會被炒魷魚，但其實人手不足，上頭經常在問有沒有認識有幹勁的年輕人。」

聽到這裡，我沉默了。我知道他想要說什麼。這讓我想起了他找我去穗積打工時的事。

「前一陣子，我不是說有事要跟你說嗎？」倉持說。「其實就是這件事。要是你還沒找到下一份工作的話，我可以介紹你進去。」
「要我當黃金的推銷員？」
「不是老鼠會唷！」倉持賊賊地笑。
我考慮一下搖頭。「謝謝你的好意，不過我拒絕。我接下來打算從事腳踏實地的工作。」
「我不是說這是一份腳踏實地的工作了嗎？不過，我不會勉強你。」他收起自己的名片。
就像倉持說的，這是一份腳踏實地的工作。他每天早上七點起床，七點半穿上樸素的西裝出門上班，回到家最早也是晚上八點左右。回家之後按摩腳部是他每天的例行公事，說是四處登門拜訪，腳走得很痠。
在那一段期間，我也在找工作。我想進一家正常的公司上班，卻怎麼也找不到，結果只好靠打工度日。一開始是搬運冷凍食品，然後是到印刷廠排版，再來是大樓的清潔工。每當拿著拖把拖地時，看著和自己同輩的男人精神抖擻地昂首闊步，到底有一種屈辱的感覺。不能一直這樣下去的焦躁不安，經常在我的心裡揮之不去。
家事由我和倉持共同分擔。我只付給他三分之一的房租，家事各分擔一半。他對這點沒有怨言。他對於我的廚藝不如他，似乎也不太在意。雖然我心裡認爲其中可能有陷阱，但是也漸漸地習慣了這種生活。從客觀的角度來看，和他同居對我而言，明顯是一個有利的抉擇。
我不太清楚倉持的收入，但確實比同輩的上班族豐厚。他好像經常領到獎金，銷售成績應該很亮眼吧。
重點在於倉持這個人的性格。我很難看到他的眞面目，或者該說我連他是否有另一面也不清楚。他對我很好，對任何人也都會表現出適度的關心。越和他在一起，我越覺得至今對他的認識有誤。我甚至開始覺得，他的言行之中不帶有任何的虛偽和企圖。

有一天晚上，吃晚飯時他再度提起他的工作。

「你這樣一直掃地下去也不是辦法吧？你可能以爲現在還年輕沒關係，但要是不趁現在累積實務經驗，未來出路會越來越窄唷！我不會害你的，要不要到我們公司面試看看？你沒問題，一定會順利錄取。我也會幫你美言幾句。」

要是以前的我，即使聽到他這麼說，一定立刻當場拒絕。然而，當時的我卻拒絕不了。事實上我參加了幾家公司期中召募的面試，卻都沒有錄取。我感到走投無路心中焦躁不安，對倉持的疑慮也減輕了。

「不過，我沒辦法做推銷員。」

「不做看看怎麼知道？先做做看，覺得不行的話再辭職就好了。」

我緊閉雙唇沉吟，於是倉持說：「我明天和上頭的人說說看。他們應該隨時願意面試。」

「我眞的可以嗎？」

「可以啦！包在我身上！」倉持拍拍自己的胸脯。

三天後，面試在位於池袋的公司舉行。倉持借給我西裝和白襯衫，還帶我到理髮店去，叫理髮師幫我理個一般社會新鮮人參加應徵用的髮型。

當天我頂著一頭和五官不搭的髮型，穿著不合身的西裝，與倉持一同前往東西商事的總公司。替我面試的，是一位名叫山下的男人。他的年齡看起來約莫三十歲上下，五官輪廓深邃，將一頭捲髮全往後梳。

山下根本沒仔細看我的履歷表，劈頭就問：「你想要錢嗎？」

他一看到我不知所措、窮於回答的樣子，又不耐煩地問了一次：「怎樣？不想要錢嗎？」

「當然想。」

「那該怎麼辦才好？」

對於這個問題，我無法馬上回答。山下雙手環胸地盯著我。

「既然來了我們公司，如果你想要錢的話，你要做的就只有一件事，那就是賣黃金。黃金賣出去，公司就賺錢，也才能付你薪水。你能做的事就只有賣黃金。我希望你盡可能多賣一些。要做到這點，就要思考效率，必須排除所有不必要的浪費。所謂的浪費，有很多種。要是浪費體力、時間的話，生意就不用做了。另外，還要注意一點就是不要做無謂的思考。你該思考的只有如何將黃金賣出去這一件事。除此之外的思考都是無謂的浪費。知道了嗎？」

「思考銷售對象的事情也是無謂的浪費嗎？」聽我這麼一說，山下用力地搖頭。

「如果是爲了賣黃金，你愛怎麼想就怎麼想。但不用去思考不買黃金的人的事。因爲那種人跟我們公司沒有關係。千萬別忘了這點。知道嗎？」

被山下這麼一說，我不禁側眼看了倉持一眼。他微微點頭。看到他的樣子，我回答山下：

「我知道了。」

「ＯＫ，錄取。那麼快點去拜訪客戶！」

山下從位子上站起來，嚇了我一跳。「接下來馬上去拜訪客戶嗎？」

「當然啊。你有什麼意見嗎？我剛才不是說過，我們公司不許無謂的浪費。」

山下離開之後，我看著倉持。他大概看到我露出一臉錯愕的神情，嗤嗤地偷笑。

「我那時候也跟你一樣。總之，順利錄取眞是太好了。那麼，我們就出去推銷吧，夥計。」

「夥計？」

「嗯。從今天起，你就是我的搭擋。」倉持用手拍拍公事包。

我搞不清狀況地離開公司，搭上西武線，在保谷車站下車。

「接下來要去的是一個叫川本的老婆婆家。她孤家寡人一個。你只要在旁邊聽就行了。老婆婆大概會提出很多問題，你可以適當回答。只不過，我希望你注意一件事情，在老婆婆的面前，絕對不要提起工作的事。」

「工作的事……？」

「像是要她買黃金之類的。我們絕不主動提這件事。」

「可是，那樣就不是推銷了，不是嗎？」

「安啦。對付那個老婆婆，就是要用這種方法。」

倉持一副山人自有妙計的模樣，嘴角的線條稍微和緩了下來。

川本房江的家是一間不太大的獨棟日式建築。倉持向對講機報上姓名，馬上聽見有人回應：「等一下唷。」不久，玄關的門打開，探出一張老婦人的臉。她有一頭銀髮燙捲得非常漂亮。

「你很煩耶。不管你來幾次都沒用。」老婦人說。不過，相對於她那拒人於千里外的話語，表情卻很和靄。

「我只是來向您打招呼。我有了一個新的夥伴。」

她一臉驚訝地看著我。

「我叫田島。」說完，我低頭敬禮。

「他才剛進公司，還沒有名片。等名片做好之後，我們會再登門拜訪。」

「你這麼說。就是想找理由跑來嘛。你一定以爲總有一天能做成生意，對吧？」川本房江瞪著倉持。

「關於這點，我已經放棄了。」他在面前揮揮手。「造訪府上純粹是趁工作之餘過來的。今天也是因爲有一位客人住在大泉學園，所以回來的路上順便繞到這裡。」

「不好意思。我沒辦法把你當成客人，招待你進來坐。我想我之前也說過，我兒子成天在我耳邊唸，不准我買那種東西。」

「是的，這我知道。我想，您不用勉強。」倉持打開公事包，從中拿出一個小紙袋。那是途中在池袋的百貨公司買的。「這是一點小意思。」

老婦人的表情倏地亮了起來。「噢，這是桃山堂的最中(*1)吧？這好意思嗎？」

「請收下。這是用我的零用錢買的。」倉持用一隻手摀住嘴巴，彷彿在講悄悄話。

和她閒聊一陣子，我們告辭離去。到最後一刻也沒提黃金的事。「那樣好嗎？」我問。

「安啦。那個老婆婆就是要用這招。你如果到這一帶來的話，也去看看她，跟她聊個五、六分鐘就行了。」

「可是，她不會跟我們買黃金吧？這豈不是山下先生說的浪費力氣嗎？」

聽我這麼一說，倉持突然停下腳步，用手肘頂我的側腹部。

「安啦。」他賊賊一笑。「這個做法是山下先生教我的。」

那一瞬間，我的腦中閃過一種不好的預感。我懷疑自己說不定又踏入了另一個陷阱。

二十

第一份工作結束後，隔天一上班，公司要我和倉持到會議室去。會議室裡有好幾組和我們一樣的兩人小組。我問倉持即將舉行什麼，他的臉上浮現別具深意的笑容，低聲說：「課程呀。」

「課程？」

「讓新進人員學習推銷的訣竅。不用緊張，我剛進來也上過這種課程，你馬上就會習慣了。」

我心想：「如果是爲新進人員開設的課程，爲什麼倉持也在這裡？」此時，之前負責面試我的山下走進來。「全員到齊了吧？那我們開始說話技巧課程。請各組成員面對面坐好。」

我和倉持依照他的指示，將椅子搬動成面對面的形式。

「接下來，各位新同事請將資深前輩當成客人推銷。前輩記得修正新同事不妥的部分，請認眞練習，開玩笑或講廢話的人將會被扣薪。那麼，開始。」

山下一下完指示，就有幾個人開始對話。他們好像已經接受過幾次這種課程了。像我這種第一次參加的人，完全抓不到要領，只感到手足無措。

「怎麼了？快點說句話呀。」倉持小聲地催促我。「不然的話，可是會挨罵的唷！」

「該說什麼好？」

*1 一種日式甜點，兩片糯米製成的餅皮，中間夾餡料。

「我是客人耶！先從打招呼開始吧。」

就在其他人嘰嘰喳喳的討論時，山下對我和倉持發出怒吼。「你們兩個，還在拖拖拉拉什麼?!快點開始練習！」

「快點！」倉持招手催促我。

我乾咳一聲，然後開口說道：「您好。」

「你是誰？要是推銷商品的話，恕我拒絕。」倉持用一種習以爲常的語氣說。

「我是東西商事的員工。我在想，不知道您對買賣黃金有沒有興趣……？」

當我話說到一半的時候，倉持搖搖頭。「沒有人聽到這句話，會回答他有興趣的。再說，你一開始就沒必要報上你是東西商事的員工。首先要這麼回答：『我不是來推銷商品的，只是想要請教您一下年金的事情。』你說說看！」

我像鸚鵡學語地將同樣的話說了一遍。

「年金怎麼了嗎？」倉持又演起了客人的角色。

看到我支支吾吾的樣子，他稍稍趨身向前對我說：「接下來的台詞有點長唷！您知道之前的預算委員會修訂法律，年金從明年度起可能會縮水嗎？……記住了沒？」

「你說什麼？再說一次。」

倉持又說了一次。但我還是記不得，他反覆幾次後，我終於能朗朗上口。

「OK！繼續。對方一定會說不知道，而你要這麼回答：當存款金額超過一定額度時，年金給付額最高會減少一半。不知道您方便讓我看看一些存款資料嗎？如果有存摺的話，自是再好也不過了。好，你說說看！」

「那是眞的嗎？」我一面注意山下，一面發問。

「什麼東西是眞的？」

「當存款金額超過一定額度的時候，年金會減半？」

「我不知道。」大概是害怕挨山下的罵，倉持的嘴巴幾乎沒有張開。「那不重要。你什麼都不用想，只要照本宣科就行了。」

我心裡在想：「那樣眞的好嗎？」但還是照倉持說的做。接著，課程依然繼續。

「我很清楚你要說什麼，可是我得跟兒子商量看看才行。」倉持說。

「我知道我這說法有點危言聳聽，不過孩子都會覬覦父母的財產。有很多案例是父母靠買賣黃金增加了存款，結果孩子開始巴望父母的財產，最後落得親子不睦的下場。我想，一開始最好對孩子保密。」我回應道。

「可是，這又不是一筆小數目，我看我還是和其他人討論一下之後再……」

「跟其他人討論更危險唷！這的確是一筆大數目，不過您只要把它想成又不是買了什麼東西，只是換個地方存錢就好了。如果您只是將錢從郵局改存到合作金庫，應該不會找人討論吧？要是您那麼做，等於是讓人知道您手上有大筆金錢，反而更危險唷！」

「可是，我很少會換地方存錢。」

「那是因爲利率差不了多少，對吧？可是銀行和我們公司的利率可是差了三倍之多唷。銀行的年利率頂多百分之五，我們公司卻高達百分之十五。再說，要是您將錢存到我們公司的話，市公所就不會知道您有很多財產了。還是您認爲年金從明年開始縮減一半也無所謂？」

事後回想，這一切都是胡說八道。但是反覆幾次練習下來，這些內容竟然能夠不經大腦地脫口而出。不光如此，在不斷試圖說服對方的情況下竟然慢慢產生一種錯覺，認為自己說的話是眞的。當然，讓我們陷入這種錯覺也是這堂課的目的。這堂早上的課程持續進行了三天。

其實根本沒有任何一條法律規定，當存款金額超過一定額度時年金就會減少一半。這是巧妙利用老人心理的話術。畢竟，老人疏於接觸這方面的訊息，而且聽到年金相關資訊又很難不在意。而一開始不提東西商事的名號，是為了藉由年金的話題讓老人錯以為我們是市公所或其他相關人員。

然而，這間公司最可疑的一點，莫過於和對方簽下購買黃金的契約之後，卻不將實物交給對方。相反地，只交給對方一紙保障支付利息的證明文件。正因為如此，才會需要「您只要把它想成又不是買了什麼東西，只是換個地方存錢」這種話術。

我感到可疑，卻沒有完全掌握它背後的惡質之處。我天眞地以為，縱使這種生意的做法多少有點強硬，但只要老人們能夠拿到比銀行利率還要高的利息，終究對他們有利的。進公司一個星期左右，我和倉持被叫到山下的面前。他抬起下巴，眼珠子向上翻地看著我們。

「這是怎麼回事？這個星期你們一件契約也沒簽到。只有你們兩個掛零。」

「對不起，我們已經進展到臨門一腳的階段了。」倉持辯解地說。

山下不耐煩地搖搖頭。「那種話我不想聽。你們聽好了，在奧林匹克的比賽上，光是驍勇善戰沒有人會開心吧？沒有贏得勝利，就沒有掌聲。你們輸了，還不覺得可恥嗎？」

「對不起。」倉持低下頭。一旁的我也學他低下頭。

「倉持，」山下說完後看著我。「果然是他拖累你嗎？自從和他一組，你的情況就很糟。」

「不，沒有那回事。我認為田島很努力。」倉持馬上否定。「我想是我自己不夠成熟。」

一想到倉持在坦護我，我覺得受辱而全身發熱。我想要反駁些什麼，卻想不到任何反駁的話。事實說不定真的是我拖累了他。

山下靠在椅背上，輪流看著我們的臉。「沒辦法。暫時先做拜訪兜售好了。這麼一來，他應該會慢慢習慣推銷吧。」

「我知道了。」

「拜訪兜售？」

「你教他。」山下說。「我想三角籤應該很適合。」

「三角籤嗎？好啊。我試試看。」

我在一頭霧水的情況下，和倉持一起離開山下面前。

「三角籤是什麼？」我邊走邊問。

「別問那麼多，你看了就知道。」

我們走到共用的辦公桌。推銷員沒有個人專屬的辦公桌。

倉持不知道從哪裡拿來彩色紙、口紅膠、印泥和某種印章。我拿起印章在紙上蓋蓋看，蓋出了「中獎」的文字。

「這是什麼？」

「抽籤的材料啊。要這麼做。」

倉持在彩色紙背面蓋上「中獎」的章之後，有字的部分朝內，對折成一個三角形。接著再用口紅膠牢牢地黏住邊緣的部分。

「一個完成。」說完，他微微一笑。

「三角籤啊？」

「這個要做一百個左右。我負責蓋章折紙，你負責黏漿糊。」

我完全不知道做這個有何用意，但看來只好先做再說。這個動作很簡單，只要將倉持遞過來的紙黏上漿糊，無需任何思考，只要默默地動手就行。我覺得這並不是推銷員該做的工作，但決定先將這樣的疑問趕出腦海。

當我做好三十個左右的籤時，新的疑問又浮現腦中。

「我說，『中獎』的籤會不會太多了？」

倉持聽到我這個出人意表的問題，先是張嘴啞然，然後表情漸漸轉爲笑容。「安啦。」

「爲什麼？你打算讓中獎機率是百分之幾？」

「一百。」

「咦？」

「百分之百。全部的籤都是中獎的籤。這是理所當然的啊。不中獎的籤，做了也沒用。」

「可是這麼一來，爲什麼要抽籤？」

「你別管那麼多，乖乖地照我的話做就好了。你馬上就會知道了。」倉持繼續作業。

我看著默默動手的他，有一種似曾相識的感覺。我曾經看過和眼前相同的情景，但想不起來是什麼時候看過。

做完一堆「中獎」的三角籤之後，倉持拿來一個裝文件用的大型信封，將籤放進去。

「好，那麼我們走吧。」

「去哪？」

「推銷啊。那還用說。走，出發了！」

東西商事的總公司在那棟建築物的五樓。一進電梯，倉持馬上按下B1的按鈕。在那之前，我不曾去過地下室。

「地下室有什麼？」

「停車場。」倉持讓我看他手上的車鑰匙。「今天要開車代步。開車兜風裝闊。不過，兩個男人氣氛熱不起來就是了。」

「由你開車嗎？」

「別擔心！我的駕照可不是考來好看的。你別看我這樣，我開車很謹慎。」他說，他一滿十八歲就考到了駕照。

那是一台白色的輕型轎車。上車前倉持交給我一張文件；上頭並列著三十人左右的姓名、地址、電話號碼及年齡等個人資料。有的人的資料中，還記載了存款金額、家庭成員、興趣等。名單上的人有兩個共通點。一是住在池袋附近；二是所有人都是六十五歲以上的老人。

「首先我們去上面數來第二個名叫宮內的人她家。我記得地址應該是在江古田。」倉持邊開車邊說。

宮內公惠的欄位中，資料記載如下：「丈夫去年因癌症去世，目前獨居。原本預定和長男夫婦同住，但因長男外派海外工作，回國日期未定，因而作罷。存款約八百萬圓，仰賴年金度日。」

「這些資料是怎麼搜集到的？」我問。

「基本上就是不斷地打電話。如果是老人接的電話，就適當應對，然後深入交談。據負責打電話的人說，許多老人話都很多，要讓話題延續並不用耗費太多力氣。他們在聊天過程中，會不經意地詢問老人的家人或存款的事，而大部分的老人都會毫不起疑地說出來。」

「如果接電話的是年輕人呢？」

「這種時候就二話不說，直接鳴金收兵。我忘了告訴你，他們都是在白天打電話。白天有年輕人接電話的人家，就不是我們公司的客人。」

「總而言之，」我瞥了一眼名單之後說。「就是看準了老人獨自在家這一點嗎？這份文件就是爲了這一點所搜集的資訊。」

倉持直視前方開車，沒有回答。他的臉上沒有笑容。

「因爲老人好騙嗎？」

「騙？誰騙誰？」倉持依舊看著前方說。「賣黃金是騙人的行爲嗎？」

「那對象爲什麼淨是老人？」

倉持沉默一會，然後將車靠左停下。他鬆開安全帶，對著我說：「我說田島，你忘記面試時的內容了嗎？我們要思考的只有如何賣黃金這件事。以老人爲對象，是因爲這樣比較容易賣得出去。如果有容易推銷的客人，跟不容易推銷的客人兩種，當然是挑容易推銷的客人啊。」

「老人容易推銷，是因爲他們的判斷力差啊。」

「是吧。我們抓住這個弱點下手有錯嗎？就算我們不這麼做，也會有人趁機敲他們一筆。這些人可能是沒做什麼事卻索取高額報酬的幫傭；或是極盡奢華的老人之家的經營者；也可能是強迫推銷一些莫名其妙的健康食品的人。可以確定的是，缺乏判斷力的老人總有一天會把錢拱手送人。既然他們一定會把錢送人，送給我們不是很好嗎？這有什麼不對？」

「與其說是送給我們的，我倒覺得是我們用搶的。」

倉持肩膀微顫笑道：「別把話說得那麼難聽嘛。爺爺奶奶們可是付錢買黃金的耶。不但買到了黃金，還可以拿到利息，有什麼好不滿的？再說……」他目不轉睛地盯著我繼續說：「瞧你把我們講得像是在奪人錢財似地，問題是你到今天爲止成功地搶到一塊錢了嗎？想抱怨的話，等你簽到契約之後再說！」

被倉持這麼一搶白，我毫無回嘴的餘地。倉持大概是說完了心裡的話，開始發車前進。

「剛才山下先生說，你在和我搭檔之前的成績好像很不錯哦？」

「是不差。」

「和我在一起不好下手嗎？」

「不會不好下手，只是有點客氣吧。」

「客氣？對誰客氣？」

「倒也不是對誰客氣。而是之前和我一組的傢伙很強悍，受到他的影響，連我也變得強悍了。而現在我常常覺得自己好像太溫和了。」

我慢慢明白了他想說什麼。「因爲在我面前你沒辦法狠下心來把事做絕嗎？」

「不曉得。」

「別在意我，你儘管放手去做吧。我不希望成爲你的累贅。」

「我並沒那麼想啦。」

我想，這或許是個好機會。如果順利的話，就能看到倉持的本性。

宮內公惠的家位於江古田車站步行幾分鐘處，是一棟古老的木造建築。她承租這個房子住到現在已經超過四十年了，今年七十三歲，除非搬去跟兒子一起住，不然應該是離不開這裡了。

那棟房子沒有街門，玄關的門直接打開就是大馬路。倉持按下門旁的門鈴。不久，出現一個身穿花紋罩杉(*1)的瘦弱老太婆。

「您是哪位?」

「我們來是想要請問您有關年金的事情。請問,您是宮內公惠女士嗎?」倉持開始施展課堂上的說話技巧。

他的說話技巧完美無瑕,但宮內公惠卻不像外表看來那麼沒有戒心。不管倉持怎麼解說,她就是沒說要簽約。她大概是因為手上有八百萬的存款,所以有恃無恐,就算存款不會因利息而增加,也絕對要避免減少一分一毫。

我心想:「這下又簽不到契約了。」眼前浮現山下的臉。

「我知道了。那麼,我可以留下手冊給您參考嗎?」

「那倒是無妨。」

「非常抱歉,佔用您這麼多時間。噢,對了,」倉持從我手中接過裝有三角籤的信封袋,遞到老婆婆面前。「如果方便的話,能否請您抽一個籤呢?我們目前正在舉辦促銷活動,如果抽到中獎的籤,將會送您精美禮品。」

聽到有禮品,宮內公惠的表情才緩和了下來。「我沒跟你們買黃金,抽籤好意思嗎?」

「不要客氣。目前是促銷活動期間嘛。」

她抽出一張中獎率百分百的三角籤,小心翼翼地打開,看到「中獎」的字,用一種驚喜交加的表情看著我們。「哎呀,中獎了耶。」

倉持做一個往後仰的誇張動作。「哇,您手氣眞好!今天第一次出現『中獎』的籤耶,對吧?」他徵求我的同意。

我臉上浮現不置可否的笑容，並且點頭附和。不過他確實沒有說謊。

「我能獲得什麼獎品呢？」

「公司也沒告訴我們。宮內女士，您能不能撥出三十分鐘，我們想帶您到兌獎處去領獎。」

「不是馬上在這裡領獎嗎？」

「我們並沒有隨身攜帶獎品。我們開車帶您去，一下子就好了。」

然而宮內公惠卻露出猶豫的神情。「可是，我穿成這樣。」

「您不用想太多，領完獎品之後就可以馬上回家。啊，對了，能不能請您準備印章？領獎品的收據上需要蓋章。」

「簡易印章可以嗎？」

「可以，當然可以。那麼，我去把車開過來。」倉持對我使了一個眼色。我從他的眼神中讀出「別讓到手的肥羊跑了！」的意思。

當車子停在大門前，宮內公惠到底也不好拒絕，只好脫下罩衫走了出來，並且手中拿著印章盒。我請她坐後座，自己坐副駕駛座。車門一關，倉持立即驅車前進。

車子一抵達東西商事的大樓前，倉持馬上下車打開後車門。宮內公惠抬頭仰望大樓，臉上露出困惑的神色。

「領獎品是在這麼高級的地方嗎？你剛才說兌獎處，我還以為是一家小店呢。」

＊1 煮菜或做家事時穿的罩衣，功能類似圍裙。

倉持笑而不答，牽著她的手走進大樓，而我跟在兩人身後。

倉持讓她搭上電梯，帶她到五樓的東西商事。櫃台的女員工一看到兩人，立即起身招呼：「歡迎光臨。」

「這位女士中獎了。」倉持說。

女員工心領神會地點頭，進到裡面的房間，旋即回來對倉持說：「那麼，請到三號會客室。」

「三號嗎？」倉持推著宮內公惠的背，帶她到會客室。那是一間只放了小茶几和廉價沙發的狹窄房間。東西商事裡約有十間像這樣的會客室。

老婆婆的臉上果然蒙上一層不安的陰影。「排場挺大的耶。禮物呢？」

「負責人馬上就來，請您在這裡稍候。」倉持的語調變得冰冷。我們留下孤立無援的老婆婆，離開會客室。

當我想問倉持要怎麼處置她的時候，山下向我們走來。他的身後還跟著三名屬下。

「看來你們兜到一個人囉。她的名字叫宮內公惠，對吧？」山下看著一份檔案說。

「是的。我們利用三角籤引她上勾的。」

「我知道了。」山下揮揮手，意思是那種事情不重要。他打開會客室的門，其他三個人跟在他身後。

倉持看著我說：「好，走吧。」

「走去哪？」

「那還用說？去抓下一個客人啊。」說完便往前走。

看著倉持快步前進的背影，我突然明白爲什麼剛才會有似曾相識的感覺。他在做三角籤時的側臉和當時那張在賭五子棋的屋子裡做騙人魔術道具時的臉一模一樣。

「接下來到名單上第五個人的家。那人叫什麼名字？」倉持邊繫安全帶邊問我。

「上村繁子，六十八歲，住在東久留米市。」

我很在意宮內公惠的事。她到底會怎樣呢？山下他們不可能將獎品交給她後直接放她回家。他們恐怕是打算硬逼她簽下契約吧。我的眼前浮現出她被一群兇神惡煞的男人包圍，渾身發抖地在文件上蓋章的身影。我對此感到自責。

「兜售原來是這麼回事啊？」

「還有很多其他的方法。我不知道三角籤是誰想出來的點子，不過這是一個沒啥經驗的推銷員也做得來的便利法門。」

我默不吭聲，只是隔著擋風玻璃一直看著前方。突然覺得與倉持呼吸著同樣的空氣讓我感到不愉快。我心想：「這個男人果然不是好人。」要不是有一顆冷酷無比的心，根本無法騙那種手無縛雞之力的老婆婆，還將她交給山下他們。

上村繁子住在老舊公寓一樓。按下缺角的門鈴卻沒人應門。倉持敲敲大門，結果還是一樣。

「不在家嗎？眞倒霉。」他咂舌。

我心想，上村繁子眞走運。

就在這個時候，隔壁家的門打開了，走出一個老人。一個頂上髮量稀疏，七十歲上下的老爺爺。他好像打算要去澡堂，手上拿著洗臉盆和毛巾。藍色的薄夾克上還套了一件米白色毛衣。

我事後聽倉持說，他那一瞬間就看出他是一個獨居老人。就算公寓再怎麼老舊，也不可能沒有浴室。有浴室還跑去澡堂，是因爲一個人燒水洗澡還要打掃實在麻煩。老人手上有足夠的錢，才能毫不吝惜地花費絕不便宜的澡堂費。

要是當時上村繁子在家的話，或者老人沒有拿著洗臉盆走出來的話，大概之後的故事發展就會大不相同了。在這段故事情節中，自然也少不了我和倉持。

老人只瞥了我們一眼，沒說半句話便逕自走開。倉持從背後叫他：「請問一下。」

老人停下腳步，回頭問：「你叫我？」

「是的，其實我是想要請教您年金的事。」

「什麼事？」老人微微睜大滿是眼角皺紋的眼睛。

「您知道年金自明年度起可能會減少嗎？」

「咦？你說的是眞的嗎？那可就糟了。」

「存款超過一定金額的人就會被這條法律所規範。冒味一問，請問您現在的存款金額大概多少呢？」

「這個嘛，有多少呢？不看存摺我也不知道。」

「請您查一下，我等您。」

「是嘛。那我去查一下好了。」老人開門，倉持跟在老人身後迅速進屋。他招手要我也進去，我不得已只好跟著進去。

十幾分鐘後，這個名叫牧場喜久夫的老人伸進裝有三角籤的信封袋。這位老先生的存款加起來將近一千萬，雖然還不至於毫無戒心地向素不相識的推銷員買黃金，但卻是個相信獲得精美禮品這種鬼話的好好先生。當他看到「中獎」二字時，像個孩子似樂得歡天喜地。

「我活了這麼大把年紀，從來沒有抽籤中獎過。天眞是要下紅雨了。」

於是當倉持提起等一下要去兌獎處的時候，老人也不疑有他。看來他對於中獎感到相當高興。

當牧場老爺爺拿著印章和我們一起走出屋子時，一個女孩子對他說：「咦？牧場爺爺，你要去哪？」

那個女孩子看起來年約二十歲，五官端正秀麗，皓膚如玉，有一對水汪汪的大眼睛；她一身運動衫牛仔褲的搭配，手上拿著一個塑膠保鮮盒。

「噢，由希。爺爺抽籤中獎了，現在正要去領獎品。」老人瞇著眼睛回答。

「是哦，抽籤中獎。太好了呢。」名叫由希的女孩子用一種略帶警戒的眼神，看著我們說。

「這是烤雞肉串。」

「烤雞肉串啊？那個好。那麼我回來的時候去找妳拿。」

「嗯，好。慢走。要小心哦。」

在由希的目送之下，我們往車子的方向走去。

「她是住在附近的女孩子，從以前就對我很好，經常拿吃的來給我。」

「眞是個美女呢。」倉持說。

「嗯，女大十八變。」彷彿自家人被誇獎似地，老人笑了。

上車之前，我回頭一看，她還在看我們。

「要小心哦」這句話仍然不絕於耳，揮之不去。

二十一

我心想要盡快辭掉這份工作不可，卻又拖拖拉拉地過了一天又一天。老實說，我的確捨不得按時發薪的生活，不過，我還是應該早點下決定。

東西商事的做法，怎麼想都很可疑。賣出黃金卻不將實物交給客人，只塞給客人一張做為收據的紙，會被認爲是詐欺也是理所當然。然而，受害者卻不會立刻到處聲張，這是因爲前一、兩次的利息確實會匯進受害者的帳戶，而個性溫和的老人們看到那些數字，就完全地放心了。

我幾乎都和倉持一起行動，只有一次他感冒請假時，和別的推銷員一組。那個男人叫做石原，總是扳著一張撲克臉。他看到我的時候，這麼對我說：「你就是田島啊？原來如此，果眞和倉持說的一模一樣。」

我偏頭不解他指的是什麼。石原嘴角略爲上揚笑道：「他說你有一種可以讓老人放心的特質。就算沒有特別可取之處，這種特質就是你最大的武器。你今天就待在我身邊，不管我說什麼，你就拚命點頭稱是，知道了嗎？」

我不知道自己在他們的眼中是那樣的一個人。這句話聽起來不像是讚美。我懷著複雜的心情和石原走出公司。

我們的目的地是一個獨居老太婆的家，而且是一個耳背的老太婆。當然，石原很清楚這點。

「買、黃金、比較好哦！」石原在老婆婆耳邊大吼。「要是、有很多存款、就領不到、年金了。」

然而，老婆婆卻陷入沉思，看起來似乎沒有打算要買黃金。

石原再度大吼：「妳有、存摺、和壽險的保險單吧？有的話、請妳、拿到、這裡來！我會幫妳看。」

老婆婆說不定是對自己聽得見感到高興，也可能是平常沒有說話的對象，她竟然按照石原所說將存摺和保險單拿了來。

「印章呢？」石原問。不過，這句話的音量比剛才小了些。

「咦？」老婆婆反問。石原用手指比出印章的形狀，又問了一次：「印章呢？」他的聲音依舊不大。老婆婆焦急地將耳朵湊近他。

「印章！」石原這下總算提高了音量。老婆婆會意地點頭，走進屋子裡去。

這是一種巧妙的作戰方式。要是石原一開始就要求老婆婆同時拿出存摺和印章的話，她一定會有所懷疑。然而，石原卻分別要求她拿出來，而且故意花時間讓她明白他要的是印章，以防止老婆婆思考。

在她回來之前，石原檢查了存摺和保險單。

「銀行存款沒多少錢。沒必要冒險。」石原看著數字，喃喃自語。

當老婆婆一拿著印章出現，石原立即將存摺還給她，然後從她手中接過印章，確認和蓋在保險單上的章是否相同。老婆婆大概不知道他在做什麼吧。

石原將保險單和印章交給我。「你回公司將這個交給黑澤小姐，然後照她的話去做。」石原小聲而且快速地說。老婆婆大概聽不見。

「咦？帶這個回公司嗎？」

「對啦！動作快！她會起疑的。離開的時候別忘了對老婆婆微笑！」

我不明究理地按照石原的吩咐做。當然，老婆婆神色慌張地不知道對石原說了什麼。我聽見他安慰老婆婆說：「沒事的。」於是我離開了老婆婆家。

黑澤小姐也是推銷員，但實際上我很少看她跑業務。她大多時候都是對著共用的辦公桌吞雲吐霧。五十開外的她，看起來是女推銷員的頭頭。

我一回到公司，她果然抽著菸在看女性週刊。我將保險單和印章交給她，同時傳達石原的話。她以一副高高在上的模樣聽我說完後，看著保險單低聲地說：「七十歲啊？嗯，應該有辦法吧。」

接著，她開始在嘴裡反覆背誦保險單上的地址、姓名、出生年月日等個人資料，同時一面從椅子上起身，往廁所去。

幾分鐘後，我看到回來的她，大吃一驚。從她卸妝的臉，蓬鬆凌亂的頭髮看來，完全感覺不出之前的精明幹練，好像突然老了十幾歲，就連舉手投足也有微妙的變化，而且她身上還穿著不知道哪來的樸素毛衣。

「好，走吧。」她的聲音也變了。

「去哪裡？」

「當然是保險公司啊。快點，別拖拖拉拉的。」

在我們前往保險公司的路上，黑澤小姐要我扮演她的親戚。她一樣叫我「靜靜坐著就好」。大樓一樓是接待櫃台。黑澤小姐出示保險單和印章，說要解約。櫃台小姐臉上笑容可掬，好像在問：「是不是發生了什麼事，非解約不可呢？」

黑澤小姐駝著背，開口說道：因爲啊，我最近需要一筆錢，可是又還不至於要解除其他較高額的保單，所以不好意思，我想解掉你們公司的約，對不起啦。」

我嚇了一跳。不管是緩慢的語調或是有氣無力的聲音，完全就是七十歲老太婆的說話方式。櫃台小姐毫不起疑地說：「那就沒辦法了。」開始進行解約手續。首先要在解約書上填寫地址、姓名、出生年月日等，黑澤小姐除了對填寫的欄位裝出遲疑的模樣，流暢運筆填寫個人資料。當她填到匯款帳戶的欄位時，還邊看便條紙邊填上某家公司的帳戶說：「這是我兒子的公司。」

手續不到三十分就完成。一出保險公司，黑澤小姐遞給我一張文件。那是購買黃金的收據。

「你拿著這個，回到石原先生那裡去，告訴他剩下的手續我會處理。」黑澤小姐已經恢復成中年女子的聲音。

我按照她的吩咐回到石原那裡，他還是坐在老婆婆家的大門邊。老婆婆不安地坐著。不過，看到石原身旁放著一個茶杯，我想老婆婆應該沒有吵鬧。當然，這一定是因為石原靠他那張嘴安撫她的緣故。

「辛苦啦！」石原滿意地從我手中接過收據。

「那個……保險呢？」老婆婆問。

「對不起啦。」石原在她的耳邊說，「他也誤以為妳要買金子，把保險解約了。不過，妳瞧，他帶來了購買黃金的收據，這樣就沒差了吧？這比保險還有利呢。」

「真的沒問題嗎？」

「沒問題，沒問題，請放心。」石原站起身來，對我使了個眼色，要我閃人。

老婆婆還在嚷嚷，但石原無視於她的舉動，離開了她家。他的表情又恢復成了一張撲克臉。回家後，我對倉持提起這件事。稍微退燒的他聽我說完後，賊賊地笑了。「那是石原先生慣用伎倆。許多老人都有耳背的毛病，就算做法有點強硬，只要說自己誤會他們就沒事了。」

「可是，我不知道公司還有替身這一招。」

「黑澤大姐是公司專門雇來當替身的。她的變身術很厲害吧？她以前老是將她扮過八十五歲老太婆的事拿出來說嘴。」

「與其說這是詐欺，倒比較接近是小偷的行為。」

「我們又沒有偷東西，而是在賣金子，所以應該不是小偷吧？不過，如果你要說這是強行推銷的話，我也無話可說。我也沒辦法那麼硬幹。」

倉持裹在棉被裡動了動脖子。我在心裡怒吼：「你還不是一丘之貉！」

倉持的確不會使用蠻橫的伎倆，但從另一個觀點來看他的手段更加卑劣。明顯的例子就是川本房江那件事。川江房江是倉持帶我去見的第一個客人。他在去之前叮嚀我絕對不能提起工作的事，至於理由，他隻字未提。

在那之後，我們也經常造訪她家。倉持每次去都會準備伴手禮，大多是日式糕點，偶爾也會帶蛋糕或水果。我們總是一起吃他帶去的東西，一起閒話家常。一聊下來我才知道，原來她有個和我們同年紀的孫子。她孫子在國中三年級的夏天，和壞朋友無照騎車撞上了電線桿去世。她責難媳婦沒有盡到為人母親的責任，放任兒子的不當行為，後來才知道死去的孫子討厭待在家裡是因為她們婆媳不睦。在那之前，房江和長男夫婦一直住在一起。

知道眞相的長男決定和母親分居。因為他還沒有樂觀到期待妻子和母親的關係會因為兒子的死而有所改善。

因為這件事，川本房江和長男一家幾乎不再來往。她的自尊心似乎不允許她主動去看長男一家人，更妨礙了與原本就不甚往來的鄰居之間的互動。

很明顯地她每天過著孤單且無趣的生活。每次我和倉持到她家造訪，她總是用一種半開玩笑的語氣說：「我不會買黃金唷！」拒絕之後，再用一種像是在哼著歌的愉快表情招呼我們入內。她打從心底期待我們來訪。

不用說，這一切都在倉持的計算之中。眞要問他的話，他一定會說：「我只是按山下先生教的做而已。」換句話說，這也是東西商事傳授的技巧之一。

進入梅雨季後不久的某一天，外面依舊下著綿綿細雨。那天倉持沒有買伴手禮，相反地他對我說了一些莫名其妙的話：「今天和平常不一樣，你今天絕對不能笑！另外，你也別吃她拿出來的點心或飲料。知道了嗎？」

「你想做什麼？」

「你在一旁聽了就會知道。你只要配合我的話就行了。聽到了沒？」

我點頭。不知怎麼著我似乎知道他想做什麼。我有一種不舒服的感覺。一直以來，我都很期待到川本房江家做客，但是今後將有所不同。

川本房江從對講機聽到倉持的聲音，像少女似地歡天喜地跑出來，但一看到我們的模樣，臉色馬上暗了下來。

「怎麼了嗎？」她問倉持。

「嗯，老實說，今天來是有點事想對您說。」倉持抓抓後頸。

「是哦……別站在那裡，先進來再說。你們都淋濕了。兩個人怎麼都不打傘呢？」

「不好意思，因爲我們急著過來。」倉持說謊。車裡明明放了兩把傘，是他要我別撐傘。她想要帶我們到客廳，但倉持不打算脫鞋。他站在脫鞋處說：「我們在這裡就好。」

「爲什麼？至少把外套弄乾比較好呀。」

「不了，弄不弄乾沒關係。」

「到底怎麼了？田島也一臉鬱卒的表情。」

我可不是在演戲。一想到倉持等會兒要做的事，我真的覺得很鬱卒。

「川本女士，我必須跟您說件不太愉快的事。」倉持開口說道。

「不太愉快的事……？」

「今天是我和田島最後一次來找您了。」

川本房江一臉摸不著頭緒的樣子，發出「咦」地一聲。她手足無措地將臉轉向我。

「眞的嗎？」

我不願做任何回答，看著倉持。他斜眼要我按照計畫行事。

「是眞的。」我不得已只好那麼回答。

「爲什麼？」她將視線拉回倉持身上。「發生了什麼事？調職？」

「不，不是那樣，」倉持抿了抿唇。「上頭的人譴責我們，爲什麼在上班時間定期出入非客戶的家……」

「咦，可是……」川本房江不知所措，呼吸變得急促。「基本上，你們不也算是來要我簽約嗎？」

「話是沒錯，該怎麼說呢？老實說，公司派人對我們進行了突擊檢查。」

「突擊檢查？」

「也就是說，公司派人偷偷監視我們，看我們有沒有認眞地在工作。結果公司發現我們經常出入您家，卻完全沒簽到契約，覺得很可疑……」倉持邊說邊低頭，一副非常難以啓齒的樣子。

我眞佩服他高超的演技。

我從沒聽說公司有突擊檢查。對於沒有簽到契約的員工，公司會以不支薪做爲處罰，因此沒必要突擊檢查。

然而，川本房江對於倉持的說詞卻不疑有他。「原來是這樣啊……」她雙眉下垂，低下頭。

「畢竟，我連一件契約也沒讓你們簽成。既然你們都這麼說了……」

「不，沒有關係。那筆存款對川本女士很重要，我認爲沒有必要用在您不認同的地方。反正，我們又不會被炒魷魚。只不過從今以後我們不能像之前一樣拜訪您而已。」

「可是，公司也不可能一天到晚派人監視你們吧？」

「話是這麼說沒錯，但我們已經不能隨心所欲自由行動了。公司將我和田島拆開，各自和別人搭擋。我們必須遵照對方的指示，而且負責的地區也會改變。」

「那放假的時候呢？」

「這個嘛，我想放假的時候應該可以，只是我跟田島都會忙得不可開交……」

「那麼忙啊？」她皺起眉頭。

「因爲我們兩個都還是菜鳥。」倉持苦笑，抓抓頭。

川本房江併膝端坐，陷入沉思。我感覺到她的心在動搖。

「所以，我想今天大概是我們最後一次來找您了。雖然相處短暫，不過受到您很多照顧。」

倉持發出開朗的聲音，成功地醞釀出故作開朗的氣氛，連他擠出來的笑容都很高竿。

「那麼，我們走吧。」他對我說。「嗯。」我點頭。

「等一下。」川本房江說。那一瞬間，倉持的目光閃了一下，但六十七歲的她卻沒有發現，繼續說道：「那麼，只要我簽約就行了吧？我買黃金就可以了吧？」

「不，那怎麼行。」倉持揮揮手。

「爲什麼？」

「因爲，川本女士之前不是一直說您不會買這種東西嗎？」

「此一時彼一時。既然知道公司會那樣責怪你們，我也不能坐視不理。若是我簽約了，那個處分是不是就會撤銷？」

「這個嘛，大概吧……」

「你們等一下。」

看著川本房江消失在屋裡之後，倉持微微向我點個頭。我嘆了一口氣，以示心中的不快。他不知道將我的嘆氣誤解成什麼意思，低聲對我說：「就差一點點，加油！」

川本房江手上拿著一個小包包回來。「要簽多少錢的契約才行？五十萬？還是要一百萬？」

「川本女士，眞的不用您費心。田島你也說句話啊！」

倉持突然把頭轉向我，嚇了我一跳。

「請您不要勉強比較好。最好……不要簽什麼契約。」

「是啊。您不是說令郎千交代、萬千代，要您別亂買東西嗎？」

「我手上也有點錢能夠自由運用。來，你們老實說，要簽多少錢的契約才行？」

我們的勸阻反而堅定了她的意念。這件事也在倉持的計算之中。

然而，他卻一臉困惑地用雙手搔頭，然後深深地呼了一口氣。「那麼，我就老實說了。公司的確說過，如果今天跟川本女士簽到契約的話，這次的事就當做沒發生過。只是，這種情形下的最低簽約金額非常高，我曾經向公司抗議，可是公司完全置若罔聞。」

聽到他這麼一說，川本房江到底也感到不安。「非常高是多少？一百萬不夠嗎？」

倉持一副苦惱至極地垂下肩膀，看著地板低聲地說：「公司說……至少三百萬。」

「三百萬……」

「對不起，講這種沒有意義的話。我們老早就決定不和川本女士談生意了。所以這件事就當我沒提。」

「等一下。簽三百萬的契約就行了嗎？」她打開手上的包包，拿出存摺，確認裡面的金額之後說：「這裡剛好有三百萬的定期存款。只要解約，問題就解決了。」

「可是，怎麼可以動用那麼重要的錢……」

川本房江搖頭。「你們不也說過，如果要儲蓄，買黃金比把錢放在銀行有保障嗎？沒錯吧？」

「是那樣沒錯。」

「那麼，就沒什麼大問題了吧？現在想起來，要是早一點跟你們簽約就好了。這樣的話，就不會發生這種事了。眞是對不起。」

「哪裡，川本女士不用向我們道歉。」

「總而言之，我就跟你們簽三百萬的契約。這樣就沒問題了吧？」

倉持盯著存摺，重重地嘆了一口氣，露出猶豫不決的樣子，然後微微低頭看著她。「眞的可以嗎？」

「可以啦。我不都那麼說了。」

「如果您願意跟我們簽約的話，最好是在今天簽。」

「今天嗎？好啊。我該怎麼做？」

「首先到銀行解定存，再將錢匯到這個指定的帳戶，明天我就會帶正式的契約書過來。因爲公司必須確認匯入款……」

「我知道了。那麼，我等一下馬上就去銀行。」她站起來。倉持一臉深不可測的表情，我彷彿從他的肚子裡聽見了「大功告成」的聲音。

能夠助兩個年輕人一臂之力，讓川本房江喜不自禁。人似乎一上了年紀，就會覺得不被人需要而感到落寞。之後，川本房江又上兩次倉持哀兵政策的當，被他騙走了更大筆的錢。

東西商事內部稱這招行銷手法為「請婆入甕」，是參考女推銷員原本對老男人施展的「請爺入甕」而來。兩者都是看準了老年人的孤獨感，若從不同的角度來看，這種作法甚至比用暴力搶奪存摺更加蠻橫。

不過，我也沒資格指責倉持他們。我明知他們的惡行惡舉，在當場卻不發一語，只是靜靜地看著老人被騙，一點一滴存起來的棺材本被搶走。而我就是共犯。因此，我在責難倉持的同時，也憎恨自己的軟弱。我苦惱不已，為什麼自己會變得如此醜陋？

當時，我經常一邊聽著在紙門另一頭睡覺的倉持的呼吸聲，一邊問自己：「現在正是殺他的大好良機，不是嗎？」我已經完全看透他的本性。我想，現在要殺他是輕而易舉。我只要悄悄打開紙門，將手放在他的脖子上用力一掐就行了。或者我也可以用濕紙摀住他的口鼻，不消幾分鐘，他大概就停止呼吸了吧。

然而，那些念頭總是僅止於想像。我心中還未湧現足以令我付諸行動的殺人念頭。我從小就對殺人感興趣，而且我有殺害倉持的理由。既然如此，為什麼我對他的憎恨還不至於讓我想殺掉他呢？

當我在想這件事時心裡總會想起藤田。究竟有多少憎惡之情在他心中翻轉，讓他下定決心，採取行動要來殺我呢？要引燃名爲殺人念頭的導火線還需要什麼。我想要知道那是什麼。

有一天傍晚，我們利用類似騙婚的手法，獲得一件新的契約，回到公司時，看到櫃台有一位小姐正和山下在爭執些什麼。過了一會兒，她似乎放棄爭執來到走廊上。

當我們和走出來的她擦肩而過時，她出聲說：「啊，你們是……」

我這才看她一眼。我見過她但想不起來。她的五官端正秀麗，剎那間我還以爲她是電視明星。「啊，妳是……」倉持比我先有反應。「東久留米的……那個，住在牧場老爺爺附近的人，對吧？」

被他這麼一說，我也想起來了。她就是那個拿烤雞肉串到牧場老爺爺家的女孩子。

倉持似乎說對了，她微微頷首，但表情嚴肅。

「哎呀，我一時認不出是妳。妳的打扮和當時差蠻多的。」

我和倉持的想法一致。當時她好像是穿運動衫搭牛仔褲，也沒化妝，而現在站在我們面前的女子卻穿著成熟的連身洋裝，搖身一變成了個大美女。

然而，她卻似乎沒有聽到倉持說的話。「這到底是怎麼一回事？」她用尖銳的口吻質問我們。

「爲什麼不還錢？太莫名其妙了吧？」

「等一下。妳沒頭沒腦地這麼說，我們根本不知道妳在說什麼。」倉持往公司的方向瞥了一眼。

「不管怎樣，我們先到樓下去吧。在這裡沒辦法好好講話。」

我們到一樓，走出大樓，倉持帶我們來到一家不用擔心會遇到東西商事員工的咖啡店。

「你們不把那筆錢還來，我們很頭痛的。那可是牧場老爺爺僅存的老本。」她沒打算端咖啡起來喝。她說她不要飲料，是倉持隨便幫她點的。

「他是不是突然急需用錢？」倉持問。

「那倒不是。老爺爺他現在沒有在工作，那是他存起來以備不時之需的錢，卻拿去買什麼黃金……」她狠狠地瞪著我們。「你們太過份了吧？說什麼抽籤中獎，居然帶他去公司之後說不簽約就不放他回來。這不是恐嚇嗎？」

「妳這麼說，我們也莫可奈何。我們只是奉命行事的小推銷員而已。有人抽籤中獎，帶他到公司來也是……」

「說到抽籤，」她眼睛往上盯著倉持。「裡面根本沒有銘謝惠顧的籤對吧？全部都是中獎的籤對吧？」

我大吃一驚，但倉持卻很鎮靜。

「沒那回事。裡面應該也有銘謝惠顧的籤，至少公司是那樣跟我們說的，對吧？」說完，他看著我，徵求我的同意。

我只好點頭，心想：「又要跟他聯手騙人了。」

「老爺爺好像是從朋友那裡聽來的。他說有很多人被迫向東西商事買黃金，都吃了苦頭。據說，付出去的錢會要不回來，於是老爺爺馬上打電話到公司，說要解約，可是對方好像說了一堆，最後就是不肯答應。老爺爺越來越擔心，終於在上個禮拜臥病不起。」

「所以妳代替他來要錢？」我試探性地問。

「我想要請你們公司還錢，所以跑來了。可是你們公司果然還是不肯還錢，說什麼這是違反契約、無法跟本人以外的人談契約的事。就算我說老爺爺不能行動，由我代替他來，你們公司也完全不搭理。」

我的腦中浮現出山下冷酷的表情和語調。

「我說，這不是很莫名其妙嗎？爲什麼不還錢呢？要是不還錢的話，就把老爺爺買的黃金交出來！」

她說的一點也沒錯。我看著倉持，心想：「不知道他打算怎麼辯解。」不久，他開口說：「老實說，我最近也覺得有點奇怪。」

聽到他用嚴肅的語調說出這句話，我不禁瞪大了眼眼。

二十二

我本以爲自己已經習慣了倉持的三寸不爛之舌，卻還是忘不了當時的震撼。他怎麼能說得出那種話？他怎麼能若無其事地撒謊？我眞想把他的大腦剖開，看看裡面裝的是什麼。

對他來說，適度地應付前來抱怨的客人不過是小事一樁。當時，他只要假裝我們毫不知情，應該就能規避責任，但他卻沒那麼做。

「之前曾發生一件小事，不過公司處理態度讓我覺得很可疑。」倉持一臉認眞地娓娓道來。

「哪怕看一眼也好，我想要親眼看看金塊長什麼樣子，就是出現在電影或電視節目中的金條。」

代替牧場老爺爺前來的小姐一臉興趣昂然地盯著倉持。就迅速掌握對方情緒這點而言，倉持無疑是個天才。

「於是我問了很多人，究竟黃金放在哪裡保管。」

「結果呢？」

倉持搖搖頭，就像個演員般，裝模作樣地攤開雙手。

「沒有人明確地告訴我，反而把我臭罵了一頓，說一個推銷員沒必要知道。」

這件事我倒是頭一次聽到。在那之前，我從來沒有想過什麼黃金的保管場地。

她皺起眉頭。「那不是很詭異嗎？既然是在賣黃金，黃金應該會放在某個地方吧？牧場老爺爺買的金子應該也放在某個地方，對吧？」

「應該是吧。」倉持偏著頭。「總而言之，既然我也覺得可疑，我會試著調查看看。不過，我必須小心行事，以免被公司發現，所以可能會花上一點時間。」

「麻煩你了。按照現在這種情形看來，老爺爺晚上也睡不安穩。」

「我會儘快。一有什麼發現，我就會跟妳聯絡。」倉持取出記事本。「話說回來，我還沒請教妳尊姓芳名。」

被倉持這麼一說，她才發現自己還沒自我介紹，露出一臉突然想起的表情。

「對不起，我姓上原。」

「上原小姐。那個，這樣寫對嗎？」倉持在記事本上寫下「上原」。

「對。」

「能不能順便告訴我妳的名字，還有電話號碼。」

在倉持的催促之下，她說出自己叫做上原由希子和電話號碼。我想起了之前牧場老爺爺叫她「由希」。

「可以解約嗎？」

「我覺得如果不能解約就奇了。畢竟，我們都跟客戶說隨時可以解約……對吧？」

倉持徵求我的同意。我點頭回應，發現他的遣詞用字不知在什麼時候變得謙和有禮。跟上原由希子道別後，我和倉持決定回公司。等電梯時我問他：「你怎麼說得出那種話？」

「哪種話？」他抬頭看著電梯的樓層顯示燈。

「你覺得公司很可疑啊。你之前從沒說過，不是嗎？」

「說了也沒用啊。我們只能把的工作做好。」

電梯到了一樓，所幸乘客只有我們倆。

「難道你明知公司有問題還去拉客人嗎？而且還是用那種骯髒的手段。」我不在乎他是否會動怒，然而他卻面露微笑地按下五樓的按鈕。

「賺錢的手段不分乾淨或骯髒。你回想一下一開始山下先生對你說的，不要浪費多餘的力氣去思考，你該思考的只有如何將黃金賣出去這一件事……你忘記了嗎？」

「那麼，爲什麼你今天要對她說那種話呢？你是眞心想要調查嗎？或者只是說說場面話渡過剛才的難關？」

「你幹嘛那麼氣憤啊？」倉持一臉愕然。「哈哈，你愛上她了。也難怪啦，美女嘛。」

「你才是吧？說些不負責任的話，想要讓她喜歡上你。」

倉持笑著微微聳肩。

一回到公司，他要我「在這裡等」，就不知道跑哪兒去了。我按照他的吩咐在共用的辦公桌等他。我沒看見其他推銷員的人影。負責跑外務的員工就算待在公司裡也沒事可做。唯一的例外就是負責僞裝他人的黑澤小姐。

不久倉持回來了。「你跟我來一下，給你看樣好東西。」

「什麼東西？」

「跟我來了你就知道。」他賊賊地笑。

他再度搭上電梯，按下六樓的按鈕。我從沒去過六樓。

「六樓也屬於東西商事，你不知道吧？」

我點頭。大樓一樓有一塊說明各樓層的面板，六樓的部分是一片空白。

走出電梯，空盪盪的走廊上有一間隔間，隔間有一扇小鐵門，門上的鎖看起來很牢靠，而且鎖的上頭還安裝了計算機般的鍵盤。

「看起來戒備挺森嚴的嘛。」我說出心中的想法。

「你那麼認爲？」

「不行這麼認爲嗎？」

「不，你那麼認爲是正確的。這副鎖就是爲了讓人看起來有那種感覺才裝的。」

倉持拿著一大串鑰匙，上頭有好幾支鑰匙。好像是他剛才拿來的。他將其中一支鑰匙插進鑰匙孔裡，又在鍵盤上按了好幾個號碼，在「嘰」地一聲之後，感覺好像什麼「咯嚓」地打開了。

倉持握住門把，用力轉動，大門隨著細微的傾軋聲打開了。

「進來吧。」

「可以嗎？」

「嗯。」

我穿過有點狹窄的入口，室內幽暗，只有散發著柔和的紅色燈光。定睛一看，前方有鐵柵欄似地東西。鐵柵欄上也有門。

「這裡是做什麼用的?」我問。

「保管室。」倉持回答。「客人百百種,有的即使不用強硬手段,也覺得買黃金無妨。不過,那樣的人會對公司很感興趣,有的甚至想要看看公司如何保管黃金。在這種情況下如果不讓他們看的話,好不容易上網的大魚可就要跑了。遇到這種情形,我們會帶他們到這裡來。平常帶客人來參觀的時候,公司都會派警衛站在剛才的大門旁。」說完,倉持嗤嗤地笑。「當然,那只是叫打工的學生假扮成警衛的樣子而已。」

「黃金就被保管在這裡頭嗎?」我指著鐵柵欄。對面只有一條長長的走廊,走廊的左右各有一扇門。

「先生,」倉持突然發出拔尖的聲音。「您購買的黃金全保管在前面的保險庫裡,由警衛二十四小時看守,而且如您所見,這條通道上設有兩道門。剛才的大門如果沒有在電腦中輸入密碼,是絕對打不開的,鐵柵欄的出入口也設有特殊的門鎖。除此之外,從您所在的位置到裡頭的保險庫,一路上有監視器全程監視。鐵柵欄裡面還有紅外線監控設備,如果有可疑份子膽敢越雷池一步,警報裝置馬上就會啟動。我可以充滿自信地告訴您,我們公司的安全措施絕對萬無一失。」倉持比手劃腳地說完一大串之後,對我露出一口白牙。「負責帶客人參觀的是一位身穿導覽制服的女孩子,一般叫做女導覽員。聽說她也是公司請來的工讀生。」

我環顧四周,才發現牆角裝有監視器,但它的功能如何卻無從確認起。

「光是這麼說明,客人能接受嗎?」

「這個嘛,一般的客人是不會接受吧。」

倉持走近鐵柵欄,又取出鑰匙串,將別支鑰匙插進鑰匙孔,一陣喀嚓喀嚓的聲響之後,發出了鎖打開的聲音。

「那個鎖怎麼個特殊法？」

「天曉得。公司什麼也沒告訴我。進來吧。」他打開門。

正要從那扇門進去的時候，我想起了他剛才說的話，將腳縮了回來。

「紅外線監控設備呢？要是我們一腳踩進去，就會啓動警報裝置吧？」

聽我這麼一說，倉持挺直背脊，又開始用剛才的導覽員語調說話。「剛才我已經和警衛室聯絡過，關掉監控設備的開關了。因此就算您進入，警報器也不會響起，敬請放心。」

我感覺自己被他當猴子耍，但還是一腳踏了進去，確實什麼也沒發生。我仔細盯著牆壁直瞧，哪有什麼紅外線監視設備啊？簡直是莫名其妙！

「平時，」倉持開口說話。「各位的腳邊會佈滿紅外線。一旦紅外線碰到了障礙物，就會視爲有可疑份子入侵，啓動警報裝置。」

「什麼警報裝置？」

「首先，警報器會響起，剛才經過的門會全部自動關閉，樓梯的柵欄會落下，電梯也將不能使用。換句話說，入侵者會被關在這裡。當然警衛就會火速趕來，同時，保全系統還會與當地警察聯絡。」

「別再用那種怪腔怪調說話了！」

「您有什麼其他的問題嗎？」

「我知道監控設備和警報裝置了，重點是黃金在哪裡？不，在那之前我想問你……」我盯著倉持說，「爲什麼只有你知道這些事情？還是只有我一個人不知道？」

倉持微微皺起眉頭，抓抓頭，一臉不知道該怎麼解釋才好的表情。「不是只有你不知道，而是只有部分推銷員知道。畢竟，要是不知道這裡，一旦客人要求要看保管室可就傷腦筋了。目前為止我和你負責的客人當中沒有人提出這個問題，所以我也沒有機會告訴你。事情就是這樣。」

「聽起來像是不能主動告訴別人這件事。」

倉持一臉認眞地盯著我，然後點頭。「是啊。公司希望儘可能不要告訴別人。這也是理所當然的吧？要是推銷員辭掉工作之後還將保險庫的事情到處跟人說，那就危險了。」

「公司方面只會告訴値得信任的推銷員嗎？」

「也許你的這個說法是正確的。」

「也就是說，公司信任倉持。」

「應該吧。」倉持又從口袋裡拿出那串鑰匙。「你不是想要看黃金嗎？」

「你……你對上原由希子撒謊，對嗎？你不是說你不知道黃金放在什麼地方嗎？為什麼你不告訴她這件事？」

「要是我告訴她，我猜她一定會說她想看吧？」

「那是當然的囉。」

「我不喜歡那樣。」

我還沒問原因，倉持就將鑰匙插進牆壁上的門鎖。那扇門看起來也是金屬製的。他一打開門，回頭對我說：「來，你儘管看吧。這就是你想要看的東西。」

我從門前往裡瞧，不禁倒吸了一口氣。

裡頭昏暗，但堆積如山的金塊和金條在微弱的光線照射下，浮現於一片漆黑。仔細一看前方隔著一面玻璃帷幕，金子看得到卻摸不到。堆積如山的金子另一頭，有一座銀色的保險庫。

「您的金子就保管在裡頭的保險庫。在您面前的，只是敝公司擁有的一部分金子而已。」倉持在我身後說。

「眞壯觀。原來眞的有金子啊。」

在那之前我曾懷疑公司根本沒有金子，現在看到眼前的景象，不禁大感意外。

「來，裡面請。請再靠近一點看。這些都是如假包換的金子。」

「我不是叫你別再用那種怪腔怪調的方式說話了嗎？」

我湊近玻璃帷幕的正前方，光線十分微弱，金子卻發出令人眩目的光芒，讓我頻頻眨眼，讚嘆連連。然而，我一面讚嘆的同時，卻又覺得有點不對勁。那種感覺越來越強烈，甚至開始覺得事有蹊蹺。腦中出現一種疑慮，令我無法釋懷。

不久，我就發現了是什麼引起我的疑慮。我回頭看著倉持。「爲什麼我們兩個人能夠獨自進來這裡？我不認爲公司那麼信任你。」

倉持沒有回答，從我身上別開目光。

「譬如說，」我繼續說道。「我們現在也可以打破這面玻璃，帶走裡面的金子。當然，假設我們那麼做，可能馬上就會遭到逮捕。但是，讓我們兩人獨自進到這裡，公司也未免太不小心了吧？甚至連警報裝置都關掉了。」

「沒有必要打破玻璃。」他在我面前亮出鑰匙串。「這裡也有進去裡面的鑰匙。」

我的身體微微向後仰。「還有那串鑰匙？未免太容易就借到手了吧？應該需要經過更繁複的手續，不是嗎？」

「這串鑰匙是我擅自從山下先生的辦公桌上拿來的。」

「山下先生負責管理鑰匙？就算是這樣，管理程序也未免太鬆散了吧？」

「沒關係啦。」

「爲什麼？」

倉持拿著鑰匙串，發出叮叮噹噹的聲音，靠近玻璃帷幕。他用一支鑰匙前端輕輕地敲打玻璃表面。

「這面玻璃採用厚度高達兩公分的防彈規格，是美國FBI推薦的商品。即使是用手槍從一公尺處擊發，也不會出現一絲裂痕……」倉持說到這裡，冷哼了一聲。「什麼厚達兩公分的防彈玻璃嘛。如果是的話，哪會發出這麼廉價的聲音？」說完，他又敲了幾下。

「不是嗎？」

「當然不是啊。」他慢慢地轉向我。「我說田島，我可沒說謊唷！我之所以模仿導覽員，只是想告訴你公司是那樣對客人解釋的，但我可沒說這些內容都是眞的。」

「全部都是……假的嗎？」

「假的、假的，全都是騙人的。那幾扇門的鎖，只要是有點本事的小偷，不用一分鐘就打得開。這裡不但沒有紅外線監控設備，也沒有警報裝置，就連警衛室也不存在。說到這面玻璃，也不過是普通玻璃，就像你說的，隨便就能打破。」

「公司打算用這種東西保管黃金嗎？至少，這是黃金吧？」我指著玻璃帷幕裡面。

倉持盯著金塊和金條，抱著胳膊。「是啊。要是把這裡面的黃金全部收集起來，說不定就只有小指指尖大小。」

我一時會意不過來他的言下之意。不過，當我盯著玻璃帷幕裡的黃金，我明白了他的意思。

「假貨嗎……？」我低聲呻吟。

「恐怕是吧。用瓦楞紙或保麗龍做出黃金模樣之後，再貼上金箔……大概就是那種玩意兒吧。眞正的金塊怎麼可能放在這種地方？那不過是說服參觀者的寒酸道具罷了。用來騙三歲小孩，不，騙老頭子、老太婆的。這些人本來就有老花眼了，公司還不忘再把燈光調暗呢。」

「這麼說來，保險庫裡也是空的囉？」

「我甚至懷疑那是不是眞的保險庫呢。說不定只是在三合板上貼上鋁片還是什麼的，然後再加工看起來像是保險庫而已。走廊上那面煞有其事的隔間牆，還有這間房間，如果眞有意思要拆除的話，搞不好幾個小時就能辦到。這是爲了預防萬一，可以湮滅證據而設計的。」

「大家知道這件事嗎？」

「天曉得，我從來沒有對任何人提起過這件事。我現在說的，並沒有人告訴過我，都是我自己推論出來的。」

「沒有人告訴過你，但你卻看穿了這是騙人的把戲？」

他聽了我的話之後苦笑。「沒看穿的人腦袋才有問題吧？只要稍微留心觀察，這裡根本就是破綻百出。最好的例子就是這堆黃金。田島，你還記得黃金的比重嗎？」

「比重……是多少哩？」

自從高工畢業之後，我就不曾使用過比重這兩個字，突然間想不起來是什麼意思。

「大約是二十。也就是說，相同的體積是水的二十倍重，十公分大小就有二十公斤。這麼一來，光是展示在這裡的金子就有一噸。假如這只是一部分，再加上保險庫裡的金子，究竟有幾十噸呢？當然，還得加上保險庫的重量。那麼，你覺得這棟大樓的設計足以負荷這樣的重量嗎？這可是一棟普通的商業大樓唷！就算地板會穿洞，樑柱會扭曲也不足爲奇。」

經他這麼一說，我才發覺他說的沒錯。然而，我卻反駁他的話，以掩飾自己的無知。

「我想，既然要放保險庫，公司自然做了耐重的設計吧。」

「你認爲樓下是什麼？我們的辦公室耶！一間樑柱不多，空蕩蕩的辦公室耶！如果想要做成能夠承受這些重量的設備，一般來說下面的樓層就不能用了。話說回來，公司裡根本沒有那樣的施工記錄。」

我沉默了。倉持的說法一點也不錯。

「你倒不用因爲沒看穿這點而感到沮喪，反正這些設備本來就是做來騙人的，你被騙也是理所當然的事。只要看過幾次，就一定會發現其中的矛盾之處，所以你遲早也會發現這點。」

我沒有說話。他試圖安慰我，反而更傷我的自尊。

「你什麼時候知道這些是騙人的？」

「什麼時候呢？」倉持偏著頭。「我曾經和資深員工帶客人到這裡幾次過。大概是去年的秋天吧。在那之後，我就覺得這裡有問題。」

「你知道這是騙人的，卻還是照賣黃金？」說完，我搖搖頭。「不，你賣的不是黃金，而是『黃金收據』。而且還把我拉來跟你一起騙人。」我的呼吸變得急促起來。

倉持靠在牆上向下滑，最後一屁股坐在地上，兩腿向前伸。「我可沒打算騙人哦！」

「你這哪裡不是在騙人？明明就在賣不存在的東西。」

「我只能斷定一件事，就是這個保險庫裡沒有放眞正的黃金。說不定公司將黃金藏到了別的地方。沒有人說東西商事手上沒有黃金。我是覺得很奇怪，但我沒有任何證據。因此，我能做的就只有遵照上頭的命令，做好我的工作。這哪裡是騙人呢？」

「如果你覺得奇怪，確認清楚不就好了？就像你看穿這個保險庫是騙人的時候一樣。」

「爲什麼我得那麼做？我不過是個推銷員，又不是警察。不知道的事情就繼續不知道，這有什麼錯嗎？」

「會有越來越多的受害者出現，不是嗎？我們是在製造受害者啊！」

「爲什麼你能一口咬定他們是受害者？他們不過是和公司締結了黃金的買賣契約罷了。」

「可是，那些黃金卻不在受害者的手上。即使他們想要解約，原本的錢也要不回來，這還不是受害者嗎？」

「這我不知道。那是公司和客人之間的問題。」

「我們也是公司的一分子，不是嗎？」

然而，倉持卻搖搖頭。「公司雇用我們是事實，但我們卻不是公司的一分子。公司沒告訴我公司裡沒有黃金。如果公司裡眞的沒有黃金，那麼受害者就不只是客人，連販賣不存在的東西的我們也是受害者。就算打起官司，我們也不會被追究責任。畢竟，我們什麼都不知情。」

「我們要爲契約負責任吧？」

「爲什麼？契約書上蓋的只有東西商事和客人的印章。你在上頭蓋了自己的章嗎？沒有吧？我們是和契約無關的第三者。這件事情爲什麼你不明白呢？」

「我們明明隱約察覺到那些老人重要的存款會化爲烏有，還是用強硬的手法讓他們簽約了，不是嗎？結果你竟然還想擺出第三者的姿態！」

「誰說我察覺到那樣的事了？從剛才到現在我不是說了好幾次嗎？我只確定一件事，那就是這個保險庫裡沒有金子。其他的，我一概不知情。我只是在不知情的情況下，按照公司教我們的範本，向老年人推銷商品。你說我們用強硬的手段，但我什麼時候幹過那種事了？石原先生好像對一個耳背的老婆婆用過類似小偷的手法，但我可從來沒做過那種事情。你忘記川本老婆婆那時候的事了嗎？當時，我可沒說任何一句要她向我們買黃金的話，是她主動說要買的。」

「是你設下陷阱，讓她不得不買的，不是嗎？」

「你問我的是有沒有用強硬的手段。我有將川本老婆婆逼到無所遁逃的絕境嗎？」

「那麼，三角籤你怎麼說？你不是讓他們抽必定會中獎的籤，然後將他們騙到公司去嗎？」

「那是推銷的手段啊。公司命令我不管三七二十一先把他們帶到公司再說，我只是聽命行事而已。我話可說在前頭，我們利用三角籤帶到公司的客人，他們簽的契約都不算我們的業績。那些契約全部算是山下先生簽到的。」

這件事情我第一次聽到，但那已無關緊要。

「不管你怎麼抵賴，騙人總是個事實吧？你不可能沒有察覺到這是間怪公司。」我說到這裡，突然發現自己的內心變得空虛無比。我低下頭說：「不過，我也有罪。一開始我什麼都不知道，但中途我發現了眞相，卻無法下定決心辭職。畢竟，自己最重要。」

「任誰都是自己最重要的。」

被他這麼一說，我心中又升起一把怒火。我抬頭瞪著倉持。他有些震懾於我的氣勢，縮起了下巴。他從地上站起來，拍了拍屁股。「我剛才也說了，就算演變成訴訟案，我們也沒有理由被追究責任。因爲，我們不過是公司裡的一顆小螺絲釘。只不過我們可能會遭人怨恨，你看到上原由希子小姐的眼神了沒？她一開始簡直把我們視爲仇敵。」

「她會恨我們也是理所當然的。」

「我倒不那麼認爲。算了，繼續剛才的話題，」倉持站著背對騙人的商品。「最近有越來越多的客人在抱怨公司。聽說還有人打算請律師把錢要回去，不過上頭似乎瞞著我們。上原小姐也可以說是其中之一吧？」

「這種騙人的生意怎麼可能持久嘛。」

「沒錯。看來騙人的風聲不假。東西商事就像是一艘快要沉沒的船，如果說我們是船底的老鼠，現在能做的就只有一件事。」倉持壓低音量繼續說：「差不多該棄船逃難了。」

二十三

所有內部員工都很清楚，東西商事已危在旦夕。倉持口中所說的老鼠，也就是一般的臨時員工在察覺即將沉船後紛紛辭職走人。許多人因爲違反契約而沒有領到最後一份薪水，但事態緊迫，就算不要薪水，他們也要逃離東西商事。

知道保險庫裡的金子是假貨的當天，我也決定辭職，並在三天後遞出辭呈。山下一臉不悅，但沒有挽留我。

除此之外，我還下了另一個決定，就是從倉持的屋子裡搬出來。當我告訴倉持這件事，他不能接受地搖頭。「你有必要那麼做嗎？沒有法律規定你辭掉工作就不能待在這裡啊！」

「我不喜歡那樣。我再也不想欠你人情了。要是再這樣下去，我會變得越來越糟糕。」

「什麼變糟糕？」

「人性啊！」我看著倉持說。「要是沒到這種地方來就好了。」

「你這說法太過份了吧。」倉持沒有動怒，反而苦笑。「你要知道，我也被騙了耶。」

「那又怎樣？」

「唉，算了。如果你執意要搬出去的話，我不會阻止你。不過，田島啊，你至少要記住這件事！」倉持的眼神變得認眞。「或許這份工作不是出於自願，但你之所以能夠活到今天，都要拜那間你嫌惡的公司所賜。再說，你現在手上多少有點存款，也都是因爲從事了那份惡質的工作。除此之外，還有誰幫助過你？無論你怎麼辯駁，你的身體已經染上了那間公司的毒素。不過你不用引以爲恥，畢竟社會就是個大染缸。」

「我可不那麼認爲。」我搖頭。「我可以不要被人在背後指指點點，光明正大活下去。」

「誰在我們背後指指點點？我們只是爲了活下去，做了該做的事而已。」

「別再說了。」我開始動手收拾行李。「我這就搬出去。」

倉持不再說什麼，只是無可奈可地攤開雙手，繼續看著電視上的綜藝節目。

搬出倉持的公寓後，爲了找下一個落腳處費了我不少力氣。畢竟，沒有人會想把房子租給一個游手好閒的人。

我先是在一家大型家具行的外包貨運公司找到了工作。主要的工作內容是——從倉庫裡搬運家具送到指定地點，再依照客戶指示擺放家具。這是一份煞費體力的工作，但我懂得知足，至少不用欺騙任何人。

新的住處是一棟位於江戶川區的舊公寓，搭公車就能到公司。其實，那是一間稱不上公寓的建築物。區區一間平房裡，隔成許多一坪半大小的房間，廁所和廚房共用。廁所用的不是抽水馬桶，而廚房也只有一個裝了水龍頭的流理台。當然，這裡也沒有浴室。出入那棟公寓的大多是領日薪的勞工，其餘就是外國人。

一開始，我費了好大的勁兒才習慣這份工作，等到三個月左右之後，才有了空暇的時間，手頭也比較寬裕了。我會想起川本房江，大概也是因爲心情放鬆了的緣故。

那一天，我和司機一同前往保谷運送一套新婚家具。三個衣櫃、客廳酒櫃、書櫃、餐桌組等，貨件多到令人想吐，卻只由我和司機兩個人搬運。

當我們將全部貨件搬進剛落成的高級公寓時，四周天色已暗。再來就只等回公司了。

然而，我卻沒有坐上卡車。我告訴司機，我順道要去一個地方。

「會情人嗎？」司機發動引擎，豎起小姆指。

「不是啦。」

「是嗎？你今天一聽到要來保谷，好像顯得雀躍不已。」

「這裡住了一個從前照顧過我的人。」

「是哦。好吧，姑且當作那麼回事好了。我會幫你打卡。」

「不好意思，麻煩你了。」

等到卡車一走，我環顧四周走起路來。不久，出現了熟悉的街景。

當推銷員那段期間，每次離開公司要去拜訪客戶時我都會覺得很鬱卒。腦袋瓜裡淨是在想：「這次又是哪種騙人的花樣呢？這次要扮演哪種騙人的角色呢？」

只有來到這條街的時候，我不會感到鬱悶。只有要去川本房江的家時，我才會走在這條街上。我們不用對她做什麼，只是到她家拜訪，光是喝茶聊天，她也很高興。

然而，我這唯一的喘息機會也被破壞了。倉持用最殘忍的手段對她設下了完美的陷阱。

我不知道倉持最後從她身上騙走了多少錢。我害怕知道這件事的詳情。

川本房江的家和之前來的時候一樣，靜謐而低調。唯一不同的是，她家門前停了一輛腳踏車。我不記得她有騎腳踏車，總覺得眼前的情景不太對勁。

我調整呼吸，按下對講機的按鈕。我不知道川本房江是否察覺到了東西商事的惡行惡舉，但還是想要當面向她道歉。如果她還沒有察覺到的話，我打算建議她立即採取法律行動。

不久，從對講機傳來一個男人的聲音：「哪位？」

我沒想到會是一個男人應門，猶豫了一會兒，但心想要是再不出聲，對方會覺得可疑，於是慌忙地對著對講機說：「敝姓田島，請問川本房江女士在家嗎？」

「請問有什麼事嗎？」男人的聲音很沉穩。

「那個……我以前受過川本女士的照顧。」

對方默不作聲。大概在想我是何方神聖吧。

「請你等一下。」話一說完，耳邊傳來切掉對講機的聲音。

不一會兒，玄關的大門打開，出現一個中年男子的身影，全往後梳的頭髮中混著白色髮絲，讓我想起了川本房江那頭美麗的銀髮。

「有什麼事嗎？」他又問了一次。

我向他點頭致意。他一定是川本房江的兒子。

「敝姓田島，之前受川本女士很多照顧。今天剛好到這附近，想過來和她打聲招呼……」

「這樣啊……」他一臉困惑地望向我的胸口。「噢，你是家具行的人啊？」

被他這麼一說，我想起了自己身上穿的夾克上印著家具行的標誌，來的時候忘了脫。

「嗯，是的，那個……我到家具行工作之前，川本女士和我聊了很多……」

我不想提起東西商事。眼前的男人身上散發出精明幹練的上班族特質，想必經濟狀況不差。此時就算我再怎麼強調自己找川本房江買黃金沒有惡意，他終究難以理解。

「你和家母是怎麼認識的呢？」他話中帶著警戒的語氣問我。

「這個嘛，嗯……」我抓抓頭，無法立即編出一套說詞。要是倉持的話，一定有辦法含混過去，可惜我沒有那種能力。

不知道是不是因爲腦中浮現倉持，我下意識地脫口而出：「是經由朋友的介紹……」

「朋友？介紹？」他皺起眉頭。他會驚訝也是理所當然的。誰會相信一個二十歲上下的男人經由朋友介紹認識老婦人這種鬼話。

「不，嗯，我是不知道朋友怎麼認識川本女士的啦，」我繼續抓頭。「不過，他說有一個老婆婆對他很好，還會陪他商量事情。我說我也想見見她，我朋友就將她介紹給我了……」我說話語無倫次，內容顯得支離破碎。

我向後退了一步。「啊……如果她不在家的話，我改天再來好了。」我打算轉身逃走。

「啊，等一下。」他叫住我。我大可以無視他的叫喚，奮力前行，但我停下了腳步。一回過頭，他貼近我身邊說：「家母不在了。」

「我的意思是……」他輕閉雙眼，搖搖頭。「她不是不在家，而是已經不在這個世上了。」

「什麼？」我的心臟猛跳了一下。我嚥下一口口水，感覺有一大塊東西通過喉嚨，接著一股苦澀滋味在嘴裡散開。

「她往生了嗎？」

「上個月。」說完，他點頭，感覺他的眼睛好像蒙上了一層霧光。

「這樣子啊。那樣的話，那個……」我說不出「請節哀順變」。

「既然你特地來了，能不能幫她上柱香？我想家母也會很高興的。」

「可是……」

「可以吧？」他全身上下散發著一股不容抗辯的壓迫感。我不由得點頭。

我跟在他身後走進玄關，在熟悉的地方脫掉運動鞋。然而，那裡卻沒有任何一雙婦人的鞋子，只有男人的皮鞋和涼鞋。

走進屋子裡，我才想到自己忘了問一件重要的事。「她是因病去世的嗎？」我對著川本房江的兒子背影問。

「不，不是。」他背對著我回答。

「那麼是意外？」

「嗯，也不是。」他往前走，似乎沒有意思當場回答我。

他帶我到一間以紙門和鄰室隔開約三坪大的和室。我知道，紙門的另一邊是客廳，我曾經有幾次和川本房江在那裡喝茶，吃點心。

三坪大的和室裡頭放了一座小佛壇，上面有一個相框。

「請坐。」他請我在座墊上坐下。我在上頭正襟危坐。

他盤腿而坐，嘆了一口氣。「這房子是我父母蓋的，大概有四十年的屋齡了吧。雖然到處都翻修過，但依然是一間老舊的日式建築。」

我不懂爲什麼他要提起這件事，我凝視著他的臉。

「有鴨居（*1）的房子現在不多見了吧？」

他抬頭看著紙門的上方，我也跟著抬頭看。

「家母，就是在那裡上吊自盡的。」

他的口氣平淡，彷彿是在閒聊。然而，這句話卻像把銳利的刀，貫穿我毫無防備的胸膛。我的身體變得僵硬，無法出聲。

「我不曉得你知不知道，我家和家母幾乎沒有來往，只有偶爾通通電話。可是上個月的某一天，我回到家後，我太太說傍晚母親來過電話。我問她母親有什麼事情，她說不太清楚。就內人所說，家母一開口先問晚飯要煮什麼菜，內人回答還沒決定，家母說我愛吃筑前煮（*2），弄那個好了。她們的對話內容大概就是這樣。」

我想起了她們婆媳關係不睦，因而分居一事。

「我有些擔心，於是打了電話。當時已經九點多了，但卻沒人接聽。我本以爲家母可能是在泡澡，所以再打一次電話，仍舊沒人接。時間那麼晚了，她不可能外出，雖說她年事已高，但畢竟那個時間睡覺還是嫌早了點。何況家母的枕邊放了一支電話，不可能沒聽到鈴聲，於是之後我每隔三十分鐘打一次電話，卻還是沒人接。我想，乾脆明天再打一次電話，如果還是沒人接的話就過來看看，但還是擔心得不得了，也就顧不得半夜，開車飛奔過來了。」

我想像當時他眼前的情景，全身汗毛豎起。

「嚇死我了。」他靜靜地繼續說。「說來丟人，我竟然失聲尖叫。都五十歲的人了，沒想到自己居然會如此失態。老實說，我當時眞的很害怕，過了好一陣子，我才因爲母親的死而感到悲傷。之前，我就只是害怕，而對自己害怕母親的屍體感到羞恥則是在過更長一段時間後。」

「她用什麼……」我總算出聲，下意識地說。

「什麼？」

「嗯……她是用什麼上……」

「噢。」他一臉會意過來的表情。「她用的是暗紅色的和服腰帶。」

「是嗎？」

「怎麼了嗎？」

「沒什麼。」我搖搖頭。連我自己也不知道，爲什麼要問那種問題。

「接下來可辛苦了。一會兒警察做筆錄，一會兒有的沒的雜事一大堆。不過，家母死於自殺應該不容置疑。警方問我對於家母自殺的動機心裡有沒有個底，我回答眞要說的話，大概是因爲寂寞吧。自從和我們分居以來，家母就孤單一個人。她沒有留下類似遺書的東西。警察做完筆錄之後也能接受這個說法。反正對他們警方而言，如果沒有他殺的嫌疑就沒有調查的必要，也就想要早早結案。」

我低聲說：「請節哀。」那聲音眞的很小，不知道他有沒有聽見。

「不過，」他繼續說，「在準備守靈和葬禮時我聽到了很多奇怪的事。像是鄰居說，不時有

*1 日式建築門框上方的橫木。

*2 先用油炒過雞肉、根菜類、蒟蒻等，再以醬油、砂糖烹煮，屬於日本福岡、筑前的地方料理。

年輕男人進出這個家。我不認為家母會帶年輕的情夫入室，但對方像是上班族這一點卻令我很在意，而且好像是兩個人一起來，還有人說聽到他們在玄關聊得很愉快的聲音，所以應該是相當熟識的人。」

我感覺全身發熱。明明是個涼爽的季節，我卻開始冒汗。

「還有一件事也很奇怪。那就是家母的存款被提領了很多錢，分成好幾次，領走了幾百萬圓。連定期存款也解約了。」

我低著頭聽他說。他如果認為我是陌生人的話大概就不會對我說這些了吧。不，大概打從一開始就不會開口要我進來上香了吧。我想逃離這裡，卻像被人施法似地下半身黏在座墊上。

「根據存款的記錄，我發現錢是匯進了一家叫做東西商事的公司。老實說，當我聽到這個名字，眞懷疑自己的耳朵有沒有聽錯。因為我知道那家公司。只是作夢也沒想到，自己的母親竟然會和它扯上關係。不過，這總算讓我知道了家母自殺的理由。從銀行領出來的大筆現金大概也是進了東西商事的口袋。那些錢可以說是她的全部財產，當她發現那些錢被人騙走了，八成也失去了活下去的勇氣吧。」

聽完他的話，罪惡感再度排山倒海而至。當時，川本房江說那些錢只是她一部分的存款，但那一定是為了讓我們安心而撒的謊。

「我馬上聯絡東西商事，卻像是在雞同鴨講。或許該說是，他們根本不打算要處理。我心想，既然電話裡講不通，乾脆上門討回公道。可是，如果想要回錢，就必須要有購買黃金的收據。我找遍了家母全身上下，整個家裡都找不到類似收據的東西。這到底是怎麼一回事呢？」

沒有收據——我心想，這是為什麼呢？倉持確實交給她了呀。

「我是這麼認爲的。家母可能把收據處理掉了。」

我抬起頭，與他四目相接。「川本女士自己嗎？」

「對。」

「爲什麼……？」

「我不知道。事到如今，雖然眞相不明，但能夠想到的原因有兩個。一是單純不想讓世人知道她上當受騙。家母是個很愛面子的人，她說不定是因爲怕死後不知要被人如何嘲笑，無法忍受才將收據處理掉的。」

我也覺得這有可能。

「另一個原因是，」他舔舔嘴唇。「她可能要包庇對方。」

「包庇？」

「包庇強迫推銷怪東西給家母的人。那人能夠獲得家母的信任，大概很會討她的歡心吧。家母即使知道自己受騙了，也還是無法憎恨那個人。不但不恨，她還湮滅了所有的證據，以免給那個人添麻煩，或讓那個人受苦。唯有存摺上的記錄她無力更改。」

我心想，不可能吧。這世上會有人想包庇欺騙自己的人嗎？但相對地，我也覺得說不定眞是如此。我眼前浮現川本房江和倉持聊天時那張幸福洋溢的臉。有時，她也會笑容滿面對著我。

「不過，我不會放棄。」他用尖銳的嗓音低聲說，「我不知道家母多麼重視那個推銷員，但對我而言，他是折磨家母的惡魔。我不能對這件事情置之不理。他也許有他的苦衷，但不可能不知道內情，所以那家叫做東西商事的公司亦屬同罪。我想告訴他，最好做好心理準備。總有一天我會以某種形式向他報仇。」

這句話是衝著我說的。他看穿我就是推銷員之一。同時，他要我將這句話告訴另一個推銷員。

他嘆了一口氣，淺淺地笑了。「我一時情緒激動，好像有點說太多了。不過，對你說這些可能也沒用，畢竟你是家具行的人。你什麼時候進現在這家公司的？」

「三個月前。」

「是嗎？」他彷彿了然於胸似地點頭。「沒想到你還會來這裡。」

「我因爲工作的關係，送貨到這附近來。」

「是哦。那麼，你既然特地來了，就爲家母上個香吧。」他伸出手掌比著佛壇的方向。

我低著頭湊近神龕，合掌祝禱，感覺有東西壓著胸口。上香之後，我再度合掌看著相框裡的遺照。那裡有一張令人懷念的臉。川本房江那頭美麗的銀髮吹整得一絲不亂。突然間，我感到一陣猛烈的暈眩，身體極度不適，即使坐著也很難受，於是逃也似地離開神龕前。

「你怎麼了？」川本房江的兒子問我。我無法回答，向他點頭致意後慌忙地走向玄關，運動鞋沒穿好就走出大門了。

出了大門後沒走幾步路，一陣強烈的嘔吐感向我襲來。我當場蹲下，液狀的嘔吐物不斷從我嘴裡湧出。好不容易嘔吐感消失之後，我還是無法馬上站起來，一屁股坐在地上喘息。

突然我的腦中浮現了令人厭惡的記憶——祖母的葬禮上，我望著躺在棺材裡的祖母，花香令我作嘔，並且吐了出來。這種感覺和當時完全一樣。

幾天之後，我前往東久留米。我想要去見一個人。不用說，那個人就是牧場老爺爺。我非常擔心他，不知道他後來怎麼樣。

我擔心的人不只有他。我在東西商事工作期間雖短，卻騙不少老人家。我沒惡意，都是倉持害的——這種藉口應該說不過去。畢竟，我對交易流程雖然感到懷疑，卻沒辭掉工作。

在眾多可憐的老人家當中，牧場老爺爺之所以令我特別印象深刻，是因爲他是最倒楣的一個。原本他並沒有被東西商事盯上，只不過是因爲隔壁的老婆婆不在家，倉持才心血來潮地向他搭話。要不是遇上我們，他應該可以繼續過著悠閒自得的生活。

另外，我要坦白一件事。那就是我心裡惦念著上原由希子。我們只見過兩次面，但她的身影總在我的腦中徘徊不去。每當我想起她那堅決的表情，心中就會湧起一股熱意。

牧場老爺爺住的公寓我只去過一次，卻記得路怎麼走。我順利地到達那棟舊公寓前。一樓的正中央，有一間屋子的大門前掛著「上村」的門牌。我們本來應該是要向住在這間屋子的老婆婆推銷黃金的。想必直到現在她也沒察覺，自己因天大的好運而得救。

她家隔壁是牧場老爺爺家。我做了一個深呼吸，然後按下門鈴。

屋裡似乎有動靜，門鎖打開，從門縫探出了一張頭髮稀疏、佈滿皺紋、臉型尖細瘦長的頭。

「你是哪位？」老爺爺不記得我了。

我低頭鞠躬，說明我是東西商事從前的員工。老爺爺好像想起來，張開嘴發出「啊」的一聲。

「因爲公司的事給您添了很多麻煩，眞的非常抱歉。」

「你是爲了說這個特地跑來？」

「我想要向您說聲抱歉。」

「噢……。」老爺爺一臉困惑的樣子。

我拿出帶來的紙袋。「這是我的一點小心意。」我在百貨公司買了日式糕點過來。

老爺爺看著紙袋和我，摸摸下巴。「先進來再說吧。」

「方便嗎？」

「總不能讓你就這樣回去吧？還是你要去其他地方？」

「不……那麼，我就打擾了。」

那是一間狹窄的屋子，只有一間三坪大的和室和廚房。大概是因爲地上鋪著睡鋪，感覺比之前來的時候狹窄。老爺爺將睡鋪弄到一旁，騰出能夠容納兩人坐下的空間。

「你現在還在那家公司？」

「不，我三個月離職了。」

「是嗎，逃出來啦？」老爺爺說。我摸不透那句話的眞正含意，默不作聲。他繼續說道：

「那件事該怎麼說呢……眞是把我給害慘了。」

「眞的很抱歉。」我再次低頭致歉。

「算了，你跟我道歉也沒用。那個時候你也不太清楚公司的卑劣手段吧？」

我沒抬起頭。

「你就這麼到處拜訪受害者的家啊？」

「倒也不是所有受害者的家。」

「是嗎，辛苦你了。」

「那個，您的身體好多了嗎？之前聽上原小姐說，您的身體有些微恙。」

「嗯，就是睡睡醒醒，最近好很多了。」

「那就好。」

「你現在在做什麼工作?」

「我現在在搬家具的貨運公司。」

「靠體力的工作啊?嗯,那就好。那樣最好。」老爺爺頻頻點頭,抓抓脖子。他的手背上有老人斑。

「那麼,那個,順利解約了嗎?」我問了心中一直擔心的事。

「噢,那個啊。嗯,現在吵得不可開交呢。」

「這麼說來,您找過律師商量囉?」

「沒有,沒那麼誇張。」

不知道爲什麼,老爺爺說話支支吾吾。正當我想要開口詢問詳情,聽見敲門聲。

「來了。」老爺爺回應道。

大門打開,我看見了穿著白色毛衣的上原由希子。

二十四

上原由希子看到我,彷彿錄影帶畫面突然靜止似地,臉上的笑容僵住。

我向她點頭致意,她不由得低下頭。

「爲什麼他會在這兒?」由希子困惑地望向牧場老爺爺。

「他說是來道歉的,」老爺爺說。「爲了東西商事的事情。」

「噢。」她點頭,再度將視線拉回我身上。然而,她似乎不知道該說什麼,沉默不語。老爺爺對她說明我目前的工作,她邊聽邊點頭,彷彿那些事情無關緊要。

「我剛才聽牧場老爺爺說，解約手續好像還沒辦好？」我試探性地問。

我看到她輕輕點頭。於是我繼續問道：「按情形看來，好像不允許你們請律師，這樣沒關係嗎？要是有什麼是我能做的，我會幫忙。」

聽我這麼一說，由希子先是低下頭，然後抬起頭說：「不過，田島先生也一籌莫展吧？何況你現在都已經辭掉工作了。」

「話是沒錯……」她的話一針見血，實際上，我的確是束手無策，但我不能那麼說，逼不得已只好開口說：「我想我應該能在各方面助你們一臂之力，像是請以前的朋友打探現在的情形。」

她搖搖頭。「請不要說那種敷衍的話。耍嘴皮子誰都會。」

「不，我沒有那個意……」

「放心。憑我們自己也會想辦法幫老爺爺。好意我們心領了。謝謝你。」她低頭行禮。

她擺出一副拒人於千里外的姿態。我無話可說，同時也失去了待在那間屋子的理由，不得已只好起身告辭。「那麼，我差不多該走了。」

他們沒有留我。

我穿上鞋子，直到我出了玄關爲止，由希子都站在大門邊，彷彿是在目送瘟神離去。雖然說這是可以理解的事情，但一想到自己被人如此嫌惡，不禁悲從中來。

「或許妳不相信，但我是眞心想要助你們一臂之力。如果有什麼事情是我可以幫得上忙的，希望妳能跟我聯絡。」我遞出名片，但上頭印的是我上司的名字。「妳打到這家公司，就會有人把電話轉給我，就算我不在，只要妳留言，我會回妳電話。」

她悶不吭聲地收下名片。我知道她一點想要和我聯絡的意思也沒有，但爲了避免我糾纏不休還是收了下來。

我才走沒幾步，背後就傳來「碰」的關門聲。

在那之後，過了一陣平靜的日子。也就是說，由希子並沒有和我聯絡。雖然說這是意料中之事，卻讓我感到非常沮喪。不論是在工作，或是在屋裡喝點小酒的時候，我都會想起她，弄得心情很難受。我沒想到自己會那麼在乎她。

之後，警方總算對東西商事展開強制調查，因爲有民眾舉報某推銷員以強硬手段推銷產品。那名男子似乎向老人自稱是區公所員工，使其放鬆戒備，強行奪走存摺、健保卡、印鑑等物品。這起犯行之所以遭到舉發，是因爲犯人帶著存摺要到銀行解約時，負責處理的行員覺得犯人行跡可疑，於是向存摺的主人確認。那名男性嫌犯以詐欺罪被起訴，但警方似乎斷定該公司涉案重大。

聽到這則新聞時我全身汗毛豎立。遭到逮捕的推銷員所做的事，簡直與我和倉持合作詐騙老人的手法如出一轍。當初要是一個出錯，被逮捕的就是我們了。

我想，東西商事大概會徹底毀滅吧，如此一來，說不定牧場老爺爺或多或少能要回點錢。我打算等到事情告一段落後再去看看他。

然而，現實卻不如預期般的美好。

強制調查的報導刊出來之後，約過了十天左右的一個假日，正當我躺在床上難得想要睡到下午的時候，耳邊傳來了一陣激烈的敲門聲，還有人在叫：「田島先生、田島先生！」那是一個我沒聽過的男人聲音。我心想，大概是快遞之類的吧。打開門一看，外頭站著兩個一臉兇神惡煞的男人。兩個人看起來都是三十五、六歲。

「你是田島和幸先生？」國字臉的男人看到穿著T恤睡覺的我說。

我回答：「我就是。」幾乎在此同時，男人從外套內袋裡拿出警察手冊(*1)。手冊的表面因爲沾滿手垢而發出油光。

「可不可以請你跟我們到警察署一趟？有點事情想要請教你。」

事情出乎意料之外，我大吃一驚。「這是怎麼一回事？」

「你來了就知道。不會花你太多時間的。」

「請等一下。至少讓我知道是關於什麼事……」兩位刑警互看一眼。

國字臉的刑警笑著回答：「想請教你一些東西商事的事情。」

「東西……噢。」

「你明白怎麼回事了吧。」刑警看著我的衣著說：「你換衣服時我們會在這裡等。」

「可是我……我幾個月前就辭職了。事到如今，我沒有什麼好講的，應該幫不上忙。」

「幫不幫得上忙是由我們判斷。」另一位體型瘦削的刑警說，「你最好快點去換衣服。」

他們的用辭與其說是在對參考證人，倒比較像是在對嫌犯說話。然而，我沒有提出抗議的餘地，開始慢慢更衣。刑警們在我的房間裡看東看西。

他們將我帶到池袋警察署。我隔著一張小桌子與他們兩人對坐。國字臉的刑警先將一張文件遞給我。「你看過這個嗎？」

什麼叫有沒有看過，那份文件我根本不想再看第二次。

「這是東西商事的購買黃金的收據，對吧？」我說。

「沒錯。你知道正式名稱叫做什麼嗎？」

「我想，應該是純金家庭證券。」

「正確答案。」刑警滿意地點頭。「你什麼時候進公司的？我指的不是現在的公司，而是東西商事。」

「去年的……」

在這之後，他們針對我待在東西商事期間所發生的事情，提出鉅細靡遺的問題。他們特別仔細訊問有關推銷的手法。我想起了之前遭到逮捕的推銷員，因此極力地含糊其詞。

「我知道你不想說出實情，但爲了你好，你最好老實說。」過不多久，刑警焦躁地說：「有一種罪叫做僞證罪。」

看到我一臉僵硬，那位刑警抿嘴笑道：「你不用擔心，我們一點也不想逮捕你們這種小角色。要是那麼做的話，刑警再多也不夠用。我們的目標是公司本身。不，應該說是在背後操縱公司的黑手。所以啊，你有什麼話都老實說不要緊。我不會害你的。」

我一邊聽，一邊心裡想：「要是這些刑警變成推銷員，一定很優秀。」

他們似乎並不眞的打算以詐欺等罪名逮捕我，於是我一點一滴地供述在當推銷員時所用的強硬推銷手段。刑警們一面聽一面發出「噢、眞過份啊」等感嘆。然而，他們卻沒有顯得很驚訝，大概是已經從其他推銷員那裡聽過同樣的話了吧。

不久，東西商事宣告破產。電視、報紙連日詳細報導這起案件。據說受害者約有四萬人，受害總金額高達一千五百億圓。這個天文數字，連我這個曾是內部員工的人都感到驚訝。這起案件

---

*1 日本的警察手冊即類似警察的身份證明文件，內容長達數頁，像是一本小冊子。

的一大特徵在於，大部分的受害者都是仰賴年金度日的老年人。

我還知道了另外一件事。那就是東西商事的上頭還有一個集團，旗下有好幾家從事詐欺生意的公司。

東西商事位居高層的幹部老早就消聲匿跡了。公司的保險庫裡別說是純金了，連客人寄存的現金也一毛不剩。想必是高層的人在破產之前就已捲款潛逃。事到如今，就算受害者眾心一致，想要提起訴訟要回自己的財產，我懷疑又能拿回多少呢？

當我送一套新婚傢俱到千葉之後疲憊不堪地回到家時，那個國字臉刑警又在屋子前等我。他看到我疲憊的臉，對我說：「辛苦你了。」

「又有什麼事？我該說的不是都已經說了嗎？」

「不過這個案子還沒結案。」

「我沒有什麼話好說了。」

我從口袋裡拿出鑰匙，刑警卻在我將鑰匙插進鑰匙孔之前搶先一步握住大門把手，大門倏地打開。我應該沒忘記上鎖，不禁心頭一驚連忙進屋一看。

屋裡明顯有人侵入過。東西不至於被翻得亂七八糟，但四處留下遭人碰過的痕跡。

「白天我們搜過你家。」刑警說。「當然，我們有搜索令。我們請房東幫忙開門。」

「你們為什麼要那樣做……？」

「我會慢慢說明這件事。總之，你先跟我來吧。」他指著停在路邊的轎車。

一抵達池袋警察署，我們又和之前一樣，隔著小桌子對坐。

「你知道公司倒了吧？有沒有人跟你聯絡？」

「不，一個也沒有。」
「在公司時一起行動的人呢？你現在應該還有跟誰聯絡吧？」
「不，我現在完全沒跟之前公司的人聯絡。」我的腦中浮現倉持的臉，但我試著不去想。事實上，自從搬出他的公寓以來，我甚至沒跟他通過電話。
刑警用指尖輕輕地敲著桌面。「我們最近才知道，你的辭呈好像沒有被受理。」
「咦？」
「換句話說，當公司破產的時候，你還隸屬於公司。」
「不可能。我確實把辭呈交給一個叫做山下的人了。」
「山下……業務部長吧？」
我點頭。被刑警這麼一說，我才想起了山下的頭銜。
「不過，事實就是如此。所以說，公司一直以來都有支付薪水給你。至少帳面上是如此。」
「我沒有拿過那種錢。你們調查就會知道。」我從椅子上起身強調這點。刑警笑著安撫我。
「這我們知道。所以我才說是帳面上嘛。再說，還有其他和你一樣的幽靈員工。幹部恐怕是用了你的名字來分配公司的錢，因為他們知道公司遲早會面臨破產。」
「眞是卑鄙……」我低聲咒罵道。
「我們還有一件事情要向你確認。」刑警豎起食指。「據你所說，簽約的程序是這樣的。一是先讓客戶將錢匯進公司的帳戶，當公司確認錢匯進來之後，再將購買純金的收據——應該叫做家庭證券，以郵寄的方式，或由推銷員直接送到簽約者手上。另一個方法則是當推銷員從簽約者那裡收到現金之後，將錢帶回公司，再請公司發行證券，直接交給簽約者。對嗎？」

「對，就是那樣。」

「問題是第二種簽約程序。」刑警說。「如果是這種做法，推銷員只要想辦法弄到家庭證券，就可以將現金據爲己有。」

「咦……？」我霎時感到困惑，但隨即理解他的意思。「話是沒錯，可是客人只要打電話到公司確認，推銷員的詭計馬上就會被拆穿了。」

「一般是這樣沒錯。不過，在你辭職後那家公司的內部怎麼也稱不上是一般正常狀態。原本證券的發行或管理都應該嚴格執行，如今卻是任意僞造，簡直到了無法無天的地步。簡單來說，只要稍微知道公司內情的人都能輕易製作證券，至於爲什麼要僞造證券，應該不用我多說明了吧？東西商事的幹部們很清楚，那種證券再過不久就只是廢紙一張了。他們打著純金收據的名目，但打從從頭就沒有純金這種東西，所以不管是誰用那種廢紙胡作非爲，對幹部們而言都無關緊要。」

「實際上有人那麼做……有人把錢據爲己有嗎？」

「好像有。正確來說，有跡象顯示有人那麼做。」

刑警將一張影本放在桌上。那是一份文件。我看過無數次的表格。

「你知道這是什麼吧？」

「現金的收據。」

「沒錯。當簽約者支付現金時，在還沒收到證券之前，推銷員會將這張紙交給簽約者，做爲對方支付現金的證據。看到這個，你有沒有察覺什麼？」

我凝視著那張紙，隨即瞪大了眼，發出「啊」的一聲。

「上頭蓋著我的印章……」

「沒錯。上頭蓋著的印章是田島的字樣，對吧？根據我們警方的調查，東西商事裡只有一個姓田島的員工。」

「可是，這不是我的印章。我不記得我有蓋過章。再說，我平常負責的都是輔助性的業務，這種重責大任的工作公司從來沒有交給我。」

「除了印章之外，你還有沒有察覺到什麼？」

「還有什麼？」我邊想邊將目光落在影本上。這次花一點時間才察覺邊緣處有幾個小字。

「日期是……我離職之後的一個月。」

「對吧？也就是說，有人利用你的名義推銷，並且完成了現金交易。那個人先將蓋有田島印章的現金收據交給客人，過幾天再將私自僞造的證券帶給客人。」

「可是那樣的話，」我盯著影本直瞧。「應該就會在將證券交給客人的時候把現金收據要回來，像這樣留下收據反而奇怪。會做那種事的人，應該會馬上把要回來的收據處理掉吧。」

「可是他不能那麼做。因爲他還得瞞過公司那邊才行。你或許不知道，東西商事爲了管理發行的證券，會將現金收據、證券收據或掛號的收據建檔。犯人必須偷偷將收據混入檔案。」

「那麼，這是從那些檔案中……」

「我很想說『完全正確』，但差了一點。」刑警搔搔鼻翼。「事實上，好像眞有那種檔案，但在強制調查的時候就已經不見了。大概是幹部不想讓警方知道受害者的身份，所以處分掉的吧。這張是偶然從尚未歸檔的文件中找到的。」

我將影本拿在手上。上頭寫的金額是二十萬，金額不大，所以應該是以現金支付的吧。

「這上頭沒有寫客人的名字耶。」

「嗯。姓名欄是空白的。」

「爲什麼那個推銷員沒有寫客人的名字呢？」

「說不定是碰巧，但也可能是故意的。因爲一旦知道客人是誰，就能鎖定將錢據爲己有的推銷員。」

我點頭。不過只要讓客人看所有推銷員的大頭照還是抓得到。話說回來，利用離職員工的名字來騙人，這招眞是高明。他應該是看準了東西商事即將倒閉，幹部們會湮滅掉交易的證據吧。此時，我突然想到一件事，並且抬起頭來。「那個推銷員盜用我的名字將錢據爲己有是僅止一次嗎？」國字臉的刑警雙唇緊閉，偏著頭一副若有所思的樣子。「應該不止。因爲使用這種手段就能輕易得逞。只可惜我們沒有證據。」

我咬住嘴唇。雖然自己沒有損失，但名字被人用來做這種下三濫的事，還是覺得悔恨不已。也就是說，在我辭職之後，仍然有自稱「田島」的推銷員一次又一次地欺騙老人家。

「我們之所以搜查你家，是想要看看你的印章。如果你握有和這張收據相同的印章，就代表是你將錢據爲己有。」

「我沒有。」我瞪著對方。

「我知道，只是爲了愼重起見罷了。另外我們也順便調查了你的存款等。就結論而言，你沒有可疑之處。不過恕我失禮，你似乎過著相當節儉的生活哩。」

我心想：「關你屁事。」將目光從刑警身上移開。

「所以，」刑警趨身向前。「講到這裡，你心裡有沒有個底？知道有哪個無賴盜用你的名字，見機從東西商事這家騙人公司揩油的嗎？」

我的腦中馬上浮現出一個人的名字。不，應該說是聽著刑警的話時漸漸浮現腦海比較正確。

我調整呼吸，假裝在思考的樣子。我該怎麼回答才好呢？

不久，我便找到了一個合情合理的答案。我看著刑警的眼睛說：「既然是那種公司，應該全都是能夠面不改色騙人的推銷員。老實說，與其說是心裡有底，不如說是每個人都有可能。所以，眞要說的話，全體員工都很可疑。」

刑警顯得有些失望。

我經常在想，如果當時說出倉持修的名字，事情會如何演變呢？他是否會遭到警方逮捕，而我在那之後的人生是否會有所不同呢？不，我想應該不會。我不認爲倉持會爽快地坦誠犯案。警方手上的證據幾乎等於零。即使握有什麼證據，法院應該也不會以重大罪名起訴他。

不過我沒有告訴刑警他的名字，倒不是因爲考慮到這些事情的緣故，而是我認爲發現他更壞的部分，並且放在自己心上，將來一定會派上用場。我決定親手制裁他，我不希望警方介入。

幾天後，我前往倉持的公寓。目的在於確認他是否盜用我的名字推銷。

然而，倉持卻已經搬家了。一問隔壁的鄰居才知道他一個月前已經不住在那裡了。對方似乎也不知道他的下落。我順道去了負責公寓管理的不動產公司一趟。一臉橫肉的店長嫌麻煩地翻閱文件，他告訴我倉持的聯絡地址是老家的地址。

「老家？是那間豆腐店嗎？」

「我不知道，他只有留地址。」

一看聯絡地址欄，上頭寫的果然就是那間舊豆腐店的地址。我決定打一通電話到倉持的老家。接電話的是他的母親。我說，我是倉持的國中同學。「因爲最近要做同學通訊錄，請您告訴我倉持現在的住址。」

倉持的母親對我的話不疑有他，但卻在電話的那一頭困惑地說：「他的住址啊，我也不清楚耶。」

「咦？怎麼說？」

「他最近一次跟家裡聯絡是去年的這個時候，之後就音訊全無了。他那時候是住在練馬，但現在那裡電話也打不通……」他母親反問我：「倒是你知不知道我兒子的近況如何？」我答不上兩句話，只好掛上電話。

我到之前一起去過的澡堂、餐廳、咖啡店等地方轉轉，但每個地方給的回答都是一樣：「聽你這麼一說，他最近都沒來。」

我也去過東西商事所在的那棟大樓附近。然而，這麼做也只是白費工夫。倉持根本不可能毫無警戒地出現在那裡。

隨著時間的流逝，我逐漸淡忘他的事。畢竟爲了溫飽度日，根本無暇找人。

我想，要是我就此忘記他的話，對我而言是再好不過的。事實上，往後的幾年我的確過著較爲安穩且愉快的生活。

然而，牽繫著我和他的黑色命運之線卻沒有斷掉。

二十五

那一天，我負責的第三組客人是一名中年男子和一個年約二十五、六歲的女子。男子坐四望五，滿腹肥油，髮量稀疏，但從他的打扮看來，經濟狀況似乎還不錯。年輕女子穿著隨便，但身上的飾品都是價值不菲的名牌貨。她臉上的妝應該比平常淡了些，卻還是比一般女性濃了點。我馬上察覺到他們是酒女與恩客的關係。

「請問今天要找什麼？」我遞上名片，詢問男子並裝出一副對兩人的關係不感興趣的樣子。

「我們想先看看沙發、茶几、還有床。」

「好的。」

「還有梳妝台。」女子向旁邊的男人說。

男子一臉豬哥樣。「噢，對哦。也讓我們看看梳妝台。」

「好的。那麼，這邊請。」我帶領二人往前走。

我猜想，女子一定是剛得到新房子，想要家具，所以才纏著這個中年男子買給她。當然，兩人並沒有結婚。男子家有妻小，只是想和她繼續所謂的外遇關係，共築愛巢。

既然如此，就沒有什麼好客氣的了。我就一一推薦昂貴的高級品吧。男方在女人面前鐵定想擺闊，而女方也想看看這個男人肯花多少錢在自己身上。

如果對方是一般新婚夫妻，我會先帶他們到國產品區，但這兩個人可以跳過這個步驟。我直接帶他們到德國製的沙發區，剛好有廠商要改款庫存商品，上頭指示要儘早將原款推銷出去，可是這款商品比起其他商品的價格明顯偏高，一般客人怎麼也不肯買。就在我頭痛不已的時候正好肥羊上門。我暗自竊喜。

我到這家家具販賣公司工作已經兩年了。一開始是時制員工，一年前成爲正式員工，不久即擔任賣場銷售員。這家店的一大特徵是所有客人基本上都會有一名銷售員隨侍在側，主要的目的說好聽是提升服務品質，但其實也是要防止只看不買的客人在店內到處亂晃。

第一次上門的客人要先在入口的櫃台登錄成爲會員，之後，公司會指派銷售員跟著這位來客。而客人下次來的時候，可以指名上次負責接待的銷售員，也可以要求換人。獲得多數客人指名的，即是優秀員工。我在新人當中算是風評良好的。

「同樣是皮革沙發，也分成很多種。讓我告訴您簡易的鑑定法。」我拿出小型放大鏡，湊近一旁的沙發表面。「請看。看得見毛孔吧？這是動物的皮，所以當然和人一樣有毛孔。如果這是品質低劣的皮革，毛孔就會被壓壞。」

女子仔細盯著放大鏡看，並且發出佩服的聲音。中年男子也一臉滿意的模樣。

我按照目標推銷出了一組德國製沙發，接著又順利讓他們買下了一張大理石茶几，然後前往美國製的家具區。他們決定要買流線造型的床架之後，我又在寢具區賣出了最高級的雙人床墊。可惜的是，沒有找到女子中意的梳妝台。

「那一對還會再來唷。」我回到辦公室之後向同事報告成果。「他們好像買了一間中古公寓，雖然原本附有燈飾，但情婦好像不喜歡。她說今天買的客廳家具組是簡單摩登的造型，和現在那盞亂七八糟的燈不搭。人就是這樣，一旦有了高級的家具，就會想要完整的一套。他們大概最近還會再來吧。」

「你抓到了好客人呢。」同事羨慕地說。

「那也得他們下次還是指名我呀。」我點了一根菸深深地吸了一口。

幾年下來，我換了好幾份工作，這似乎是最適合自己的一份工作。我喜歡家具，也覺得爲別人考慮家裡的裝潢很有趣。當遇到客人想要以低預算獲得美麗舒服的生活環境時，我不會只考慮要做成生意，而會站在是自己親友的立場上爲他們著想。重點是，客人想要的是什麼。

我打從心裡想，如果能一直從事這份工作就好了。

抽完一根菸後櫃台有電話進來，希望我服務一位第一次到店裡的客人。當時，還有幾個銷售員也在待命，只不過剛好接起電話的人是我。我將第二根香菸放回菸盒，拿起外套站了起來。

我一面帶好歪掉的領帶，一面往接待大廳走去。「客人呢？」我問櫃台小姐。

「那一位。」她指著入口。一名長髮女子正盯著展示的古董家具。她身上穿著質地輕薄的藍色連身洋裝。

我從櫃台小姐手中接過資料，並且走向她。所謂的資料，指的是客人登錄成會員時塡寫的表格；上頭寫著姓名、地址、電話號碼。如果是平常的我，應該會先確認好姓名再往客人走去，但唯有那一天，我沒有仔細看就走過去了。

「讓您久等了。」我對著女客人的背影說，然後低頭看資料上的姓名欄。

我不太清楚她回過頭來的速度和我確認姓名的動作哪一個比較快，也許幾乎是同時。不論如何，我如遭雷擊般地全身僵硬。

站在那裡的是上原由希子。她比幾年前變得更爲成熟，更有女人味，但確實是她沒錯。

她好像沒有馬上認出我來，但看到眼前表情僵硬的男人，不可能不感到可疑。

她微微皺起眉頭。我向她走近一步，打算遞出名片，但指尖卻顫抖得無法好好拿住名片。

「呃……，我們以前是不是在哪裡……」她先開口說。看來她是記得我的。

我總算拿出名片，抖著手指遞上前去。「好久不見。當時承蒙關照。」我的聲音也在顫抖。

她看著名片上的名字，目光在空中游移，一臉正在回溯記憶的神情。不久，她的目光聚焦在我的臉上，「啊」一聲開口說，「你是當時的那位田島先生……」

「別來無恙。」我低頭行禮。

「嚇了我一跳。你在這裡工作嗎？」

「嗯，之前換過很多工作。」

「這樣啊。」

「當時，眞的給妳添麻煩了。」

「啊，那件事就別……」她垂下目光。

我不知道這是否該稱之爲偶然。我從事的工作每天都要接待許多來來去去的客人，或許到目前爲止沒遇上從前認識的人這件事本身就是一個奇蹟。

「上原小姐……」我看著手邊的資料說。「我沒有仔細看資料就向妳搭話，眞是太粗心大意了。我馬上找其他人來爲妳服務。很抱歉，讓妳覺得不愉快。」

我再度低頭致歉。就在我轉過身去，準備離開之前，她說，「我是無所謂。」

我停下即將踏出的腳步，回過頭去與由希子四目相對。

「以前的事，」她微笑地對我說。「已經沒有什麼好在意的了。」

「可是，由我介紹不會造成妳不愉快嗎……？」

「我就說，我不會在意了嘛。還是，田島先生不好做事呢？」

「不，沒那回事。」我抓抓頭。不好做事是事實，但我並不是不想爲她介紹。「由我來介紹，眞的可以嗎？」

「麻煩你了。」她的笑容和當時一模一樣。她說，她想看窗簾，似乎不是今天要買，只是想先看看。我問她：「是不是想改變屋裡的窗簾樣式呢？」

「嗯，差不多算是。」她微微偏著頭。
店裡有專門負責窗簾的女服務員，我將她介紹給由希子。
由希子心中似乎還沒有確定屋內想營造的感覺。她聽完幾個提案之後，說還要再考慮一下。
「款式太多了，眞讓人無從決定。」離開窗簾區後，她說。
「不用急。妳隨時可以找我商量。」
「謝謝你。」
「不用跟我道謝，這是我的工作。」
由希子聽了我的話，笑著點頭。她說還想看點家具，於是我帶她參觀整家店。
「由希子小姐現在從事……？」我邊走邊問。
「我現在做的算是會計的工作吧。倒是田島先生你至今做過哪些工作呢？」
「我剛才說過我做過很多種工作。之前也曾經在這家店外包的貨運公司工作過，透過那裡的關係才以臨時員工的身份進到這家店的。」
「你很拼嘛。」
「還好啦。」被她一誇獎，我樂得心花怒放。
我帶她到放置桐木衣櫃等適合和室的家具樓層。除了那裡幾乎沒有客人，還有另一個理由。
「這裡是我最喜歡的地方。」站在那一層樓的入口，我做了一個深呼吸，感覺帶有木頭香氣的空氣進入肺腔。
由希子抬頭看我，眼神彷彿在問：「爲什麼？」
「每當來到這裡，我就會想起從小長大的家。那是一間老房子，廚房還沒有地板呢。那時家裡有幾件桐木的家具。說起來妳或許不相信，我家還請了傭人。」
由希人睜大了眼。「你家是有錢人啊。」
「這個嘛。因爲我父親是牙醫，我想，錢多少是有一點。不過，那是小時候的事了。後來家庭四分五裂，我也一口氣栽進了貧窮的生活。」
「苦了你了。」
「可是，我不該做那種事的。」
「哪種事？」
「東西商事。」
「噢。」她別過臉去，似乎不想想起那件事。
「那位老爺爺……叫做牧場老爺爺嗎？他在那之後怎麼樣？」
「那件事你可以放心。錢順利地回到他手上了。」
「錢要回來了嗎？全額？」
她輕輕地點頭。「牧場老爺爺眞是太幸運了。有人好像還在打官司呢！老爺爺是因爲有人幫忙才把錢要回來的。」
能從那間公司把錢要回來的確是一件令人驚訝的事。
「究竟是怎麼……」我問到一半，將話嚥了回去。我想，沒幫上任何忙的我，沒有資格過問這件事。
「牧場老爺爺現在也很有精神唷。雖然腳和腰的狀況好像變得不甚理想，不過他經常會到公園裡散步。」

「是哦，那眞是太好了。」我心中夾雜著放心和內疚的心情。

帶她在店裡參觀了一個多小時之後，我們回到接待大廳。她歉然地說：「眞不好意思，什麼都沒買。」我搖搖頭。「又不是每個來參觀的客人都會跟我買東西。再說，今天我也很開心。」

「那就好。」

「窗簾的事妳可以隨時找我商量。如果事前打通電話，我會把那段時間空下來不排工作。」

「嗯，謝謝你。」

我滿心歡喜地目送玻璃門另一側由希子離去的背影。

那天之後，我接連好幾天沉浸在幸福的喜悅中。待在公司的時候我也靜不下來，每當電話響起，我就搶先所有人接起電話，在爲其他客人介紹商品的時候也心神不定地想：「她會不會這個時候打電話來。」

由希子登錄爲會員時曾留下資料，所以我知道她的聯絡方式。有好幾次我想要主動打電話給她，可以編的理由多得是，例如只要說有進新的窗簾布就行了。然而，我卻沒有勇氣拿起話筒。我不希望她認爲，不過是稍微熟稔起來，我就以爲她已經完全忘記過去的事情了。

我鬱鬱寡歡地過了幾天之後，期待已久的電話終於打來了。當時，我剛結束一組客人，回到辦公室。一個資深員工手裡拿著話筒，告訴我一位上原小姐來電。

我從他手中一把搶過話筒，說：「喂，我是田島。」呼吸變得急促起來。

「喂，我是上原。上次謝謝你。」

「哪裡，不用客氣。」我一面注意那個資深員工的眼神，一面回應。辦公室裡禁止過份親暱的說話方式。

「明天我想過去打擾，不知道方不方便？」
「沒問題。請問幾點左右呢？」我壓抑著雀躍的心情回答。
隔天是星期六。她說傍晚六點左右會過來。我告訴她，我恭候大駕光臨。我差點哼出歌來，但馬上忍了下來。
隔天一早起我就有些亢奮，不但很在意髮型，還留意鬍子有沒有刮乾淨。幸好是穿制服，不用煩惱衣服的事。
星期六來店裡的客人很多，經常人手不足，這時就會請客人自行參觀。我必須不斷地應付客人，但還是時常心不在焉，老是看手表，期待六點快點來臨。
我在接待大廳目送一個沒什麼意思要買卻不斷要我說明商品的客人離去。就在這個時候，上原由希子走進店裡來。她身穿灰色套裝，看到我，對我微微一笑。
「妳來的正好，前一位客人剛走。」
「你那麼忙，沒關係吧？」
「當然。再說，由希子小姐也是我們店裡的貴客。」
她開口說謝謝。
「那麼，直接到窗簾區可以嗎？」
她默默地點頭。接下來是我的幸福時光。
「老實說，我很擔心。我以爲妳可能不會再到店裡來了。」
「爲什麼？」
「因爲之前發生了那麼多事情。」

「陳年往事就別再提了吧。都已經過去了。」她以告誡的口吻說話。「也是。」我說。

我們一到窗簾區，便看到女服務員困惑地杵在那裡。她往我們這邊看，用眼神向我求援。

「發生什麼事嗎？」

「噢，田島。剛才來了一個怪客人。」

「怎麼個怪法？」

「他說要看窗簾布，我說：『請自便。』結果，他竟然就把吊在半空中的展示品一一拉下來。不只是這樣，連蕾絲的窗簾布也是……」

「搞什麼鬼！要不要叫警衛來？」

「可是，要是他說他只是在比較款式的話，我們也沒輒啊。」

「話是沒錯，但他把展示品一一扯下來，豈不是造成了其他客人的不便嗎？」

「就是這樣啊。所以我正在傷腦筋呢。」

「那個人在哪裡？」

「在裡頭的桌子那邊。」

我點頭，並且將外套的鈕扣扣上。

「由希子小姐請妳待在這裡。我想應該馬上就能解決。」說完隨即往前走去。

我走過兩側掛滿一片片窗簾布的通道，看到女服務員所說，有一個男人面對著桌子，將十幾張展示品放在桌椅上。

「先生，不好意思，因爲別的客人也要看，能不能麻煩您一次只抽下二、三塊布？」我對著穿象牙色外套的男人說。然而，男人卻沒有反應，他依舊背對著我，變換窗簾布的擺放位置，或拿起來透著光線觀看。

「先生……」

「別那麼小氣嘛。」男人還是背對著我。「我只是看看而已。」

「可是，這樣會造成其他客人的不……」當我話說到一半，男人迅速轉身，看到他的臉，我瞠目結舌，腦袋瓜裡瞬間變得一片空白。

「我家有很多扇窗，所以需要很多窗簾。不知道選哪個好。」從前讓我煩惱的那張臉，現在就在我眼前。那張臉上賊賊一笑。「好久不見啦！」

說起來有點少根筋，我當時竟然回了他一句：「嗨！」大概是還沒恢復正常的思考能力吧。倉持修看到我恍惚的樣子，笑得更開懷了。

「怎麼了？瞧你一臉狐疑的樣子。我在這裡有那麼奇怪嗎？」他用舌頭舔嘴唇。「不過，的確嚇了你一跳吧。」

「爲什麼你會在這裡？」

「天曉得，這是爲什麼呢？」他像丑角似地攤開雙手。

我感覺背後有人，回頭一看，由希子正從窗簾布間走出來。

那一瞬間，我感到胸口抽痛。我沒有具體思考什麼，但不祥的預感卻如針般，扎痛我的心。

「對不起。」由希子一臉尷尬。「他要我瞞著你，所以我才會一個人走進店裡。我要他別做那種孩子氣的事，但他不聽。」

「這是我導的一小齣戲。畢竟，我們有五、六年不見了。直接出現你在面前，說句『你好』，未免太平凡無奇了吧？」倉持開玩笑地說。

「這是怎麼一回事?」我分別看著兩人的臉。「你們在捉弄我嗎?」

「你在生什麼氣嘛。」倉持面露苦笑,理所當然地站在由希子身旁。「之前由希子不是來過嗎?之後她告訴我你的事情。於是我說改天我也要一起去。」

我看著由希子。我的表情應該很難看吧。「妳之前怎麼都沒提到倉持的事?」我已經顧不得用客氣的語調說話了。

「嗯,不知不覺就錯失了提起他的機會。」她吐吐舌頭。那個舉止讓我更加生氣。

「你很厲害嘛。居然在這樣一流的家具行工作。由希子告訴我的時候我也很替你高興。我一直在擔心你。」倉持環顧店內說。他用的是佩服的語氣,但我卻聽出了在那句話底下隱藏著的蔑視的弦外之音。

「你們兩個……呃,在那之後一直有來往嗎?」

「在那之後是指東西商事那件事之後嗎?嗯,對啊。那件事把我們都害慘了。」他說話的語氣彷彿自己是受害者。恐怕他在由希子面前一直都假裝自己是受害者吧。

「上原小姐,」我問由希子。「幫忙牧場老爺爺的人該不會就是……」

「就是他呀。」她爽快地承認。

我驚訝地看著倉持。他害羞地搔著鼻翼。「小事一樁啦。只因爲我是內部人員,所以有很多機會可圖。」

「可是,東西商事裡應該一毛錢也不剩了,不是嗎?」

「話是沒錯,不過我有很多方法讓他們交出錢來。算了,那種事情不重要。話說回來,你帶我們參觀店內吧。你之前帶由希子參觀過了吧?我們一邊看家具一邊報告彼此的近況吧。」

「不好意思，我沒辦法那麼做，我現在在工作。」

「誰說要你蹺班來著？我們是客人耶！帶客人看家具是你的工作吧？介紹些你覺得值得推薦的家具給我們！」不知何時，倉持的手已經搭在由希子的肩上。我用眼角餘光掃到這幕情景，決心問他一個問題。

「你們兩個現在在交往嗎？」丟臉的是，我的聲音竟然破音。

「算是吧。」倉持輕描淡寫地說。「我們明年春天結婚，所以在找新家的家具。」

二十六

倉持說：「還是美國製的家具好，什麼都做得特別大。」「最好是能夠容納十個人坐的餐桌。我說田島，有沒有那種可以呼朋引伴到家裡來辦派對的桌子？」

「容納八人左右，而且不顯擁擠的餐桌倒是有幾款。」我帶兩人到外國製的家具區去。倉持第一眼就看上了那裡展示的一個餐具櫥。

「這個好！有了這麼大的餐具櫥，就能夠放置我們那個水晶盤了。」倉持看著由希子說。

「這樣一來，由希子收集的餐具也放得下。」

那個餐具櫥的旁邊，放了一張材質、色澤相同的餐桌。我向他推薦那張餐桌。

「現在是六人座，如果加上桌板，就可以容納八個人坐了。」

「是哦，挺不錯的耶。」倉持撫摸桌子的表面，交相看著桌子和餐具櫥。或許他正在想像那些家具擺在新家裡的模樣。

不久，別樣家具又吸引了他的目光。他離開餐桌，恣意地向前走。我看到他要去的地方，心情變得更加沈重。

「喂，由希子，這個怎麼樣？」倉持對著未婚妻招手。他看中的是一張相同廠牌的床架；尺寸是雙人床，相當大。

「很棒啊……」

「這張床很適合那間房間吧？就像我之前講的，我討厭兩個人睡在一張窄不啦嘰的床上。而且它跟壁紙的顏色很搭耶。」

「再說……」說完，倉持壓低音量，在由希子的耳邊低喃著什麼。我不知道內容是什麼，不過看他那噁心的表情，就知道他在說什麼。由希子露出害羞與困惑交雜的表情，睨了他一眼啐道：「死相。」我不禁低下頭。

我知道，他們之間已經有了肉體關係。我認爲這是理所當然的事，但是當不願正視的事情終於擺在眼前時，還是免不了心情鬱悶。

「喂，田島。就先買這個。」倉持指著床架說。「你該不會要跟我說現在沒貨了吧？」

「我去查查看，我想應該有。前一陣子，那家廠商的貨船才剛到。」

「是嗎。另外，這個也不錯。」他的視線移到了床鋪旁邊的大型收納箱。

倉持除了床架，還買了餐桌、餐具櫥、大型收納箱，以及放在床邊的小桌，總金額將近三百萬。我將兩人帶到簽約者專用的大廳，爲他們送上柳橙汁之後，做了幾張帳單。

「田島，這都算是你的業績吧？」倉持問我。

「是啊。」我回答。

「那就好。既然跟誰買都是買，我寧可幫你衝業績。老實說，賣我公寓的那個不動產業者向我介紹了一家便宜的家具店，可是由希子告訴我你的事之後，我就決定到你這裡來買。」
「謝謝你。」
「就一句謝謝哦？我以爲你會更感動哩。」
「小修。」由希子用手肘頂他的腋下。比起倉持的話，她的動作更令我沮喪。
「我很感謝呀。」我強顏歡笑地說。「我也很感動，不過該怎麼說呢，事情太過突然，我還有點搞不清楚狀況。我們這麼久不見，而你又要和她結婚……」
「然後又跟你買了一堆家具，是嗎？」倉持愉快地笑了。「下次再好好聊吧。我想跟你說說我的工作。你好像經歷了不少事情，不過我也是一路坎坷，起起落落，眞的是吃盡苦頭呢。」
「你現在在做什麼工作？」
「簡單一句話就是股票。」
「股票？」完全出乎意料之外的兩個字。我對那方面一點概念也沒有。
「就是股份有限公司的股票啊。有買有賣；有賺有賠。」
「你在賣那個嗎？」聽我這麼一說，倉持噗嗤地笑了出來。
「我怎麼可能賣股票嘛。我下次再跟你說明啦，這是一份有趣的工作。」他賊賊地笑著說。
「是哦……總之，你事業有成，而且還買了公寓。」
「是間中古公寓，不過位在東京都內。」倉持微微挺起胸膛。「等我搬完家，一切就序之後，再跟你聯絡。改天來玩！到時候，今天跟你買的家具應該都擺好就定位了才對。」
「我眞羨慕你。」
「只要你努力，你也可以。所以，我才說改天好好聊聊嘛。」倉持的這句話，讓我有種不安的感覺，大概是我的想法寫在臉上，他皺眉地說。「別用那種懷疑的眼神看我嘛！你放心，這次不會要你陪我騙人了……對吧？」

他向由希子徵求同意。由希子一臉微笑地說：「這次應該值得相信。」

我在大門目送兩人離去，回到辦公室之後心情依然鬱悶，一點都沒有完成大筆業績的喜悅，反倒是心中充滿了屈辱。倉持不但搶走了由希子，還要我幫他們兩人選擇婚後放在新家的家具——倉持用來吃由希子親手下廚的菜餚的餐桌、用來擁抱由希子肉體的床鋪。

上司針對那天的銷售成績褒獎了我一番，但我幾乎都沒在聽。

從天堂跌落地獄就是這麼回事。自從和由希子重逢之後我每天都快樂得不得了，但遇見倉持以來我什麼事情都懶得做。我無法專心工作，業績一落千丈。

「你到底是怎麼了？身體不舒服嗎？」當我在辦公室裡發呆的時候，上司對我說。

「不，沒什麼。」

「是嗎？可是你最近有點不太對勁唷。像昨天，聽說你讓一個好不容易要掏腰包的客人跑掉了，不是嗎？」

「嗯……」

一定是同事打的小報告。一對想買日式衣櫥的中年夫婦來到店裡，問了我很多問題，漸漸地我懶得回答，最後不小心說了「不用急著買」之類的話。

「總之，你這樣會造成店裡的困擾。如果你身體不舒服的話，就給我放假去。不然的話，就給我振作一點！」

「是，眞的很抱歉。」

上司好像還想說什麼，但那個時候電話正好響起。他拿起話筒說了幾句之後抬頭看我。

「客人打來的，指名要找你。加油點！」

「是。」我低頭行禮，離開了辦公室。

我毫無幹勁地走向櫃台。我想過要休息一陣子，但一看到客人名字的瞬間，腦筋變得一片空白。資料上的名字是上原由希子。

我來到接待大廳，只見由希子一個人在等待，不過我的心仍懸在半空中。我懷疑，倉持可能會和之前一樣突然從哪裡冒出來。

她應該沒有察覺到我的存疑，看著我微微一笑。「你好。」

「倉持呢？你們一定是一起來的吧？」我環顧四周。

她的微笑變成苦笑。「上次眞是對不起。他有時候就是那麼孩子氣。」

「那麼，妳眞的是一個人？」

「一個人啊。」她點頭。「我想再看一次窗簾。」

「我知道了。我帶妳去。」

我的心情眞是五味雜陳。倉持搶走了她讓我大受打擊，但能這樣見面又讓我感到雀躍，我明知她是爲了他們的新生活來選窗簾，卻努力不去想這件事。

倉持沒有躲在窗簾區。我像之前一樣找來女服務員，要她幫忙由希子選窗簾。女服務員詢問由希子房間的感覺和窗戶的大小。我在一旁聽由希子回答，大致掌握了倉持買的那間公寓的內部格局。那是一間兩房兩廳的公寓，而且坪數不小。他們前幾天買的餐桌組和餐具櫥的確很適合這樣的公寓。雖然我心中的嫉妒之火不致燒得熾烈，但也沒有熄滅，並且不斷地冒著黑煙。

由希子決定了窗簾的樣式之後，我們和先前一樣在會客廳面對面坐著。

「知道妳要和倉持結婚，總覺得怪怪的。」

「田島先生可能會那麼認爲。畢竟，好幾年不見了嘛。」

「你們在一起很久了嗎？」

「是啊……」她微微偏著頭。「四年左右了吧。不過，如果只是見個面吃飯聊天的話，應該是在更久之前吧。」

「你們是因爲牧場老爺爺才走得比較近的吧？」

「嗯，可以這麼說。因爲那件事情我們經常碰面。」

我想起了辭掉東西商事的工作之後去見牧場老爺爺的情景。當時，老爺爺和由希子都拒我於千里之外，但倉持卻抓住了他們的心。

「我之前聽說受害者並沒有打贏官司？」

「嗯。就算打官司也不知道何時才能拿回錢，而且他說就算錢拿得回來，也只有一點點。」

「結果他怎麼做？」

「詳細情形我是不知道，不過他好像是趁還待在東西商事的時候，辦好牧場老爺爺的解約手續，強迫會計到銀行領出契約上寫的金額。當時公司已經沒剩下什麼錢了，他說他和其他一樣想要幫受害者解約的員工競爭得很激烈。說是先下手爲強。」

我心想：「他騙人！」公司當時豈止是沒什麼錢，根本就是一毛不剩。重點是，契約本身就很亂來，根本沒什麼解約不解約的。

「到底要回多少錢呢？」我一發問，她比出三根手指。「三百萬。老爺爺只損失手續費。」

我越想越不對。那間公司不可能將大筆錢交給倉持這種基層員工。錢全被幹部們帶走了。

「事情有可能那麼簡單嗎？」

「似乎並不簡單。我剛才也說過了，他們銷售員最後就像是在搶錢，但他下定決心不管怎樣都要把牧場老爺爺的錢要回來，所以拚了命地跟公司談判。」

「是哦……」

這些話完全不值得相信，但由希子卻不疑有他。當然，由希子一定是因爲這個原因，才會對倉持的誠意心存感謝，並且爲他所吸引。

她回去之後，我回到辦公室抽菸，腦袋裡想的淨是令人厭惡的事情。

幾年前，刑警來訪，提到有推銷員盜用我的名字交易，將客人支付的金錢據爲己有。我認爲那個犯人就是倉持，但卻沒有去想他爲什麼要那麼做，而錢又是用到哪裡去。

我想，我找到了答案。他爲了替牧場老爺爺還債，找了別的受害者做替死鬼。只要想到那之後的事情發展，就不難理解爲什麼他只給那個老人特別待遇。他要的不是老人感謝他，他眞正的目的是博得由希子的好感。

不過，那三百萬是從哪來的呢……？

想到這裡，我不禁大驚失色。我想起了上吊自殺的川本房江。她損失了好幾百萬，其中有一部分是從銀行直接提領現金。難道倉持將從她身上騙來的錢轉給了牧場老爺爺嗎？

他是會做那種事的人。他就是靠那種騙人的手段存活至今的。

川本房江兒子喃喃自語的聲音在耳邊響起。充滿怨恨的聲音。我眞想讓倉持聽聽看那聲音。

過了一個星期左右，倉持獨自到店裡來。我聽說客人是他，本來想找其他人代替，但店裡規定如果是客人指名，除非正在忙抽不出空，否則就得親自接待。

「窗簾送到了。」他一看到我就說。「顏色很美。聽說那塊布是你推薦的，由希子要我向你問好。」

「你喜歡就好。」

「家具說好了下個月要送來，應該不會變更吧？」

「不會的。你是來確認這件事的嗎？」

「不，我是想來看看書桌，還有書櫃。因爲我有不少工作會在家裡做。」

「你說股票的工作啊？那跟證券公司有什麼不同呢？」

「有點不同。應該說完全不同比較正確。」說完，他盯著我的臉。「你研究過股票嗎？」

「稱不上研究。只是站在書店裡看過那方面的書。」

「是哦，這樣啊。」他一臉有所企圖地點頭。他露出那種表情，對我而言並不是一個好預兆。書桌和書櫃在同一區。我快步帶他過去，希望儘早結束這件令人鬱卒的工作。然而，倉持似乎並不急。他在看我推薦的家具同時，心裡好像還在盤算別件事。

「所謂的股票，就像是國家認可的一種賭博。」他邊摸書桌邊說。「而且賭注很大。不過就算賭輸了，下注的錢也不會全部不見。有時候，只要挨過去還是有翻盤的機會，賭贏賺到錢了，就把股票賣掉。只要反覆這個動作就不會賠錢。這就是玩股票的遊戲規則。」

「可是，我聽說也有很多人賠錢，不是嗎？」

「那是因爲他們把僅有的一點錢都拿去賭才會那樣。他們敗在沒有本事挨過股票被套牢的期間。另外，玩股票必須重視資訊。想要快點致富，就得靠資訊。」

「你該不會是要叫我買股票吧？」聽到我這麼說，倉持睜大了眼睛。

「是又如何？」

「別開玩笑了。」我揮揮手。「我手上沒有那種閒錢。我賺的錢只夠每天溫飽度三餐。如果你來是爲了賣股票給我，不好意思，你可以回去了。」

倉持聽我說到一半就在搖頭，到了最後更開始揮手。「你放心啦！我一點那個意思也沒有。再說，我之前應該也說過，我不賣股票，只不過，要是你有意思要買股票的話，我手上剛好有一支明牌，告訴你倒是無妨。今明兩天之內買的話，賺錢的機率很高。」

「既然如此，你自己買不就得了？」

「當然，我會儘量買。我只是看在朋友的份上也想分你一杯羹而已。我估計至少可以賺個一、兩百萬，不過我不貪心，我打算到時候一口氣全部賣掉。」

我看著不把大筆金錢當一回事的倉持，心想，這個男人幹的就是這種工作嗎？藉由買賣股票就能過著奢侈的生活嗎？炒股票有他說的那麼容易嗎？

倉持突然笑了起來，拍拍我的肩。「騙你的啦！哪有那麼多賺錢的明牌。再說，我自己本來就不買股票。」

「那你爲什麼要撒那種謊？」

「我想要你了解我的工作內容。」他從外套的口袋裡拿出名片，上頭印著投資俱樂部股票部門主任的頭銜。

「投資俱樂部？」

「投資顧問公司啦。有很多人想要買股票賺錢，卻又不知道該買哪一支好。這時候就需要我們公司的幫助啦。我們的工作內容就是提供這些人資訊，領取報酬。」

「提供資訊啊……」

「你好像一臉懷疑那種東西也能做生意的表情哩。不過，就是有人需要。田島你剛才也對我說的假資訊動心了，對吧？」

「我才沒有動心呢。」我氣沖沖地說。「我只是在想，這世上可能有那麼好康的事嗎？我壓根兒沒有打算要買股票。」

「可是，你應該會感興趣。這就是玩股票的第一步了。想要炒股票的人都渴望資訊，不管任何資訊都能賣錢。我們公司的成功就證明了這一點。」

從倉持買的東西來看，就知道他的確成功了。但即使如此，我還是在想，為什麼這個男人總是置身在這種摸不著頭緒的行業呢？

「你為什麼會進那間公司？」

「社長挖我過去的。你聽到我們社長的年齡一定會嚇一跳。他才三十歲不到。成立公司的時候，他二十八歲，和一個員工白手起家，現在擁有一百多個員工。很厲害吧？」

「你什麼時候進那間公司的？」

「正好兩年前。」

「兩年？那麼，當時公司不是才剛成立嗎？」

「沒錯。當年兩人公司時，社長手下唯一的員工就是我。」倉持用姆指指著自己，笑了。

當我們在會客大廳辦理書桌和書櫃的買賣手續時，他又像以前一樣這麼問我。「我說田島，你現在的薪水多少？你滿意這個數字嗎？」

「我還挺滿意的。」聽到我的回答，他嗤之以鼻。

「那是因爲你無欲無求，可是這麼一來你就不會成功。你要不要找天到我們公司來看看啊？我跟你說明工作的內容。放心！你馬上就會了。」

我停下寫帳單的動作，抬頭瞪著他。「你這是在拉我進你們公司嗎？」

「不行嗎？」

「你應該沒有忘記東西商事的事吧？我被你拐去跟你一起做那種騙人的生意。我說什麼也不要再幹那種事了！」

倉持聽到我這麼說，非但沒有動怒，反倒是吃驚地攤開雙手：「你的意思是，我現在的工作是在騙人囉？東西商事那件事我覺得很抱歉。可是，我也是受害者。再說，當時和現在完全是兩碼子事。當時，我根本不認識公司的什麼高層人員，可是現在我認識。我就是高層人員。」

所以才不值得信任。我勉強吞下這句話。「總之，我沒有意思進你們公司。我很滿意現在的工作。」

「是嗎。既然如此，我就不勉強你。眞是可惜，你好不容易有機會出人頭地。」

我迅速做好帳單，請倉持確認簽名。他一副嫌麻煩的樣子，但還是簽了名。

「你記得川本女士嗎？」我邊將帳單放入信封邊問。

倉持皺起眉頭。「那是誰？」

「川本房江女士。你忘記了嗎？一個在保谷獨居的老婆婆。你用『請婆入甕』的手法騙了她的錢。」

「請婆入甕」這四個字讓倉持的表情沉了下來。他太概不願想起這四個字吧。「那個老婆婆怎麼了呢？」

「她死了。自殺死的。上吊自殺。」

我原以爲他至少會露出難過的表情，沒想到他的表情卻沒多大變化。

「是哦。這樣啊。然後呢？」

「你一點感覺都沒有嗎？」

「我覺得她很可憐啊。我覺得東西商事所有的受害者都很可憐。但我又能做什麼？頂多就是把錢還給幾個人。」

「幾個人？你只有把錢還給牧場老爺爺吧？而且還是想要博得由希子小姐的好感才那麼做的不是嗎？」

倉持笑了起來。他搔搔頭，低聲說：「眞敗給你了。」

「這麼說來，你好像也很喜歡她嘛。你在吃醋嗎？」

我緊握原子筆，有股衝動想用筆戳他的眼珠。「你知道東西商事是一間騙人的公司之後還三番兩次從川本女士身上騙錢，對吧？不只是川本女士，你還騙了好幾個新的受害者。你盜用我的名義將那些錢據爲己有後再還給牧場先生，我有說錯嗎？」

倉持的表情終於變得凝重。他用銳利的眼神盯著我。「你有什麼證據嗎？」

「我是沒有證據，不過這種事稍微動點腦就知道了。」

「有些事可以憑空亂說，有的可不行唷！」他站起身來。「原本我要取消所有要買的家具。

不過看在你是朋友的份上，我原諒你。」

「有人因你而死！你騙走她相當於第二生命的錢！」

倉持停下腳步，回過頭來，搖搖食指。「你說的不完全正確。騙人錢財的不只是我，你也有一份。我們曾經是搭檔，不是嗎？」

我霎時啞口無言。他繼續說：「結婚典禮你要來唷！畢竟，你是我從小學就認識的朋友。」

我看著他大步離去的身影，心想：「我要殺了你！」

二十七

沒想到過沒多久，喜帖眞的寄到家裡來了。會場位於東京都內的一流飯店，結婚儀式將在飯店的教堂舉行。喜帖上不但註明希望我參加婚禮，而且還要我上台致辭。倉持似乎堅信我一定會出席，讓我再度懷疑這個男人是不是神經有問題。

當然，我並不打算出席。但幾天後，由希子又來到了我工作的地方。

「他說光寄喜帖未免失禮，所以要我來確認田島先生是否參加。」她天眞無邪地說。我看著她的笑容，感覺又被倉持將了一軍。他看穿我對他反感，於是先發制人。

「你會來參加我們的婚禮吧？」她邊走在家具賣場邊看著我。

「嗯，應該……吧。」果然不出倉持所料。被她這麼一講，我就沒辦法說我不打算出席了。不過我想，今天姑且答應她，改天再拒絕。

「太好了。」她不知道我內心的盤算，高興地說：「還有，我們想請你上台致辭。」

「這就饒了我吧。我不是那塊料。」

「可是，他說無論如何都想要請你上台致辭。」

「我不懂，爲什麼非我不可？」

「因爲，你跟他是老交情了，不是嗎？他說你是他從國小認識至今的朋友。」

「朋友啊……」我帶她到義大利家具區去。店裡平日上午的客人不多，外國產品區更是門可羅雀，正好適合我們好好講話。

「我好羨慕你們哦。我身邊倒不是沒有國小或國中的朋友，可是到現在還是至交的卻是一個也沒有。而且你們還在同一家公司工作過，眞棒。」

聽到由希子天眞的話語，與其說是焦躁不安，我倒是滿腹疑惑。我們的關係哪稱得上是至交？倉持不可能打從心裡那麼想，他只不過在她面前隨口說說而已。

「他眞的很信任田島先生。」她繼續她的論點。「他說他只能相信你，因爲是你，你們才能交往至今。他說只有在你面前他才能說出眞心話，露出眞正的模樣。」

「是嗎？」

「是啊。所以，」她繼續說。「請你務必要上台爲我們致辭。他說，婚宴隨我高興愛怎麼弄就怎麼弄，但唯有這點他堅持一定要這麼做。」

我回答：「我再考慮。」

等她回去之後，我思考倉持心裡眞正的意圖。他爲什麼要請我上台致辭呢？我不認爲他眞心希望得到我的祝福，看來是在捉弄我吧。他知道我喜歡由希子，爲了讓我知道這份情是郎有情妹無意，才會故意刺激我。或者是我針對川本房江和牧場老爺爺的事譴責了他一頓，他爲此想要向我報復。

我氣憤難平，那天夜裡難以入睡。我在棉被裡苦悶不已，心想有沒有辦法讓倉持好看。我心想，爲什麼我要因爲一個男人受到如此煎熬。話說回來，爲什麼倉持老是死纏著我不放？每當我有了棲身之所——即使只是身心暫時休憩之所，他總是會出現在我眼前，然後硬生生地將我從舒適的殼裡拖出來，再推入地獄深淵。他就是爲此才出現的。

接近黎明時分，我總算小睡了片刻。當時我心中已經決定了一件事。我要參加婚禮，也要出席婚宴。我要牢牢記下倉持幸福洋溢的身影，和由希子身穿新娘禮服的美麗模樣。屆時，我心中的屈辱和嫉妒之情一定會攀升到至今所不曾到達的高點。我想，說不定這就能讓我超越至今一直想要超越卻怎麼也超越不了的臨界點。

由憎恨轉變爲殺意的臨界點。我想，或許我可以眞正得到渴求已久的殺人念頭。

倉持修和上原由希子的婚禮在三月第二個星期日舉行。一個空氣尙且冷冽，但我心情極佳的午後。

穿銀色西裝的倉持和穿純白新娘禮服的由希子，宛如舞台上的超級巨星般閃閃動人，臉上洋溢著幸福的表情。我爲這兩個人高唱讚美歌，擠出虛僞的笑容。我心中自有盤算。既然倉持那麼說，我就扮演他的摯友。反正倉持四處宣傳，我是他從國小認識至今的唯一摯友，只要從頭到尾順利地騙過他身邊所有人，今後就算他發生什麼，也不會有人用懷疑的眼神看著我。

婚宴的規模盛大，聚集了兩百名左右的賓客。客人當中幾乎沒有我認識的人，大部分都是他現在工作相關的朋友，學生時代的朋友竟然就只有我一個。既然如此，他會請我代表朋友上台致辭，也是理所當然的事。

說到這個，我一面回顧過去，一面思考，倉持身邊有可以稱得上是朋友的人嗎？他總是一個人，一個人密謀著什麼。而他密謀的對象，總是我。

事到如今，我才發現自己是一個可笑透頂的人，完全沒有發現他的本性。稀里糊塗地和他交往的豈不是只有我這個傻瓜嗎？其他人不是老早就察覺到他的本性，和他保持距離了嗎？

我似乎明白他一直對我糾纏不清的理由了。對他而言，最好欺負的人就是我。我是一隻上等的肥羊。

倉持的家人縮在最裡面的一桌，在眾多身著華服的客人當中只有他們那一桌最不引人注目。每當其他客人前去打招呼，兩老就趕忙鞠躬哈腰。我好久沒見到他們了，這是我第一次在豆腐店以外的地方看到他們。

倉持出錢請來的司儀點到我，我站在麥克風前。我從小學時代的生活點滴中，選出溫暖人心的片斷，稍微加油添醋，話一出口，場內立即泛起了輕輕的笑聲。感覺上坐在主桌的倉持很滿意我的致辭，由希子也看起來一臉幸福。我最後獻上一句祝福：「祝你們白頭偕老，永浴愛河。」

「謝謝你。你講得眞好。」離開婚宴會場時，倉持站在金屏風前握著我的手說。一旁的由希子也面帶微笑。我本來想酸他幾句，結果只是點個頭，就從他們面前離開。我不可以節外生枝，無論看在誰的眼裡，我都必須是倉持的摯友。

倉持一臉勝利者的神情。就算他在人生這場競賽中贏得了勝利，也是踐踏著別人的身體而得來的。他之所以纏著我，只是因爲我好利用而已。

每當看到他的臉，我心中的憎恨就接近了臨界點。我有一股衝動，想要將他至今做過的好事全部抖出來。當司儀將麥克風遞給我的那一刻也一樣，但我忍了下來。

總有一天我會殺掉倉持。這項樂趣就留待以後享受。——唯有這個念頭支撐著我。

和倉持重逢之前的那幾年，我對殺人的興趣肯定淡薄了些。因爲努力活下去佔據了我的所有精神，而且，我歷經的幾個難關也不是殺了誰就能解決的。

然而，當知道倉持要和由希子結婚時，我的腦中再度湧起了殺人的念頭。年少時期，那只不過是個單純的興趣，那時候，我單單只是想知道殺人是怎麼一回事、殺人的心情如何，以及當人被逼到什麼地步時會決心殺人。

然而，此時萌生的疑問卻和當年有些出入。簡單一句話，就是人不管在什麼情況下，都不能殺人嗎？

過去我曾經幾度想要殺害倉持。每次總會被種種困惑所阻礙而無法完成目標。不過，那到底是好是壞呢？若是我在某個時點殺了他，應該就不會像現在這麼痛苦了吧？

人不能殺人——那應該只是個原則吧？有時候，人還是得殺人，好比說戰爭，殺人是國家下達的命令。又或者是基於法律上的正當防衛。但是任誰都無法決定何謂正當，它的界限在哪裡？如果只是預料到未來有危險而殺人，又算什麼呢？

我應該早點殺掉倉持。這個念頭此時此刻起佔據了我整個腦袋。我責備做不到這點的自己，並隨時隨地告訴自己，下次有機會非殺了他不可。

然而，表面上我和倉持卻比以前走得更近了。他想必是想要炫耀自己成功和幸福的模樣吧，經常邀請我到他家。近十坪的客廳裡擺著我推薦的餐具櫥和茶几組，他則坐在皮革沙發上，邊擦高爾夫球具，邊告訴我工作的事。當然，他淨是在炫耀工作進展得多麼順利云云。

當然我並不是那麼喜歡去他家。我不想看到由希子身穿可愛圍裙，爲他勤快打理家事的身影。我的目的只有一個，就是尋找殺倉持的機會。我認爲，這是我一生中的第一次，也是最後一次殺人，是人生中最大的一場賭注，因此要花費相當的力氣和時間做好事前準備。我不急。反正不用擔心對方會消失不見，也沒有時間壓力。

那天，我在下班之後前往倉持位在南青山的公寓。只不過，找我去的人不是倉持，而是由希子。白天她打電話到店裡說如果今天晚上沒事的話，務必到她家一趟。我問她爲什麼，她只是四兩撥千斤地說：「你來了就知道。」

我人一到公寓，就看到身穿圍裙的由希子早已久候多時。她的拿手好菜是義大利料理，廚房傳出陣陣菜香。

「你再等一下，我想人馬上就來了。」她看著手表說。

「誰要來？」

「那是祕密。」她臉上浮現一抹意義深遠的笑，消失在廚房。

我不明究理地打開電視，但看由希子背影的時間卻比看螢幕還長。望著她修長的雙腿和婀娜的腰線，我的心中再度燃起對倉持的妒意。

「倉持今天會晚點回來嗎？」我對著她的背影說。

「嗯，可能會晚一點。我剛才打電話給他，他叫我們別管他，儘管先開始。」

「是哦。」

儘管先開始——我心想，開始什麼呢？

就在這時，玄關的門鈴響起。由希子的表情突然明朗起來，拿起對講機的話筒。「好，我馬上開門。」話一說完，她踩著輕快的腳步往玄關方向走去。

門一打開，耳邊傳來一個陌生女人的聲音。「不好意思，遲到了。」

「歡迎歡迎。路上塞車嗎？」

「就是啊。內堀大道(*1)上車子完全動彈不得。眞是的，皇居爲什麼要在那種地方呢？沒事蓋那麼大幹嘛。」

這女人的嗓門眞大。她穿上由希子遞上的拖鞋，走路的聲音也很大。她隨著由希子走進客廳。那女人的五官明顯，大眼睛、大嘴巴，輪廓也很深，膚色比由希子要深上許多。我坐在沙發上，抬頭看她們。

「來，我爲你們介紹。這位是和小修從小一塊兒長大的田島和幸先生。我之前跟妳提過，妳知道吧？」由希子連珠炮地說完之後看著我。「田島先生，她是我的高中同學，叫關口美晴。」

「咦？爲什麼我就連名帶姓地叫？」

「啊，對不起，這位是關口美晴小姐。」

「我是關口。」五官明顯的女人低頭行禮。「我是田島。」我也應了一句。

對我而言，這可以說是因緣際會的一刻。關口美晴是一個很愛講話的女人。聽說她曾在壽險公司工作，我心想：「難怪。」她目前在百貨公司的外銷部上班。

「妳還記得教世界史的山田嗎？他很討人厭吧？一打鐘就開始上課，然後對還沒就定位的同學碎碎唸。一般老師都是打鐘之後才從辦公室裡出來的，對吧？但那人卻在打鐘之前就在教室旁邊等了。他在家一定飽受老婆的折磨，才會到學校裡找學生出氣……」

美晴就像機關槍一樣劈哩叭啦講個不停，由希子則是被她逗得哈哈大笑。我很少看到由希子那樣的反應，有點不知所措。兩人興高采烈地聊往事聊了好一陣子之後，由希子才將話題轉到我身上。關口美晴一聽到我工作的家具公司名稱，兩眼閃爍著光芒。

「我一直想去那家店看看。改天可以去玩嗎？」美晴像個少女似地將雙手環抱在胸前。

「可以啊。隨時歡迎。」我順著她的話，遞上名片。

「我想要一個古董梳妝台，可是大概很貴吧。」

「有很多種。貴一點的要一百萬以上……」

「我可以只看不買嗎？」

「當然可以。」

「那麼，改天我一定去。哇，眞令人期待。」

就在這時，倉持回來了。他穿著乳白色的雙排扣西裝，打招呼說：「大家都在啊。」目光掃過眾人，最後停在我身上。

等倉持換好衣服，我們便開始用晚餐。由希子親手做的料理果然是義大利菜，前菜是海鮮冷盤，然後是湯品、青醬義大利麵，最後是主菜焗挪威小龍蝦。倉持各開了一瓶白酒和紅酒。

我隱約察覺到這場聚會的目的。倉持他們似乎想要湊和我跟關口美晴。

我不清楚關口美晴是個怎麼樣的女人。她的五官明顯，但離大美女還有一段距離，而且似乎想要用化妝掩蓋她不健康的臉色。不過，我倒不是對她有什麼不好的觀感，只是覺得倉持介紹的女人能交往嗎？再說，我現在之所以和倉持保持來往，只是在等待殺他的機會罷了。

*1 內堀意指護城河，內堀大道即爲沿著日本皇居護城河的一條大馬路。

吃完晚餐，喝完餐後咖啡，我從椅子上起身。「那麼，我差不多該回去了。」

聽到我這麼一說，關口美晴也看一眼手表站起來。「已經這麼晚了呀。我也該走了。」

倉持他們夫婦沒有留我們，但倉持到門口送客的時候在我的耳邊說：「她家在木場，你送她回去吧。」然後將一張萬圓大鈔塞在我的手裡。他的意思似乎是要我搭計程車。

當時，我已搬到西葛西，若是搭計程車的話，確實是會經過木場，但是這個時間還有電車，如果我是一個人，就不會搭計程車。

「錢不用了。」我將一萬圓推回去。「可是……」倉持話說到一半，我點頭對他說：「我知道了，我會送她回去。」

我告訴關口美晴我要送她回去，本以爲她可能會拒絕，沒想到她卻欣然接受。她和剛才一樣，將雙手環抱在胸前。「耶……，這樣好嗎？」

我在倉持家外面攔下一部計程車，告訴司機去處。美晴在車上對我問東問西——你有什麼興趣？放假在做什麼？最近有沒有去哪裡旅行？都在哪種店裡買衣服？當她問到幾個問題後，我才發現這些問題看似沒有條理，其實她是在不著痕跡地打探我的生活水準。我心想，沒想到這個女人還挺高明的，換個說法，她還挺攻於心計的。不過，她沒有讓我留下不好的印象。

她住的木場的公寓比我租的房子還新，看起來也相當高級。我問她房間格局如何，她說是一房一廳。我想這間房子應該是租的，至於房租多少，我到底問不出口。

隔天，由希子打給我，問我對關口美晴的印象。我劈頭抱怨：「沒有人那樣吧。」

「你們毫無預警就這麼做，我很傷腦筋。我也是需要心理準備的。」

我是當眞在抱怨，但由希子卻笑著說。「畢竟，不要有奇怪的先入爲主比較好吧？這樣講起話來也能比較自然些。」

「老實說，並沒有比較自然。因爲我馬上就看出你們的企圖了。」

「是哦。那，你覺得如何？」

「什麼如何……？」

「她呀。」

「我不知道。她很開朗，可是事情太過突然，弄得我手足無措。她應該跟我一樣吧？」

「我跟你說，她好像很喜歡你唷。她說有機會還想見你。還說一定要去你們店裡看看。」

對方喜歡我，感覺是不賴，但還不至於高興到手舞足蹈的地步。

「來我們店裡是無所謂，畢竟她是客人。可是，正襟危座的聚會就免了。」我意在挖苦，但由希子卻聽不出弦外之音。「那麼，我就先把你的意思告訴她。」

幾天之後，關口美晴眞的來到了店裡。由希子陪她一塊兒來，我總不能拒絕接客，只好硬著頭皮前去接待。

「眞的很謝謝你之前送我回家。」美晴一看到我馬上低頭行禮。她那大方爽朗的模樣，倒令我覺得挺可愛的，不禁回了她一個笑容。

「我沒想到妳們會這麼早來。」我對著她們倆說。

「好事不宜遲嘛。」由希子豎起食指說。

應美晴的要求，我先帶她們到古董區去。美晴驚聲連連，比較了許多件家具。我針對那些家具一一解說，不管說什麼，她都一副佩服得五體投地的樣子。「田島先生眞的很了解家具。」

「因爲，這是我的工作呀。」我苦笑。

由希子大概是怕只看不買不好意思，於是向我買了床罩和床單。儘管買的東西不多，但還是得開立帳單，於是我帶兩人到簽約專用大廳，爲她們送上柳橙汁。

「下次美晴一個人來如何？」由希子說。

「呃，可是，會不會造成人家的困擾啊？我現在又沒有多餘的錢買高級家具。」

「又沒關係，只看不買也可以吧？」由希子看著我說。

「隨時恭候大駕光臨。平常日的話，我比較不忙。」

「是嗎。那麼，我眞的會來唷。」美晴一臉愉快的表情。自己的一句話能讓女性露出笑容，眞是一件令人愉悅的事。「好的，隨時歡迎。」我輕聲應諾。

美晴起身去洗手間。由希子彷彿等這個機會很久了，壓低音量說：「我說的沒錯吧？她相當喜歡田島先生。你應該也感覺到了吧？」

「這個嘛……」

「反正，我覺得要不要交往你可以慢慢考慮，沒有必要急著下結論。」

「我現在完全還沒有考慮到那件事。」

聽我一說，她別有深意地咯咯嬌笑。「小修也那麼說，所以他才會沒興趣參與這檔子事。」

「這話什麼意思？」

「我說要將她介紹給田島先生，小修反對我這麼做，他還說他打算自己幫你找對象。」

「倉持他……」我的腦中浮現了他那張端正的臉。既然如此，那天晚上他爲什麼要叫我送她回家呢？

由希子從皮包裡拿出一個白色信封。「如果不介意的話，這個請你拿去用。」

「這是什麼？」我拿起來一看，裡頭裝著飯店的晚餐券。
「我想，你們不妨兩個人去。」
「就我和她兩個人……嗎？」
由希子點點頭，這時美晴回來了。我將信封收進口袋裡。

二十八

那家飯店在東京都內也算是一家高級飯店。由希子給的晚餐券可以在飯店裡的任何料理店、餐廳使用。如果可以，我想選的是日式料理，因爲我從來不曾在餐廳裡好好用過餐，然而美晴卻馬上表示她想吃法國料理。
「因爲要不是這種機會，根本吃不到正式的法國料理嘛。」她在電話裡天眞無邪地說。
星期五晚上我們在飯店大廳會合，走進地下樓層的一家法國餐廳。那家店要求男性客人必須穿西裝打領帶，我心想：「幸好是在下班之後。」要是假日的話，我一定會身著土里土氣的便服，連西裝外套也不穿。
儘管手上握有晚餐券，菜色卻必須要自己點。侍者畢恭畢敬地遞上菜單，讓我不知如何是好。菜單上寫的是國字，但我對菜單上的料理是什麼菜色，該怎麼按用餐順序點菜一無所知。身穿黑色制服的侍者也不管我的無所適從，劈頭就問要不要點什麼飲料。我知道他在問我要喝什麼餐前酒，我卻不知該點什麼好。
就在我困惑不已的時候，坐在對面的美晴直接說：「我要香檳。」
我有一種得救的感覺。「我也一樣。」侍者點頭離去。

「我很少來這種地方，挺緊張的。」我稍微鬆開領帶。說什麼很少來，根本就是第一次來，但我還是裝模作樣地說。

「我也是。不過好開心。這裡淨是高級的料理。」

「可是，我不知道該點什麼好。妳可以點妳愛吃的。」

「那麼，要不要點這個？主廚全餐。」

被她這麼一說，我看了看菜單。原來如此，這麼一來就不用費神了。我放下了心，說：「好啊。」接著我的視線往下移，瞪大了眼睛。上頭寫的數字遠遠超過了晚餐券可以抵用的金額。不用說，超過的部分當然要自行支付。

點完餐之後，輪到點酒。我結結巴巴地回答侍者的問題，莫名所以地接受他的推薦。當時我並不知道酒比菜還貴，付錢時眼珠子差點兒掉了下來。

「吃頓飯還眞辛苦。」我不禁嘟囔了一句，美晴微微一笑。「點菜辛苦你了。不過能夠吃到美味的料理，眞是太好了。」

「那倒是。」我心想：「被她看到自己出糗的樣子了。」但她似乎不以爲意。我想這是因爲她的個性大而化之，因此對她產生了好感。

至今從沒見過的料理一一上桌，我們歡聲連連。我不知道該怎麼使用刀叉，喝湯時格外緊張，但還是享受到了這場約會的歡樂氣氛。好不容易能夠平靜下來聊天的時候，已經輪到甜點上桌了。微醺讓人的心情挺好。

「田島先生將來的夢想是什麼？」她邊吃冰淇淋邊問我。

「沒有什麼特別的夢想。」我說完後偏著頭，「眞要說的話，是一個家吧。」

「家？」

「我希望有一天能有自己的家。我現在在外面租房子，但希望將來能有一塊自己的地，蓋一間有院子的家。」

「所以是想要有自己的房子囉。」

「小時候，我家跟鄰近住家比起來算是一間蠻大的房子。我父親是醫生，家的隔壁就是診所，我母親也在診所幫忙，女傭每天都會到家裡來幫忙。」

「原來你是好人家的大少爺啊。」美晴睜大了雙眼。

「過去的事了。我現在沒父也沒母，什麼都沒了。所以，我希望至少能要回一個家的感覺。」我喝了一口餐後咖啡。

「你的心情我能懂，可是也不一定非得要有自己的房子不可吧？」

「是嗎？」

「畢竟那很花錢呀。我身邊的人都說，將來土地和房子會越來越貴唷。如果每個月都要支付高額貸款，過幾十年苦日子，把那些錢拿來享受人生不是比較好嗎？年輕時不做自己想做的事，等到房子變成自己的時候，都已經變成老頭子了，我覺得那沒有意義。」

「這也是一種想法。」我並不認爲她的想法有錯。這也是不想買房子的人的代表性意見。我欽佩地看著她，心想：「她看起來很樂天，沒想到也想那麼多。」

離開餐廳後我們到頂樓的酒吧喝兩、三杯雞尾酒，那是我第一次走進那種店。之前，家具賣場裡擺了一組家庭式吧檯，當時準備幾種展示用的雞尾酒，所以我知道兩、三種常見的酒名。

稍早之前，我完全沒想過自己會有機會和一個女人獨處，邊看夜景邊喝雞尾酒。我只是懷著滿腹對倉持的憎恨度過每一天。和美晴在一起之後，我覺得那樣的自己眞是可笑透頂。我發現，原來在這世上還有一堆自己不知道的趣事。

在那之後，我們每個月會約會幾次，又過不久，我們一放假就會見面。和美晴約會，爲我帶來了過去從未體驗過的各種刺激感受。我們享用世界各國的料理，品嘗從沒喝過的美酒，買了只有在流行雜誌上看過的衣服，進了原本過門而不入的音樂廳。我的眼前就像是敞開了一扇通往嶄新世界的大門，那些令人目眩的體驗感動了我。而我卻將那些感動和對美晴的感情混在一塊兒，遇見她的幾個月後，我已爲她深深著迷。

倉持幾乎不曾提過我和美晴交往的事，和我聯絡的反而都是由希子。她會打電話來關心一下進展。「聽說你們去了東京迪士尼樂園？」一天夜裡，我一接起話筒，她開頭就說。

「原來妳已經從她那裡聽說啦！」

「她說你像個孩子似地，玩得很開心。」

「丟死人了。不過既然東京好不容易也有迪士尼樂園，便想去玩玩看。」

「約會就約會沒有必要找藉口吧？話說回來，你們好像進展得挺順利的嘛。」

「什麼東西？」

「你別裝傻了。你們兩個人的感情呀。我聽美晴說，你們每個禮拜都約會。」

「嗯，就那樣囉。」

「那麼，怎麼樣？」她壓低音量。「你是不是差不多該考慮具體的事情了？」

我知道她口中的具體的事情指的是什麼，不禁發出一陣低吟。

由希子在電話的那一頭噗嗤地笑。「你在嗯個什麼勁兒啊？」

「我還沒想通。不，不是說她哪裡不好，而是我一想到自己的未來，一點眞實感也沒有。」
「你的心情我懂，可是你也不能老是這樣下去吧？畢竟女人的青春有限。」
「我知道。」
「算了，這種事也輪不到我催促。……啊，你等一下，他有話想跟你說。」
我知道他指的是倉持，就在我心中冒出一股煩悶的情緒時，話筒裡傳來了熟悉的聲音。
「嗨，你好嗎？」
「嗯。」我發出既不高興也不難過的聲音。
「由希子好像做了不少雞婆的事。如果你覺得困擾的話就老實告訴她。她不知道是不是太閒了，老愛插手管別人的事情。」
我聽到由希子不知道在倉持身後講什麼，內容聽不清楚，但倉持嘻嘻地笑。
「沒有那回事。」
「是嘛，那就好。我擔心會不會你只是抱著玩玩的心態，而由希子卻自己一頭熱。」
「我也沒有抱著玩玩的心態在交往。」
「是哦，這樣啊。」倉持的語調變得平靜了些。「那麼，你在考慮將來的事了嗎？」
「也不是沒有在考慮。」
「嗯。」倉持呼吸了一口氣之後，低聲說：「我是覺得，還沒有必要著急。」
「這話什麼意思？」
「就是結婚的事呀。像你這種個性的人最好慢慢找對象。你還年輕，今後還會遇到很多人，沒必要著急。」

他用「著急」這兩個字，讓我感到很不愉快。

「我當然沒有在著急。可是，像我這種個性的人是什麼意思？」

「就是，」倉持說。「你的個性一板一眼，又沒什麼跟女人交往的經驗。像你這樣的人突然被愛情沖昏頭是很危險的。」

「我才沒有被愛情沖昏頭哩！」

「是嗎？」

「我認爲自己很冷靜。正因如此，我才會對由希子小姐說，我還沒有眞實感。」

「我認爲沒有眞實感和冷靜是兩回事。不過算了，既然你不會草率下結論，我就放心了。我之前就在想，等你年過三十，比較穩重再組家庭比較好。你現在要考慮婚事，還嫌太早。」

「你跟我不是同年嗎？」

「可是就很多方面來說，我和你不一樣。」

「你想說你善於和女人打交道嗎？」我諷刺地說，但倉持卻不覺得我在酸他。

「嗯，可以那麼說。」他竟然恬不知恥地順著我的話說下去。「我也跟由希子說過了。美晴小姐是不錯，不過我想替你找個更好的女人做爲結婚對象。總之，你記得好好斟酌。」

我想說：「用不著你多管閒事。」但在我話還沒說出口之前，電話就換人聽了。由希子向我道歉：「我自作主張幫你們牽紅線，他不太高興。不過你不用放在心上，好好跟美晴相處唷。」

「我當然會。不過話說回來，這傢伙眞個怪胎。」

「就是啊。」由希子在電話裡笑了。

我之前一直很介意我和美晴是在倉持家認識的這件事，但現在那種感覺已經淡了。講起來，介紹我們認識的人是由希子，跟倉持一點關係也沒有。別說是湊合了，我反而覺得他不希望我和美晴的感情有所發展。這件事讓我感到痛快。我不知道他有什麼企圖，但如果他覺得一切都能如他所願，就大錯特錯了。而且，被他說成是一個對女人晚熟的人，也讓我覺得很不愉快。

或許是逞強好勝的緣故，和倉持通完電話之後，我將和美晴的婚事視爲一個現實問題來思考的次數越來越多。要是自己和她安然抵達終點，順利地共組幸福家庭的話，不知道他會做何表情。光是想到這點，我就覺得很開心。

到隅田川看完煙火回家的路上，我搭計程車送美晴回家，到了她家公寓之後我也下車。她驚訝地抬頭看我。

「我不太會講話，」我拿出放在口袋裡一整天的東西。「希望妳能收下這個。」

那是一只鑲著0.4克拉鑽石的白金戒子。鑽石的等級並不算高，但對於一個領死薪水的上班族而言，這已經是卯足了勁。美晴睜大了眼睛。「這，該不會是……」感覺她在調整呼吸。「我可以認爲你是在向我那個嗎？」

「不是那個還能是什麼？」我臉上浮現一抹害羞的笑。「妳願意收下嗎？」

美晴看著戒子和我的臉，最後低下頭，嘴角露出笑意。「我希望你好好親口對我說……」

「啊……」我渾身發熱了起來。我做了一個深呼吸，用舌頭舔舔嘴唇，我感到口乾舌燥。「妳願意嫁給我嗎？」我的聲音有些沙啞，總算說出了這一句話。

她隔了一會兒，才微微點頭。我感到全身無力，差點當場蹲下來。

「謝謝妳，我，一定會，讓妳……」當我話說到一半，美晴對我伸出手掌，要我等一下。

「好像要下雨了。剩下的我想要進屋子聽。」

「方便嗎？」

「嗯。」她邁開腳步，往公寓的方向走去。

那天，是我第一次進她房間。

一個月後，我前往美晴位在板橋的老家。她的父親以前是公務員，退休後進入一家製作學校教材的公司工作，母親是一個隨處可見的胖女人，在日式糕餅店打零工。她還有一個在建材廠商上班的哥哥，不過據說住在札幌。她家看起來是一個非常普通的家庭。

到了她家我才一打招呼，她父母馬上低下頭說：「我們女兒就請你照顧了。」看似放下了心中的一塊大石。我想，他們大概覺得女兒差不多該出嫁了。接著兩老緘默不語，連這種時候必定會聊的女兒小時候種種話題也幾乎沒有提起。

「不知道你父母喜不喜歡我？」回家的路上，我問美晴。

「那還用說，當然喜歡呀。」她說。「所以才會連一句話都沒嫌你。」

「可是，我總覺得有點生分。」

「你太緊張了啦。畢竟，這是你的第一次嘛。」

「那倒是。」我笑了。

一切都進行得很順利。至少，在我看來是如此。

結婚前必須決定的事情堆積如山。預約婚禮會場也是其中之一，但最重要的則莫過於住的地方。無論是我或她的公寓，要住兩個人都嫌太擠了。

當我們兩人前往房屋仲介公司，接待人員問我們希望的房間格局時，我聽到她說「如果可以，最好兩房兩廳」，著實嚇了一跳。因爲事前商量時我們決定兩房一廳。我提到這一點，她竟然聳聳肩吐吐舌頭說，「還是有客廳比較方便嘛。何況人家還想要擺沙發……」

「可是預算有限。再說有沒有多餘的錢買沙發都還不知道……」

「我爸媽好像會買沙發組給我們。他們說要在你的店裡買。」

「可是我們的預算……」

「仔細找找，總會有符合我們預算的房子啦。……對吧？」她向接待人員拋了一個媚眼。

「我們找找看吧。」對方是一個中年男子，臉上露出諂媚的笑。他介紹給我們三間房子，其中兩間是兩房一廳，一間是兩房兩廳。符合預算的是前兩間房子，但美晴面有難色，似乎還是比較中意兩房兩廳。只是，那間房間地段好，又是剛蓋好的新房子，房租我們完全負擔不起。

從那時起，每天就是在找房子，幾乎每天到房屋仲介公司報到，又因爲覺得一天只看一間太少了，有時候甚至一天看好幾間。一有不錯的房子，我就拿著傳單找美晴一起看，然而她怎麼就是不肯點頭，不是嫌房子太小、太舊，就是嫌離車站太遠，但她說的也不無道理。確實，每間房子都有不盡人意的地方，可是既然我們預算有限，要滿足所有條件根本就是不可能。

我爲了她四處奔走，走得腳都快斷了。忍耐終有限度，最後，我終於發火：「妳別無理取鬧了！妳也稍微替找房子的人想想！不可能事事如妳所願。難道就不能忍耐一點嗎？」

聽到我這麼一說，她變得面無表情，像戴著能劇(*1)的面具睨著斜下方，從鼻子呼出一口氣。我感覺在她面前好像有一層看不見的布幔落下。從交往到現在，這是我第一次看到她這樣。

*1 日本的傳統技藝之一，自猿樂發展出來的歌舞劇。

「那就算了。」她說。

「什麼算了？」

「哪裡都行。由你決定。反正房租是由你付。」

「妳幹嘛自暴自棄嘛。我只不過是說，要做某種程度的妥協罷了。」

「對我而言妥協一點、妥協兩點和全部妥協是沒兩樣的，所以，由你決定就好。我並沒有自暴自棄。」

「我們商量之後再決定不就好了嗎？」

「所以我說哪裡都行呀。是你問我想要怎樣的房子，我才說兩房兩廳的，既然你說不行，那就沒辦法了。所以住哪裡都一樣。我會跟我爸媽說不用買沙發組了。」她將臉轉向一旁。

我嘆了一口氣。「眞的可以由我決定？」

「請便。」

「我知道了。」

我們不歡而散。然而，那天晚上她打了電話給我，開口第一句就是「對不起」。

「不經意就說了任性的話，我覺得很抱歉。」

「不，我才要跟妳道歉，對妳大吼大叫的。」

「房子的事就交給你了。無論是怎樣的地方，我都沒有怨言。」

「可是，妳還是想要兩房兩廳的房子吧？」

「是沒錯啦，但是……」

「我會再找找看。」

隔天，房屋仲介公司要我做選擇。可供選擇的房子有兩間；一是房租適中的兩房一廳，一是房租勉強能支付的兩房兩廳。

她那溫順的道歉聲言猶在耳。我指著兩房兩廳的圖片。

當然，我當時並沒有察覺這是錯誤的第一步，不，應該說是踏進惡夢的第一步。

隔年春天，我們在東京都內的飯店裡舉行結婚典禮。我請的客人幾乎都是公司裡的人，休息室裡別說是親戚了，連父母都不在場。

當我在新郎休息室裡看賀電的時候，倉持和由希子敲了敲門，走了進來。我和由希子經常見面，但和倉持則是他們介紹美晴給我認識之後就沒見過面了。

「沒想到你也會一臉緊張啊。」倉持看著我，賊賊地笑。「總之，先恭喜你了。」

「謝謝。」我說。

「你到底還是沒有聽我的建議。」倉持說。「我都說了，婚事急不得的嘛。」

「我並沒有當做耳邊風。」我沒有說謊，不過，被他那麼一說不禁逞強好勝到底還是占了大部分的因素。

「算了，結婚之後可要過得幸福唷！」

「我會的。」

「那麼，待會見了。」倉持打開門。

「我再跟他說點話就過去。」由希子說。

「好。我人在對面。」倉持獨自離開了休息室。

看到門關上的那一瞬間，由希子嗤嗤地笑了出來。

「他嘴上是那麼說，其實心裡還是祝福你的。」

「是嗎。」

「那還用說。畢竟……」由希子一臉調皮地看著我。「我想現在應該可以告訴你了。」

「哪件事？」

「嗯。這件事小修要我別說。」由希子吐吐舌，然後繼續說：「其實，說要把美晴介紹給你的是他唷。」

「咦……？」

「可是，他說由我介紹，你應該比較能夠接受，所以他才沒有太過問這件事。」

「不過，美晴是妳的同班同學，沒錯吧？」

「基本上是。」

「基本上是？」

「我和她自從畢業以來就沒再見面了。我是在小修公司的派對上和她重逢的。她剛好在小修的公司上班，所以小修反而比我更清楚她的近況。」

「可是，美晴完全沒跟我提過這件事。」

「小修覺得不要講比較好。他說，就說是我的同班同學就好。」

我感到血液逆流，耳後隱隱刺痛。

「對不起，一直瞞著你。不過，你們走得很順利，這件事應該沒關係吧？」由希子滑稽地雙手合十，微微一笑。

「可是，爲什麼那傢伙要說婚事急不得呢……？」

「我也覺得很奇怪。他是說，雖然介紹你們認識，可是不希望你操之過急，隨便下結論。再說，不管什麼事情最好有人贊成，有人反對，所以我是站在贊成的立場。」

我的心臟狂跳不已，久久不能平息。我看著她天眞無邪說話的臉龐。

「啊，那我也要去對面了。加油唷！」她揮揮手，走了出去。

我茫然地站了好一陣子。我在想，這到底是怎麼一回事。我自以爲跳開了倉持設下的陷阱，沒想到卻徹底中了他的計。無以言喻的不祥預感掠過心頭，我不禁大汗涔涔。

這個時候，敲門聲再度響起。探出頭來的是一個負責會場的女員工。

「新郎倌，時間到了。」她恭敬地說。

二十九

和美晴的新婚生活還算順利。所謂的「還算」，是指沒有特別的改變。我每天一下班就直接回位在江東區南砂租來的兩房兩廳公寓，邊吃她做的晚飯邊看電視，然後洗澡、上床睡覺。假日大多出門購物。一旦展開新生活，才察覺到欠缺許多東西。

我們的新婚生活可謂平順。我看得出來，美晴努力想要讓我們的新家住起來更舒服。我也儘量幫忙她。日復一日，過著風平浪靜的生活，置身在如此安穩的生活中，我覺得很舒適。

然而，這種日子有人覺得平靜，有人則覺得無聊。美晴顯然屬於後者。

「妳說妳想打高爾夫？」我瞪大了眼睛。當時我們在吃晚飯。

「我身邊的朋友大家都開始在打了呀。她們也經常約我。可以吧？」

「妳說要去哪練習？」

「木場有一個大練習場，可以在那裡上課。我帶了介紹手冊回來。」

「可是，高爾夫耶……」我手上拿著筷子，停止吃飯的動作。這種事情我想都沒想過。「學費不是很貴嗎？」

「還好啦。又不是那種一對一教學。聽說球具可以用借的，而且還有巴士能到那裡。」

「可是……」

「我也想開始做點什麼事情。」美晴一臉不悅。「我老是整天待在家裡，沒什麼事好做。身邊的朋友都在打高爾夫，偶爾見了面聊聊天，她們也都是在聊高爾夫的事，我根本插不上嘴。那樣很無聊耶。所以，我想我也來打算了。」

「不會影響到家裡的經濟嗎？」我小聲地說。

「這我會想辦法。這樣，可以吧？」

「嗯，既然妳都那麼說了……」

「太好了！」美晴說。我看著美晴高興的模樣，心中掠過一種不好的預感。

之後又過了一個月左右，美晴說想要自己的高爾夫球球桿。

「妳當初不是說球具用借的就好了嗎？」

「想到租借費用，還不如用買的比較划算。再說，老師也說，不用適合自己的球具，球很難打得好。像現在這樣，根本沒辦法上場打球。」

「這些妳不是一開始就知道了嗎？」

「我本來也想忍耐呀。可是，我想既然要買，不如早買早好，所以才會這樣拜託你嘛。好不好啦，老公？」她雙手合十，微微偏著頭。

我嘆了一口氣。「球桿很貴吧？再說，要買的也不光只是球桿吧？應該還得買球袋、球鞋之類的，對吧？」

「現在高爾夫球教室那邊正在舉辦促銷活動，上課的學生只要原價的六折就能買到。聽說還有球袋和球桿整組一起賣的。」

我心想，她根本是中了高爾夫球教室業者的圈套了。

「要花多少錢？」

「價位有高有低，我想儘量買便宜一點的。」

我又嘆了一口氣。社會上的確是掀起了一股高爾夫球熱潮。相同的對話一定在許多夫妻之間上演。「我說，妳知道我的薪水多少吧？這裡的房租也不是小數目。妳不覺得在這種情況下，還要打高爾夫很亂來嗎？」

「所以我自己也在想辦法籌錢呀。老公，可不可以買嘛？」

「如果有餘錢的話，買是無所謂。」

家裡的錢都是由她在管，如果她說沒問題，我也只有相信她了。

美晴買了一整套球具之後，不久開始以每個月一次左右的頻率，出門到球場打球。我對高爾夫球幾乎一無所知，後來聽說有的人去打一次球就要花上好幾萬，只好逼她說出實情。

「我們打的球沒有那麼奢侈啦。除非是高級的球場，而且還要是星期六或星期天的場地費才會花上好幾萬圓。我們去的都是二流、三流的場地，有時候是淑女日去的，那一天的費用是平常日的七折。再說，我中午都只吃拉麵，根本花不到什麼錢，所以你別擔心啦。」

被她這麼一搶白，我根本無話可說。我當時單純地以爲，她是有錢才能去打球，要是沒錢的話，她就不會去了吧。

然而，事情還不光只是迷上高爾夫球那麼簡單。

我幾乎從來沒有打開過寢室的梳妝台旁的衣櫃。有一次，美晴不在家，我突然要找參加喪禮穿的衣服，打開許久不曾打開衣櫃一看，衣櫃裡塞滿了名牌的盒子和袋子。我看看裡頭，裝的淨是皮包、錢包、首飾、衣服等物品。每一樣看起來都是全新，還沒有用過的樣子。

當時因爲要參加守靈，我一找到喪服也無暇顧及其他，直接就出門了。我回到家後馬上質問美晴，但她面不改色，大概已經從衣櫃裡的痕跡，察覺有人動過了。

「那些啊，都是人家送的，或是在折扣商店裡買的。再說，那些看起來很高級，其實根本不值幾個錢。」

「人家送的……爲什麼人家要送妳？」

「原因很多呀。國外旅行的禮物啦，或是買了之後卻不喜歡啦。」

說到這裡，我不由得覺得事情有異。「我問妳，我們家現在有多少存款？」

美晴臉對著電視，沒有馬上回答。我又問了她一次。

「咦？你說什麼？」她將頭轉過來。

「我們家的存款有多少？」

「咦？有多少哩？」她偏頭想。

「存摺拿來給我看。」

「看是可以，可是我最近沒有去刷本子，你看了也沒用。」

「妳提錢的時候，沒有收據嗎？」

「呃，那種東西我平常都會丟掉。」

「那麼，妳下次記得看。」

「嗯，我知道了。」

我將家裡的錢全權委託美晴管理，連銀行提款卡也交給她，由她提款再從中給我零用錢。之後過了幾天，她還是沒有去查銀行存款金額。我一催促，她就說什麼忙得沒空去銀行，或是不小心忘了。我被逼急了，直接從公司打電話到往來銀行，報上姓名之後再說出帳戶號碼，詢問存款金額。聽到銀行行員的回答，我的心臟差點停掉。那個數字竟然是負的。換句話說，別說是存款了，我們還負債。我在電話中詢問事情爲什麼會變這樣。對方是一個女性行員，好像被我怒氣沖沖的語氣嚇到，連忙解釋說是提款卡最高可以預借到定期存款金額的九成。

那天下班時間一到，我馬上離開公司。一回到公寓，客廳裡傳來高分貝的談話聲。我馬上察覺到，她們是美晴一起打高爾夫球的朋友。玄關並排著兩雙不曾看過的鞋子。她們似乎是發現我回來了，談話聲嘎然止息。

我一走進客廳，除了美晴，還有兩個女人。她們低頭說：「打擾了。」兩個人都和美晴差不多年紀。一個身穿黑底的衣服，另一個則一身色彩斑斕，兩人的打扮都給人一種花俏的印象。

「那我們差不多該走了。」穿色彩斑斕衣服的女人站起身來，另一個人也隨著起身。

「這樣啊。那麼，改天見。」美晴在玄關目送兩人的離去。

「她們是一起在高爾夫球學校打球的朋友。」美晴回到客廳說。

「美晴。」

「聽說她們改天要去夏威夷打高爾夫球。很棒吧？」

「那不重要。你在那邊坐一下。」我指著沙發。

「到底怎麼了？」她狐疑地坐下來。

我站著說：「我今天查過銀行存款金額了。」

那一瞬間，美晴的眼神立即沉了下來。看到她的模樣，我心裡涼了一大截：「果然沒錯啊。」我原本還希望其中有什麼誤會。

「這到底是怎麼一回事？存款金額居然是負的。太奇怪了吧？妳給我解釋清楚！」我一口氣說了一長串。說著說著，心情就激動了起來。

「對不起。」美晴坦率地道歉，雙手放在膝上，頭低低的。

「我不是叫妳解釋清楚嗎？這到底是怎麼一回事！」

「我提太多錢出來，所以銀行裡沒錢了。」

「我知道。我是在問妳，事情爲什麼會變成這樣？」

「對不起。」

「這不是道歉就能了事的吧？妳爲什麼要瞞我瞞到今天？」

「我說不出口。」

「妳不說打算怎麼辦？紙是包不住火的，妳不可能一直隱瞞下去吧？」

她沒有回答，只是不斷喘著大氣。

「妳究竟打算怎麼辦？妳連定期存款的部分都花光了，接下來的日子妳打算怎麼辦？」

「我不知道。我自己也不知道該怎麼辦才好。」美晴雙手抱頭，像個小孩子撒嬌似地不斷扭動身體。

「是妳在高爾夫上花了太多錢，對吧？妳說家裡的經濟妳會想辦法，結果卻動用定期存款，對吧？每個月都透支，於是妳提定期存款來塡補，反覆幾次就成了今天的局面，對吧？」

她默默地點頭。

「搞什麼鬼啊妳！」我氣憤地跺腳。「除了高爾夫，連那些高級皮包、衣服也都是妳自己花錢買的，對吧？妳對我說的那些話全都是騙人的，是不是?!」

「我沒有騙人。我說的都是眞的。我沒有買那麼多東西，而且那些眞的是在折扣商店裡買的。這點請你相信我。」

「那些都不重要！」我踢倒沙發。「定期存款原本有兩百萬哦！妳知道我是用怎樣的心情存下那些錢的嗎？想做的事情沒做，想買的東西也忍住沒買才存下來的錢。那些錢是爲了將來買自己的房子存下來的。現在呢？只剩下五十萬不到。妳打算怎麼辦？說啊！妳到底要怎麼賠我?!」

她說了什麼，但太小聲，我沒聽到。

「啊？妳說什麼？講清楚一點！」

「……你。」

「什麼？」

「我會還你。」她低著頭說。「我會工作賺錢還你。」

「別開玩笑了！」我捶打沙發的椅背。「妳知道自己在做什麼嗎？妳給我聽好了！花錢很簡單，但要賺超過一百萬的錢卻很困難！那是我省吃節用，好不容易才存下來的一筆錢，而妳卻……因爲我好說話，把那些……」我氣到說不出話來。

美晴突然從沙發上滾到地上，雙手著地，整個人伏在地上向我磕頭賠罪。

「對不起。眞的對不起。一開始我並沒有那個意思，可是在大家的邀約之下……。我心想，不可以再這樣下去了，但我好寂寞，我怕大家如果再也不來約我的話……。我不想被當成是難相處的人。」她的淚水撲簌簌地灑落在地。看到她那樣，我原本激動的情緒快速冷卻下來。

「像我們這種領死薪水的人，從一開始打高爾夫就是個錯誤。」

「我不會再去打高爾夫了。」她低著頭繼續討饒。

「眞是的……」我咂舌，坐在沙發上用手搔頭。

我感覺美晴站了起來，但沒有看她。她一聲不響地離開客廳，我以爲她剛哭過，大概是去洗臉了。然而，過了好一陣子，她還是沒回來。我開始擔心起來，跑去看她怎麼了。她不在洗臉台前，倒是裡頭浴室的門沒關，我往裡面一看。

美晴割腕倒在地上。

送到醫院後醫師說美晴只是劃傷了皮膚，原來要切斷血管沒有想像中容易。她之所以會暈過去，似乎是因爲受到了精神上的打擊。美晴在醫院睡了兩、三個小時之後，我便帶她回家了。她一直默不作聲，我也不知該如何開口。

在那之後的幾天，美晴也幾乎不開口，整天鬱鬱寡歡，大部分的時間都在寢室裡躺著。

我決定自己管理提款卡和存摺，儘量不去想花掉的錢，而且總覺得事到如今還去責備看似在反省的妻子，有失成年人的氣度。我決定將這件事當作是她不習慣婚姻生活累積了一些壓力，才會透過打高爾夫和瘋狂採購消除壓力。

然而，問題卻沒有因此而獲得解決。

漸漸地，家裡開始髒亂了起來。美晴變得不太做家事。每天我下班回到家，美晴別說是準備晚餐，就連食物也沒買，只是一臉嫌麻煩地將囤積的冷凍食品加熱擺上桌。過了幾天這樣的生活之後，我唸了她一頓，她卻以「今天累了」或「這個月沒剩什麼生活費了」爲藉口搪塞。而且她的語氣漸漸變得不耐煩，不久之後甚至只是口頭上敷衍了事。她好像無時無刻都處在焦躁不安的狀態，我若對她略有微詞，她就會歇斯底里地大吼大叫。

「老公，我可以出去工作嗎？」有一天吃晚飯的時候，美晴看也不看我的臉，用平常那種隨意的口吻問我。

「去哪工作？」

「我一個朋友在池袋開居酒屋，找我去幫忙。」

「居酒屋啊……」

「就是端端菜，洗洗盤子而已。」

「是哦。」

「再這樣下去我會瘋掉。」

我看著美晴。她也面對著我。她的目光煥散無神。「我每天都過著枯燥乏味的日子。每天送你去上班之後，就只能一直窩在屋子裡看電視。我已經受夠了自己一個人。最近朋友也不打電話給我了。我把一些約會推掉之後，漸漸地誰也不約我了。你覺得這樣的日子有趣嗎？我現在一點生活意義都沒有。」

「所以妳想工作嗎？」

「我也有權享受人生吧？可是看看我們家的經濟狀況，我什麼都不能做。所以我才想，玩的錢至少要自己賺。再說，到外面工作可以認識很多朋友，也可以轉換心情。」她說話的語調沒有抑揚頓挫，一開始看著我的眼神也漸漸偏到別的地方去，最後她盯著桌子跟我說話。

這理由和剛開始打高爾夫的時候一樣。我想，問題根本沒有解決。

「我說，要不要生個小孩？」我試探性地問。「一旦有孩子，妳的想法一定會變。」

聽我這麼一說，美晴皺起眉頭。「你的意思是，我既然閒著沒事做，乾脆去帶小孩嗎？意思是生活中只有家事太無趣的話，就找點更累人的工作嗎？」

「我不是那個意思。」

「不然你是什麼意思？我想要把自己的生命用在自己的身上，要是生了小孩，豈不是什麼事都不能做了嗎？」

「妳不也說過妳想要小孩嗎？」

「那是將來有一天。可是，那和這是兩回事。我還沒有享受到任何人生樂趣。再說，依照我們目前經濟狀況，生了小孩，生活會很難熬的。你的薪水又不會突然倍增，你說是吧？」

我們對於生小孩的意見一向對立。我想要早點打造一個家，所以想要早點有小孩，但她卻說現在不要小孩。不過實際上帶小孩的人是她，所以我也沒辦法強迫她。結婚前她還裝出一副喜歡小孩的樣子，沒想到結婚後竟然會有如此一百八十度的大轉變。

「居酒屋要晚上上班吧？家裡的事怎麼辦？」

「我至少會先把你的晚餐準備好再去上班，不會造成你的困擾。這樣可以了吧？」

「可是那樣一來，我們的生活作息就錯開了。我們不就都見不到面了嗎？」

「我會在你睡覺之前回來。再說，還有假日呀。與其每天大眼瞪小眼，那樣比較有新鮮感。」

我辭窮了。結婚才沒多久，她竟然就說出「大眼瞪小眼」這種話，眞令我感到震驚。

「還是不行嗎？」她嘆氣地說。「我從今以後都得一直過著像現在這樣的生活嗎？毫無娛樂可言，只能像個黃臉婆關在這間房子裡變老變醜嗎？」

「沒人那麼說。」

「可是你言下之意就是要我這麼做，不是嗎？」

「沒有其他的工作了嗎？不是居酒屋，而是能在白天做的工作。找一下應該會有吧？」

「哪那麼容易找。在那家店可以和朋友在一起，工作起來也比較安心。」

「我一些朋友的太太也在工作，可是大多都是在超市或便利商店。」

「總而言之，就是不行在居酒屋工作，是嗎？你是要我在超市或便利商店做收銀員就對了？」

「我沒那麼說。」

「那是怎樣嘛?!」

我一不作聲，美晴就歇斯底里地大叫：「要或不要?!」

我敗給了她來勢洶洶的氣勢，最後還是接受了她的提案。爲了讓她的心情平靜下來，只好答應她。看來，當時我應該還愛著她，所以才會不想被她當作不通情理的丈夫，只要是她的願望，我都想儘可能地滿足她。

當然，這是一個天大的錯誤。因爲當時的我還沒發現美晴這個女人的可怕。

三十

美晴開始工作後整個人明顯變了。我也看得出來，她變得朝氣蓬勃，表情也變得生動活潑。

不但如此，她還花心思在化妝、衣著上，整個人變美了。我心想，這個女人果然還是適合出外工作啊，准許她去工作是個正確的決定。

一開始，她會在午夜十二點之前回家。那個時候我大多還沒睡，我習慣會和她喝杯睡前酒，聽她說說工作上的事情。當她說起工作上的事，看起來好開心。

然而，那種美好時光卻沒有持續多久，美晴漸漸晚歸，從十二點前變成十二點多，然後又變成一點多。每當她回家看到我醒著在等門，就會露出一臉意外的表情。

「哎呀，你還醒著呀？你可以先睡，不用等我啊。」

這句話我聽起來像是在說「你先睡覺我比較省事」。

我質問她，最近經常晚歸是怎麼回事？她面不改色地回答：「因爲人手不足，朋友拜託我工作到晚一點嘛。我朋友又沒多的錢再雇一個工讀生，她也很傷腦筋呀。」

「妳以後都會這麼晚回來嗎？」

「應該只有最近吧。你也知道，這一陣子很多公司都會聚餐吧？」

「話是沒錯……」

「所以只有最近啦。你可以先睡。」

「是嗎……」

她口頭上說「只有最近」，但之後回家的時間也沒有提早。過了一點還不睡覺，對我而言是一種煎熬。我都會在床上等她，但幾乎都等不到她回來。她回來得晚，要早起自然也就成了一種折磨。於是當我早上開始換衣服時，美晴還躺在床上呼呼大睡的次數越來越多。如果我勉強叫她起床，她就會明顯表露出不悅的表情。

「我好累，今天早上就饒了我吧。早餐你自己去買麵包吃。」她甚至會這麼說，然後拉起被子蒙住頭繼續睡。我很想抱怨，但沒時間和她吵架。再怎麼說，我也不希望夫妻一大早就吵架，只好默默地離開寢室。

早上我出門時她還在睡，晚上我下班回到家她已經不在家了。再加上我的工作性質星期六、日也必須上班，因此很難能和美晴說上幾句話。更何況，我休假的時候她也大多躺在床上。

一個假日的中午我終於忍無可忍地發飆了。導火線是她起床後竟然也不換睡衣就直接來到客廳打算叫外送披薩。

「妳差不多一點！妳連假日都要讓我吃那種東西嗎？」我將手上的報紙摔在桌上。

美晴目瞪口呆地看著我，然後偏頭不解地說：「你不喜歡吃披薩嗎？」

「重點不是那個。美晴，妳最近都沒有準備吃的，對吧？妳之前說，出門前會把晚餐準備好，但我回到家，妳什麼也沒準備，不是嗎？一開始約定好的事情，妳都忘了嗎？」

她手上拿著披薩的菜單，茫然地站在原地，視線看著地板，好一陣子一動也不動。我瞧著這樣的妻子。良久，美晴將菜單放回電話櫃，對我低聲地說：「對不起。」

「就一句道歉嗎？」聽到我這麼一問，她搖搖頭。「我現在就去買東西。冰箱裡什麼也沒有。我會趕緊煮點吃的，你可以再忍耐一下嗎？」她語氣平淡地說。

「等是無所謂。」

「那麼，我這就去換衣服。」話一說完，美晴就要回寢室。

「妳等一下。」我叫住她。「妳要不要適可而止了？」

她的手搭在門把上，頭轉過來對著我。「你這話什麼意思？」

「我的意思是妳要不要辭掉工作算了。若是妳完全無法兼顧家事，去工作根本沒意義。」

於是美晴將頭轉回去對著門，垂頭喪氣地低著頭。「辭掉工作的話，我又要失去活著的意義了。我不想回到毫無樂趣可言的日子。」

「在居酒屋打工那麼有趣嗎？」

「待在家裡的話都遇不到任何人。」

「可是妳也不能因爲這樣就……」

「我不都跟你道過歉了嗎？我都說了，以後我會好好做家事，不是嗎？」

「這是道歉就能了事的嗎？我說妳啊……」

「你很囉嗦耶。」

「什麼？」

她轉過頭來對著我。看到她一臉兇神惡煞的表情，我閉上了嘴巴。

她的樣子簡直像個惡鬼。以前從沒見過她那種表情，我頓時大吃一驚，啞口無言。然而，那種表情轉瞬即逝。她原本目露凶光的臉上突然變得面無表情。她低下頭，雙肩垂下。我聽見她用力地呼了一口氣。「對不起。」她低頭賠罪。「本來說好不會讓你感到困擾的。今後我會注意。」她說話的口吻突然平靜下來，簡直和剛才判若兩人。

我不知道該說些什麼，腦中還留著她剛才的表情，尚未從那個打擊中恢復過來。

「隨妳高興！」我總算吐出這句話來，轉身離去。

接下來的一陣子，美晴依約做好家事，但卻沒持續太久。每當我回到家中，餐桌上經常不是放著看起來像在便利商店或超市買的現成菜，就是將加熱就能吃的冷凍食品放在冰箱。剛開始，她還會在桌上放一張道歉的字條，但久而久之字條也不見了。最後，她幾乎不再動手做菜了。

除了不煮飯之外，其他家事也明顯地看得出來她在偷懶。房間角落堆滿了灰塵，這表示她完全沒在打掃；洗衣機全無運作的痕跡，髒衣服多到從洗衣籃裡滿出來。即使如此，我還是有衣服穿，因為她不斷地在買新衣服。

我忍不住唸了她一下，她就又故技重施，低著頭老實向我道歉。「對不起。我也知道不做不行，但就是沒有時間。」然後馬上跑去打掃、洗衣服。

只要我開口唸人，她就會聽話照做，然而頂多維持幾天，過了一個星期，整個家又回到原本的狀態。這種情形反覆好幾次之後，漸漸地我也懶得唸了。再說，我也害怕要是太過嘮叨，又要看她勃然大怒的臉色。

我幾乎不再抱怨了。換句話說，我放棄了。我已經習慣了在佈滿灰塵的家中邊吃便利商店買來的冷便當邊看電視，以及在妻子呼呼大睡的時候出門上班。

仔細想想，這說不定正是美晴的目的。她大概完全看透了我的個性，反正只要對方道歉，我就會無話可說，而且我討厭一直不斷地罵人。

若是進行自我分析，我想我是不想被她討厭。我不想失去好不容易才到手的家，不希望她因為受不了我的怨言而提出離婚。

大概是我不再叨唸的關係，美晴的行為變得越來越放肆，就連星期六、日也很少在家。

我發現，她身上的衣服和首飾變得越來越華麗，而且看起來並不便宜。我問她怎麼回事，她面不改色地回答：「前一陣子的拍賣會上買的。這些都是名牌貨，不過價格不到原來的一半。」

「就算半價也不便宜吧？」

「我的零用錢都買得起，沒有很貴啦。」

聽在我的耳裡，感覺她特別強調「我的零用錢」這個部分。總而言之，她想說的是，既然是用我自己賺的錢買的，沒有必要聽你囉嗦。

然而我卻無法釋懷。她的新衣服、皮包、首飾不斷增加，塞得衣櫃滿滿的，放不進去的就堆在地上。雖然她說每一樣都是便宜買到的，但總金額加起來應該超過一百萬，我不認為在居酒屋打工能夠賺到那麼多錢。

於是，就在我開始對美晴抱持懷疑的時候，有一天，新的邂逅降臨在我身上。

寺岡理榮子身材苗條，看起來三十歲上下。她到我們店裡，指名由我服務。

「我朋友在你們店裡買了一些家具，他很滿意，所以我也想來看看。聽他說，當時是由一位姓田島的銷售員陪同的。」寺岡理榮子對我說明她指名我的原因。我問她，她的朋友是何許人物，她只是含糊其詞地帶過。

我猜想，她是在酒店裡工作。她說的那個朋友可能是店裡的常客，她怕要是說出他的名字，說不定會輾轉傳進他太太耳裡。

她具備的魅力足以讓人如此猜測。雖然不是太美，全身上下卻散發著一種刺激男人內心的妖艷。當她在詢問家具價錢的時候，會揚起下巴，眼珠向上地盯著我看。一看見她那微微濕潤的眼眸，就好像有一股電流竄過我的周身。

寺岡理榮子到店裡的目的是要買照明燈具，說是現在用的燈和家裡的氣氛不搭，所以想把全部的燈換掉。

我帶她到照明燈具的樓層。天花板上吊著各式各樣的燈，一站在電燈底下，白熾燈就照得人發熱。理榮子似乎挺中意西班牙製的燈具，卻又沒有喜歡到決定要買的地步。

「在這裡看是很漂亮，可是不知道放在我家裡怎麼樣。」她偏著頭，抬頭看著雕工精細的燈具。看來她也很熱，從脖子到胸口一帶的皮膚微微發汗。我別開視線。

「再說，只買這麼一盞又沒意義，對吧？必須考慮到和其他燈具的協調性。眞傷腦筋呀。」

「您府上的家具是什麼樣的感覺呢？」

「這個嘛，眞要說的話，算是摩登的吧。」

「摩登的啊。」

「可是，也不完全都是摩登的。我還有古董的五斗櫃，有些是朋友送的，所以很難統一。」

我心想，是客人送的吧。「如果您有府上的照片，我也比較好推薦。」

「對哦。」

「有人和您一起住嗎？」

「沒有。我一個人住。」

寺岡在這一個樓層轉了幾圈之後突然盯著我看，她的唇邊浮現一抹別有深意的笑，惹得我心頭小鹿亂撞。「我想拜託田島先生一件事。」

「什麼事？」

「可不可以請你到我家看看？然後希望你推薦適合的燈具。」

「我……嗎？」

老實說，我很驚訝。至今倒也不是沒有客人提出這種要求。有時候會有客人要我一同到他家裡測量窗簾的尺寸，順便看看家裡的樣子，討論裝潢的相關事宜，但那都是相當了解彼此個性的客人，從來沒有第一次上門的客人就提出這種要求。

「不行嗎？」她偏著頭說。

「不，當然沒有不行的道理。」

「那麼，可以囉。」

「如果時間上能夠配合的話。那麼，您覺得什麼時候方便？」

「我隨時都行。請說你方便的時間。」

「您說隨時都行，是指平常日也可以嗎？」

「可以呀。只要你事先決定日期，我總有辦法空出時間。」

「哦……這樣啊。」我確認行事曆，問她下個星期一如何。那天我排休。

「可以呀。」她馬上回答。於是我們說定那天下午四點我會去造訪她位於豐島區的公寓。

她回去之後我的心情還是莫名地亢奮。我好久不曾到女人家了。我並沒有在期待什麼，但心情卻像是面臨第一次約會，恨不得星期一快點到來。

那個星期一，我自己泡咖啡邊喝邊看報紙的時候，美晴窸窸窣窣地起床走出房間，坐在我的對面，點燃一根萬寶路（Marlboro）抬頭呼地吐出一口煙。她抽菸的習慣自從到居酒屋上班之後越來越明目張膽。她從以前就抽菸，但在我面前總會按捺住菸癮。

「想吃什麼？」她用粗魯的口吻問我。

「咦？」

「晚飯你想吃什麼？我待會要去買東西。」她一副嫌麻煩的樣子。

我不希望她爲了做飯擺出那麼不悅的表情。我想告訴她我的想法，但打消了念頭，今天我必須去寺岡理榮子家，在那之前，我不想搞壞心情。

「今天不用準備晚餐了。」我說。「我要去客人家討論裝潢，會在外面吃過才回來。」

「是哦，這樣啊。」美晴毫不感興趣的樣子，將香菸捻熄之後，又回寢室去了。

三點過後，我換穿上班用的襯衫，出了家門。美晴也不來送我出門。

寺岡理榮子的公寓說是在豐島區，其實再走幾步路就到練馬區了。公寓貼著咖啡色煉瓦的瓷磚，看起來還很新。

我一到她家，只見她身上穿著身材曲線畢露的針織衫，裙子也是針織品，裙襬很短，而且沒有穿絲襪。她的體型苗條，胸部卻高高隆起，當場害我的眼睛不知道該看哪裡。

「不好意思，讓你特地跑一趟。」她看著我面露微笑，嘴唇上塗了淡粉紅色的口紅。

「哪裡，希望能幫得上忙。」

「請進。」

她家是一房一廳，餐廳裡擺了玻璃桌面的餐桌和金屬製的椅子，典型的摩登造型，但沙發卻是莊重的皮革沙發，而茶几則像是美國製的木製茶几，整體裝潢果然很不一致。

「房子的感覺不錯。」我還是要說說場面話。

「可是，品味很零亂吧？」

「不過，這倒也不是感覺統一就能解決的問題。」我坐在墨綠色的沙發上，將房間的位置圖素描在自己帶來的筆記本上。理榮子端了紅茶過來。

「如果想要突顯家具，最好避免造型太過搶眼的燈具。像這種水晶吊燈，就太過於光彩奪目了。」我指著吊在天花板上的燈說。
「這是一件紀念品。」她看著上面，低聲地說。
「結婚的時候，我和丈夫一起去一家二手家具行買的。」
「這樣啊。」
「啊……您結婚了啊？」
「兩年前離婚了。」理榮子微微一笑。「對不起，講這種煞風景的話。」
「不會……」我搖搖頭。
「田島先生，你結婚了吧？」
「是啊。」
「有小孩嗎？」
「沒有。」
「這樣啊。那還在蜜月期吧？」
「沒那回事。」我揮揮手。「內人也在工作，很難碰得上面。我們也很少交談，已經是倦怠期了。像今天也是，我要出門的時候，她還在睡覺。」
「不會吧。」說完，理榮子笑了。
「我常在想，單身的時候還比較好呢。寺岡小姐不再結婚了嗎？」
「結婚啊……」
「啊，這是個人隱私，我不該多問的。」我慌忙地低下頭。
「沒關係的。我目前暫時不考慮結婚。反正工作也很有趣。」

「您從事哪方面的工作？」

「該怎麼說好呢？」

她站起身來，不知道從哪裡拿來一張名片，遞到我面前，上面印著像是銀座酒店的店名，名字的地方寫著寺岡理榮。

「我不會要你來光顧的。」她笑著說。「因爲這裡很貴唷。我眞不知道在那種地方喝酒的人在想什麼。」

「名人也會去嗎？」

「這個嘛，來的非常少。」

理榮子告訴我店裡發生的各種事情。那些事對我而言完全像是另一個世界的故事。我一會兒「啊」地，一會兒「耶」地，從嘴裡發出來的淨是感嘆詞。

在那之後，我們也興高采烈地聊著與裝潢無關的話題。猛一回神，竟然已經過了三個小時。

「哎呀糟糕，已經這麼晚了。」她看著手表說。「不好意思，把你留到這麼晚。」

「哪裡的話，是我打擾太久了。那麼，我大致知道房間的情況了，我回店裡會再想想哪種燈具比較適合。」

「我也可以從型錄上選吧？」

「當然可以。」

「那麼，」理榮子說。「可不可以請你下周帶著型錄再來一趟？我想在家裡一邊討論也比較好決定。」

「那是無妨，可是……，嗯……那麼下周一樣是周一嗎？」

「這個嘛，周一比較方便。」

我很意外，沒想到能夠再次和理榮子獨處。從隔天起，我立即開始尋找適合她家的燈具。我找來型錄，一有空就看。有時候想像理榮子在我選的燈具照明下放鬆的身影，便會感有一種莫名的感官刺激。

於是下個星期一來臨了。她要我傍晚六點到，我有點遺憾沒有時間和她好好相處。出來迎接我的理榮子身穿圍裙。光是這點就夠我驚訝的了，沒想到她家裡還飄著一股燉肉的香味。

「我想，既然客人特地前來，偶爾也要做點菜。」

「您客氣了，我哪是什麼客人……」我顯得手足無措，但當然不會覺得不舒服。

「我今天店裡休息。要不要慢慢邊吃飯邊討論裝潢？還是，你老婆煮好飯在等你？」

「沒有，怎麼可能。」我猛搖手。「她出門工作去了。不到三更半夜不會回來。」

「是哦，那麼正好。」

「眞的可以嗎？」

「什麼可以嗎？」

「就是，嗯，在這裡吃飯。」

「那當然。就是爲了請你吃飯，不善料理的我才會洗手做羹湯呀。」

「是嗎。那麼，我就不客氣了。」

我已經完全搞不清楚是怎麼一回事了。三十分鐘後，我和理榮子面對面，吃著她親手做的菜。雖然她說不擅長，但實際上廚藝卻是相當精湛。我們還喝了高級的葡萄酒。

我心想，看來理榮子似乎對我有意思，而我也挺喜歡她的。平常老是看到美晴邋遢的一面，不禁將她們放在一起比較，心想：「這種女人才是理想的結婚對象。」

吃完飯後我們依然繼續喝酒。我有些醉了，不知不覺間癱坐在沙發上，手臂環住一旁理榮子的肩。

「你今晚非回去不可嗎？」她抬頭用妖艷的眼神看著我。

我的腦中混雜著猶豫、困惑、高興等情緒。事實上，酒讓我失去了判斷能力。

「不，沒關係。」我回答。

「真好。」說完，她緊緊抱住我。我手臂使勁地摟著她。

三十一

在理榮子家過夜後的幾天裡我都還像是踩在雲端。我的手掌記得她皮膚的細緻觸感，也時時回想起她呵氣如蘭的芬芳，那實在美好得太不真實了。我甚至覺得，這世上並不存在一個叫做理榮子的女性，一切都是幻影一場。

「喂，田島，你在發什麼呆？」

當我在辦公室裡等待客人指名時，經常有同事這麼對我說。大概是我一副心不在焉。

我無法忘記那一夜，想要再次和理榮子聯絡，但電話卻打不通。我衷心期待說不定她會到店裡來，她卻都沒有打電話來預約。

就在我朝思暮盼的某一天，回到家時發現玄關的樣子和平常不一樣。一開始，我還不明白是哪裡不一樣，等到脫鞋子的時候才發現，原來美晴沒有出門。

邋遢的她平常很少會將脫下來的鞋子排好，一堆脫下來的鞋子總是擠在一起，而當她出門之後，就會空出一雙鞋的空間，但那天卻不一樣，害我費了點力氣才將自己的鞋子放好。

我打開走廊上的燈，走進客廳，客廳裡一片漆黑。我按照平常的習慣，一面鬆開領帶，一面摸索牆上的電燈開關。當我打開開關，嚇了一大跳，只見美晴竟然趴在餐桌上。不知道她是不是要出門，看起來服裝儀容好像已經打理完畢。

我想要出聲喚她，卻先吞一口口水。桌子上居然放著威士忌酒瓶和酒杯，而且酒瓶已喝得一滴不剩。潰不成形的盒子掉落在她腳邊，裡面的蛋糕奶油從盒縫滲出來。

「……妳怎麼了？」我對著美晴的背影說。

然而，她卻沒有反應。我以爲她睡著了，但她醒著。她的背微微顫抖。

「喂！」當我再次出聲叫她時，她的頭忽然抬起，燙捲的長髮紊亂不堪。她慢慢地轉過頭來。看到她的眼神，我嚇了一跳。她雙眼裡布滿血絲，眼線因淚水而化掉，直勾勾地瞪著我。

「幹嘛？」我的聲音嘶啞，清了清嗓子。

「發生了什麼事嗎？」我總算勉強說了這麼一句話。

美晴拿起桌上的威士忌杯，裡頭還有一公分高的琥珀色液體。我以爲她要將酒喝下，結果卻不是。她突然將酒杯砸向我。

我馬上閃開。威士忌杯雖然堅固沒有破裂，但砸在客廳的門上發出了一聲巨響。

「妳幹什麼?很危險耶。」

然而，她這下卻伸手去抓威士忌酒瓶。我全神戒備。

不過，美晴卻沒有將酒瓶砸過來。她站起身來，高舉酒瓶，發出野獸般的叫聲向我撲來。我抓住美晴的手臂，從她手中奪過酒瓶，丟到沙發上。她嘩啦啦地亂吼亂叫，試圖掙脫，又是抓我的臉，又是捶我的胸。我忍無可忍地將她踢開。她正好倒在餐桌腳邊，蛋糕盒掉下來的地方。

「妳搞什麼？這究竟是怎麼一回事?!」

然而，她還是沒有回答。這次她抓起蛋糕盒，往我丟過來，但卻沒瞄準，蛋糕盒掉到了別處，盒裡的蛋糕散落一地。那好像是草莓蛋糕，卻已完全潰不成形。一顆草莓滾到我的腳邊。我撿起來，丟進垃圾桶。這個時候，美晴突然吼叫：「你給我吃下去！」

「咦？」

「你給我把那種東西吃下去！你把我當傻子！」她聲嘶力竭地大吼。

「喂，美晴。妳在說什麼？妳在生什麼氣？我做了什麼？」

「做了什麼？你別裝傻了！」

美晴將掉在一旁的蛋糕塊拾起向我砸來，正中我的胸口。白色的鮮奶油沾黏在灰色的襯衫上，我茫然地盯著那污漬，然後火冒三丈地吼道：「妳差不多一點！突然發飆，到底是怎麼回事？妳這樣我怎麼會知道爲什麼？發飆之前，如果妳有話想說就說！」

「爲什麼……？你應該最清楚爲什麼！」

「妳這話是什麼意思？」

美晴伸長身體，從餐桌上拿起什麼，又往我這邊丟來，不過卻輕飄飄地掉在地上。那是一張捲曲的小紙片。我看著她的臉，撿起那張紙。那是一張名片。我看到上頭的字便渾身冒冷汗。

那是理榮子的名片。

難道是美晴發現了她給我的名片？我馬上就察覺，不是那麼回事。美晴不可能因爲這種小事就發飆。

我感覺腳底一滑，原來是踩到了鮮奶油。

美晴依然瞪著我。我心想，非得說句話才行。「這……怎麼了嗎？」

「別裝蒜了！你明明臉色鐵青。我傍晚正準備要出門，那女人到家裡來了。」

「怎麼……」

我心想，怎麼可能。理榮子不可能知道我住哪，但我不敢打包票，說不定她有方法查得到我的住址。既然名片就在眼前，美晴又那麼說，理榮子來過家裡的確是一個事實。

我舔了舔嘴唇。「然後呢？」

「然後什麼？」

「她來過然後怎樣？她怎麼了嗎？」

「我不是叫你別裝蒜了嗎？你如果不是白痴，應該想得到那女人到家裡來做什麼吧？」

我完全不知道這是怎麼一回事——我本來打算這麼說，但卻說不出口。我想，那只會惹得美晴更火大而已。

「你說句話呀！」

「妳要我說什麼？」

「什麼都好。反正你把我當成傻子，說點什麼理由都好。」

「我沒有把妳當成傻子。」

「你明明就有！」美晴吼道。「我告訴你那女人對我說了什麼。她一副不要臉的樣子，問我要不要跟你離婚。」

我睜大了眼睛。「不會吧。」

「我幹嘛騙你？我啊，完全搞不清她在說什麼。我心想，這個人腦袋瓜是不是壞掉了啊。可是，聽她一路講下去，我才知道那女人和你是什麼關係。」美晴一口氣說到這裡依舊瞪著我，然後咬住嘴唇，搖搖頭。「我好不甘心，我既不甘心又難過，痛苦得不得了。可是啊……可是那女人竟然還笑了。結果，妳知道她說了什麼？她說：『噢，看來他還是不打算跟妳離婚啊。你先生是在玩危險遊戲哦。』她看到我大受打擊，好像很開心的樣子。」

我緊咬著臼齒，全身汗毛豎起，不知道該對她說什麼才好，於是低下頭，看著被鮮奶油弄得黏答答的襪子。

「你倒是說句話呀！」美晴再度吼叫。接著，我聽見什麼東西噹啷倒下的聲音，抬頭一看，原來是餐桌椅倒在地上。

我做了一個深呼吸，心臟依然跳動快速。

「怎麼樣嘛？你答應那女的了嗎？她說，你要和我離婚？」

「不，我沒有那麼說。」

「那你說了什麼？」

「我……什麼也沒說。」

「胡扯！」

「我沒有胡扯。」

「那麼，你承認和那女人偷情嗎？」

我沉默了。我覺得要是承認的話，一切就玩完了。不過，就算我不承認，事情演變到這個地步，不承認也等於是一樣。

「怎麼樣嘛？」

又有什麼東西飛了過來，擊中了我的膝蓋。茶杯骨碌碌地在地上滾。

我依然默不作聲，耳邊聽見美晴的啜泣聲。她趴在地上，哭聲漸漸變大，然後開始像小孩子般號啕大哭。接著她邊哭邊唸唸有詞，反覆地咕噥：「好過份，好過份。」

我向她走近，提心弔膽地將手放在她的肩上。

「別碰我！」美晴扭動身體，大聲叫道。我只好將手縮回來。

美晴突然站起來，看也不看我便小跑步離開了客廳。我在想，她說不定打算離家出走，但接著我聽見寢室的門被用力甩上了。過了好一會兒，她都沒有從房裡出來。我開始感到不安，跑到寢室去看看她。我想起了從前她曾經割過腕。

我將耳朵湊近寢室的門，裡面一點動靜也沒有。我將門拉開一條細縫，看見她趴在床上，肩膀在抽動，傳來啜泣的聲音，於是我靜靜地關上了門。

我坐在走廊嘆一口氣。木質地板上沾著一個又一個的腳印。那是我沾了鮮奶油的腳印。

我脫下襪子，又脫掉外套，將它們捲成一團，放在角落，到洗臉台拿來抹布，開始擦起地板，順便也收拾了客廳。這時我才發現，沙發旁有一件被撕成碎片的圍裙。一定是美晴悔恨不已的時候撕碎的。

打掃完畢，換過衣服，我又去寢室看看她的樣子。幽暗的寢室裡，美晴背對著我躺在床上。已經聽不見啜泣聲，也沒聽見打呼聲，不過，毯子底下的腳窣窣窸窸地在動，證明她還活著。

我在客廳的沙發上坐下，出神地想著理榮子的事。她爲什麼會到這裡來呢？難道她來只是爲了打擊美晴嗎？我曾經在書上看過，有的女人有這種癖好。理榮子會是那種女人嗎？可是，那麼做究竟有何樂趣可言？

還是理榮子真心希望我離婚呢？難道她希望我離婚，和她結婚嗎？從一開始，她的確表現得比我積極。可是再怎麼說，我們才見過三次面，發生過一次肉體關係。再說，自從發生關係之後，她就再也沒跟我聯絡了。

我想要打電話給理榮子。這個時間打到店裡去，應該找得到她。然而，我只是想，並沒有付諸行動。要是講電話被美晴聽到了，恐怕事情會變得更複雜。

時間一分一秒地流逝，我完全沒有感到肚子餓，反倒是喉嚨乾渴不已，喝了好幾杯自來水。凌晨十二點多，我聽見寢室的門打開的聲音，接著是有人走在走廊上的聲音，然後是廁所開關門的聲音。兩、三分鐘後，美晴從廁所出來，然而我卻沒聽見腳步聲。她佇立在走廊上。我猜想，她是在猶豫要不要進客廳。我的身體湧起了力量，將雙手放在膝上握拳。

美晴進來了。但她看也不看我一眼，往廚房走去，像我剛才一樣用杯子盛水喝，發出「呼」的吐氣聲。她緩緩地向我走來，像個病人似地，動作緩慢地坐在沙發上。她拿起放在茶几上的香菸和打火機，開始抽起菸來，不斷地吐著煙。她每吐出一口煙，我的胸口就會縮緊一次。

第一根菸抽到快剩菸屁股的時候，她在菸灰缸裡捻熄了菸。我想起有人說過，從一個人熄掉香菸的方式，可以知道這個人愛不愛吃醋。

「你整理的嗎？」大概是哭過的關係，她用沙啞的聲音問。

「咦？」

「地板。地板呀，有的沒的。剛才不是亂七八糟的嗎？」

「噢。嗯，大致整理了一下。」

「是哦。謝啦。」她又抽出一根香菸，含在嘴裡，用打火機點火。

我十指交握，手指頭條分條合，手心冒汗。

「那麼，你打算怎麼做？」美晴以一種完全沒有抑揚頓挫的聲調問我。

「什麼怎麼做？」

「我問你想怎麼樣？那女人不是說你要跟我離婚嗎？」

「我說過了，我沒有那麼說。」

她吸了一口菸，或許是因爲眼睛浮腫，臉上幾乎看不出表情。即便如此，她看起來還是在懷疑我的話是否可信。

「幾次？」

「咦？」

「你偷情過幾次？」

我吞了一口口水，不想具體回答。

「都已經事跡敗露了，事到如今沒有什麼好隱瞞的了吧？你老實說！」

「……只有一次。」

「是哦。」美晴從鼻子吐出煙。「只有一次，對方可能跑來說那種話嗎？」

「眞的。只有一次。」

我不知道她是否相信。美晴捻熄第二根菸。那根菸還挺長的。

「爲什麼？」她低聲說。「你爲什麼要做出那種事情？」

「抱歉。」這句話不禁脫口而出。我微微低頭道歉。

「你覺得道歉就能了事嗎？」

「當然不是……那麼，我該怎麼辦才好？」

「我不知道。」美晴側臉對著我，從面紙盒抽出面紙，擦拭鼻子下方。

接著兩人沉默了好一陣子。外面一輛救護車經過。一旦沉默著，外面的噪音聽得格外清楚。

「你們在哪裡認識的？」她總算開口問我。

「她來我們店裡，找我討論裝潢的事情，然後請我去她家裡……」

「你就毫不避嫌地跑去她家，被她勾引了，是嗎？」她說。「簡直是白痴。」

「我一開始完全沒那個意思。」

「是嗎？然後呢？你喜歡她嗎？」

「不，談不上喜不喜歡……畢竟還沒見過幾次面。」

「可是你們卻上床了，不是嗎？」

又是一個令人不得不閉嘴的問題。我低下頭。

「那麼，你接下來要怎麼做？」

「怎麼做……我完全還沒想過這個問題。」

「是嗎。」美晴站起身來，離開客廳。我心想，這次她真的要離家出走了吧，不過卻不是如此。她手上拿著一些東西，回到客廳。

「總之，你先寫道歉信。」

「道歉信？」

「嗯……不是道歉信也無所謂，反正再怎麼道歉也沒用。總之把你這次做的事寫在紙上。」

「怎麼寫好？」

「把你跟誰、怎麼偷情寫下來就行了。只寫你偷情幾個字也行。如果你不想寫對方的名字，也可以不寫，可是要寫下日期。」

「寫那種東西做什麼？」

「愛做什麼是我的自由吧？」

「妳讓我寫下這種東西，是要當作訴請離婚的證據嗎？」

「就算不寫那種東西，我一樣可以離婚。」她粗魯地說。「我不想讓這件事就這樣不了了之，所以我要你寫下來。」

我的目光落在紙上，拿起原子筆，思考文章內容該怎麼寫。「我不知道該怎麼寫才好。」

「眞拿你沒辦法。」美晴歪著嘴角說。「那你照我說的寫。我，田島和幸，結了婚卻和一名到店裡，叫做寺島理榮子的女人發生肉體關係。錯全在我。我願意做任何事，爲這件事負責。」

我按照她說的動筆，滿腦子只想要如何讓美晴的心情平靜下來。

美晴最後要我用大姆指捺手印。我將大姆指沾上印泥，重重地蓋在簽名的地方。「這樣可以了吧？」

美晴盯著寫好的文章，仔細地將便條紙摺好。「我話先說在前頭，我，不會離婚的。」

「我也沒有打算離婚。」

「不過，我要你爲這件事情負責。」

「我該怎麼做才好？」

「我還不知道。我會慢慢想。不過，在那之前我要你發誓，說你再也不會做出那種事情。」

「我發誓！」

「你眞的要發誓？」

「我眞的發誓。」

美晴微微點頭，然後站起身來。她的樣子看起來比剛才稍微有精神多了。我總算放下了一顆心中大石，看來她的心情已經平靜了些。她不提出離婚，也讓我鬆了一口氣。

隔天午休時間，我打電話給理榮子，想質問她爲什麼要做出那種事，然而電話還是打不通。而且電話沒有跳到答錄機，因而也無法留話。

我也想過直接到理榮子的公寓，但是一想到美晴，究竟令人裹足不前。要是理榮子告訴美晴我去找過她，恐怕這次美晴勢必會離家出走。

在那之後過了一個多月，我終究沒有和理榮子聯絡上。我不再打電話給她，她也音訊全無。或許理榮子眞有奇怪的癖好，她誘惑我，只爲了讓我的家庭一團糟。又或許她是和美晴見過面後才打算不再和我繼續交往。不管是哪一個原因，我都不在乎。我決定要忘了理榮子。

那一晚之後美晴絕口不提我偷情的事，她和之前一樣，過著一到傍晚就出門，直到深夜才回家的生活。有時候，她會爲我準備晚飯。一切恢復成了原來的模樣。我從前會想要叨唸美晴幾乎不做家事、工作到那麼晚，但現在我決定保持沉默。畢竟，我沒有資格叨唸那些事情。

沒錯。我已經沒辦法責備美晴了。不久之後，我才知道那是多麼嚴重的一件事。

三十二

感覺上，每天過著風平浪靜的日子。我們夫妻的對話比以前少了許多，但我只得接受這個不願接受的事實。畢竟，我是使我們夫妻關係不睦的始作俑者。

然而，走向毀滅的倒數計時卻早已開始。

事實上，那時出現了一個奇怪的跡象。那就是美晴的隨身用品變得比以前更華麗了。舉凡首飾、皮包、衣服，還有化妝品，所有眼睛看得見的東西都變得更新穎更昂貴。但是，我卻沒有勇氣開口過問那些東西是怎麼來的。我不想讓她心情不好。

存摺由我保管，她不可能擅自動用存款，因此我只好睜一隻眼閉一隻眼，不去看她浪費的習性。因爲一旦在意起來，就會沒完沒了。

不久，我知道事情已經到了不可收拾的地步。當我在自動櫃員機提領現金後看到明細表上顯示的存款餘額時，眞懷疑我的眼睛有沒有看錯。我想，其中是不是有什麼誤會。

之前美晴擅自動用家裡的錢時，我將定期存款解約，全部轉到了活存帳戶。在那之後，我又慢慢地存錢，照理說存款餘額應該有六十萬左右，但那數字卻少了一個零。我慌忙地跑去刷存摺，一行行的交易紀錄當中竟然有兩筆我完全不知情的支出，分別提走了二十多萬。

這兩筆錢都是轉至信用卡公司，但我並沒有辦他們的信用卡。我心想，這是怎麼一回事，於是打電話到其中一家信用卡公司詢問。聽到對方的回答，我差點暈倒。

對方說，有人用我的名字申請信用卡，卡片在兩個月左右之前就已核發，而且同時還申請了副卡。請款金額好像都來自於副卡。

我這才了解是怎麼一回事。美晴擅自幫我申請了信用卡，然後用副卡購物。身爲妻子的美晴，要拿到申請信用卡所需的資料簡直是易如反掌。或許信用卡公司曾經打電話到我工作的地方，詢問是否有一名叫做田島和幸的員工，只是那件事卻沒有傳進我的耳裡。

信用卡公司的客服人員好像懷疑我的信用卡是否被人非法盜用。我馬上含糊其詞地掛上了電話，因爲我怕引起軒然大波。這樣就沒必要再打電話到另一家信用卡公司確認了。美晴想必對兩家信用卡公司使用了相同的手法。

事到如今，我不能再當啞巴了。我決定等美晴回來之後把話說清楚。那天晚上，她到凌晨三點多才回家。她看見我坐在餐桌等她，霎時大感意外地睜大眼睛，然後用一種愛理不愛的語氣說：「哎喲，你還醒著呀。」

「妳爲什麼瞞著我，擅自辦了信用卡？」我壓抑著激動的情緒問她。

美晴的眉毛挑動了一下。然而，她臉上的表情卻僅止於此，然後恢復到一副興趣缺缺的表情，到廚房用杯子接自來水喝。

「妳有沒有聽見我在問妳？」我正想要進一步發問，她重重地嘆了一口氣，大步走出了餐廳，隨即回來，將兩張信用卡放在餐桌上。那正是那兩家信用卡公司的信用卡，刻在卡片上的英文拼音，表示那兩張都是我的信用卡。

「我忘了拿給你。對不起。」她不在乎地說。

我拿起兩張信用卡，兩次深呼吸，忍住想怒吼的情緒。「我在問妳，爲何擅自辦信用卡？」

「我只是沒機會告訴你嘛。」

「這種事應該先跟我商量吧？這可是用我的名義辦的耶！」

「有信用卡比較方便吧？這樣出門就不用帶現金了。」

「問題不在那裡。」

「要是叫你辦的話，不知道要弄到什麼時候，所以我就去辦了嘛。」

「妳還擅自辦了一張副卡，是嗎？」

「是啊。人家也想買東西嘛。」

「別開玩笑了！」我捶了一下餐桌。我已經忍無可忍了。「妳一個月花了五十萬，到底在想什麼?!這下我們家已經幾乎沒有存款了耶！接下來的日子，妳打算怎麼辦？」

我想起了之前也曾有過相同的對白。當時，美晴突然哭了起來，向我道歉說她要工作賺錢還我。然而，現在的她卻和當時不一樣。她先是望向身旁，聳聳肩膀，然後瞪著我。「只不過就那點錢，你幹嘛啊？」她小聲地丟出這句話。

「妳說什麼?!」

「我說，不過就那麼點小錢，你發什麼飆啊？不過就五十萬嘛，有什麼好大驚小怪的。你自己在外面拈花惹草，我不過是錢花得稍微兇點，有什麼大不了嘛。想想看你自己做什麼好事！」

聽到美晴的話，我一陣茫然。看來她果然還沒原諒我。她對理榮子的事似乎一直無法釋懷。

「那麼……這是妳的報復嗎？」我低聲地問。

「不是。」美晴搖搖頭。「我只是想要忘掉討厭的事情，單純的消愁解悶。我想，花點錢應該是可以原諒的。畢竟，我……」她說到這裡，再次用銳利的視線瞪著我。「我傷得很重。」

她一提起理榮子的事，我就無話可說了。她最近都沒有提起，我深信那件事已經過去了，沒想到她還是記恨在心。我眞覺得自己太天眞了。

我舔了舔嘴。「如果是要消愁解悶，應該有別的方法吧？而不是用這種方式……。如果妳說妳想要買東西，我也會二話不說拿錢給你啊。」

「我不喜歡凡事都要得到你的許可。你以爲是什麼害得我受苦？原因還不是出自你！明明是你害的，爲什麼我連消愁解悶還要乞求你的許可？再說，我只能在你許可範圍發洩壓力嗎？」

「照妳這種發洩方法，這個家會被妳毀掉吧？要是沒有生活費，妳打算怎麼辦？話說回來，妳之所以開始工作，也是因爲想要自由花用的錢吧？妳自己賺來的錢呢？」

「那一點錢，隨便買個東西就沒了。」她賭氣地又將頭轉到一邊去。

「因爲錢不夠用，妳就辦信用卡嗎？」

美晴沒有回答我的問題。不過，就算答了也一樣。我嘆了一口氣。

「妳之前說要我負責。這就是你所謂的負責嗎？」聽到我這麼一問，她把臉轉過來，一臉無法置信的表情。「這點小事？你以爲這種芝麻小事就算負責嗎？因爲你，害得我身心俱疲。我不知道該相信什麼活下去，也不知道接下來該如何是好。我看你是不知道每天過這種日子是怎樣的滋味吧？」

「我知道。當時我不是發過誓，再也不會做出那種事了嗎？」

「你以爲那麼做就一筆勾消了嗎？」

「當然不是。」

「我也覺得自己的行爲很奇怪。可是，有的時候就是痛苦得不得了嘛。我只是想要暫時忘記那件事，做些奢侈的事而已。有那麼罪大惡極嗎？」

我無話可說，雙手握拳地盯著地板。美晴突然衝出客廳，接著聽見寢室的門關上的聲音。

好一陣子，我無法動彈。她的一言一語就像一根根的釘子插進我的胸口。我拿著威士忌的酒瓶和杯子，不加冰塊直接喝起來。我一點睡意也沒有。不，就算睡得著，我也不能進寢室。

惡夢並沒有在那一夜劃下休止符。美晴浪費的情形也不見收斂。我原本篤定存款餘額減少，她就會停止花錢，但我猜錯了。她居然又辦了兩張信用卡，並且不斷用那些信用卡購物或預借現金，利用分期付款的方式，使帳面上的花費看起來不會太誇張。然而，越來越高的月付額一眨眼就超出了我的薪水。於是我只好解掉公司在銀行辦的優惠存款，用來塡補不足的部分，但很明顯，這種做法只撐得了一時。

當然，那段期間我對美晴的行爲也不是坐視不理。我拜託她，買東西至少要用現金。

「這本存摺和提款卡交給妳保管，扣除生活費之後剩下來的錢，愛怎麼花是妳的自由，所以別再用信用卡購物了！」

然而，她卻左耳進右耳出。

「我已經知道家裡沒有錢了，所以我才會到處借錢。」

「妳要是那麼做，我們眞的會傾家盪產耶！那樣也無所謂嗎？」

「關我屁事。我話可是先說在前頭，就算你停掉我的信用卡也沒用。你要是那麼做，下次我就去地下錢莊借錢。」

我完全不懂美晴在想什麼。她不可能沒察覺，這麼做等於是用手掐住自己的脖子，但她卻不打算住手。於是我懷疑，這說不定是一種殉情的方式。難道她要拖著我一起墜入地獄嗎……？

在公司上班時，我的心七上八下，非常擔心美晴會跑去找高利貸公司借一大筆錢。說眞的，我甚至想過把她軟禁在家裡。那段期間我不管做什麼事心不在焉，工作錯誤百出。

「你怎麼了？最近完全無法專心工作。你這樣，我很頭痛耶。」上司經常唸我。我只好不停地低頭賠罪。總不能說出家裡的事情。

那一段日子裡我的體重快速下降。鏡子裡映照出一張面容憔悴、眼窩凹陷的臉。除此之外，我也很擔心不知道每個月的帳款該怎麼辦才好。要是放任不理，美晴恐怕會到別的地方借錢。

終於，發生了一件決定性的事情。有一天當我回到家，發現美晴在等我。她給我看一張文件，要我簽名蓋章。看完文件內容，我差點嚇暈過去，那是一張五十萬的貸款申請書，對方是一家不曾聽過的金融公司。

「不管我怎麼算，下個月的帳款都很吃緊，所以我決定要向這裡借錢。」美晴用一副沒什麼大不了的口吻說。「簽名吧。還有別忘了蓋章。」

我渾身顫抖起來。除了憤怒，還有對美晴這個女人感到的恐懼。在這一刻，我確定自己的結婚對象是一個可怕至極的女人。

「妳知道自己在做什麼嗎？」我的聲音在顫抖。

「幹嘛啊，那臉怪嚇人的。我當然知道啊，可是錢付不出來又有什麼辦法？其實，我是想多借一點，可是對方聽到你的薪水，說就只能借這麼一點。薪水低的人，就是想借錢也沒得借。」她說完後，冷笑了幾聲。

那一瞬間，我的憤怒達到了頂點。我站起身來，當我猛一回神，美晴已經用手摀著臉，倒在地上了。我的手掌帶著痛麻的觸感，很清楚自己對妻子下手了。

美晴用手掌摀著臉頰，抬頭看著我，她紅著一雙眼睛，咬著嘴唇。

「滾出去！妳這瘋婆子給我滾出去！」我咆哮。

美晴以驚人的速度站起來，離開客廳，然後衝進寢室，發出劈哩啪啦的聲音不到十分鐘便走出寢室。我從客廳裡看見她兩手提著大手提箱，走向走廊。

當我在猶豫該不該阻止她的時候，玄關傳來她穿鞋的聲音。我走向客廳的入口，要走到走廊上時，就聽到了開門關門的聲音。

我看了一眼空無一人的玄關後，走進寢室。寢室的衣櫃全開著，著實地留下美晴將整排衣服塞進手提箱的痕跡。有一支沾著頭髮的梳子掉在地上。我撿起梳子，拿在手裡躺到床上。床上殘留著美晴的體味，我嗅著那股氣味，一股異常空虛的情緒襲上心頭。

那天夜裡，美晴沒有和我聯絡。我猜，她恐怕是回娘家了，所以當隔天由希子打電話到公司來找我，我吃了一驚。美晴昨晚似乎是睡在倉持夫婦的主臥室裡。

由希子說：「不管怎樣，我現在過去你那裡一趟。」

約過三十分鐘後，我們在公司的大廳裡碰面。

「我聽美晴說了事情經過，我想你大概也有你的苦衷。」由希子一臉嚴肅地說。

「美晴怎麼說？」

由希子先是一臉難以啓齒的表情，然後開口說：「她說你背叛了她。她心煩意亂之下才會揮霍無度。然後你打了她，還叫她滾出去……。我原本以爲你不會打老婆，沒想到……」

我發出低吟。美晴說的不假。她說的一點沒錯。然而，一旦話從由希子的嘴裡說出來，卻又覺得哪裡不太對勁。

「怎麼樣？美晴說的是眞的嗎？」由希子問我。

「嗯，基本上是那麼一回事。」我不得已只好那麼回答。

由希子的臉上明顯浮現了灰心的神色。不，應該說是灰心中夾雜了失望和輕蔑。

「外遇的事，我跟她道過歉了，而且在那之後我也沒有做出踰矩的事。關於傷害到美晴這一點，我願意做任何事情補償她，可是……」
「可是你出手打了她。」
「出手打她，我覺得很抱歉。但是當時我也亂了方寸。畢竟她不斷地到處亂借錢……」
「你的心情我懂，但弄到今天這個局面的始作俑者還是你吧？」
「話是沒錯。」
「既然如此，美晴要點任性也是情有可原吧。」
聽由希子這麼說，我還是無法釋懷。我了解她要說什麼，但我覺得目前的情況並不如她所說的那麼單純。
「美晴說她想離婚唷。」
我驚訝地睜大眼睛。「她說她想和我離婚？」
「嗯。不過，我想她是因爲現在情緒有點激動，才會不顧後果說出那種話。」
「離婚啊……」我垂下頭。
「喂，該不會連你也想那麼說吧？」
「我昨天夜裡也想過，是不是只剩這條路可走。」
由希子皺起眉頭，搖搖頭，「別那麼急著下結論嘛。總之，你們應該好好地談一下。我家那口子也是那麼說。」
「我家那口子……是指倉持嗎？」
對了。眼前這個爲他人著想，近乎完美的女人已經爲人妻了。那個倉持就是幸福的丈夫。那個倉持設計讓美晴成爲我的妻子，讓我爲那個女人所苦。

「你們彼此稍微冷靜一段時間再談唷！」由希子用稍帶命令的語氣說。「在那之前，我們會照顧美晴。」

「她沒打算回娘家嗎？」

「她好像不想讓娘家知道。應該是不想讓他們擔心吧。」

「是嗎……」

說到這點，美晴幾乎從來不和娘家聯絡。自從結婚典禮之後，我也沒有好好地跟她娘家的人說過話。

「你不用擔心會給我們添麻煩。畢竟，介紹你和美晴認識的是我們，我覺得這點事是我們理所當然該做的。不管怎樣，我和我家那口子都希望你們兩個人能過得幸福。」由希子流露出眞摯的眼神說。

我和我家那口子都？倉持也希望我們過得幸福嗎？

我在心裡低喃：「這可就難說了。」

三天後，我和美晴在東京都內的一家飯店的咖啡廳裡展開對談。我在角落的座位等候時，倉持夫婦帶著美晴走了進來。她身上穿著一件我沒有看過的白襯衫，感覺好像是表示她想要像白紙一樣，一切從頭來過。

倉持和由希子坐在稍遠的一張桌子，只有美晴一個人走到我跟前。她在對面的位子坐下後，看也不看我地說：「對不起，這麼忙還把你叫來。」

「妳好嗎？」我問。

「還好。」之後，我們沉默了好一陣子。我偷看倉持他們。倉持背對著我，我和坐在他對面的由希子四目相交。

「我冷靜下來想了很多。」美晴總算開口。「我想，現在的生活再拖拖拉拉下去對彼此都沒有好處。而且我想，我大概會對你偷情的事一輩子記恨在心，你應該也不想跟一個心裡有疙瘩的老婆生活下去吧？」

「意思是妳不能原諒我囉？」

「我想，就算和你在一起，我心裡的傷也無法癒合。」

「也就是說，妳想離婚嗎？」

「你呢？你不想離婚嗎？」

「我覺得如果能夠重來，我還是想要重新來過。不過我們彼此都必須有所改變。」

「我大概做不到吧。」她接著我的話說。「我也想要改變現在的自己，我覺得非改變不可。可是，要做到這點，就必須忘記過去所有的不愉快。我這麼說對你很抱歉，但我光是看到你的臉，就會焦躁起來。」

我苦笑良久。我的臉頰抽搐。她這說法還眞不留情面。

「如果你怎麼也不肯離婚的話，我想我只好來硬的了。」

「來硬的？」

「我有朋友在當律師。我想，我們就到他那裡去談吧。」

「妳的意思是要打官司嗎？」

「逼不得已的話。畢竟，我手上握有你偷情的證據。」

「證據……」我馬上明白了美晴說的是什麼。她指的是先前要我寫的道歉信。我眞是太蠢了。這個時候我才想起自己當初慌忙地簽名蓋指印的那份文件。

「妳當時就預料到事情會發展到這種局面嗎？」我忍不住問。

「我並沒預料什麼。我只是不喜歡事情結束得不清不楚。」

美晴的話不值取信。但就算我知道事情會發展到這種局面，當時我也不得不簽名蓋指印。

「怎麼樣？這樣你還是不同意離婚嗎？」美晴用責備的眼神看我。

我突然了解答案原來早已出來。這個場合根本不是爲了讓我們對話準備的，而是爲了讓我聽她的答案準備的。我不容反駁。仔細一想，一對分居中的夫婦在飯店的咖啡廳這種眾目睽睽的地方談話，也是一件很奇怪的事。本來應該是我要去倉持家的。

「我知道了。」我回答。我感覺自己的肩膀重重地垂下。

「你同意離婚了，是嗎？」我感覺到美晴的眼中閃爍著光芒。一想到她如此想和自己離婚，眞教人情何以堪。

「嗯。」我點頭。

「太好了。」她嘆了一口氣。應該是因放心而嘆出的一口氣。「還好沒有生小孩，對吧？」

「是啊。」

要是有小孩的話，事情的發展應該會完全不同，而且她應該也不會如此爽快地提出離婚。我甚至懷疑，她會不會是料到會有今天，所以才無意生小孩的呢？

「十萬圓就好。」美晴說。

「十萬圓？」

「每個月的生活費呀。畢竟，光靠我現在的工作，日子根本過不下去。」

「要我付嗎？」
「當然啊。沒道理害我們離婚的人，一點責任都不用負吧？」
「所謂的贍養費嗎？」
「嗯，是啊。其實，我是比較想一次要一筆大金額啦，不過我也知道你沒錢，所以才要你至少保障我每個月的生活費。」
「十萬圓我辦不到。」
「那麼，這件事我們就改天再談。」說完，美晴對由希子他們使了個眼色。
由希子先往我們這邊來，倉持也默不作聲地跟在她身後。
「我們決定要離婚了。」美晴對由希子說。
「咦？」由希子瞪大眼睛盯著美晴，然後視線隨即轉到我身上。「田島先生，這樣好嗎？」
「好啦。我剛才已經跟他確認過了。」美晴代替我回答。
「可是……」
「我想，我給你們兩個添麻煩了。我今天晚上就會搬出去，你們別擔心。」
「等一下，美晴。妳們眞的好好談過了嗎？」
「我說，我們根本就沒有交談的餘地。那麼，倉持先生，事情就是這樣。」美晴也對倉持丟出了一句話。倉持一臉尷尬地搔搔鼻翼。
美晴拿著手提包站起來，一個人迅速往出口走去。由希子上前追去。
我喝了一口杯子裡的水，托著腮幫子。明明是自己的事情，卻只能目瞪口呆地看著劇情發展。來這家飯店之前，我還深思熟慮過該怎麼與美晴談談，但一切只是白費力氣。

當我回過神來，發現倉持坐在我對面的位子抽著香菸。他一和我目光相接，便將香菸捻熄。

「人生起起伏伏，這件事你就別放在心上。」倉持說。

「我聽由希子小姐說，美晴在你的公司待過，對吧？因此聽說你提議讓她當我老婆不是嗎？」

倉持不知道是不是已經做好了我會發現的心理準備，他的臉上並沒有露出驚訝的表情。

「我只是想，如果你喜歡她的話。不過我只是想想而已。」

「可是你卻故意假裝堅決反對我們交往。」

「但你還是不顧我的反對，想要和她結婚，不是嗎？」

倉持說的沒錯。我無話反駁。

「算了，反正事情都已經變成這樣了，再說那些也沒有用。如果你有事煩心的話，不管什麼事都可以找我商量。我會儘可能幫你。」

我搖搖頭，拿著帳單站了起來。

「我不要欠你人情。」我往收銀台走去。我想，至少在這個時候，我要佯裝瀟灑。

三十三

提出離婚申請書之前，還有幾個手續要辦。首先，必須擬一份包含贍養費在內的約定文件，然後還得尋找接下來要住的地方。我們退掉了之前住的公寓，畢竟一個人住空間太大，而且房租太貴。再說，美晴也說她不想住那裡。

我找到了一間位於江戶川區的公寓房子，名目上說是一房一廳，廚房卻只是一座簡陋的流理台，完全稱不上是廚房。實際上，那根本就是一間套房，空間非常狹窄，放進床和小茶几之後，幾乎連站的地方都沒有了。我和美晴相繼找到新家，但我完全不知道她找的房子房間格局如何、房租多少。

天公不作美，我搬家的那天正好進入梅雨季。兩名搬家工人的制服被雨淋得濕透，還得將寥寥無幾的家具和衣服從舊家搬出。他們開來的是最小型的卡車。而結婚時購買的家具和電器用品幾乎都歸美晴所有，因此搬完家的那天晚上，我連要吃碗泡麵都費了好大一番工夫。

我離婚的事在公司裡造成了轟動。有人單純只是感興趣跑來向我問東問西，有人則是特地跑來告訴我一些與我有關的謠言。但我想一定有更多人基於無憑無據的想像在背後說我的閒話。

我也曾經被叫到人事部。人事部長拐彎抹角地打探我離婚的原因，我堅決表示是因爲個性不合，但他相信到什麼程度則不得而知。

將行李就定位後，住起來稍微舒服了些。原本美晴就是一個不太做家事的女人，所以我不太感覺得出來生活上有什麼不便。我在打掃乾淨的房裡吃著自己做的飯菜時，突然心想：「我究竟爲什麼要結婚呢？」爲了明白這點我可是付了一筆高額的學費。

然而，梅雨季結束後不久，我才意識到自己太低估那筆「學費」了。幾家信用卡公司紛紛打電話來通知，說是存款不足，扣不到款。我一查之下，才發現美晴對好幾家信用卡使用了獎金付款(*1)購物。聽到應付金額後，我大吃一驚，那完全不是我馬上付得出來的數字。

*1 日本一般公司除了年終獎金外，還有年中獎金，各於冬、夏季發放，獎金付款即是這種概念的延申，爲一種信用卡分期付款的方式，於每年的冬、夏支付該筆刷卡金額，至於利息是否加計與加計金額則依各家信用卡公司的規定而有所不同。

我立刻打電話給美晴，質問她是怎麼回事。

「噢，那件事啊。我沒跟你說過嗎？」她冷淡地說。

「妳沒跟我說過啊。妳打算怎麼辦？我可付不起唷。」

「你跟我說這個我也很頭痛啊。」她一副事不關己的口吻。

「可是，那是妳花的錢吧？跟我又沒有關係。」

聽到我這麼一說，她頓了一下，然後說：「你忘了切結書中的內容嗎？」

「切結書？」

「離婚的時候簽過吧？我想其中應該有一條，結婚期間發生的負債一切由田島和幸負責。」

「那指的是分期付款的信用卡費。我並不知道還有獎金付款。」

「那是你家的事吧？要怪就怪你沒有好好問清楚。」

「妳故意隱瞞這件事嗎？」

「我沒故意隱瞞。你要那麼想，那隨你的便。不過不管你怎麼想，事情還是一樣。」

「我可是不會付錢的！」

「請便。不過，不知道信用卡公司會不會接受你的這種說法呢。」美晴平鋪直敘的聲音使我的神經更加緊蹦。

「如果妳要那麼做的話，我自然也有我的打算。」

她似乎馬上察覺了我的言下之意，如此說道：「我話先說在前頭，要是你不付贍養費，我可是不會默不作聲的唷。到時候我會據理力爭的。」

「妳這話什麼意思？難道妳要法院上見嗎？」

「那就要看你的處理方式了。總之，我會主張切結書上寫的權利。」
「那種混帳切結書是無效的。」
「那麼，你就在法院上那麼主張吧。不過，要是打起官司，傷腦動的可是你吧？到時候公司也會知道唷。」
聽到她的話，我霎時沉默了。不知道她是不是確定自己吵贏了，電話中傳來她意味深遠的笑聲。「反正你八成沒有跟公司說老實話，對吧？你一定隱瞞了離婚是因為自己偷情這件事。要是又因為不付前妻贍養費而鬧上法庭的話，你大概會更無地自容吧？」
「夠了，我知道了。」我掛上了電話。
我再度明白了美晴的狡猾。我不再認為她是因為壓力太大才成了購物狂。當她知道我出軌的時候就已經寫好了這齣戲碼。反正既然要離婚，就盡情奢侈浪費，讓這個男人買單後再逃之夭夭——她一定是如此策劃的。我只能這麼想。而且，她早就料到我會全面隱瞞自己外遇的事情。
我懊悔不已，但她說的沒錯，為了保住我在公司的顏面，我並不想把事情鬧大。
就在我不知所措的時候，災難使者帶著更嚴重的災難找上門來。兩個佯裝是客人的男人到店裡指名要我服務，而他們的眞實身份是金融公司催款員。那是一家我從沒聽過的公司，男人禮貌的態度也只是表面上裝出來的，我一看就知道他們不是什麼正派人士。
美晴向那家公司借了一百萬，而且連帶保證人是我。
我說：「既然錢是她借的，冤有頭債有主，要催債請去找她。」但那兩個男人聽到我這麼說，臉上卻浮現微笑，「就是在她那裡要不到錢，我們才來找你的啊。再說，你和她離婚的時候不是和她約好了借款全由你負責償還嗎？她給我們看了一份正式的文件，上頭是這麼寫的。」

討債的特別強調「正式的」這三個字。

不用說，美晴借的錢當然還要付利息。我頓時感到眼前一片黑暗。

「我們會再來唷！」男人們丟下這句話後走人。我猜他們打算每天來「拜訪」我吧。他們會每天上門來，一直到怕被公司知道內情的我拗不過他們，對他們言聽計從的那天爲止。

當天我幾乎無法工作。上司唸了我一頓，但我卻連聽也沒好好在聽。可怕的畫面接二連三地浮現腦海，我忍不住打電話給美晴，卻打不通。不過，就算電話打得通，事情也不會有所好轉，她只會像先前一樣反駁我。

我總覺得那兩個男人會在家門前堵我，因此實在不想回家，但也沒道理一整晚徘徊街頭，到了最後一班電車快要發車時，我總算踏上了回家的路。

我一回到家門前就看到一部賓士停在路旁。我有不好的預感，總覺得是那兩個討債男人的車。就在我低著頭快走進公寓時，身後傳來開關車門的聲音。我衝上樓梯。我家在三樓，雖然可以搭電梯，但我沒時間等了。我上了三樓，在大門前拿出鑰匙，聽見了電梯到達的聲音，有腳步聲向我靠近。我急忙打開大門，正要衝進家裡，背後有人在叫我。

「田島。」

我停止了動作。我回過頭去，看見倉持緩步向我走來，嘴角掛著一抹微笑。「你怎麼這麼晚才回來？加班嗎？」

「幹嘛，已經這麼晚了耶。」我喘著氣。

「我有點事想跟你說，所以在樓下等你。我一看到你就出聲，可是你好像沒聽到。」

「找我什麼事？」

「就是有事要跟你說嘛。我不會花你太多時間，可以打擾一下嗎？」倉持雙手插在褲子的口袋裡。

一想到就是因爲這個男人，自己才會落得和一個可怕女人結婚的下場，憎恨之情油然而生。我想至少要狠狠地臭罵他一頓，發洩一下，但奇怪的是，我今晚又很希望有人待在身邊。一個不會向我討錢的人。

我呼了一口氣，再度推開大門。「屋子很小，進來吧。」

倉持點頭，走進房間。「眞的很小耶。」

倉持縮著身子坐在廉價的茶几和電視機中間，說道：「沒有比較好一點的房子了嗎？」

「房租太貴了，這裡已經是我能租到最好的房子了。」我老實地回答。

「房租啊……」倉持拿出香菸，發現我沒有意思準備菸灰缸，於是隨手抓了一個手邊的空啤酒罐。「你是不是在爲錢煩惱？」

我默不作聲。我想要將心中的不滿發洩在他身上，卻又不想讓他以爲我在說喪氣話。不過，實際上現在已經不是逞強的時候了。

倉持吐出一口煙後說：「最近由希子好像曾跟美晴小姐通過電話。由希子說，她聽到了有點令她吃驚的事。」

我一看他，他也看著我繼續說：「聽說你連她借的錢都得還，是不是？像是信用卡的借款……」

「美晴那傢伙把這那種事也告訴由希子小姐了嗎？」

「好像是由希子在和她講電話的過程中，覺得有很多地方不對勁，所以才逼她說出來的。據美晴小姐所說，那是你們離婚時約定好的，說要是不讓你付那些錢，豈不是太便宜你了。」

我別開臉去，無法回嘴。

「你爲什麼又要在那種切結書上簽名？你該不會沒有好好看過內容吧？」倉持提出疑問。

「我想要早點解脫。再說，我沒想到她的借款會那麼多。」

「眞的有那麼多嗎？」

我不想回答倉持的問題，總覺得會被他當成天字第一號大白痴。

「看樣子，她的借款應該不只信用卡吧？其他是不是還有什麼負債？」

「不用你管！」

「果然有吧？」倉持將吸沒幾口的菸捻熄。「是一家叫消費者金融的公司，還是……？」

他說的一點不錯。我的表情變得僵硬起來。他看見了我的反應。

「我說的沒錯吧？」

「那種事不重要吧？」

「怎麼不重要。我和由希子都覺得自己有責任。我們應該介紹更好的女人給你。把事情全說出來！」

他那僞善的口吻反而惹惱了我。我心想：「他明明心裡覺得我是傻瓜。他明明是來嘲笑我的……」

「今天，那家惡質公司的人，」我將白天男人遞給我的名片放在茶几上。「來過我的公司了。」

倉持看到名片，皺起眉頭。「地下錢莊嗎……？」

「我打算找律師商量。真是太莫名其妙了。就算是在切結書上簽過名、蓋過章，也不能把所有債務都丟到我頭上來吧？」

「你有指定的律師嗎？」

「我沒有認識的律師。我打算找一位。翻翻電話簿應該就找得到了吧？」我想告訴他，這種程度的難關我會靠自己的力量度過。不過，我也很清楚，那不過是在耍嘴皮子，只是想要逞強給他看而已。

倉持大概是看透了這一點，微微搖頭，點燃第二根菸。

「全部大概多少？」

「什麼多少？」

「借款啊。包含地下錢莊的部分在內，你究竟得還多少錢？」

「不曉得。」我將臉轉向一旁。

「什麼叫不曉得？你說個大概的金額！」

「你問這幹嘛？你要幫我付嗎？」

聽到我這麼一說，倉持一臉認真地輕輕點頭。「我想，只好那麼做了。」

我舉起手用力一揮。「別麻煩了。我不想欠你人情。」

「當然，這只是暫時幫你墊錢，將來你還是要還我。這應該好過跟惡質的地下錢莊借錢吧？再說，信用卡卡費如果不快點還，馬上就會被列入黑名單了唷！」

不用你雞婆——我將到了喉嚨的話吞了回去。老實說，倉持的提議可真是絕處逢生。如果對方不是倉持的話，我一定會表示客氣，但欣然地接受對方的好意。

倉持看我悶不吭聲，將手伸進外套的內袋裡拿出一個信封來。鼓脹的信封看起來就像是個圓筒。「總之，你今天先收下這個。裡面正好兩百萬。」

「……這，什麼？」

「催債的應該不會等你吧？你就拿去應急吧。如果你不想欠我人情，就快點賺錢還我。總之，就是借錢的人不一樣而已。我沒有意思要收你的利息。」倉持站起身來。

「下星期再見個面吧。這筆錢你就先收下。」

「等一下。你沒道理要這麼做。」

「我不是說過了我覺得自己有責任嗎？用不到那筆錢是最好。如果用不著的話，你下星期再還我。這樣可以了吧？」

「我也沒寫借據耶。」

「如果你需要那筆錢的話，下星期再寫收據給我吧。」倉持丟下這句話後便離開了。

等他回去之後，我打開信封一看，裡面塞滿一萬圓紙鈔。仔細一數確實兩百張。一想到那傢伙的身份地位，竟然可以完全不當一回事地留下這麼大一筆錢，我對沒出息的自己感到氣憤。

更窩囊的是，我下星期無法將那筆錢原封不動地回給倉持。他來家裡的隔天，金融公司的人就找上門來了。他們雖然沒有使用暴力，卻不斷地用言語恐嚇我：「田島先生，如果你不能馬上還錢的話，我們可以替你想還錢的方法啊！好比說像是辦信用卡，你先去買高價的東西，再將物品交給我們。或者是介紹別家金融公司給你、介紹可以馬上賺到錢的工作給你，方法很多啦！不過，你萬一有個不測，那可就不妙了，所以不管怎樣，請你先保個險吧。當然，要保壽險唷。你不用擔心保險費，我們會替你付，反正不過是一年的保費，沒什麼大不了的。你不問爲什麼是一年嗎？因爲我們一年之後一定會叫你還錢。到時候要是你還不出錢，不知道會怎麼樣哩。我們傷腦筋的話，你大概也不會有好日子過吧。我們會讓你不想活，弄到你想一死了斷。話說回來，保了壽險在一年之後，就算自殺也領得到保險金。唉，我只說說而已啦，這跟你沒有關係的……」

我無法從他們的口氣中判斷出這只是單純的威脅，還是帶有幾分認眞的意味。我根本連判斷的心力都沒有。我馬上將倉持借我的錢拿出來放在他們面前。

美晴應該是借了一百萬，不過他們同時從我身上削走了高額的利息。當他們滿意地離去之後，我有好一陣子連站都站不起來。既然倉持那筆錢用都用了，我乾脆將剩下的錢拿去償還信用卡的債款，因此倉持借的錢沒幾天就一毛不剩了。

「你不用放在心上。我借你錢，就是爲了讓你還債的。能夠幫上你的忙就好。」一週後，倉持到家裡來，聽我說明後也沒有露出一絲驚訝的神情，反而用一種稱得上是溫柔的口吻安慰我。他大概早料到我會動用那筆錢了吧。我總覺得自己就快要負荷不了這種悲慘的心情。

「我會儘早把錢還你。」說出這句話已經是我的極限了。我怎麼也無法抬起低垂的頭。

「別那麼沮喪嘛。至少問題解決了，不是很好嗎？要是討債的每天上門，你工作大概也不用做了。」

「我寫借據給你。」

「我很想叫你別做那種見外的事，不過還是寫一下好了，不然你心裡大概也不會舒坦吧。」

倉持拿出一份文件。那是一份正式借據，只要塡上金額和幾個數字，再簽名蓋章就行了。

他在借據上寫下利息和還款期限；利息非常低，還款日期限距離現在也還有很長的一段時間。他將借據讓我過目，說：「如果沒有問題的話，就簽個名。」我沒吭一句，隨即在上面簽名、蓋下正式印章。

「其他的借款怎麼辦？信用卡的卡債好像還不少。」

「獎金付款的那個我已經還了一部分。至於每個月的帳款，我只好再想辦法了。」

「你不是還要支付美晴小姐贍養費？籌得到錢嗎？」

我默不作聲，完全不知道上哪兒籌那筆錢。

「你目前的收入如何？方便的話，能不能讓我看看你的薪水條？」

「那種東西怎麼能說看就……」

「別說那麼多嘛，讓我看一下。我只是做個確認。」

我已經無法違抗他的命令了，於是將最近一個月的薪水條遞給他。

「嗯，這應該是一般上班族的收入。」他看著薪水條說。「老實說，這份薪水拿來過一般的生活應該不成問題。可是，一旦考慮到借款和贍養費，就挺吃緊的了。」

我微微點頭，事到如今已經毫無反駁的餘地了。

「怎麼樣？要不要幫我工作？」倉持將薪水條放在茶几上說。

「工作？賣股票的工作嗎？」

「替客人買賣股票，或當散戶的顧問。你雖然是個生手，但不用擔心，我會從頭教你。」

「你們公司應該不會人手不足吧？爲什麼找我加入？」

聽到我這麼一問，倉持不改盤腿的坐姿，伸直背脊，抱著胳膊。

「其實我最近決定自立門戶了。也該自己經營一家公司了。我在兜町附近租了一間辦公室。」

「自立門戶？你嗎？」

「我從目前的公司帶了幾個人過去。社長也已經同意了。畢竟說到對目前公司的貢獻程度，如果我居第二，沒人敢居第一。我不會讓人有機會說小話的。」

我端詳著他意氣風發的臉龐。

「看什麼？我的臉上有什麼東西嗎？」

「沒有。」我搖搖頭。「我只是覺得你很了不起，居然能夠一個接一個地展開新的事業。我覺得很佩服。」

「你在挖苦我嗎？」倉持叼著香菸說。

「不是。我是由衷佩服你。」實際上，我眞的不是在挖苦他。我雖然厭惡倉持的性格，卻不得不承認他很有本事利用無形的商品賺錢。

「不過，你現在才要成立公司，對吧？我這樣說可能有點抱歉，但在公司未必成功的情況下，你有閒錢付我這種生手薪水嗎？」

聽到我這麼一說，倉持猛地噴出一口煙，一副沒想到我會這麼說的表情。「我說田島，我在這之前拉你去做過各種工作。我承認，那些生意都有問題，不過我從來不曾讓你損失過一毛半角。不管是穗積國際，還是東西商事，你應該都賺了一些錢。你之所以能有一些存款，也是因爲做了那些工作的緣故，對吧？如果我沒記錯的話，我只有讓你損失過一次，可是那跟生意扯不上關係。」說到這裡，他賊賊地笑了。「五子棋。你忘了嗎？」

我有點驚訝，沒想到他竟然會主動提起那件八百年前的事。「你還記得喔？」

「當然記得。這世上沒有人欺騙朋友心裡還會覺得舒服的。」

我盯著他輕鬆說出「朋友」這兩個字的嘴角。

「股票很有趣唷！只要動腦一定賺錢，會賠錢就是些沒動腦的傢伙。這世上笨的人比較多，所以笨蛋手上的錢才會不斷跑進聰明人的口袋。這樣的話，爲什麼要擔心會失敗？安啦！我敢保證，包你穩賺不賠。還有一點，我正在考慮副業，不過這是一個大規模的副業。」他壓低聲音繼續說。「我想跨足不動產。」

「土地嗎……？」

「公寓也行。」他點頭。「你也知道，地價不斷在漲，今後還會繼續漲。我想先儘可能地聚集資金，接下來就要投資不動產。這賺的錢比股票還穩。」

「寶石、金子、股票，接下來終於輪到土地了嗎？」我嘆了一口氣。「你這傢伙，怎麼老是……」我講不下去了。

「田島，我告訴你賺錢的眞髓。舉例來說，假如這裡有一萬圓，買了一百圓的泡麵之後，就剩下九千九百圓。這麼一來，錢就會快速用掉。首先是尾數的九百圓，接著是減少一、兩張千元紙鈔。錢一眨眼就會花光光了。這你懂吧？」

我點頭。我切身地明白這點。

「但是你可以倒過來思考賺錢。首先，把一萬圓變成一萬零一百圓，這並不難。接著把一萬零一百圓變成一萬零兩百圓，這也不難。只要反覆這個簡單的動作，就可以輕易地將一萬圓變成兩萬圓，大部分的人都是笨蛋，想要馬上讓一萬圓倍增，所以才會失敗。」

「聽你這麼說，世上的人好像都是笨蛋。」

「是啊。腦袋不靈光的傢伙眞是多到令人瞠目結舌的地步。」倉持爽朗地笑了。

「你考慮看看。」說完，他就離開了我家。我恍惚地咀嚼著他說的話。世上的人都是笨蛋——我總覺得這好像在說我自己——只不過犯了一次錯，就把拚命工作存下來的錢悉數散盡，而且還背負一身的債務。

三十四

幾天後，我決定造訪寺岡理榮子的家。我想既然電話不通，只好直接登門拜訪。

雖然已經事過境遷，但我無論如何還是想找她當面問清楚。爲什麼要做那種事？破壞別人的家庭很有趣嗎？

那棟位於豐島區的紅磚式建築依舊。我一邊思考要怎麼開頭，一邊走進了電梯。我的思緒尚未理清，就抵達了她家門前。我做了一個深呼吸，按下對講機按鈕，沒有人回應。就在我心想：「大概不在家吧。」正要放棄時，聽見一個女人說聲「來了」。那聲音很模糊，聽不清楚。

「不好意思，方便請教您幾件事嗎？」我之所以沒有報上姓名，是怕理榮子如果知道是我，會不開門。我不認爲她還記得我的聲音，但說不定她會從窺孔看到我，於是我背對著門。

隔了一會兒，我聽見門鎖打開的聲音。我在門打開的同時，轉過身來。

然而，站在那裡的卻是和理榮子毫不相像的另一個人。原本打算從門縫一腳踩進去的我，趕忙停止腳下的動作。

「請問，有什麼事嗎？」一個看似三十歲上下的女子，一臉訝異地抬頭看我。

「啊，請問，這裡不是寺岡理榮子的家嗎？」

聽到我這麼一問，她搖搖頭。「不是耶。」

「那麼，妳是最近才搬過來的嗎？」

「說是最近……其實也搬來一年多了。」

「一年多？」時間比我認識理榮子還要早。

「不好意思，你還有其他問題嗎？看來你好像弄錯人家了。」

「啊，對不起……」

我不可能會弄錯人家。當時，理榮子確實是帶我到這裡來沒錯。門「砰」一聲地關上。我在門前呆立了好一會兒。這時，我才注意到門旁掛上了名牌，屋主姓本田，但當初理榮子找我來時並沒有掛出這種東西。這眞是令人丈二金剛摸不著頭緒。寺岡理榮子究竟跑到哪去了呢？不，更重要的是，她到底是何方神聖？

我知道對方會嫌煩，但又按了一次門鈴。

「有何貴幹？我也很忙的。」本田小姐的臉上浮現警戒的神情。

「對不起，我有幾件事情非問不可。請問妳認不認識一位名叫寺岡理榮子的女人。」

本田小姐馬上搖頭。「我不認識，也沒聽過這個名字。」

「那麼，妳曾經和誰共用過這間房子嗎？即使對方不是常來，只是偶爾借人……」

「沒有。爲什麼你要那麼問呢？」

「因爲……」我遞出名片。「其實在半年前左右，我曾經送家具到這戶人家來，可是妳不是當時的那位客人，所以我在想這是怎麼一回事……。是這樣的，關於當時那位客人買的家具，我們有點事情想要和她聯絡，所以……」

名片似乎多少發揮了效果，本田小姐臉上的警戒神情淡了些。然而，她卻依然一臉訝異地皺著眉頭。「我沒有訂家具。我看你是不是眞的搞錯人家了？」

「可是，確實是這裡沒錯。請問妳自從搬進這間房子以來是不是一直都住在這裡？有沒有過長期空著房子沒住人？」

「這個嘛……」從本田小姐的表情看來，她好像在回想什麼。

「曾經有過嗎？」

「只有半年前……我人在國外待了一個月，可是那段期間我沒有將房子借給任何人，而且鑰匙也在我手上。請問，你還有其他問題嗎？我想一定是你弄錯人家了。」她打算關門。

「請等一下。那麼，我還有一個請求。能不能讓我看看房子？這麼一來，就可以搞清楚是不是我弄錯了。」

「恕我拒絕。我不會讓來路不明的人進我的家門。」她使勁拉動門把。

「那麼，妳家的客廳裡有沒有伊莎艾倫（*1）的茶几呢？一張木製的大型茶几。」

聽到我這麼一說，她臉上的表情有了變化。她一臉困惑地看著我。

「我是有一張木製的茶几，但我不記得是哪個品牌。」

「那麼，餐桌是不是玻璃的呢？椅子是金屬骨架，皮革墊的那種。」

本田小姐明顯地感到驚訝。因爲我說的準確無誤。

「那些……本來都是隨處可見的家具，不是嗎？」

「所以我想請妳讓我看看房子。只要讓我看過，事情就清楚了。」

---

*1 Ethan Allen，爲美國第一家具品牌。

她好像在猶豫，她並不想讓陌生男子進到房子裡，然而自己家裡卻確實有眼前這個男人所說的家具。是不是有誰擅自使用過我家呢？——她的腦中一定是在思考這個問題。

「那麼……」她開口說。「我在這裡，你進去看。不過，請你別亂碰那邊的東西。」

「我知道了。謝謝妳。」

本田小姐任大門開著，人一動也不動。我從她身旁穿過，踏進室內。一進屋，有一條短短的走廊，裡面是客廳。我打開門。

墨綠色的沙發、水晶燈、黃色的窗簾，一切都和之前看過的一模一樣。因爲工作的關係，我對家具過目不忘。那張茶几正是伊莎艾倫的產品。

「怎麼樣？」本田小姐不安地問我。

我不能回答是這間房子沒錯。要是我那麼做，她八成會報警吧。把事情鬧大對我絕非好事。

「我不知道該怎麼說才好。」我偏著頭說。「感覺好像是這間屋子，又好像不是。畢竟在那之後又經過了好長一段時間。」

「請你仔細看清楚！如果事情弄得不清楚，我心裡也會覺得不舒服。」不知道是不是因爲她家裡的家具和我說的完全吻合，她的態度出現了微妙的變化。

「等我回到公司，說不定會發現什麼蛛絲馬跡。我再跟妳聯絡。抱歉，可以告訴我妳的聯絡方式嗎？」

本田小姐爽快地告訴我電話號碼。我將它抄下來。

「妳眞的沒有把鑰匙借給誰過嗎？」

「沒有。」

「請問，妳知道這裡房東的聯絡方式嗎？我想由我們公司方面詢問房東。」

然而，她卻一臉不悅的表情。「如果眞有必要問，要問房東的人也是我。畢竟如果被房東知道我不在的時候發生過那種事，我說不定會被趕出去。」

「如果妳沒把鑰匙借給別人，應該不會被怪罪吧？」

「我不希望房東認爲我是個麻煩人物。我是經過一番嚴格的審查才租到了這間房子的。房東說過，如果我惹出一點小問題，就會請我搬出去。」

她不打算讓步，我只好退一步。

「那妳問過房東後能不能把結果告訴我？請打剛才名片上的電話，我會感激不盡。」

「我知道了。可是，我還不知道會不會問房東。」

「是嗎。我認爲妳還是跟房東聯絡一下比較好。」

道完謝後，我離開了她家。接下來，她將會度過一段不安的日子吧。然而，從她的樣子看來，似乎不會向房東詢問這件事。

一般而言，房子出租後房東或房屋仲介公司都會保管一份備用鑰匙。我想知道那一份鑰匙的下落，卻又不能背著本田小姐自作主張出面詢問。但仔細一想，就算房東和房屋仲介公司知道寺岡理榮子的所作所爲，也不可能告訴我實情，而就算不知道，也不會承認房子可能被人亂用。

寺岡理榮子究竟是何方神聖？爲何潛入別人的屋子勾引我呢？她不單單只是勾引我，還破壞了我的家庭。

唯一剩下的線索就是銀座酒吧，然而詢問後，她告訴我的那家酒吧卻不存在。我打到一家店名相似的酒店，卻沒有一個名叫寺岡理榮的酒家女在那裡工作，從前也不曾有過那樣的女人。

我總算開始思考，自己是不是中了什麼樣的圈套。也就是說，寺岡理榮子打從一開始就存心接近我、勾引我，破壞我的家庭，再一走了之，消失無蹤。

問題是，她的目的何在？破壞我的家庭，對理榮子有什麼好處？

那件事後，我只要一有時間就會到銀座或六本木的酒店街徘徊。我確定理榮子一定在酒店工作。既然如此，說不定能在哪裡遇見她。然而，我卻沒有勇氣到那些陌生的店一間間地詢問。

就這樣毫無斬獲地過了兩個月左右，有一天倉持打電話給我，問我要不要到他公司看看。就像他之前說的，他在一個月左右前自立門戶了。

我不想去，但說不出口。我跟他借了一大筆錢，能夠平安度日，都要拜他的金援所賜。

倉持的公司位在日本橋的小舟町，一棟七層樓建築的五樓。倉持滿面笑容地出來迎接困惑前來的我。「我等你好久了。本來想早點跟你聯絡的，可是很多事情要忙。」倉持的心情很好。

辦公室裡擺有二十多張桌子，過了晚上七點，還有十名左右的員工留下來加班。每個人的年紀看起來都是二十出頭。

「證交所收盤後，你們還要工作嗎？」我問。

「證交所收盤後才是我們工作的開始。我們會根據今天的收盤結果擬定明天的作戰策略，有時候晚一點還要跟客戶聯絡。所謂時間就是金錢。」

一個看似高中生的女性員工爲我和倉持端來咖啡。

「年輕人眞多啊。」我看著她的背影說。

「大部分都是今年剛畢業的年輕人。」

我看著順口回答的倉持。「都是沒經驗的人嗎？」

「有兩個是我從之前的公司帶過來的員工。不過，其他都沒經驗。」

「這樣……」

「安啦！」倉持一手拿著咖啡杯，嗤嗤地笑了。「這份工作生手也能做，只要再教他們專業知識和技巧就行了。」

他打開自己的抽屜，拿出一本小冊子。「你看看這個。」

冊子上的標題是《創造機會月刊》。好像是上個月的過期雜誌。我打開一看，發現裡面的預測報導穿插著圖表，介紹今後哪家公司的股票會上漲。

「這是我們公司開始發行的出版品。做得很棒吧？這是簽顧問契約時的武器唷。我們會先請對方公司訂閱這本雜誌。」

「是哦。可是，重點在於這些預測報導是否準確，對吧？」

「那當然囉。所以我會命令跑外務的員工，連這一起讓客戶看。」倉持拿出一份剪報。那似乎是從工商報紙上剪下來的，一篇有關「Tronics的股價竄升」的報導。Tronics是一家半導體廠商，他們以不到過去成本的一半，開發出製造太陽能電池的技術，使得股價飆漲。

「你再看看我們公司的報導。」倉持打開《創造機會月刊》。「你瞧，這邊。」

看到他打開的那一頁，我發出「啊」的一聲。上面的報導揭露Tronics申請到電池製造技術的專利。「太厲害了。你們怎麼掌握到這種消息？」我真的非常驚訝。

「這是商業機密。看過這兩篇報導之後，大部分的客戶都會想要訂閱一陣子看看。」倉持賊賊地笑，點燃香菸。

「嗯，大概吧。」

「我說田島，你要不要來幫我？」倉持吐著菸說。「我想要將這裡當作基地，進而奪取天下。爲了做到這點，我必須布下堅固的磐石，目前這樣還不算完整。你如果來的話，雖然稱不上是完美，至少會接近完美的狀態。如此一來，我就能成爲一國之主了。」

「你這麼說不是很奇怪嗎？就算沒有我，你也已經是一國之主了。畢竟你都已經蓋好這麼壯觀的一座城堡了。」

聽到我這麼一說，倉持依舊用手指夾著香菸，手掌在面前揮呀揮。「你不懂啦。光有城堡這座建築物，沒有軟體是不行的。有了城堡、軍隊、武器，你認爲接下來還需要什麼？」

不知道，於是我搖頭。倉持說：「優秀的家臣，或者叫做智囊團。唯有這些都齊備了，我才能成爲國王。」

按照倉持的說法，這間辦公室是城堡；十多名部下是軍隊，而集資的技術則是武器。

「我是個生手，不可能成爲你的智囊團。」

「沒那回事，你可以的。我剛才不是說過了嗎？有沒有經驗無妨。我會教你怎麼做。」

我苦笑。「你想要的是智囊團，對吧？所謂的智囊團，就是代替你思考，補足你欠缺的部分。如果是你培育出來的人，根本不能成爲你的智囊團，畢竟又沒有高於你的智慧。」

「你或許沒有幫我賺錢的智慧。但是，一個經營者需要的並不只有這點，也需要能了解部下的資質，使其團結一致的智慧。不管從事何種工作，都需要懂得做人處事的經驗。」

「話是那麼說沒錯，問題是我在目前的公司也只是一個基層員工，從來不曾帶過一個部下，更別說是當經營者的左右手了。」

「沒那回事。既然我都這麼說了就錯不了。我們是一起經歷過大風大浪的朋友，我最了解你了。就某個層面來說，我比你還要了解你自己。」倉持用一種充滿信心的口吻說。

「我辦不到。我一點自信都沒有。老實說，我連辭去現在工作的勇氣也沒有。」

「哈哈，難不成你在懷疑我的公司可能會倒閉嗎？」

「老實說，是吧。」說完，我低下了頭。「雖然我承認你有做生意的天份。」我半諷刺半認眞地說。

「我知道了。那麼，不然這樣吧。你只要先掛名做我們公司的董事。然後，我希望你出席每個月一次的董事會。我會在不妨礙你工作的日子舉行董事會。這樣如何？」

「你爲什麼那麼需要我的名字，非得做到這種地步不可？」

聽我一說，倉持皺起眉頭，將椅子拉到我身旁，然後將手靠近嘴邊，以免被部下聽到。

「老實跟你說，我需要大人。」

「大人？」

「就像你剛才說的，這些人說是部下，其實都是大學剛畢業的小鬼。不過，反正他們只是小兵，倒也無妨。但是，一旦遇到緊要關頭，還是得大人出面才行。這個時候光靠我一個人，說服力是不夠的。萬一被客戶看輕了，這份生意就吹了。這就跟做醫生或律師一樣，一定要獲得客戶的信賴，所以我需要大人。你懂了嗎？」

我不是不懂倉持的言下之意。但是，對於自己的名字被用在這種目的上，我還是無法釋懷。他彷彿看透了我的內心，問我：「我說，那件事你打算怎麼辦？雖然我是不太想提起啦……」

「哪件事？」

「就是，」倉持嘴唇幾乎動也不動地說。「我借你的錢呀。」

「噢……」聽他這麼一說，我只好垂下頭。「我會設法儘早把錢還你。」

「話是這麼說，但你大概沒有辦法還吧？何況你還要付贍養費給對方。」對方指的是美晴。

「那倒是……啦。」

「所以啊，我之所以這麼提議，也是因爲考慮到了這一點。如果你成爲我們公司的董事，我就能付薪水給你，而你也就可以從中還我借給你的錢。」

我眼珠子往上翻地看著他，然後又低下頭。「你沒有理由爲我做到那種地步。」

「事到如今，我不准你再說那種話！再說，我有理由。你只要好好以董事的身份，努力爲我工作，就算是幫了我一個大忙，而公司也會賺錢。這豈不是三贏的局面嗎？」

我聽他這麼說，思緒有些混亂。想到自己目前的狀況，我應該對他的提議心懷感激。即使再怎麼深交的朋友，大概也不會爲我做到這種地步。然而，我憎惡他，三番兩次想要殺他。

我抬起頭，正視倉持的臉。

「怎麼了？」他問我。

「你爲什麼要爲我做到這種地步？如果你想要一個掛名的董事，想找多少有多少吧？應該不見得非我不可。」

倉持淡淡一笑，並且掏掏耳朵。「這我剛才應該也說過了。我們介紹朋友給你認識，而你娶了她，卻爲你帶來莫大的苦難。我想，我該以某種形式向你道歉。」

「就算是這樣……」

「當然不只是這樣。」他繼續說。「如果我只是因爲內疚就將重要的職位交給你的話，公司馬上就會倒了。我剛才用了家臣這個字眼，不過明智光秀（*1）也是織田信長（*2）的家臣。明智光秀的實力雖然可靠，卻不能將這種不知道什麼時候會把自己的頭顱割下的人當作家臣。當我要找這世上最值得信任的人時，我的身邊似乎只有你一個。」

我大感意外，眼皮眨了好幾下。倉持所說的內容，還有他講話時的表情，竟然帶有至今我幾乎未曾見過的羞澀。

「怎麼樣嘛。要不要幫我？我想這對你應該是個好消息。」

「是啊……」我要他讓我再考慮，說完就離開了。然而，當時我可以說已經下定決心。

從下一週起，我以董事的身份每週到倉持的公司一次。但說是董事，其實主要的工作就是金錢和人員管理，特別是考核員工的工作表現，並將其反映在員工的薪資上。

至於重要的買賣股票，倉持幾乎都不教我。根據他的說法是，管錢的人不用知道那些事情。

「你上班的公司也是那樣吧？居於要職的人會知道窗簾的布料和書櫃的零件嗎？我們就像是交響樂團的指揮，指揮沒有必要彈奏樂器。」

從資金流入的情形看來，說倉持的公司大賺特賺也不為過。大把大把的鈔票不斷進帳。大學

---

*1 明智光秀（1528?-1582），安土時代的武將，通稱十兵衛。侍奉織田信長，擔任近江秭本城主，人稱惟任日向守，後來成為丹波龜山城主，奉命支援攻擊毛利，卻在本能寺襲擊信長，迫使其自殺。爾後僅十三日即在山崎敗給豐臣秀吉，於小栗栖（地名）遭農民殺害。

*2 織田信長（1534-1582），戰國安土時代的武將，信秀的次子。大破今川義元於桶狹間，征戰四方。一五六八年擁足利義昭上京都。一五七三年消滅幕府。築安土城，致力於統一天下的雄圖霸業，卻在京都本能寺遭明智光秀襲擊，舉刀自裁。

剛畢業、臉上稚氣未脫的年輕人，不斷以百萬、千萬爲單位，將錢賺進公司的口袋。一開始，我不太清楚那些錢是從哪兒來的，不久之後便知道那些是想買股票的客戶寄放在公司裡的錢，然而，不可思議的是，那些錢完全沒有在流動。

「如果只是依照客戶指示說買就買，說賣就賣，顧問公司不就沒有存在的意義了嗎？所以，客戶將買、賣的時機也委託我們決定。錢之所以都沒有流動，是因爲時機未到。」倉持流暢地回答我的疑問。

「可是，你不是將那些錢拿去轉投資嗎？一旦時機來的時候，要是沒錢不就糟了？」

「到時候再從別處挪錢過來不就得了。一旦進入我們公司的錢，不管是誰的錢都一樣。」

「可是，那樣會混亂。」

「所以，」倉持拍拍我的肩膀，「爲了避免混亂，才要請你當管錢的人呀。」

但實際上我已經混亂了，一週只看一次錢的進出狀況，根本無從掌握錢的流向。而且，雖然說我是管錢的人，平常存摺和印章卻都是由倉持在保管。我只是名義上的管理負責人罷了。

有一天，我上班的家具公司放假，於是我決定上午到倉持的公司去。到公司時，倉持還沒來上班，一個他從之前公司帶來的名叫中上的男人，在辦公室一角的會議桌爲新進員工舉行研習會。其他員工大多外出。我坐在自己的位子上，像平常一樣過目只有一堆數字的文件。

「總而言之，要看穿對方是個怎麼樣的人。這是最重要的一件事。」中上拉高音量說。

我不自覺地側耳傾聽。

「事業成功的人很聰明，不會因爲好聽話而上當受騙。只要你一個不小心就會讓對方起疑心，所以，遇到那樣的人說話要儘量保守，不要誇張。在談話當中，穿插一些證券公司方面發佈的消息，自然可以增加說服力。當然，對方可能會露出覺得無趣的表情。因爲對方認爲，明明應該可以賺到更多錢。這個時候，你們要這樣回答：『天底下沒有不勞而獲的事，就像您有今天的地位，應該也不是輕易建立起來的吧？』這麼一來，對方就會開始信任我們。」

我覺得他說的話很可疑，從文件堆中抬起頭來。

中上繼續說道：「對於繼承到土地、財產、領到退休金，或突然領到一筆橫財的人，要儘量說些擾亂他們思緒的話。話術請參考剛才發下去的講義。我說過好幾次了，首先要讓他加入友誼會，訣竅在於先催促再說。不管說什麼都行，反正就說些危言聳聽的話讓對方緊張。例如動作不快一點的話獨家的明牌就要跌價了，或是特惠期間就要結束了。一旦對方同意加入友誼會，我們就能收取顧問費。不過，你們聽好了，一開始千萬別報低價，首先要將價格哄抬到一百萬左右，如果對方猶豫的話再一點一點地降價。只不過，每降一次價，都要打電話回公司裝出好像在跟上司商量的樣子。就算是降價，也必須給對方一種「特別給你折扣」的印象。但是，絕對不能降價低於十萬。連那一點小錢都要斤斤計較的人，就不要理他了。另外，我剛才也說過了，絕對不准說：『拜託您，請您加入。』我們要裝得比他們偉大，所以說話的態度要一副高高在上的模樣。『我不會害你，加入吧。』用這種說話方式就行了。再來，如果對方委託我們買賣股票，絕對不要忘了最最重要的一點！」

中上話說到這裡突然停了下來。我不禁伸長了脖子。中上凝視著新進員工一輪，然後斬釘截鐵地說：「收下的錢絕對別還對方！這是鐵的法則！」

三十五

倉持到公司上班後我將他拉到外面的咖啡店。一進咖啡店，點完咖啡，我立刻表明我想辭職。聽到我這麼一說，倉持到底也吃了一驚。

「究竟發生了什麼事？還是你在抗議我給的薪水太少了？」他的臉上露出淺笑。

「不是那麼回事。我說過，我不會幫你做騙人的生意。」

「騙人的生意？我覺得你的說法有些不妥吧？」

「你那種拉客入會的手法，哪裡不算騙人？」

我大致告訴他中上在新進員工研習會上說的話。聽著聽著，他的臉色明顯地沉下來。等到我說完他還沉默好一陣子。他喝一口服務生送上來的咖啡，還是一副不打算開口的樣子。

「你倒是說句話呀！你是社長吧？難不成你要說，那是中上擅自做主幹的好事？」

「不，我不會那麼說。」

「所以呢？」

「好啦，你聽我說。」倉持在我面前攤開手掌。「我知道你心裡很不舒服。除了穗積國際的事情之外，東西商事也讓我們留下了不好的回憶。你一定不想再重蹈覆轍了，對吧？我告訴你，我也一樣。何況現在我自己是經營者，要是發生什麼事情，被警察通緝的可是我自己啊。既然如此，你認爲我會做出那種危險的事情嗎？」

「可是，事實上，中上他……」

「他只是在教導新進員工應付客人的方法，對吧？如果只是笑臉迎人，像我們這樣的生意根本做不成，所以還是需要某種程度的虛張聲勢。見人說人話，見鬼說鬼話，這本來就是推銷的基本原則。東西商事不也是極力灌輸員工這個概念嗎？」

「別提那家公司！那是例外。」

「其他公司也一樣，大家都這麼做。特別是證券顧問這一行，如果不是能說善道、精明幹練的人，根本混不下去。這一行很競爭，光說些漂亮話是贏不了競爭對手的。」

「可是，中上說：『收下的錢絕對別還對方！』」我瞪著倉持。「他還說：『這是鐵的法則。』不還給客人寄放在我們這裡的錢，不是很奇怪嗎？」

聽我這麼一說，倉持皺起眉頭，重重地嘆了一口氣，然後喝了一口咖啡，嘴角和緩了下來。

「並不奇怪。那是鐵的法則。」

「你說什麼……？」

「你別誤會。我的意思並不是要侵佔客人的錢。我的意思是不要讓客人把錢拿回去。好比說，我們讓客人買A股這支明牌，假設客人因此而賺錢，這個時候別傻到讓客人賣掉A股，拿回全部的錢。你可以讓客人賣掉A股，但要想辦法再讓客人買B股這支明牌。也就是讓錢流動。這麼一來，客人和我們公司的關係就不會斷了。如果不這麼做，客人怎麼會增加呢？這是簡單的算數。你懂吧？」

我皺起眉頭，看著倉持的臉。他一臉若無其事的表情，彷彿在說：「有什麼好奇怪的嗎？」

他說的確實有道理，但我還是無法釋懷。

「但是中上說話的語氣感覺起來卻不像你說的那樣。」

「那傢伙的情緒經常過於激動，所以講得過火了吧。我會提醒他的。不過，他要說的就是我剛才說的那個意思。你別擔心！」

「如果客人就是希望我們還錢怎麼辦？」

「那就還錢呀。這是理所當然的吧？不過，我們的工作就是想辦法絕對不讓客人這麼要求。」倉持對我眨了眨眼，看了一眼手表。「已經這麼晚了，再拖拖拉拉下去，該賺到的錢可就要飛了。」他拿起桌上的帳單。

「等一下，我還有一件事情想問你。」

「還有什麼事？」

「買賣股票需要證照吧？你有那種證照嗎？」

霎時，我看到倉持的目光轉爲凶狠，但那只是一剎那，很快地他臉上的表情隨即恢復成從容的笑。「當然囉。你別把心思放在無謂的事情上。」

「下次讓我看看你的證照。」

「嗯，下次吧。」他又看了一眼手表。「糟糕。那麼我趕著回公司，拜拜。」他三步併兩步地衝向收銀台。

他離開咖啡店後，我望著玻璃門，意識到在不知不覺間我想辭職的事又被含糊帶過了。

我無法全盤接受倉持的說辭，然而每次和他爭論總是如此。他總會看穿我接下來要說的話，事先準備好答案，讓我完全無法反駁，到最後，心中只感到一陣悵然。

然而，我決心這次絕對不再被他蒙混過去。就算倉持再怎麼會抵賴，只要稍加深入調查，一定能馬上知道公司是否從事非法活動。我想，以中上那種幹部級的資深員工而言，口風一定很緊，不過應該能夠順利地從年輕員工嘴裡探出口風。

不過，下定決心後沒有多久，我自身就發生了更嚴重的事情。

有天當我在家具賣場工作時，一個比我資淺的員工走近我身邊，在我耳邊低聲說：「昨天，我看見了一個田島先生的客人。」他的話語中帶著弦外之音。

我看著他的臉說：「我的客人？誰啊？」

「我不知道她叫什麼名字。一個一年前獨自到店裡來的女客人，長得挺漂亮的，不過感覺有些粉味，大家都在傳她一定是個酒女……你不記得了嗎？」

我瞪大了眼睛。獨自到店裡來的女客人並不多，而且還給人酒家女的感覺，那麼我只想得到一個人。我的心跳開始加速。

「寺岡理榮子……小姐嗎？」

資淺員工偏著頭。「啊，好像是這個名字耶。」

「她在哪裡？她在哪間酒店？」

看到我劈哩叭啦地接連發問，資淺員工臉上的賊笑斂去，表情變得有點畏縮。

「在六本木。一家位在六本木大道再進去一點的店……。呃……，我應該有拿那家店的名片。」他掏出皮夾，從裡面拿出名片。「就是這個。名片背後有地圖。」

名片上寫著「Curious 松村葉月」。

「這個叫葉月的就是她嗎？」

「不，她當時在坐別的檯。她身上穿了一件大紅色的超級露背裝，跟之前看到她時的感覺有點不一樣，不過我想應該是她沒有錯。她叫……寺岡小姐嗎？那個人第一次到店裡來的時候，是我為她辦理入會手續的，所以我記得很清楚。」
「她發現你了嗎？」
「不，應該是沒有，而且我也沒有叫她。」
「是哦……這張名片可以給我嗎？」
「可以啊。如果田島先生想去那家店的話，我可以帶你去。」資淺員工的臉上，帶著一抹曲解的笑。他大概是被激起了好奇心，而且期待能免費喝到酒吧。
「不，我不是那個意思。我只是有事想和她聯絡……。再說那家店的消費一定很貴吧？」
「貴倒是還好。畢竟，我們都去得起了。那並不是什麼高級酒店，女孩子的素質也不太好。老實說，這個叫葉月的也長得不怎麼樣。」
「是哦。沒差啦，反正我又不會去。」
「是嗎？如果要去的話，記得找我。」資淺員工的話裡帶著半認真的語氣。
那天一下班，我簡單用過晚餐便火速趕往六本木，不過我並沒有打算進店裡找她。因為在四周都是人的情況下，沒有辦法好好說話，而且她也未必會到我的位子上坐檯，反倒是可能一看到我，就會一溜煙地消失無蹤。
我的目的在於確認那家店的位置，以及理榮子是不是眞在那間店裡。我想，今天只要達成這兩個目的就行了。我按照名片背面的地圖，馬上就找到了「Curious」。黑色的招牌上印著白色的字，好像在一棟白色大樓的三樓。
問題是該怎麼確認理榮子在不在。我觀察大樓的入口，不斷有人進進出出，其中也夾雜著酒女，但不知道是不是「Curious」的人。我在想，要不要隨便抓個人，如果正巧是「Cruious」的員工，就問問他有沒有一個叫做寺岡理榮子的女人在店裡工作。但是，如果這件事傳進她耳裡，她一定會提高警覺，因此最後我只好待在稍遠的地方監視。

我在路邊站了好一會兒，但總不能就這麼一直站下去。反正距離打烊還有好一段時間，於是我決定擬定計畫之後再來一趟，於是就離開了那裡。

這個時候，又有人從大樓裡出來了，一看就知道那兩個人是客人和酒女的關係。一個看似四十五、六歲的男子，身穿剪裁合宜的西裝，輕輕揮著手離開女人身邊。在此同時，男人說：「那麼，再見囉，葉月。」

「晚安。下次去吃法國料理唷。」

「好啦好啦。」男人邊說邊離去。目送男人離去之後，叫做葉月的女人轉過身去。

「啊，等等。」我對著她的背影出聲叫喚。

她回過頭來，臉上立即浮現酒女應有的笑容。「什麼事？」

「今天理榮沒來上班嗎？」

「理榮？我想想……」

我從她的表情看出，她們店裡沒有人叫那個名字。仔細一想，寺岡理榮子也未必是眞名。

「那可能是我弄錯名字了。昨天她有上班，穿著大紅色超級露背裝的那位。」

葉月看著我，偏著頭。她心裡說不定在想，這位客人昨天有來店裡嗎？她同時應該也在搜索，關於身穿紅色套裝的女人記憶。

「噢，你說的一定是公香小姐。她今天有上班。請進。」她笑容滿面地伸手請我進電梯。

「不，我等一下還得去別的地方。晚點我再來。」

「那麼，你最好在十一點以前來唷。她今天上早班，十二點以前就會回去了。」
「我知道了。謝謝。」
「請問尊姓大名？」
「啊……我姓中村。不過，我想她應該不記得。」
「中村先生是嗎？我會告訴她一聲。」
在葉月的目送之下，我離開了那裡。腋下和背後都是汗。她叫公香啊……
公香聽到葉月轉述後一定會覺得莫名其妙。不過，她想不到來的人是我吧。中村這個姓氏隨處可見。說不定，她現在正拚命想著是哪個客人呢。
時間還早，我決定去咖啡店坐坐。那裡雖然看不到「Curious」的那棟大樓，但可以看到從六本木大道出來的人。我坐在靠窗的位子邊喝咖啡邊注視著大馬路。
突然間，我有一種似曾相識的感覺。感覺之前好像發生過類似的事情。仔細一想，原來那並不是我自身的經驗。從前像這樣走進咖啡店，等酒女從酒店裡出來的是我的父親。我那沈溺女色，失去一切的笨蛋父親。那個不光是財產，連辛苦得來的牙醫頭銜都失去的父親。
難道我現在和當時父親做的是同樣的事情？
我搖搖頭。絕對沒那回事。當時父親眼裡完全沒有家庭，只是一味地想要得到女人而埋伏。現在的我不一樣，我想要知道破壞我家庭的始作俑者心裡眞正的想法，並試圖抓住她。
然而，我內心深處卻有一個聲音悄聲地對我說：「你和你父親做的是完全相同的事。結果還不是一樣嗎？被女人玩弄於股掌間，落得一無所有的下場。你和你父親有什麼不一樣？沒有什麼不一樣！根本就是重蹈覆轍。」

自我厭惡的感覺鋪天蓋地而來。我努力著想將這種感覺拋諸腦後。咖啡融在嘴裡分外苦澀。

我在咖啡店裡，耗了將近兩個小時後才離開。時間快要十一點了。

當我再度來到能夠看見「Curious」正面的地方，立即隱身在路邊的賓士車後面。進進出出的客人好像比剛才更多了。有許多穿著十分類似的酒女。我定睛凝視，心想絕對不能看漏理榮子，不，是公香。

十一點半多，接近十二點的時候，我心想：「不能老是待在同一個地方。」於是轉移了好幾次陣地。當我要再度回到賓士車後面時，大樓裡出現了她的身影。

她必定是寺岡理榮子。雖然她化妝的方式和髮型有所不同，但全身發散出來的氛圍和從前的她一模一樣。

她往六本木大道走去。我跟在她身後，總覺得若是突然出聲叫她，會被她逃掉。不過，若是悶不吭聲地抓住她，弄得她尖叫可就糟了。

我心想：「如果她搭上計程車，可就麻煩了。」幸好她步下了地下鐵的階梯。那一瞬間，我下定了決心：「好，要跟就跟到底！」總之，先查出妳住在哪裡再說。

地下鐵月台上人很多。我把心一橫，乾脆就站在她的正後方，但她卻沒有發現到我。

她在中目黑下車，我和她間隔幾公尺，尾隨在她身後。我不知道她會在哪裡下車，剛才買了較貴的車票，順利地通過了剪票口。

出了車站要跟蹤到底不是件容易的事。年輕女性走夜路往往注意身後，因此我低著頭，以免被街燈照出臉部。我決定就算她跑起步來，也不要慌張地追上前去。反正我知道她工作的酒店，也知道她在哪個車站下車。我不用著急，只要肯花時間，遲早會查出她住的地方。

然而，她卻不如我想的那般對夜路感到不安。她幾乎毫無警戒心地走到了一棟公寓前。那棟公寓面對馬路，有一整排窗戶，我數了一下，是一棟五層樓建築，但一樓好像沒有住家。

她沒有回頭，從公寓的正門進入。不久，便消失在自動上鎖的玻璃門那一頭。

我站在馬路對面，抬頭看著屋子的窗戶。燈光明滅的窗戶各半。我聚精會神盯著，絕對不能看漏絲毫的變化。

過不多久，四樓右邊數來第二扇窗的燈亮了。

隔天我下班之後馬上前往中目黑。時間才八點多。

我從馬路對面，抬頭看著前一天確認過的窗戶。屋裡的燈沒開。我盡可能不讓人看見地接近公寓。自動上鎖的大門左側，排列著各個屋子的信箱。此外，還有一間管理員室，但這個時間管理員室裡好像沒人，窗戶的窗簾是拉上的。

我確定沒有人後，溜進玄關，站在一整排信箱前面。依照窗戶的位置，我很篤定寺岡理榮子家不是四〇二號房，就是四〇七號房。我看著一整排信箱，覺得四〇二號房的可能性比較高。

我從懷裡取出某樣東西，是我特地在午休時間跑去買來的。

那是一支鑷子，而且還是一支頗大號的鑷子。

我將鑷子伸進四〇二號房的信箱口，發現裡面有東西，接著用鑷子夾住裡面的郵件，小心翼翼地抽出來。最上面一封是化妝品公司的廣告郵件，收件人是村岡公子。

我確信，一定是這個沒錯。公子應該是唸作「KIMIKO」(*1)吧。

爲求愼重起見，我也偷看了四〇七號房的信箱。裡頭的明信片抽出來一看，很明顯地收件人是一個男人的名字，於是我將明信片放回信箱裡。
我將村岡公子的郵件揣入懷中，趕緊離開公寓，心想等到回家之後才能好好地看看郵件的內容。要是在這裡拖拖拉拉，受到居民的盤問可就麻煩了。
我一回到家，連衣服都沒換就馬上打開偷來的郵件；一共有四封，其中兩封是廣告郵件，另外兩封分別是個展的邀請函和美容院的介紹信。
我對此感到失望。光靠這些東西根本無法知道她是何方神聖。她好像有朋友是畫家，但橫豎一定是店裡的客人吧。再說，就算知道她常去的美容院也沒用。
然而，我沒有必要感到沮喪，光是知道她的眞名就是一大收獲，何況接下來要偷出郵件也不愁沒機會。
說來奇怪，我突然有種發現新樂子的感覺。事實上，隔天我也前往村岡公子的公寓，去偷出郵件。當然，偷郵件的時候我順便將前一天偷出的郵件放了回去。雖然收信時間有些延遲，但她大概作夢也想不到竟然會有人偷看她的郵件吧。
當時，還沒有「跟蹤狂」這個說法。如果有的話，無疑是在指我的行爲。我幾乎每天都會去檢查郵件，推測村岡公子的日常生活和交友情形。要不留痕跡地打開信封不是一件容易的事，但我總覺得，越難開的信封裡面的資訊就越有價値，所以絲毫不覺得麻煩。當我取出她的信用卡帳單時，費了好大一番工夫才讓劇烈的心跳平息下來。

*1 公香的日文發音爲「KIMIKA」。

村岡公子似乎過著相當奢侈的生活。之所以一天到晚收到高級名牌商品的型錄，大概就是因爲她從前買過的關係。就獨居的人而言，她的電話費算是高的。畢竟，她信用卡上扣款的金額足以讓我瞠目結舌。分期付款的金額好像也不少，這不由得讓我想起了美晴。

雖然我搜集了這些資訊，但就達成眞正目的而言，這些資訊根本派不上用場。她爲什麼要對我做出那種事？又爲什麼只有那一段日子住在別間公寓裡，佯稱那是自己的家？

我也想過算準公子在家的時候突然登門造訪，可是她未必會說眞話。一個弄不好，說不定她還會將事情鬧大，找警察來。到時只要沒說我偷了郵件，應該不至於會遭到逮捕，但一定會對今後的行動造成莫大的阻礙。而且，她很可能會再度逃得無影無跡。

我一定要取得鐵證再直接見她。要獲得這樣的證據，我能想到的還是只有偷取郵件。

就在我整日偷人郵件時，社會上正逐漸發生嚴重的變化——股票開始暴跌。即使對證券交易一無所知的我，也知道倉持的公司正處於危險的狀況。

我打電話到公司想問問情況如何，卻沒有找到倉持。不光是倉持，其他幹部好像也都不在公司裡的樣子。負責接電話的工讀生尖著嗓門，告訴我一直有客人氣沖沖地打電話進來，他很頭痛。我試著打電話到倉持家，接電話的是由希子。「您好，這裡是倉持家。」她報上姓名的聲音顯然在害怕什麼，知道是我打來的才鬆了一口氣。

「倉持在家嗎？」我問。

「這兩、三天都沒回家。不過，他倒是有從外面打電話回來。」

「他在哪裡？」

「他也不告訴我。只說過一陣子就會回來。」

「還有誰打電話來嗎?」

「很多人。甚至有人在電話裡破口大罵。就算我說外子不在家,對方怎麼也不肯相信。可是,爲什麼他們會知道家裡的電話號碼呢?」

我想大概是威脅工讀生說出來的吧,但我沒說出來。

掛上電話後,我不禁竊笑。倉持終於陷入困境。至今爲止,他總要風得風,要雨得雨,但這個世界由不得他橫行無阻。那傢伙身上的羊皮終於被掀開了,騙人的技倆終究會被拆穿。

當然我心裡一點也不擔心倉持。我心想,他最好早日被揪出來,讓大眾嚴加撻伐。

那天,我也去了村岡公子的公寓,像往常一樣偷走郵件。那已經變成了我的例行公事。

那天的收獲是三封郵件。其中兩封是廣告郵件,而剩下的一封讓我的心臟狂跳不已。那是一封封了口的信,感覺上像私人信件。淡淡的粉紅色信封上用原子筆寫著「村岡公子敬啓」的字樣。寄件人究竟是誰呢?從信封款式和筆跡來看應該是個女人。有一種說法說女人之間的祕密比男女之間還多,我雀躍不已,有一種終於可能釣到大魚的感覺。

一搭上電車,我迫不及待地看了那封信的寄件人名字。霎時,我的腦中一片混亂。那是不可能發生的事,但竟然發生了的感覺。因爲,我認得那個名字。

關口美晴……

這個名字我可以說再熟悉不過了。爲什麼這封信上會出現前妻的名字呢?美晴到底有什麼事找公子呢?不,話說回來,美晴爲什麼會知道公子的地址呢?一種近乎噁心的感覺向我襲來。我並不了解這是怎麼一回事,但我確信,那對我而言一定是件不祥之事。

我在下一站下車後立刻粗魯地撕開信封。我已經沒辦法像平常一樣好整以暇地打開信封了。

我從信封裡倒出幾張照片和便條紙。幾張公子的照片好像是在國外拍的。而其中一張竟然是公子和美晴的合照。兩個人狀似愉快地對著鏡頭笑。

我抖著手拿起信紙，上面寫著：「這是在西班牙拍的照片。要是再多拍點就好了。改天再去哪裡走走吧。」

三十六

我知道美晴住哪兒，但我不打算馬上跑去興師問罪。我看著眼前無法解釋的信和照片，思考了一整晚之後，腦中終於浮現出一種假設。

我會不會是中了她們的仙人跳？

她們兩人原本就認識。我不知道是哪一方的提議，兩人想出了一個計謀，設下了陷阱，打算對我這個笨老公狠狠地敲我一筆。

說到步驟，很簡單，首先由公子接近我、勾引我，等到她順利地跟我發生關係之後，接下來就輪到美晴上場了。她扮演一個對偷腥的丈夫大動肝火的妻子，在丈夫開口提出分手之前，拚命揮霍。一旦丈夫提出離婚，就開出對自己有利的條件，然後離婚。當時就算我想找公子，她也早已經躲起來了。

我從來沒有想過這樣的劇情。如果不是發現了這封美晴寄給公子的信，我大概永遠也無法相信這樣的事。然而，既然親眼看見了那封信和照片，反而想不到還有其他的解釋。

不過，說到美晴那個人，就算我將這些證據攤在她眼前，她也不可能一五一十地坦白招認。

能言善道的她可能會聲稱她是在離婚後才和公子走得比較近。想必她會如此抵賴：「我偶然遇到前夫的外遇對象，想要罵她幾句，沒想到講著講著，最後居然和她很聊得來。」而等到我改天找到證據，推翻她的說法時，她又已不見蹤影。

爲了避免這種事情發生，我必須在和美晴見面之前搜集好各項證據。

我決定到美晴的娘家走一趟。離婚之後我還沒和她父母見過面，不過話說回來，其實結婚期間我也幾乎沒見過他們。美晴從來不回娘家，她父母也不曾和她聯絡，頂多就是寄寄賀年卡罷了。所以，我也不知道我們離婚這件事，美晴是怎麼向她父母解釋的。

我毫無預警地造訪她家，以免她的父母通知美晴。想當然耳，她父母見到了我也大吃了一驚。他們沒想到女兒的前夫竟然會登門造訪。但是要不是發生這種事，我一輩子也不會到她家。

他們看起來很困惑，而且很困擾，但我還是誠懇地表示，我有事情想要請教。他們大概是覺得對女兒的前夫表現得太過冷淡也說不過去，只好招呼我入內。美晴的母親之前在外面打零工，這一陣子都待在家裡。而美晴住在札幌的哥哥也正好出差順道回家。

我們聊著無關痛癢的彼此近況，不過場面並不熱絡，每當話題間斷，氣氛就沉默得幾乎要令人喘不過氣來。他們似乎只在乎我登門拜訪有何貴幹。關於離婚的理由，我不知道美晴是怎麼說明的，不過他們並沒有提起我外遇的事。

「其實，我今天來是有事情想要請教兩位。」

一聽見我提到重點，美晴的父母立刻挺直腰桿，神情看起來頗爲嚴肅。

「您們認不認識一位名叫村岡公子的女性？」

「村岡……小姐。」她母親不安地看著丈夫。他只是悶不吭聲地搖搖頭。

「您們不認識嗎？」

「我們不太清楚……請問她怎麼了嗎？」

「詳細情形我還不能說，不過是她導致我們離婚的，所以我想知道她和美晴的關係。」

夫婦倆又對看一眼，一臉不懂我在說什麼的表情。我確定美晴還沒對父母提起離婚之前發生的事情。美晴的哥哥假裝在一旁看報紙，但必然豎起了耳朵在聽我們講話。

「美晴完全沒告訴我們你們爲什麼離婚。究竟發生了什麼事？」她母親問我。

我本來想毫不隱瞞地告訴他們，但姑且還是把話吞下來，等到一切弄清楚再說也不遲。

「說來話長。總之一句話，就是個性不合。」

她父母不可能接受這樣的解釋，卻沒有再多問

「您們眞的不認識一位名叫村岡公子的女性嗎？」我進一步問。

她母親搖頭。「我們不太清楚美晴的事。你應該也知道，她連這個家都不回。」

她看起來不像是在說謊。打從一開始，我就沒有奢望能從他們身上打聽到有用的資訊。

「那麼，能不能告訴我，美晴親近的朋友的聯絡方式呢？」

「朋友……嗎？」她母親的臉上再度浮現困惑的神色。

「我想這你應該比我們還要清楚才是。」沉默至今的父親開口說。他明顯地心情不好。

「她幾乎都沒有告訴我結婚之前的事，所以我今天才會登門拜訪。」

「我們也不清楚。」她父親話一說完，站起身來，離開客廳。

我將視線拉回她母親身上。「我好像惹伯父生氣了。」

她母親生硬地苦笑，叫我等一下，然後站了起來。

我看著美晴的哥哥。他的目光依舊落在報紙上。

不久，她母親回來，手裡拿著一張便條紙。「這是之前那孩子上班的公司的電話號碼。你能不能打電話去那裡問問看？」

看到上面的電話號碼，我很失望。那是倉持從前上班的公司。我心裡想：「如果是這支電話號碼，根本不用特地請妳告訴我。」但又不能那麼回答，只好道聲謝，將便條紙收下。

當我出了關口家門口，才走沒幾步路，就聽見有腳步聲從身後追上來。我回頭一看，美晴的哥哥正扳著一張臉朝我走來。我停下腳步等他。

「能不能借一步說話？」他說。「好的。」我點頭。

我們到附近的一家咖啡店。他名叫義正。我們一坐下來，點完飲料，義正馬上開口說：「我大概知道你們離婚的原因。」

我瞪大了眼睛。「爲什麼……？」

他突然這麼說，令我窮於應答。他繼續說：「是因爲錢吧？」

「你想問爲什麼我知道吧？說起來丟人，其實對我們來說這種事情已經不是第一次了。」義正的臉皺成一團。「那傢伙眞是的，老要人幫她收拾爛攤子，我爸媽都受夠了。」

「之前還發生過什麼事嗎？」

「嗯，說來話長。要是細說從頭的話會沒完沒了。我家又不是多有錢，可是不知道爲什麼，只有她很奢侈，或者該說是喜歡搞派頭，總之就是浪費成性。她沒有辦法忍耐，只要有想要的東西就算借錢也要買到手。如果借的錢她還得起也就罷了，偏偏老是累得周遭的人替她擦屁股。」

他喝了一口服務生端上來的咖啡，然後繼續說：「我們原本以爲等到結婚之後得要自己持家，她那種個性可能會有所改善，不過看來還是無可救藥。」

我想起了第一次到美晴家的情形。當時，她的父母幾乎沒有提起她結婚以前的事。現在想想，原來他們是想不到任何值得提起的往事。

「因爲這樣，我想她大概也給和幸先生添了不少麻煩。」

我默不作聲。既然他們自行解釋我們離婚的原因，我也就沒有必要多嘴了。

「可是，」義正用手撥頭髮。「你看過我家應該知道，我家的經濟狀況很拮据。我自己的小孩也大了，手頭眞的很緊。」

我不知道義正話裡的意思，看著他的臉。他別開視線，繼續說道：「所以，嗯……，該怎麼說呢，關於你和美晴的金錢糾紛，我希望你們自行解決。就算你把問題帶到我家來也於事無補。」

聽到這裡，我終於了解了。義正是在害怕我和美晴之間金錢上的糾葛會波及到他們。

我苦笑。「我沒有打算那麼做。」

「那就好。」義正好像鬆了一口氣。他喝了一口咖啡，好像想到什麼似地抬起頭來。「剛才你說的那個人……叫做村岡公子，是嗎？」

「是的。你對她有什麼印象嗎？」

「我不確定她是不是姓村岡，不過我印象中，美晴確實有一個叫做公子的朋友。」

「她是個怎麼樣的朋友呢？」我精神一振地問。

「該怎麼說才好呢。」義正抱著胳膊，偏著頭。「只能說是酒肉朋友吧。她好像是美晴年輕時在酒店工作時候的常客。」

「美晴在酒店工作？」我重新問了一次。「你是不是說反了？應該是美晴有一個叫做公子的朋友在酒店工作，而美晴去那個朋友的店裡吧……」

然而，義正卻搖搖頭。「美晴曾經在一家營業到深夜的酒吧工作。我也去過。還在那裡遇見過那個叫做公子的女人。她明顯就是一個……」他稍微壓低了聲音，「在賣的女人。從她給人的感覺就看得出來。」

我縮著下巴，吞了一口口水。我心想，如果她之前是在做雞的話，看在條件不錯的份上是很可能接下勾引朋友丈夫的工作的。

「那是什麼時候的事？」

「什麼時候呢？好幾年前了，大概是七、八年前的事了。」

美晴沒告訴過我她有那樣的朋友。不過話說回來，我本來就完全不知道她的交友情況。

「你說，你和公子見過面，是嗎？」

「嗯。」

我從外套的口袋裡取出照片。不用說，是那張如信附上的照片。「是這個女人嗎？」

義正將照片拿在手上，皺起眉頭看了好一陣子之後，點了點頭。「是這個女人。她比我之前見到她的時候老了不少，不過是她沒有錯。」

我按捺住想要大叫的情緒，接過照片。這下證據成立了。有了親哥哥作證，美晴應該只好放棄狡辯了吧。

「從你剛才的話聽來，好像是這個女人害你們離婚的，她究竟是幹了什麼好事呢？我看還是跟錢脫離不了關係吧？」義正問我。

「這個嘛，嗯……」我語意不清地含糊帶過。

「是不是美晴借錢給那個女人，結果錢收不回來了呢？從前發生過一次那樣的事。」

「你說什麼就是什麼。如果要我說明詳細情形，請你饒了我。」

「嗯，是啊。我就算問了也沒用。」義正抓抓頭。

我達成了此行的主要目的，已經沒事需要問眼前的男人了，於是伸手抓起帳單。

「美晴也是個笨女人。好不容易找到一個像你這樣穩重的男人卻又鬧得離婚收場。她大概是忘不了和之前交往的男人一起過的奢靡生活吧。」

我用手勢打斷他。「她之前和怎樣的男人交往呢？」

「詳細情形我也不清楚。我沒見過那個人，不過聽說是同一間公司裡的同事。」

「人壽保險公司嗎？」

義正搖頭。「比那更早之前。那家公司該怎麼說呢？好像是什麼股票買賣的顧問公司。」

「他們在那家公司裡談辦公室戀情嗎？」

「嗯，大概是那麼一回事吧。不過，最後分手了。」

「分手的原因是？」

「不曉得。」義正聳聳肩。「這我就不知道了。美晴說他們的感情由濃轉淡，不過我猜大概是美晴被甩了，畢竟對方那個男的和美晴分手之後馬上就和別人結婚了。這代表對方從一開始就是腳踏兩條船。如此一來，美晴很難再在公司裡待下去，所以辭掉了工作。」

有一種不好的預感，在我的心中逐漸蔓延。「你知不知道對方那個男的叫什麼名字呢？」

「我不知道耶。當時美晴只告訴過我她身邊有這麼個男人，等下一次見到美晴的時候，我問她和那個男人進展如何，她就一臉不太高興地說他們的關係變淡了。」

「同一家公司……會不會連工作單位也一樣呢？」

「工作單位……」義正露在回溯記憶的表情。「噢，對了。跟工作單位什麼的沒有關係。那並不是一家多大的公司，而且對方是老二。」

「老二？」

「公司的第二把交椅啦。他好像是社長成立公司時的第一個部下。像那樣的男人想必也很有權勢，奢侈成性的美晴會看上他是很可能的。不過，她也不該用他的標準來要求你，對吧？」話一說完，他用一種不可思議的表情看著我。「你怎麼了？怎麼好像一臉不高興的樣子。啊，不是，我不是在說你沒出息。我只是想說，美晴到底是哪根筋有問題。」

就像他說的，我的臉色一定變了。我不太記得義正在那之後又說了些什麼。當我猛一回神，才發現自己已經離開咖啡店，漫無目的地走在路上了。

第二把交椅、社長成立公司時的第一個部下……

我記得倉持確實說過，當年他們社長成立兩人公司時，唯一的員工就是他。

我的腦袋裡一團亂，不知道自己身在何方。我陸續想起遇見美晴、交往、結婚、離婚等種種情景。這些事在我腦子裡錯綜複雜地糾結在一塊兒，似乎很難解開來。

「怎麼會這樣！」我停下腳步，忍不住脫口而出。

那個卑鄙、冷血的男人，將自己拋棄的女人塞給我，還利用由希子巧妙地引導我和美晴結婚。我想起倉持在喜宴上的表情，眞想放聲大叫。那男人表面上擺出一副莫測高深的表情，心裡一定在嘲笑我。

我決定要離婚的時候，他也在我身旁。在美晴離開我之後，他說：「人生起起伏伏，這件事你別放在心上。」

那男人心裡究竟在想什麼，怎麼能說出那種話呢？

強烈的憤怒湧上心頭。既然曾經交往過，倉持應該很清楚美晴是個怎麼樣的女人。然而，那傢伙竟然認爲她是一個適合我的女人。難道他認爲我和她結婚能夠得到幸福嗎？不可能幸福的！那個骯髒的男人，只不過想要和自己拋棄的女人斷得一乾二淨，才將她塞給別人。他只是挑中了我，做爲可能接收二手貨的。

猛一回神，我已經坐在計程車裡了。我要司機前往倉持的住處。我還沒有決定見了他之後打算怎麼做。這只是憤怒之下，失去理智所採取的行動。

我一抵達倉持位於南青山的公寓，立即在一樓入口處的對講機按下他家的門鈴。然而沒有人應門。我試好幾次，結果都一樣。這時我才想起倉持躲起來了。說不定由希子也出門不在家。

就在我咂舌，離開對講機的時候，發現有人站在我的正後方。那是一個身穿黑色夾克，看似四十開外的男人，他的臉色接近灰色，眼珠子混濁不清。

「你是倉持的朋友嗎？」男人用低沉的嗓音問我。

他好像看見了我剛才在按對講機。我下意識地判斷，不能回答是他的朋友。男人的眼神裡充滿了敵意和警戒。

「不是，我是家具行的員工。」我拿出名片，「最近店裡進了新家具，我想要通知他。請問，您也是這棟公寓的住戶嗎？」

男人一語不發地將名片還給我。他臉上的表情顯得不再對我感興趣。我離開公寓後才發現，馬路上停了幾部車。每部車裡都坐著奇怪的男人。我猜想，他們一定是在等倉持回來。

我再度攔下一部計程車，轉念一想，質問倉持可以留待以後，當務之急是見美晴一面。說不定義正他們已經和她聯絡，通知她我去關口家的事了。要是美晴發現我察覺到她們的計謀，很可能藏匿起來。我可不能給她時間。一旦時間拖長，說不定她又會想出推脫之辭。

美晴租的公寓位在北品川。這是我第一次去。當我站在公寓前面，憎惡之情再度湧現。那是一棟豪華的建築物，比我住的地方新上許多，房間一定也相當寬敞。

這裡的大門也採用自動上鎖的系統，跟倉持住的地方一樣，設有從一樓呼叫住戶的對講機。我走近對講機，但在按下房號之前想了一下。美晴如果知道是我，說不定不肯開門。

我在腦中整理好思緒之後，才按下美晴家的門鈴。

「哪位？」美晴愛理不理的聲音從對講機傳來。

「關口小姐，快遞。」我用手帕摀住嘴巴回答，讓聲音聽起來模糊。

「嗯。」隨著一聲慵懶的回應，門鎖倈嚓地打開了。

我走到美晴家的門前，讓身體貼在窺孔上，然後按下門鈴。我感覺室內有人在走動，想必她正拿著印章，滿心期待不知道是誰寄了什麼東西來吧。

當她開鎖，打開大門，我立刻抓住門把，將大門用力拉開。身穿灰色運動衫的美晴驚訝地抬頭看我。她的臉倏地浮現厭惡扭曲的表情。

「搞什麼啊你！」

我沒有應聲，一隻腳踩進門的縫隙。她一看，趕緊想要把門關上。「你幹嘛啦？別那樣！」

「我有話要跟妳說。」

「我不想聽，別開玩笑了！事到如今，我爲什麼還要跟你說話？」她直勾勾地瞪著我。「你假裝是快遞騙我！」

「先讓我進去再說！」

「我不是說我不想聽你說了嗎？你再不把腳縮回去，我要叫了哦！」

她的臉上明顯地寫著憎惡二字。我將那張照片亮在她面前，她皺起眉頭，但表情隨即和緩。

「妳知道這是什麼吧？」

「爲什麼你手上會有那張照片？」美晴瞪大眼睛地問我。

「如果妳想知道就讓我進去！不過之前我要妳先釋解這些照片。這究竟怎麼一回事?!」

美晴別開視線，下巴的兩側微微抽動。

「我在問妳，這究竟是怎麼一回事?!爲什麼妳會和這個女人合照？」

她呼地吐了一口氣，鬆開了要關門的手。我趁隙讓身體溜進門內。

「三言兩語解釋不清。」她粗魯地說。

「我也不認爲妳三言兩語解釋得清。妳把事情的來龍去脈，原原本本地告訴我！」

美晴嘆了一口氣，不耐煩地說：「請進！」

屋子裡放著我們結婚時使用的家具、電器製品。雜亂無章的情形依舊。敞開的衣櫃前，堆著好幾個印有名牌標誌的盒子，這點也和以前一樣。

「喝茶？還是咖啡？」

「飲料就免了。妳倒是解釋給我聽！」

美晴一臉索然地坐在椅上，重重嘆氣。「那張照片怎麼了嘛？爲什麼會在你手上呢？」

「我剛說了，我等一下再告訴妳。問問題的人是我。」

然而，美晴卻似乎非常在意照片在我手上這件事。她詫異地看著我的手，然後皺起眉頭。

「該不會是你潛入她的屋子偷走的吧？不，不可能發生那種事。畢竟那張照片是我寄給她的。」說完，她打量了我一眼。「難不成……是你從她的信箱裡偷的？」

「我說過，這件事等一下我再告訴妳，先請妳解釋這張照片如何？跟妳合照的人是寺岡理榮子，也就是勾引我的那個理榮子。不，這不是她的本名，她叫做村岡公子，對吧？妳們兩人竟然還一起去旅行，這代表妳們的感情挺好的，不是嗎？」

美晴像是戴著能劇的面具，面無表情，但臉頰微微抽動。「你連旅行的事情也知道？你果然看過了那封信，對吧？」她緩緩地點頭，嘴角扭曲。「原來是那麼回事啊。你怎麼辦到的，我是不知道，不過你找到了公子住的地方，然後偷看她的郵件，是嗎？」

「回答我的問題！」

「隨便你怎麼想，反正我跟你離婚了，我愛跟誰去旅行，是我的自由吧？跟你沒有關係吧？」

「是那個女人勾引我，導致我們離婚的唷！妳爲什麼會親近那種女人？」

「我剛不是說過，那是我的自由嗎？」

「妳在發什麼飆啊？我話可是先說在前頭，什麼和我離婚之後才跟那女人親近的狗屁理由可是行不通的！我已經知道妳們是老朋友了。聽說她是雞，而妳在某家酒店裡工作過。」

她大概沒有料到我會調查到這個地步，把那張鬧脾氣的臉轉向了一旁。然而，她這麼做的同時，心裡一定在想如何克服眼前的難關。美晴就是這麼樣的一個女人。

「妳倒是說句話呀！」

「吵死了！」美晴用般若（*1）般的表情看我。「事到如今，你還在吵個什麼勁？你和公子上床是不爭的事實。是誰不敵勾引，隨隨便便就上勾的？不就是你嗎？不但如此，看看你還做了什麼好事？陰魂不散地找到公子住處，還偷人家的信件。你這個男人眞是丟臉丟到家。」

「你……」我氣到氣血倒流，腦袋發燙。「這……這不是妳設下的陷阱嗎？妳設計我，製造離婚的原因……」

「幹嘛啦，你在激動個什麼勁兒？你是白痴嗎？如果沒有別的事的話，請你出去！」

「妳承認了吧？妳承認那是個陷阱了吧？」

「你少在那邊自以爲是了。你外遇是個不爭的事實吧？我話可是先說在前頭，這既沒有民事責任，也不會造成刑事責任。今後我一樣會向你要錢。」

看著美晴呲牙裂嘴的模樣，我失去了理智。我站起身來，朝她撲過去。

三十七

那或許是所謂的情緒激動，也可能是我心中許久不曾出現的殺人念頭，從身體深處湧出的憎惡之情，在一瞬間支配我的肉體。新聞節目經常用「壓抑已久的情緒終於爆發」這樣的字句來形容，當時的我正是如此。那一瞬間，我腦中想的只有一件事：那就是殺死對方。我完全無暇顧及殺死對方之後該怎麼辦。

我將美晴推倒在地，掐住她的脖子，即使撞倒身邊的物品發出巨大的聲響，我也不在乎。我只是一味地使勁掐住她。

美晴死命地抵抗，想扳開我的手指卻扳不開，於是扭動身體，往我的肚子和鼠蹊部踢來。即便如此，我的雙手還是不肯鬆開。

然而她卻抓了我的臉。她用留有長指甲的手指戳向我的眼睛，我到底忍受不住，只好放鬆力道。她想要趁隙逃走，但我想要是此刻讓被她逃走可就前功盡棄了。於是我勉力抓住她的手臂，另一隻手則摀著被她戳中的眼睛。

「放開我！」美晴說完猛地嗆了一下，在我耳邊大口大口地喘氣。

我大聲吼叫，腦中卻想不出具體言語。我只有一個念頭，就是不能就此放過這個女人。

我再次伸出雙手掐住她的脖子。美晴嚇得整個臉扭成一團。她大概搞清楚我是來真的了。

「不是我啦！」她叫道。「那個計謀不是我想出來的。」

這句話我是聽見了，但已沒有力氣去思考話中的含意。我只覺得，她在求我饒命。她又喊道：「是山姆啦。山姆叫我那麼做的。眞的啦。我說的是眞的！」

此時突然出現這個陌生的名字，我的注意力總算轉向她說的話。美晴死命地扳開我的手，趴在地上逃到了牆邊。她面對著我，雙手環抱在胸前，護住脖子。

「山姆？那是誰？」

「你也認識的人。」

「所以我問妳是誰啊！」

---

*1 能劇面具之一，為長角的女鬼，神情充滿嫉媢、痛苦、憤怒。

「倉持先生啦。倉持修。我都叫他山姆。」

我想起義正說過的話，低頭看著美晴。「果然沒錯啊。我聽妳哥說妳好像跟倉持交往過。妳竟然瞞著我這件事，還不要臉地……」我想不出接下來該說什麼。

「全部都是他策劃的。山姆想從你身上騙錢。」

「爲什麼他要那麼做？」

「我不知道他爲什麼找上你。總之，他只是想要把燙手山芋趕快推到別人身上。」

「燙手山芋？」

「就是和我之間的關係啦。這件事要是曝光，也會破壞他和由希子的感情。」

我走近美晴。她的臉因害怕而抽搐。難道當時的我，全身散發出如此駭人的氣勢嗎？

「我知道那傢伙將自己拋棄的女人推給我。不過妳呢？明明知道他的意圖還和我結婚？」

聽到我這麼一問，美晴將目光從我身上移開，咬住下唇。我抓住她的下巴，使橫將她的臉轉向我。「好好回答我！」

美晴充滿敵意地看著我，然後嘆了一口氣。我放開她的下巴。

「結不結婚都無所謂。」她脫口而出。「我知道山姆想要將我推給別人。他甚至利用了由希子。老實說，我覺得很生氣，而且無地自容。一開始我想，怎麼能如他所願，可是漸漸地，我的想法變了。事情既然演變到這個地步，跟誰結婚都沒差。但是，我絕對不要離開山姆。」

「原來妳和我結婚，是不想切斷和倉持的關係，是嗎？」

她將臉轉到一旁代替肯定，「呼」地吐了一口氣。我有一種被人在流血的傷口上灑鹽的感覺。不過，算了，反正我們的婚姻生活，從一開始就是一團糟。

「那麼，倉持有什麼必要要陷害我？」

美晴對我的問題三緘其口。我察覺到其中大概有什麼難以啓齒的隱情。我再度抓住她的下巴。「不回答的話，我就殺了妳！」

這個時候，其實我的殺人意念已經很淡了。然而，我當眞想要殺美晴的這個事實，卻讓我維持了對她的優勢。

「我找他商量過，說我想離婚了……。然後，他就幫我想了一個讓你外遇的方法。我說的是眞的，那是山姆提出來的計謀。相信我。」

「爲什麼他要幫妳想出那種計謀？他不是已經和妳分手了嗎？」

「我想，他大概是不想讓我生氣。大概怕我如果一生氣，會將我們之間的事告訴由希子。」

「妳有證據可以證明他是主謀嗎？」

「那間公寓……公子勾引你的那間公寓，就是他準備的。你應該知道，他之前上班的公司也有處理不動產吧？他物色由公司管理的出租公寓，擅自使用一房客長期不在家的屋子。如果光是我和公子，應該辦不到那種事吧？」

美晴有理。沒有調查管理那間屋子的不動產公司是我的嚴重疏失。如果我知道那是倉持上班的公司的話，說不定就會有迥然不同的劇情發展了。

「另外，山姆還想到從你身上搾財的方法。他說就算從上班族身上要到贍養費，也不會是一筆大數目，只要在離婚前用借錢舉債，再將債款全推給你就好了。這也是他唆使的。」

不知道美晴是不是感覺到我憤怒的矛頭漸漸轉向倉持，這段話聽起來像是說倉持的壞話。

「妳說的是眞的吧？」我瞪著她說。

她微微顫抖地點頭。「我都說是眞的了嘛。要不是受到山姆的唆使，我也做不出那麼惡劣的事情。一切都是他的指示，我只是依照指示行事而已。」

很明顯，美晴只是嘴上道歉。她如果眞覺得對不起我，不要聽從倉持的指示不就得了。然而，我連這麼容易發現的矛盾都沒察覺。對倉持的憎恨，使我覺得其他事都微不足道。

我站起身來。美晴縮著身體，抬頭看著我。她的臉上還留著害怕的神色。

「我死都不會再給妳錢了。借款妳自己還！」

「可是……」

「如果要債的再來找我，我就先殺了妳再自殺。我做好心理準備了。妳聽懂嗎？」

她默默地點頭。

「妳知道倉持在哪嗎？」

「不知道。我們最近都沒見面。」

這句話倒不像是在說謊。我嘆了一口氣，轉身朝大門而去。然後在開門離開之前，又回頭對她說：「妳逃也沒用！不管妳逃到天涯海角，我都一定把妳找出來殺掉！」

美晴鐵青著一張臉，我隨即離開她家。

如果有一條界線，決定會不會變成殺人犯，我想我的心當時應該游走在界線邊緣。要是美晴沒有提起倉持的名字，恐怕我已經殺掉她了吧。我邊走邊回想，那是眞正的殺意。

我對美晴的憎恨漸漸轉變成殺死倉持的念頭。我再也無法容忍那個玩弄我的人生的男人了。

我前往日本橋小舟町。太陽早已下山，倉持很可能已經不在公司了。

然而，當我走到公司旁，卻看到一群不認識的男人正在搬瓦楞紙箱。男人們的手臂上全戴著臂章。一開始我以為那些人和我無關，然而當我看到他們身邊有幾個是倉持的部下時，我便察覺到有事發生了。

我向一個講過幾次話的工讀生走去。他也發現到我，臉上的表情顯得有些驚訝。

「啊，田島先生……」

「發生了什麼事？」我問。

「聽說是強制搜查。那些人突然跑來公司……然後趕我們出來。中上先生他們還在上面。」

「倉持呢？」

工讀生搖搖頭。「他最近一直請假。」

我心想，他搶先一步落跑了。此時的情形和穗積國際、東西商事當時一模一樣。只不過，主謀終於換成了倉持本人罷了。

一個身穿西裝的男人朝我走來。他還沒停下腳步，就拿出一本手冊。

「我是警視廳生活課的人員，你是『創造機會』的員工吧？」

「不，我並不是正式員工。」

「這話怎麼說？」調查人員的眼中發出令人害怕的光芒。

「倉持拜託我幫他處理一點會計上的事……。不過，公司的事情我幾乎什麼都不知道。」

搜查人員一副在推測我說的話是眞是假的樣子。接著，他說：「可以請你跟我來一下嗎？」

我沒有理由拒絕，只好答應。何況，我也想要親眼確認，事情究竟演變到了什麼地步。

他帶我到大樓裡面。辦公室裡還有十多個搜查人員，正將所有文件和檔案夾塞進瓦楞紙箱中。我看見了中上他們，他們只是一臉茫然地杵在那裡。

中上往我這邊瞄了一眼，但沒有向我搭話，只是雙眼垂下。

我在偏角落的地方接受搜查人員的詢問，諸如進公司的過程、至今做過哪些事情等。他們的用字遣詞雖然客氣，卻有種強硬的感覺。我想，我沒有必要說謊，於是一五一十地和盤托出。然而，搜查人員似乎不完全相信我說的話。

「照你這麼說，你是在不知道公司實際經營內容的情況之下在這裡幫忙的囉？雖然你沒有辦理進公司的正式手續，但卻是董事級的待遇，不是嗎？」

「那是倉持自己決定的。我只是想賺一點零用錢……。」

「可是，你的工作是負責管錢的吧？」

「說是管錢，其實只是形式上的頭銜。實際上，倉持可以自由運用資金，而我只是看看資金流進流出的金額而已。」

搜查人員似乎並不接受我的說詞，臉上甚至連擠出苦笑都沒有，一副想說「誰會相信你那種鬼話」的表情。強制搜查的目的似乎在搜集公司違反證券交易法的證據。我從搜查人員話中得知，倉持無照從事證券買賣。

「你知道倉持先生沒有執照嗎？」

「我完全不知道。我之前問過他本人，當時他告訴我他有執照。」

「他說有，你就信了？」

「是的。」

搜查人員聽了我的回答，狐疑地偏著頭。

接下來的問題，主要是關於倉持的出沒地點。搜查人員表示，倉持連自己家都沒回。當然，我也不知道他去了哪裡。關於這點，搜查人員倒是相信了。

他們晚上十點過後才放我回去。我精疲力盡地拖著腳步回家。一天當中發生了太多事情，我的心情還來不及整理，只想好好睡一覺。

然而，一旦躺在床上，頭袋卻莫名清醒。我的心中充滿了對倉持的憤怒、憤恨，還有懷疑。我還想起了八百年前的往事，只後悔至今爲什麼沒有對他痛下殺手。

就在我煩悶地輾轉難眠時，突然電話鈴響，嚇了我一跳。在拿起話筒之前，我先看了鬧鐘一眼，時間接近凌晨一點鐘。

我拿起話筒，低低地說了聲：「喂。」隔一會兒，對方才出聲回應。「喂，田島嗎？」

聽到那聲音的刹那，原本有點恍惚的腦袋突然清醒了。

「倉持……你，在哪裡？」

「我在電話亭裡。就地名來說，應該是深川附近吧。門前仲町一帶。」

「你在那種地方做什……」

「我只是單純經過這裡。倒是你身邊有沒有人？」

「只有我一個人。你知道公司怎麼了嗎？」

「強制搜查對吧？我知道啊。」我從倉持的口氣中聽不出危機感。

「大家都在找你。」我想說我也在找你。但忍了下來。

倉持在電話的那一頭低聲笑了。「要是我現在出面的話大概會鬧得滿城風雨吧。」

「你別說得一副事不關己的樣子……」

「我知道啦。我現在不能出面。不過，我想見你一面，我有點事情想要拜託你。」
「你去找警察自首如何？」
「別開玩笑了。我問你，等一下能不能見個面？我去你那邊。」
「等一下？現在嗎？」
「如果能在大白天見面那當然最好啦，可是現在是非常時期。」
聽到他毫不擔憂的口吻，我眞懷疑這傢伙有沒有搞清楚自己的處境。
「好。那你過來我這邊。你知道地方吧？」
「我之前去過，知道在哪主，不過我們最好換別的地方，因爲說不定你家也有人在監視。」
「我家？誰在監視？警察嗎？」
「警察說不定也在監視，但可能還有其他的……。好了，別說那麼多，反正最好在別處。」
我稍微想一下，和他約在附近的一家美式餐廳。倉持確認好地方和時間後掛上電話。
我從床上爬起來，開始慢慢換衣服。隨著思路漸漸清晰，我慢慢又想起美晴的話。
同時，對倉持的憎惡之情逐漸加深。我不知道他找我什麼事。不過，從電話裡聽起來，他似乎對我毫無戒心。
我不經意地想：「不可以放過這個機會。」
我走到廚房，打開抽屜。裡面放著菜刀和水果刀。水果刀是附有刀鞘的那種。我將它拿在手上，拔刀出鞘。薄薄的刀尖在日光燈的照射下，發出寒光。我心想，非得有人下手不可。那個男人害太多人遭受不幸。當然，最大的受害者就是我，所以我是下手的不二人選。
我穿上外套，將刀子藏在內袋裡。這麼一個動作，讓我的心臟開始狂跳，體溫逐漸升高。

離約定的時刻還有一點時間，但是我的心靜不下來。我做了一個深呼吸之後，離開家門。

一走出門，夜風沁如水。不過懷著一把刀的胸口莫名發熱，我隔著外套確認好幾次刀子的位置。我走進美式餐廳，點了咖啡等待倉持，此時，身穿黑色皮夾克的倉持縮著背出現在我面前。他看著我，笑嘻嘻地朝我走來。

「不好意思，半夜找你出來。」他在我對面坐下，並且向女服務生點了一杯熱可可。

「你到底住在哪？」

「很多地方。大部分都住在商務旅館。」

「你打算逃到什麼時候？」

「嗯，等時機成熟了，我就會找警察自首。不過，在那之前我還有事要辦。」

「有什麼事要辦？」

「像是處理錢呀。好不容易賺到的錢要是全被沒收的話，豈不是白忙一場？」

我盯著他的臉。他之前說不會做東西商事那種騙人生意果然是在騙人的。這個男人之前在不少騙子底下做事；他是在走他們走過的舊路。倉持從夾克的口袋裡拿出兩個厚厚的信封疊放在我面前，上面的信封上用原子筆寫著：「由希子收。」

「我說有事情要拜託你，指的就是這個。」

「這是什麼？」

「我希望你將其中一個交給由希子。我想我不在的時候，一定發生了很多讓她痛頭的事。你能幫我告訴她，我一定會去接她，在那之前希望她忍耐一下。」

我稍微打開信封口往裡面看了一下，裡頭應該裝了一百張左右的萬元大鈔。

我心想：「他連跑路身邊還是有錢。」

「另一個你收下。大概各方面都會給你添麻煩，該怎麼說呢，就當作是我的一點心意吧。」

倉持津津有味地喝著服務生端來的熱可可。

我眞搞不懂他到底在想什麼。他一方面利用美晴對我設下那麼冷酷的陷阱，一方面卻又表現得朋友有難，兩肋插刀在所不惜。眼前的這張臉總是讓我感到困惑，使我的殺人念頭萎靡散去。

「我想要跟你確認一件事。」我說。

「買賣證券的證照對吧？那件事騙了你是我的錯。不過，我想遲早必須告訴你的。」

「不是那件事。」我搖搖頭。「是美晴的事。」

「她怎麼了嗎？」

「聽說她是你的舊情人，是嗎？」

倉持半張著嘴，表情定格，然後喝了一口熱可可，將菸灰缸拉過去。「你發現啦？」他一點兒也不在乎。

「這是怎麼一回事？你竟然瞞著我，讓我跟她結婚……」

「那麼，你覺得我在介紹她時該說她是以前跟我交往過的女人嗎？那麼做你只會覺得不愉快吧？在這個世界上，有些事情不要說出來比較好。」

「那麼一開始你別介紹她給我認識不就好了嗎？我知道你心裡在打什麼鬼主意。你只是想把自己手邊難搞的女人推給我罷了，對吧？我很清楚你在想什麼。」

「喂，等一下。我之所以將她介紹給你，單純只是認爲你們會相處愉快。你和我不一樣，你做人誠實，而且規劃了一條穩固牢靠的人生大道。事實上，你們也是個性相投才結婚的呀。」

「什麼穩固牢靠的人生大道！還不是被你給搞砸了。」

「喂，田島，你幹嘛那麼生氣嘛。我之前應該也爲介紹美晴給你的事情跟你道歉過了呀。我就是覺得對不起你，所以才跟你說好，我會儘可能幫你，不是嗎？」

「我聽說，設計讓我陷入圈套的人也是你。」

「啊？」倉持皺起眉頭。「你在說什麼？」

「美晴找你商量，說想要跟我離婚，對嗎？然後你就想出了那個圈套，利用一個叫做公子的女人引誘我中計。聽說那間公寓也是你準備的，不是嗎？」

倉持聽到我的話，表情扭曲。他將手抵在額頭上，微微搖頭。「這是她說的嗎？」

「是的。」

「田島，我做了一件錯事。她眞是一個卑劣的女人。這簡直是一派胡言。」

「你說什麼？」

「你聽我說！我確實陪她商量過離婚的事。可是，我並沒有提議，也沒有設計要讓你陷入圈套。我當時是這麼對她說的。只要田島不外遇，妳就算提起離婚也沒用。美晴大概是聽了我那麼說，才想到要讓你陷入圈套的。」

「你別亂說！明明是你準備公寓的。」

「那我承認。可是，我作夢也沒想到她會那樣使用。當時，美晴只是拜託我，要我替她準備一間能夠自由使用一個晚上的屋子。所以我把那間屋的鑰匙交給了她。事後我知道你是在那間屋子裡被女人勾引，簡直嚇了一大跳。不過，我又不能告訴你那件事情，眞的讓我很頭痛。」

「你說謊！」

「我沒有說謊。相信我！還是，美晴比我值得信任？把你害到今天這種窮途潦倒的地步的，可是那個女人唷！」

我盯著倉持的黑色瞳孔。瞳孔中，有一種能夠騙倒全天下人的認眞眼神。在這之前，我不知道被這對眼睛欺騙了多少次。

「我把你當作至交。你是我在這個世界上唯一信得過的人。就是因爲那麼想，我才會冒著危險跑來見你。」倉持伸出手臂，握住我的手。他的體溫從手掌傳來。「相信我！這件事，我將來再好好跟你解釋。我想，誤解一定會冰釋的。」

他低頭看了一眼手表，皺起眉頭。「這麼晚了。我差不多該走了。」

「等一下。」

「抱歉。你也知道，我現在是警方追緝的人。我再跟你聯絡。」倉持一把抓起帳單，起身往收銀台走去。

我滿腦子一團亂。我老是這樣，就算是我在質問他，也只是被他牽著鼻子走。

桌上放著他留下的信封。我將信封拿在手裡。寫著「由希子收」的信封下面那個好像是給我的。另一個信封上也寫了字，看到字的那一剎那，我全身如遭電擊。

上面寫著——田島和辛先生收。

我回過神來又確認了一次，上面正確地寫著「田島和幸先生收」。然而，當時那個「幸」字看在我的眼神，卻成了「辛」字。

過去令人厭惡的情景瞬間又在我的腦中掠過。我站起身來，追在倉持身後，衝出餐廳。

他正走在停車場裡。我將手伸進外套內側，手碰到了水果刀。

就在我要追上他時……

突然間，一旁竄出了一道黑影。是一個男人。那個男人就像一隻野獸般，動作敏捷地往倉持撲去。倉持應聲倒地。他哼都沒哼一聲，男人就已經跑掉了。

我驚慌地衝到倉持身邊。大量的鮮血從他的脖子流出。

三十八

剎那間，我無法理解發生了什麼事。當我聽到身後傳來尖叫聲才回過神來。我回過頭去，一個年輕女子驚恐地往我們這邊看。她的身邊還有一個同行的男子。

我不太記得接下來發生了什麼事。我茫然地站在原地，四周圍了好多人。不久之後，警官也趕來了。警官一連問了我許多問題，我卻完全沒有自信能夠好好地回答那些問題。恐怕我對任何一個問題都沒有辦法好好回答吧。警官帶我到警察署去，把我關進一間叫做調查室的房間。

事後我才知道，好像是餐廳的店員報警的。那名店員告訴警官，遇刺男子和我在一起，以及我追出餐廳的事，因而警官才會質問我，但我的回答卻完全牛頭不對馬嘴，於是警官將我的行爲解釋成衝動行刺而導致心智失常，立刻當場將我逮捕。

負責調查的刑警從一開始就認定我是凶犯，所以似乎以爲接下來的工作就只要錄犯人口供即可。也難怪啦。畢竟我身懷水果刀，而且實際上也是打算刺殺倉持才衝出餐廳的。

然而，刺殺倉持的人卻不是我，而是一個完全不認識的男人。我漸漸恢復平靜，告訴了刑警當時的情形。刑事一心認定凶犯會招供，對於意想不到的事情發展感到憤怒，對我吼道：「事到如今，你休想抵賴。」

「我說的是眞的。請你相信我。因爲用來刺殺他的是別件凶器，不是我的刀子，對吧？」
「你怎麼敢說不是你的刀子？」
「因爲，我的刀子沒有使用過。你們調查就會知道。我的刀上應該一滴血跡都沒有。」
「你馬上就把刀子擦乾淨了，對吧？不用你說，我們也正在調查。不過，你到底爲什麼要把刀子帶在身上呢？」
「這個……」我頓時語塞。
「說啊！你回答不出來了吧？你還是放棄掙扎吧！」
留著五分頭的國字臉刑警持續恐嚇我好幾個小時，想讓我招供。好幾次，我因爲身體疲倦和思緒混亂而感到意識不清，但我還是極力否認。
地獄般的拷問終於結束了。國字臉的刑警被叫出去之後，另一個刑警走了進來。不知道是不是因爲這個刑警戴著眼鏡的關係，感覺他的五官看起來比剛才那個刑警清秀多了。
「非常抱歉，佔用您那麼多時間。我們已經證實您是清白的了。今天的詢問就到這裡結束，您可以回去了。」他的遣詞用字也很客氣。
情勢突然逆轉，令我感到不知所措。「這是怎麼一回事？」
「我們花了一番工夫才確認清楚。畢竟，您身上帶著那種東西，那是平常不會帶在身上的東西……」這個刑警彷彿在害怕我檢舉他們警方殃及無辜，因此提起了刀子一事，言下之意是在暗示我也要爲這起烏龍事件負責任。
然而，我想知道的卻不是這件事。「犯人抓到了嗎？」
刑警搖搖頭。「在逃中。不過，有目擊者指出，他看到一個男人從你們所在的停車場衝出來。那個男人在逃走途中丟棄了一把菜刀。我們調查刀上的血跡之後，發現和受害者的血型一致。順帶一提的是，您的刀子上沒有檢驗出任何血跡反應。」說完，刑警揚起嘴角笑了。

「刺殺倉持的是一個瘦小男子，不過我沒看清楚他的長相……」

「你說的和目擊者的證詞一致。目前，我們正在找符合這項特徵的人。」

「大致上已經鎖定嫌疑犯了嗎？」

「是的，大致上已經鎖定。畢竟，該怎麼說呢，就各方面來說，受害者是備受矚目的人。」

「你的意思是說，『創造機會』的受害者向倉持報復嗎？」

「嗯，也有那個可能。」刑警看了一眼手表。「田島先生，如果您還不急著走的話，我想再請教您兩、三個問題。」

「有關刀子的事嗎？」

「嗯，是的。請您務必告訴我，您身上爲什麼要帶著那種東西呢？」

我嘆口氣，思考怎麼回答。不過我沒花多少時間就定了心。「我想……要殺死他。」

不知道是不是因爲我的說法太過直接，刑警臉上驚訝的表情維持了好幾秒。

「這又是爲什麼呢？」

「一言難盡。總之，我們之間有許多過節……他騙了我好幾次。這次的『創造機會』也是。所以當他找我出來的時候，我就準備好了刀子。」

「可是，別人卻搶先一步刺殺了他，是嗎？」

「嗯，就是那麼回事。」我抬起頭來看著刑警。「身上帶著刀子會構成犯罪嗎？這算是殺人未遂，還是意圖殺人……」

「要看情況而論。實際上，如果你取出刀子襲擊倉持先生的話，大概就算是殺人未遂了吧。可是，您卻還沒有那麼做。」

「難道該慶幸我那臨陣畏縮的個性嗎……？」我搖搖頭。「我不知道嫌犯是個怎麼樣的人，不過單就對倉持的憎恨而言，我想他應該比不上我。可是現實上，我卻比他晚了一步。」

刑警戴的眼鏡鏡片閃了一下。

「您簡直像是在後悔半路殺出一個程咬金，搶走了你的行兇目標。」

「倒不是那樣……」

然而，眼尖的刑警卻看穿了事實。我對自己沒有成為殺人犯而鬆了一口氣的同時，也因為被人搶走殺害倉持的這個最大目標，而感到悵然若失。

「田島先生，有殺人動機不見得就會引發殺人行為唷。」刑警用一副告誡的口吻說。「動機當然是不可或缺，但一個人要殺人，還必須具備環境、時機、還有當時的情緒等複雜因素。」

「這我知道，可是……」

「還有，」刑警繼續說。「有的人需要有某種導火線才會採取行動。像您，可能就需要某種導火線。也就是說，只要沒有導火線，你就無法跨越成為殺人魔的那道門。當然，那樣比較好。最好永遠不要跨越那道門。」

「成為殺人魔的門，是嗎？」話一說完，我突然發現目前為止還沒聽說另一個重點，於是詢問刑警。「請問，倉持的情況如何？」

刑警挺直背脊，縮起下顎注視著我。「看情形，是保住了一條命。」

「啊……」我頓時語塞。從倉持當時遇刺的情形看來，我本來篤定他終究難以倖免。

「不過，以他目前的狀況來看，結果還很難講。他現在應該還在醫院，繼續接受治療。」

「由希子……你們跟他太太聯絡過了嗎？」

「當然聯絡過了。她可能已經趕到醫院了。如果你想去探望他的話，我們可以送您去醫院。就當作是您協助辦案的謝禮。」

「麻煩你了。」說完，我站了起來。

我一到醫院，就看到由希子在候診室裡低著頭。她似乎是匆促趕來的，可能顧不得上衣和裙子的顏色不搭。除了她之外還有一個制服女警，在出入口待命。

由希子抬頭看我，緩緩搖頭。我不懂那代表什麼意思。大概有許多含意。其中一定包括不敢相信竟然會發生這種事情的情緒。另外，想必也夾雜著想告訴我她不知如何是好的心情。

「倉持的情況怎麼樣？我聽說他保住了一條命。」

「還在動手術。好像完全沒有恢復意識。」由希子好像突然想起什麼，抬頭看我。「他……去見過你了嗎？」

「嗯，他打電話給我。然後我們在我家附近的美式餐廳碰面。」

「要是告訴我的話就好了。」由希子忿恨不平地說。

「因爲妳好像被警方監視了……」

「可是你也受到了警方的監視，不是嗎？所以，犯人是埋伏在餐廳的停車場裡，對嗎？」

我心想：「妳說的對。」卻不知從何解釋。

「因爲倉持好像也不想讓妳知道。」

「可能吧。」由希子轉過臉去，吸了一下鼻子，然後用手帕抵住眼角。

「倉持有話要我轉達。」我說。「他說，等他安頓好一定會去接妳，在那之前希望妳忍耐一下。其實他還要我將一大筆生活費轉交給妳，可是剛才被警方沒收了。不過，警方說只要查明那筆錢和這起事件沒關係，就會還我……」

「錢還不還無所謂。只要他能得救……」她嗚咽地說。

事到如今，由希子還深愛著倉持，令我再度嫉妒起他了。我心想，非得設法告訴由希子那個男人的眞面目不可。走廊上傳來慌亂的腳步聲。過沒多久，一個護士跑了過來。「太太，主治醫生有話要跟妳說。」

「手術結束了嗎？」

「嗯，是的。主治醫生會向妳說明詳細情形。」

「怎麼樣？手術進行得順利嗎？他得救了嗎？」由希子一口氣問了好幾個問題。

「我想，醫生會跟妳說明。總之，這邊請。」

我知道護士禁止隨便發言，但她的樣子明顯有異。我心想，只是告訴我們是否得救應該無妨吧。我們跟在護士後頭，前往加護病房。一名醫生向我們走來。

「妳是病患的太太嗎？」醫生問。

「是的。這位是外子的朋友。」由希子這麼介紹我。

醫生看了我一眼後點頭，並且將視線拉回由希子身上。「這邊請。」

我們來到加護病房內。醫生走到一間由透明塑膠膜隔開的隔間前停下腳步。

「那就是妳先生。」

隔著塑膠膜，倉持就躺在裡面一張床上。他的身上覆蓋著氧氣罩等各式各樣的器具。

「就結論而言，」醫生冷靜地開口說。「妳先生保住了一條命，但是還沒恢復意識。我想，今後恐怕也不會恢復意識了，因爲他控制意識的部位受到了損傷。」

「咦……」由希子低吟。

「醫生，也就是說，」我向醫生確認。「他變成植物人了嗎？」

「是的。」醫生點頭。

由希子就像慢動作鏡頭似地慢慢地倒了下來。我沒來得及接住她的身體。下一秒鐘，我聽見她哭喊哀號的聲音。

事情發生一個星期後，警方逮捕刺殺倉持的犯人。如同刑警猜測的一樣，凶犯果然是「創造機會」的受害者。他去年從公司退休，幾乎將所有的退休金投資在「創造機會」上。過程中，他覺得公司有問題，要求返還投資的錢，公司卻再三推託，就是不肯還錢。後來發生公司被強制搜查的騷動，當他知道公司還錢的可能性渺茫時，就下定決心要殺害倉持。他似乎費了不少力氣才找到倉持住的地方。據說他最後之所以會盯上我，完全是基於直覺。

聽到這些前因後果，我想起了刑警說過的話。他說，殺人光靠動機是不夠的。時機和契機反而更重要。

警察一步步地對「創造機會」展開搜查。漸漸浮上檯面的經營情形再度令我感到驚訝，甚至讓我覺得佩服，沒想到他們居然能用那麼胡來的手段搜集資金。

舉例來說，所屬的業務員用的全是假名。一個人同時使用四、五個名字。除此之外，他們對客戶說的話大部分都是空穴來風的情報。上頭好像指示他們說：「不管怎樣，只要讓客戶把錢交給我們，就是我們的了。」

大部分的員工對股票一無所知。勝負的關鍵在於如何讓謊言聽起來像是眞的。他們會打給問卷調查名單上的所有人。「恭喜您參加猜謎活動中獎了。讓我告訴您一支能夠賺大錢的股票。」好像有不少人上了這種玩笑般的騙人手法的當。

他們會提供客人一支股票明牌，讓客人觀察那支股票的動向一陣子。如果股票沒有上漲，他們便默不作聲，但如果股票稍有上漲，他們馬上就打電話給客人。「我說的沒錯吧？入會金只要十萬圓。入會之後，我會告訴您我們公司獨家的明牌股。」

員工的平均業績自保爲每個月爭取十人入會，並且能夠獲得會員的入會金一成做爲獎金。二十萬上下的薪水加上獎金，每個月可以輕鬆領到三十萬。

包含組長在內，員工幾乎都在二十歲上下，另外還有不少大學生。

一名目前就讀大學的學生在警察局裡做筆錄的時候提到：「簡直是賺翻了。有錢能使鬼推磨，大家都拼了命地在做。」

警方也找過我幾次。他們查清楚倉持把錢藏在哪裡。可是，我不可能知道實情。不知道警方是不是覺得從我身上大概也問不出任何內情，漸漸地也就不再找我了。

後來，我不得已辭去了家具店的工作。儘管說我不是「創造機會」的正式員工，但和這家公司扯上關係是鐵一般的事實，一旦被人針對這一點指責，我連一句話都無法辯駁。我又再度陷入了找工作的窘境，但這次我卻不怎麼沮喪。我覺得凡事都能從頭來過。

我之所以會那麼覺得，是因爲受到倉持目前身體狀況的莫大影響。

倉持還活著。就像那一天醫生宣布的一樣，從他的情形看來，他已無法恢復意識，但他仍有生命反應。我經常抽空去醫院。倉持住在特別病房裡接受看護。

由希子幾乎都待在病房裡照顧他。她賣掉之前住的公寓，搬到一間較小的出租公寓，剩下多出的錢就拿來當作倉持的醫療費。雖說是醫療費，其實也只是單純地維持他的生命。

倉持有時候看起來像是在睡覺，有時候眼皮也會睜開。我甚至還看過他眼珠轉動的樣子。那種時候，我會覺得醫生說他沒有意識一定哪裡弄錯了。

由希子似乎比我更這麼認爲。她有時候會對我說：「我想，小修一定聽得到我的聲音。因爲，他的反應明顯不同。只要我對他說話，他的眼睛就會動唷。雖然只是微微轉動而已。像我幫他擦身體的時候也是，原本明明沒有反應，可是當我幫他擦身體的時候，就會稍微出現反應。所以，我覺得他一定有意識。」

當骨肉至親或深愛的人變成植物人，看護的人好像都會有這種共通的感覺。畢竟，雖然說是植物人，到底還是有生命，經常都會出現一些生命反應，此時若是與自己的呼喚恰巧一致，就會產生那種錯覺。

然而，我卻不想糾正由希子的錯覺。看護倉持需要非常堅強的意志力。我想，讓那種錯覺成爲她的精神支柱也好。

由於部分媒體的報導，使得很多人都知道了倉持遇刺的事。於是想要會面的人不絕於途。其中，最多的是「創造機會」的受害者跑到醫院來想要看一眼主謀的悲慘景況。由希子會對來訪者嚴格把關，斷然拒絕心存歹念的人與倉持會面。

不過，其中也有單純想要看他而來的人。美晴就是其中之一。

她站在病床旁撫摸倉持的臉頰，指尖滑過他的頸項，然後無視於我的視線，吻了他的唇。幸好由希子恰好不在場，但我還是爲她捏一把冷汗，心想要是由希子回來，不知道該怎麼辦。

「那個意氣風發的山姆居然會變成這樣，人生眞是殘酷啊。」美晴低頭看著舊情人，對著我這個前夫說。

「事到如今，我是不想這麼說。不過，」我對她說。「倉持他說，他沒有設計要讓我陷入圈套。他準備公寓是事實，但他沒想到妳會那樣使用。」

「他說的？」美晴盯著倉持。「這樣啊。他是那麼說的嗎？」

「你們誰說的才是眞的？妳還是倉持？讓我搞清楚！」

美晴偏著頭，然後說：「既然他那麼說的話，就當他說的是眞的好了。」

「喂！」

「反正你恨我，不是嗎？既然如此，你就相信他吧。也許你不要連山姆都憎恨比較好。」

「我想要知道眞相。」

「所以我說，他說的就是眞相呀。」

除了美晴之外，還來了許多女人。幾乎都是我不認識的，其中有的一看就知道是在色情行業中打滾的女人。她們看見倉持面目全非的樣子，個個都流下眼淚。

「像我這種醜女人，倉持先生也一視同仁地溫柔對待我。這世上除了他之外，沒有那麼好的人了。」有的酒家女甚至這麼說完後號啕大哭。

當然，也有男性訪客。他們的反應不一，卻有一個共同點。每個人都曾經因對倉持憤恨難消而絕交。

「這男人天生一副好口才，不管是任何廢鐵也會被他說成黃金。這不知道害我損失了多少錢。」一個上了倉持的當，投資將近一億的人笑著說。「不過，現在回想起來眞有趣。拜這個男人之賜，我做了許多奇怪的夢想。看到他變這樣，眞的覺得空虛。」

總而言之，那些男人和他曾經絕交過，卻沒有一個人打從心裡恨他。雖然由希子過濾來訪的人，沒想到這種人還進得來，眞是令人意外。

就在倉持遇刺的一個月後，一個男人來到了醫院。

三十九

由希子打電話給我，說是有一個男人來探病，但不知道他是誰，感覺有些古怪，問我如果有空的話能不能來看一下。遭到家具公司解雇的我，時間多得是，於是我馬上答應，穿上夾克後就出門了。那天的天氣很奇特，晴空萬里，但天上不時飄下細雨。

我一到醫院，就看到由希子一臉不安地站在病房前。她看到我，放心地鬆了一口氣。

「來訪的人呢？已經回去了嗎？」

由希子搖搖頭，一語不發地轉向病房的方向。

從病房的門口可以看到房裡。那間是倉持的個人房，病床的四周裝設著生命維持儀器，所有儀器都覆蓋著透明塑膠膜。

病床旁邊站了一個男人。他看起來五十歲上下，身穿深棕色的三件式西裝。他的身材雖然並不壯碩，但挺拔的身影散發出一股威嚴的氣勢。他手上拄著一支收折整齊的雨傘當作拐杖，如果再戴上一頂帽子的話，看起來就像一名英國紳士。

男人緘默不語，靜靜地低頭看著倉持的睡臉。當然，就算他開口說話，倉持也聽不見。然而，許多來訪者還是會想要對他說點什麼。

「他是誰？沒有自我介紹嗎？」我低聲問由希子。

她遞出一張名片。「他給了我這個。」

名片上印著「企管顧問公司佐倉洋平」。辦公室的地址在港區。

「他說他是小修的老朋友。」

「妳沒聽倉持提起過他的名字嗎？」

她搖頭。「他看起來不像是可疑人士，客氣地拜託我讓他進去探病，我也沒理由拒絕……」

她說的一點也沒錯。我也對她點了點頭。

「田島先生也沒看過那個人嗎？」

「從這裡看不太清楚，不過我應該不認識。」

「是哦。那他到底是何許人物呢？」

「妳三十分鐘之前打電話給我時，他就一直那樣站著不動了嗎？」

「是啊。幾乎一動也不動，一直盯著小修的臉看。總覺得……」她含糊帶過後面的話，大概是想說：「很古怪。」我也有同感。

我們兩人在病房外等待，想要再觀察他的情形一陣子，幾分鐘後，男人走了出來。他看著我，微微點頭致意。

我心想，我果然不認識這個男人。然而幾乎在同時我又覺得好像在哪見過他。說不定我曾經見過和他長得很像的人，所以產生了錯覺。

「真是不好意思，打擾了那麼久。」男人向由希子道歉。「畢竟，我們好久不見了。」

「這樣子啊。」她面露微笑，用求救的眼神看著我。

我認爲，要調查男人的來歷，由希子最好不在場。「妳最好去看看倉持的樣子吧。」

「啊……是啊。那麼，佐倉先生。我就不奉陪了。」

「噢，請便，不用招呼我。」

我看著由希子走進病房，緩緩地往走廊另一邊走去。男人看到我那麼做，也跟在我身後。

「您姓佐倉是嗎?從事企業顧問?」我邊走邊發問。

「嗯，是的。不過，客戶都是一些小公司。」

「您和倉持是什麼關係?」

男人沒有馬上回答，卻低沉地笑了。「我們是老朋友了。我們關係不是三言兩語能道盡。」

我們在電梯前面停下腳步。男人似乎沒有意思進一步說明，反問我：「恕我冒昧，你是?」

「他的朋友。」說完，我反射性地撒了個謊。「我姓江尻。不好意思，我現在失業中，沒辦法給您名片。」

「噢，哪裡，沒有關係。」男人笑著微微抬起手，看來他對我並不感興趣。

我之所以沒有報上眞名，是因爲擔心如果他是「創造機會」的受害者就麻煩了。說不定受害者當中有人知道負責管帳的是一個名叫田島的人。

我們搭上電梯，在抵達一樓前，我觀察了男人的側臉。我眞的覺得在哪裡見過他。我心想，說不定他是個名人。說不定我曾在雜誌或電視上看過他。從事企業管理工作的人，有些經常會出現在大眾媒體上。我猜想，倉持大概也是因爲生意上的往來才和這個男人變得親近的吧。看起來並不需要特別警戒。

電梯抵達一樓。我跟在佐倉身後步出電梯。穿過一樓大廳前，佐倉停步，將臉轉向我。

「那麼，我就在這裡告辭了。請你代我轉達夫人，請她不要太過沮喪。」

「我會如實轉達。不過，要不要找個地方喝個茶呢？請您務必告訴我您和倉持的關係。」

「非常抱歉，我待會兒還有事情。改天再讓我好好告訴你我和他的關係。」男人委婉地拒絕了我。我察覺，他不會再來了。

「那麼，我送您到門口。」

「不，這裡就行了。」佐倉舉起一隻手，轉過身去。

然而，就在他要往前走的同時，一旁發出了聲響。一個胖老太婆急忙蹲下來，撿拾散落一地的零錢。似乎是她把錢包裡的東西撒了出來。

一枚十圓硬幣滾到佐倉的腳邊。他將個銅板那撿起來，走到老太婆身邊。「您的零錢。」

「噢，眞是非常感謝您。」

佐倉用食指和中指夾住十圓硬幣，放在老太婆的手掌心。老太婆連忙點頭道謝。

那一瞬間，喚醒了我的記憶。一段很久很久以前的記憶。

我快步追著佐倉。在他要跨越玄關的自動門之前，我出聲喚他。

「岸伯伯，您現在還下五子棋嗎？」

佐倉停下了腳步。他緩緩地將頭轉過來，眼神變得黯淡無光。我看著他的眼睛，繼續說道：

「旁人出口、罰錢一百，是嗎？」說完，我做了一個下棋的動作。

我們進了一家醫院旁邊的咖啡店。佐倉從容地抽著香菸。

「那是年輕的時候我工作的一家公司裡的人教我的。也有人是用象棋。不過，五子棋比較快分出勝負，所以我就將那當作快速賺取零用錢的方法，找了很多人來。可是，我作夢也沒想到居然會遇到知道當時這件事的人。眞是丟臉丟到家了。」佐倉緬懷地說。他所說的公司，似乎指的是地方的黑社會企業。

「你是那個時候認識倉持的嗎？」

聽到我這麼一問，他深深地點了個頭。

「一開始，他也是我的客人之一。不過，後來他開始帶朋友來，自己就不再下棋了。當時我覺得他眞是一個怪小孩。有一天，他悄悄地在我耳邊說，如果他帶客人來的話，一局給他一百圓。聽到他那麼說，我嚇了一跳。因爲我一直認爲他是個小學生而沒有把他放在心上，當時的感覺簡直像是被人從頭頂潑了一桶冷水。可是，我也不能就這樣被他看扁了，於是叫他別開玩笑了，一局只給他五十圓。」佐倉晃著肩膀笑了。

「聽說倉持在你家裡幫忙過你的副業，是嗎？我聽他說，好像是在做變魔術的道具。」

佐倉像是看著遠方似地瞇起眼睛，然後點了兩、三下頭。「是有過那麼回事。他不但口才好，手腳也很靈敏，眞的幫了我不少忙。」

我很想說：「他在你家打工的時候，我曾經在場。」但還是決定閉嘴。

「倉持說，他從你身上學到了很多比學校老師教的還要受用的東西。」

佐倉對於我說的話，露出一臉得意洋洋的表情，吐出一口煙。「我跟他聊了很多。如果有人聽了一定會發噱，覺得我跟一個小孩子講那麼多做什麼。當時我失業找不到工作，過著自暴自棄的生活。於是我摻雜著怨言和玩笑話，將那之前做過的怪工作都告訴了他。沒想到他竟然聽得津津有味，眞是個怪孩子。他家是開豆腐店的，他卻對家裡的事業絲毫不感興趣，而且他也瞧不起腳踏實地，辛苦賺血汗錢的人。」

「他是不是受到你的影響才開始那麼想的呢？」

聽到我這麼一說，他連忙揮手否定。

「那個男人從小就是那樣。他打從心裡厭惡貧窮，經常說：『出生環境導致人有貧富差距，眞是沒有天理。』」

「出生環境……」

「如果出生在有錢人家裡，從小就能享盡榮華富貴，但是如果出生在貧窮人家裡，就只能過苦日子。不過，我倒不覺得他家特別貧窮，只是因爲他身邊有一個有錢人家的少爺，而嫉妒那個孩子。那個孩子的家……」佐倉露出在思索的表情，繼續說：「好像是當地出名的有錢人家。他父親開了一家牙醫診所。」

我嚇了一跳，腦中一片空白。

「他家附近有一塊地價頗高的土地，在那裡有整排高級住宅。你小時候如果也住過那個城鎭的話，應該有印象吧？所謂住在山手的人(*1)。其中有一棟格外壯觀的大宅，就是那個牙醫的兒子的家。」

「他嫉妒那個孩子……」

我覺得口乾舌燥，伸手拿起水杯，而不是咖啡杯。

「他有強烈的自卑感。我在想，可能是那種自卑感促使他有那種想法。他經常說：『既然人家是銜著金湯匙出生，我也要輕輕鬆鬆地變得跟他一樣有錢，所以我不要用勞力賺錢』。」

佐倉的一言一語就像一根根的釘子刺進了我的心。看來倉持果然是恨我的，所以才會對我設下一個又一個的陷阱。

「可是啊，他並不是討厭那個少年唷。這就是那個男人複雜的地方了。他雖然嫉妒對方的良好身世，卻能夠保持冷靜的態度，分開思考對方的身世和人性。所以雖然稱不上是友情，他確實對對方抱持著一種類似友情的情感，只不過，那充其量就只是類似友情的情感而已。」

「這話怎麼說？」

「他好像希望對方遭遇不幸。因爲他無法馬上成爲有錢人，所以想要先把對方拖下水。」

我想起了很久以前的事，腦中浮現用血寫的「殺」字。倉持雖然將我的名字錯寫成田島田辛，但他確實將我的名字寫在名單上。

「那個少年後來怎麼樣了呢？」這件事情我比誰都清楚，但我還是試探性地詢問。「他遭遇不幸了嗎？」

「事實上，他的確是遭遇了不幸。」佐倉喝了一口咖啡。「大概是在他升上國中之後不久吧，他家分崩離析了，而且還賣掉了那棟大宅。那個少年和父親一起搬到了別的城鎭。」

「正好如倉持所願啊。眞是太巧了。」

聽到我這麼一說，佐倉用手指摩擦著人中，別有意味地乾咳了一聲。「哎呀，那不知道能不

*1　山手指的是今日東京山手線内的區域。從前東京一帶會淹水，由於此地的地勢較高，不會淹水，因此成爲有錢人住的地方。在此指的是有錢人。

能說是單純的巧合。」

「你這話是什麼意思？難道牙醫的兒子如倉持所願地遭遇不幸，不是單純的巧合嗎？」

「關於這點，我沒立場說話。不過呢，這世上的事情，大部分都不只是單純的巧合。」

「如果你知道什麼的話……」

然而，佐倉卻搖搖頭，不願再說下去。

「我不是說我沒有立場說話了嗎？再說，這件事情跟你無關，不是嗎？」

我無法反駁，低下了頭。我在桌子底下握緊了拳頭。

「你說，你是他的朋友？」

聽到佐倉這麼問我，我抬起頭來，默默地點頭。

「你是眞心那麼認爲的嗎？還是，你只是姑且或是表面上那麼說的呢？」

「爲什麼你會那麼……」

「因爲我想知道，那個男人是否眞的交得到朋友。我想，以他那種生活方式，應該很難交得到朋友。」

我猜不透佐倉葫蘆裡賣的是什麼藥，將手邊的咖啡杯拿了起來。然而，在我就口之前，他抿嘴笑了。我將咖啡杯放回桌面。

「你想說什麼？」

「沒有，抱歉。我想我猜對了。你根本不是他的朋友。至少你不那麼認爲。你反而恨他。怎麼樣，我說得對嗎？」

「爲什麼你會那麼想？」

「因爲那就是那個男人的生存之道。或許也可以說是他的處世之道。那種想法的基本概念是我教他的，所以我也要負一些責任。」

「你到底教了他什麼？」

「我教他的事情很單純。那就是，人必須要有棄子才能成功。」

「棄子……？」

「當然，在這種情況下的棄子，指的是人。不過，它的意思卻不只是單純地利用人。只要是人，任誰都會遇到要賭上一賭的事情。依照情況的不同，有時候甚至還賭上性命。那種時候，有棄子可以使用，和沒有棄子可以使用，會產生截然不同的結果。此外，棄子有時候還能發揮防波堤的效果，讓自己免於危難。所以我教他——必須經常準備好適合當作棄子的人。還有，身爲棄子最需要的一項條件，就是自己信得過的人。」

我無法讓自己的表情顯得尋常又自然。佐倉好像察覺到了，他不慌不忙、從容不迫地拿起一旁的雨傘，將它立在身體前面，像是拄著拐杖似地將雙手在傘上交疊。

「你心裡好像也有數。」

「用那種方式過日子，人生有何樂趣可言呢？」我仍舊僵著一張臉問。

「我想，他應該覺得自己過得很充實吧。雖然你可能很恨他，但他應該是把你當作朋友。」

「不是棄子嗎？」

聽到我這麼一說，佐倉又聳了聳肩，安靜地露出微笑的表情。「就像我剛才說的，那個男人很複雜。他不相信任何人，也不會對任何人敞開心胸。不過，也有例外。那就是像你這樣的人。諷刺的是，他會打從心裡信任的就只有被他選爲當作棄子的人。但這完全只是從他這個角度來看的說法。」

「如果他那麼想的話，就應該會希望朋友得到幸福啊。」

「他是希望你得到幸福。只不過，幸福的背後附帶著幾個條件。」

「什麼條件？」

「不讓棄子幸福到失去身爲棄子的作用。」

那瞬間，我全身汗毛豎起。佐倉說出來的這句話中，彷彿帶著倉持想要控制我人生的執著意念。事實上，我是受到了他的控制。每到我快搆著幸福時，倉持就會乘著不祥之風而至。

「我好像有點說太多了。難不成是因爲見到他，不禁感傷起來了嗎？」佐倉起身取出錢包，看了錢包裡頭，皺起眉來。「傷腦筋呀。我沒有零錢。」

「沒關係啦，這裡我付。」說完，我將帳單拿到手邊。

「是嘛。那我就不客氣了。」佐倉低頭行個禮，朝大門走去。

我想，企業顧問那個頭銜大概是騙人的。他雖然穿戴整齊，但至今應該都在接受倉持金錢上的援助。我不認爲當年那個窮途潦倒的男人，才不過二十年就能搖身一變成爲紳士。

棄子——倉持巧妙地運用這種手法，讓我一路過著充滿屈辱的人生嗎？

他說，牙醫一家陷入不幸並非單純的巧合。

如果不是巧合的話，究竟原因是什麼呢？

四十

我猶豫了半天，最後還是決定再去見佐倉一面。我心想，如果不去確認那個男人知道些什麼，自己今後的人生將無法重新開始——沒有倉持的人生將無法開始。
我打電話給由希子，請她告訴我佐倉名片上的地址和電話號碼。
我依照地圖找到的是一棟五層樓高的舊大樓。這棟大樓有幾家公司進駐，但每家公司光看名字，都看不出來屬於何種行業。
我搭舊電梯上三樓。走廊上有些陰暗，而且空氣中隱約飄散著一股怪味。
走廊盡頭有一扇門，上頭貼著一張「櫻花企管顧問公司」的名牌。看到那張名牌，我有一種出乎意料之外的感覺。難不成佐倉眞的在經營企管顧問公司嗎？
我轉動L字形的門把，拉開大門，門沒上鎖。
前面有一張桌子，中間放著一套廉價的沙發，裡面擺著辦公桌和檔案櫃，但看不到任何人影。「有人在嗎？」我出聲叫喚，卻無人回應。
我一腳踏進室內，走近前面的桌子，上頭放著不知道何時用過的咖啡杯。我伸出手指在桌面一摸，微微覆蓋灰塵的桌面上留下一道指痕。看來佐倉已經很久沒使用這張桌子了。
大門沒鎖，就應該有人在。我心想：「等一下好了。」正要在沙發上落坐時，大門打開了。進來的不是佐倉，而是一個將頭髮染成咖啡色的中年女子。她往我這邊看，臉上露出驚訝的神情，大概是沒想到有人來了吧。
我慌張地站起來。「啊，妳好……」
她輕輕地點頭致意，用狐疑的眼神打量我全身。「您是哪位？」
「我前一陣子和佐倉先生見過面……」說到這裡的時候，我的腦中有一部分產生了反應，感覺像是遙遠的記憶快速被喚醒了。那種感覺跟見到佐倉的時候一模一樣。

我凝視著女人的臉。她的臉讓我想起了漫畫中的狸貓，臉上的濃妝讓她看起來更像了。然而，我卻在想像那張妝底下的臉在二十年前長得什麼樣。我發現她和某個人的長相完全一樣。

「小富……」

她聽到我這麼一叫，瞪大了眼睛，臉上露出不安的表情。

「咦……？」她微偏著頭，用一種觀察的眼神，眼珠往上翻地看著我。過沒多久，她張大了嘴巴。「啊……你該不會是田島先生的？」

「我是和幸。田島和幸。」

她嘴巴張開了好一陣子。她用一隻手摀住嘴巴，還是繼續端詳我的臉。

「好久不見。」她總算說出了一句話。她的語調當中，隱含一種不知該做何表情的困惑。

站在我眼前的是從前在我家工作的小富。富惠才是她的本名。一個我家雇來看護祖母，經常和我的父親發生性行為的女人。

「小富，爲什麼妳會在這裡？」

「倒是和幸，你爲什麼會在這裡？」

「說來話長。」我大略地說明我有一個朋友變成了植物人，還有遇到前去探望他的佐倉。

「那個變成植物的人，該不會是豆腐店的……」

「是倉持。」

「是哦，果然沒錯。和幸，你現在還有跟他來往嗎？」

「你認識倉持嗎？」

「這個嘛……他經常提起倉持的事。」

「他指的是佐倉先生嗎？」

「嗯。」小富點頭。她看起來一副尷尬的樣子。

我們對坐在沙發上。她問我要不要喝茶，我說不用了。

「小富和佐倉先生是什麼關係呢？」

她低下頭，有點扭怩地說：「什麼關係……」

我從她的模樣察覺到他們的關係。「從什麼時候開始的呢？」

「這個嘛，嗯……大概二十幾年前吧。」

「從在我家工作的時候開始？」

小富點頭。我懂了。佐倉大概是從她口中得知鎮上最有錢人家的內情，然後再湊趣地告訴倉持那些事情。說不定倉持就是因爲這樣才開始特別注意牙醫的兒子。

「我完全不知道這件事。小富，妳爲什麼明明有情人，還要做出那種事情呢？」

聽到我這麼一說，她抬起頭來，詫異地皺起眉頭。「哪種事情？」

「跟我父親之間的事情呀。我都知道了。」

小富屛住呼吸，但沒有露出不知所措的樣子。下一秒鐘，她好像突然變得全身無力，態度有了一百八十度的轉變。

「那個時候啊，有很多原因。」

「妳說的簡單，但那卻是造成我父母離婚的原因耶！」

「他們會離婚應該不只是我的緣故吧？再說，勾引我的可是你的父親。」

她這句話令我無話可說。她說的一點也沒錯。我別開視線，嘆了一口氣。

「田島先生後來發生的事情，我也聽說了。和幸想必也很辛苦吧。」

「小富至今一直和佐倉先生住在一起嗎？」

「我們沒有結婚。不過，卻是少不了彼此地活到了這把年紀。該說是孽緣吧。」說完，她笑了。她的笑容讓我想起了以前的事。剎那間，我似乎聞到了她爲我做的咖哩飯的香味。

「我想要見佐倉先生。」我說。

「我想他今天應該不會回來了。說是有好康的事情，他去新潟了。他好像又打算騙誰，賺點小錢。那個人，淨做些不三不四的勾當。」

我在心中嘀咕：「誰叫他是倉持的師父呢。」

「既然這樣，我改天再來。下次來之前，我會先打電話確認。」

就在我起身的時候，小富將手搭在我的肩上。「好不容易見到面，你就再坐一下嘛。況且我們從前處得那麼好。要不要喝點啤酒？小和，你應該能喝吧？」

「可是……」

「你果然是在氣我嗎？」

「倒不是啦。」

「既然這樣，你就再陪我一下嘛。我一個人也怪寂寞的。」小富握住我的手，不打算放開。

「那就再一下下。」我重新坐回沙發上。見到她讓我感到懷念是事實。而且我想，進一步問問他和佐倉的關係也沒有損失。

小富不知道從哪裡拿來啤酒、威士忌和一點下酒菜。我想，佐倉不在的時候，她大概都像這樣自己一個人喝酒吧。

據她所說，這間公司雖然掛著招牌，卻只不過是一個讓人相信佐倉頭銜的工具，實際上這間公司沒有接任何的工作。她說，房租不知道是誰在付。我猜想，應該是倉持吧。

小富很快地喝起酒，訴說至今的上半輩子。原來她不是一直和佐倉在一起，曾經幾數度試著想要跟別的男人共築一個幸福圓滿的家庭，可是結果並不順利，最後還是回到佐倉身邊。

「雖然我覺得回到那種男人的身邊也是罔然，可是不知道爲什麼，每當我猛然驚覺，人就已經在他身旁了。這該說是斬也斬不斷的孽緣嗎？」她用一種口齒不清的怪腔調說。

我想，那就像是我和倉持之間的關係吧。原來小富和我是同類。

她喝到一半，開始不加冰塊地喝起威士忌。喝了幾杯之後，她用一種迷濛的眼神看我。

「不過話說回來，小和變成了一個大帥哥呢。你結婚了嗎？」

「結過一次，不過離婚了。」

「是哦，原來如此。」小富移位坐到我旁邊。「那麼，有時候很寂寞吧？」

「沒那回事。」

「是嗎？可是啊，你現在正值年輕氣盛，經常會想要吧？如果你想要的話，我可以幫你唷。」她將手伸到我的跨下。

「別這樣啦。」

「爲什麼？你不用客氣。我雖然是阿姨，不過技術很好唷。」

小富身上穿著襯衫，扣子開到胸口，一彎下腰，就能看到皮膚白晰、豐滿的乳房。

突然間，我腦中出現了一幕情景。一個白屁股快速地忽上忽下。屁股下面有一個男人。那個男人是稅務代書，而屁股的主人不用說，自然是小富。

那一瞬間，我的下體有了變化。手摸著那裡的小富馬上察覺到了這點，賊賊地笑了。

「你瞧，都已經脹得這麼大了。」

她的手像魔術師般靈巧，一眨眼就打開了我褲子的拉鏈，褪下內褲，露出陰莖。她愛撫它之後，慢慢地將嘴湊近。

那個曾經當過我家女傭的小富現在正含著我的性器，想到她是偷偷和父親性交的小富，一種異常的快感排山倒海而至。我將身體交給她，不久就在她嘴裡洩了。

她用面紙擦拭嘴巴，抿嘴笑了。「味道一樣。」

「什麼一樣？」

「我說，小和跟你爸爸的味道一樣。你們果然是一對父子啊。」

我心想：「那種東西的味道會因人而異嗎？」但還是保持沉默。我還處於虛脫的狀態。

小富像是要去掉嘴裡的餘味，喝了一口威士忌，媚眼看著我。「我說小和啊，我不知道你父母離婚的事情你怎麼想，不過要我說的話，我覺得他們離婚比較好。而且他們除了離婚之外，別無選擇。」

「爲什麼？」

「因爲啊，太太一定不擅長那方面的事。」

「妳指的是我媽嗎？」

小富點頭。

「妳說我媽怎樣？」

聽我這麼一問，她先是有點難以啓齒地撇撇嘴，然後又說道，「太太啊，曾經要我做一種非常奇怪的事唷。」
「什麼非常奇怪的事？」
「她要我將白粉摻進飯裡。」
「啊？」我不太清楚她的意思，又問了一次。
「就是，」她說。「她要我偷偷地將那種化妝用的白粉摻進婆婆的飯菜裡。」
「白粉？那是什麼？」
「我也不太清楚，不過太太說，如果我照她的吩咐做，她對我跟先生之間的事情就睜一隻眼閉一隻眼。太太，她察覺到了我們之間的事。」
「所以，妳就按她說的做了嗎？」
小富搖搖頭。「我是收下了白粉的盒子沒錯，可是我一次也不曾將它摻進飯菜裡。事後我才知道，從前化妝用的白粉裡有毒。」
我的腦中又浮現了另一個久遠的記憶。那就是母親的化妝台，還有化妝台抽屜裡的白粉。那個化妝台在她離開家的時候被搬走了。
「在一連串的事情之後，婆婆就去世了。」小富說。「太太命令我將白粉摻進飯菜的時候，婆婆的病情正好急速惡化。」
「妳想要說什麼？難道是我媽親自將白粉摻進飯菜裡了嗎？」
「畢竟，我只能那麼想啊。太太雖然要我將白粉摻進飯菜裡，但說不定她自己也找到了機會，偷偷地將白粉摻進飯菜裡。不然的話，婆婆的身體突然變虛弱就說不過去了。」
我瞪著小富。她害怕地聳肩，啜飲了一口威士忌。

「小富，妳跟誰說過那件事？」

她慌張地搖頭。「我沒對誰說過。那件事應該不能說吧？」

「佐倉呢？你連她也沒說嗎？」

她不知如何回答，只是沉默不語，頭低低地一動也不動。

我站起身來，拿起脫掉的外套。小富好像說了什麼，但我沒聽見。我一語不發地離開了公司。我攔了一輛計程車。各種想法、念頭在我腦中閃現。至今發生過的事情如瀑布般打在我的腦袋上。

我終算得到了一個解答——這一切並非偶然。我遭遇不幸，並不單單是因爲我倒楣。

計程車抵達醫院。我從夜間入口進入醫院。陰暗的走廊上寂靜無聲，我沿著走廊，直接往倉持的病房走去。

我打開病房大門，走了進去。倉持依舊躺在塑膠膜裡面。用來維持他生命的各種電子儀器，一閃一閃地發出光芒。

我走近病床，撥開塑膠膜。黑暗中浮現倉持的臉。一張宛如少年般的睡臉。

倉持——我在心中呼喚他的名字。

散播那個謠言的人是你吧！是你到處散布我母親殺害祖母的謠言。

我到最後都不知道當時謠言從哪裡傳出來的，結果引發一場大騷動，連警方都出面了。而那一開始卻只不過是小學校園內一角的對話。那個謠言是一切事情的開端。田島家分崩離析，父親落魄潦倒。我被倉持這個惡魔操控，毀了一生。

詛咒的信——倉持，你幹的好啊！你對我下了詛咒，而我則逃不出那個縛咒。

「不過，都結束了。」我出聲說，俯瞰倉持的臉。知道一切眞相的我，已經從你的詛咒中解放了。今後我將能過著沒有你的人生。你已經不可能再阻礙我了。

我將自己的臉湊近他的臉，近到幾乎可以感覺到他的鼻息時，我低喃道：「再見了，倉持。」

這個時候，倉持原本閉上的眼皮緩緩睜開，那一雙黑色的眼球捕捉到我的身影。他應該沒有意識才對。不，他應該已經失去了人的思考能力，然而，他確實盯著我。他一直瞪著我，彷彿要告訴我，倉持修依然活在我的心中，他不會讓我隨性而活。

你休想！——我聽見了倉持的聲音。他在我心深處，低聲地對我說。

那一瞬間，我的腦中變得一片空白。接著，那片空白的銀幕上放映出一幕景象。

祖母的屍體。我想要偷錢包的時候，感覺她的眼皮在動。當時的恐怖感受又甦醒了。祖母的葬禮上我之所以不敢看她的遺體，是因爲她還活在我的心中。

現在就和當時一樣。

我的嘴彷彿在反抗我心中的想法，發出一種說不上是尖叫或怒吼的叫聲。同時，我的手自己動了起來，開始掐住他的脖子。

我的全身充滿了一種無以言喻的恐懼感，像是一陣帶有濕氣的風般，裹住我的身體。我的手臂、指尖不斷用力，以掙脫那股恐懼。我應該出聲大叫了，但我的耳朵卻聽不見自己的叫聲。

我不知道這樣過了多久。一大群人跑進病房裡，試圖制伏我。然而，我的眼中只看得見倉持一個人。

倉持的眼睛死盯著空中。掐住的脖子以上一片瘀青。

我一直掐著他的脖子，直到有人將我強行拖開。我一面掐著他的脖子，一面在心中問思緒混亂的自己。

我是否跨越殺人之門了呢……？

開啟殺人之門，釋放內心的困獸

解說　王浩威

熟悉近來台灣校園文化的朋友，如果看完東野圭吾的《殺人之門》，想必也和我一樣，對書中的「我」，也就是田島和幸，感到十分熟悉。

我想到一位國中二年級生被帶到我的診所，整個身軀用最退縮的姿勢幾乎要從診療椅上找到縫隙隱身消失。而父母的沮喪雖然強烈，卻掩不住他們的羞怒。原來是小孩在學校勒索，雖然不是太嚴重，對方家長也原諒了，校方還是要求父母做適當的處置，也就出現在這裡了。

什麼的勒索呢？我問那一極其恐懼的國中生。他好不容易開了口，卻又不知如何說起。他的結巴和緊張，絕不是臨時嚇到的，絕對是原本就是容易焦慮的內向特質，只不過遇到緊張的情境又加重了。

「勒索」原來是他幫班上的「大哥」跑腿，去跟另一位跟他一樣內向的小孩「借」錢。去年升二年級時，學校重新分班，他要去面對一批從沒見過面的同學，簡直是嚇壞了。每次到新環境，他都要花好久的時間才能適應。更不提微微的口吃，他甚至不敢靠近同學的聊天圈，唯恐有人問他時緊張地講不出話。

國中一年級時就被其他同學欺負了。一開始是要他幫忙跑腿到福利社買零食飲料的；後來連錢也不給他，就說先欠一下以後會還。有一次被欠許多錢的他終於鼓起勇氣開口說沒錢了，那幾個同學就大聲嘲笑。他覺得丟臉極了，那個晚上幾乎完全沒法入睡，也第一次從爸爸的口袋偷了一張百元鈔票。幸虧一年級結束，分班的結果也就不用見到那幾個老是使喚他佔他便宜的同學，的確是鬆了一口氣；可是面對幾十個幾乎都是陌生的同學，他又有點不知所措。

這一次又被使喚買飲料卻拿不到錢了。他鼓起勇氣向父母講明，再也不偷錢應付那些需求了。爸爸媽媽第一次聽到這樣的事，立刻反映給導師，那幾個傢伙也就被叫到訓導處，連他們的爸媽也出現了。終於，他覺得自己有一股以前從來都沒有的成就與自信。只是好日子並沒有維持很久。那些同學雖然不再叫他去跑腿，卻是用嘲弄的口氣說：「哇！那個眞正有夠厲害的傢伙來了，好可怕好可怕唷」、「怎麼沒帶你爸媽一起來上學呢？」不只那幾個同學，甚至班上大部分的同學都是同樣的眼光嘲笑著－至少他的感覺是這樣。

其實他是孤獨的。他需要朋友，即使是最差勁的朋友也無所謂。也許這就是當初那些混蛋同學找他，甚至當他像傻瓜一樣使喚他跑腿當小弟，他也甘之若飴的緣故。他從來都沒有太多朋友，國小那些同學只是搶著當老師眼中的乖寶寶好好表現的緣故，才對他這個可憐的傢伙表現出大好人的模樣。他只是朋友表現的工具，只是陪襯用的玩意。從來沒有人需要他，只有他需要別人。自然的，這些使喚他的壞傢伙，雖然可能是居心不良的，但也讓他有著被需要的成就感。東野圭吾《殺人之門》裡的田島，在中學以前也有類似的處境：一位寂寞不惹眼的小孩，渴望朋友而積極去迎合和信任朋友。

一九八五年以《放學後》獲江戶川亂步賞的東野圭吾似乎對校園文化有著深深的著迷，包括《畢業－雪月花殺人遊戲》、《學生街的殺人》等等。台灣推理評論家認爲東野當初之所以投身推理創作，就是讀了小峰元《阿基米德借刀殺人》而感動。這部作品也是校園推理。只是，也許東野圭吾注意到日本社會八〇年代以後越來越複雜的校園問題：從凌虐殺人到拒學繭居等。被視爲本格派推理小說家的東野，就這一點而言，似乎也可以稱爲社會派，或者是試圖結合這兩派的推理作家。我前面提到的個案只是一個例子，但在當今台灣社會裡，校園問題是越來越嚴重，有更多的田島，簡直像極了日本，只是慢了十到十五年而已。

二〇〇五年八月底，台灣兒福聯盟就發表「台灣區兒童校園非肢體霸凌現況調查」。霸凌是英文 bully 的音譯，指的是人們之間利用權力的不等來進行欺凌與壓迫，產生可能長期持續的惡意欺負。過去一般人會注意到肢體上的欺負，容易注意也就容易制止；但是非肢體的霸凌不但複雜也不容易處理。

遭遇到非肢體霸凌以後，這些孩子未來又如何呢？

像我前面提到的那一位個案，他也許因此膽怯，卻再也得不到父母或老師的支持了。他不知道怎麼去面對外在世界，只好將自己封閉起來。像《電車男》裡的男主角山田剛司這樣的「御宅族」或「繭居族」，整天在家不出門的，是可能的另一種遭遇。《池袋西口公園》裡，幫男主角專門透過房間窗戶進行監視的森永和範，其實也是同樣的情形。但是，像《殺人之門》裡的田島，他是慢慢靠向「弱肉強食」的生命法則。

田島的成長過程就是一連串的失敗。身爲牙醫和世家繼承人的父親，不但太太離家出走，愛情再三受考驗，事業一蹶不振，連本科也做不來，最後是賣盡了家業，終日酗酒，成爲地方上的笑話。面對這樣失敗的父親，田島的童年恐怕充滿自我懷疑的：原來小時候那麼偉大的父親，最後也不過是個小癟三，那麼血液中流著和他一樣成分的我，現在即使有些事物感到自信，會不會也是假象，人生終究還是如宿命般勢必一無所成？更何況，自己是連媽媽都不要的小孩。

面對家裡的狀況如此，面對外面的世界更是如此。家族的失敗，成爲田島在同學之間永遠抬不起頭的社區八卦，甚至轉學換校了也不見得能擺脫。更何況他自己也沒啥可以肯定的：既沒有好的成績，也不是學校風雲人物，更不是田徑場上搶眼運動高手。或者說：甚至每天眼睜睜看著「偉大的爸爸」的失敗，不可能有任何對自己未來的信心，也就不可能有任何的成就了。

忽然，有倉持這樣的同學出現，所有自己無法滿足的期待，都投射到這位同學的身上。倉持家世雖不怎樣，但功課仍可以比他傑出，人際似乎也不錯，最顯眼的是他擅長社交，田島和他比起來，簡直是小孩和大人的差別。沒人理睬的田島，內心的孤獨和自我懷疑是可想而知的。自然的，當倉持接納他爲朋友時，田島是多麼的高興。

田島是如此的孤獨，對倉持的需要就如此強烈。田島是不斷被倉持欺騙的，從小到大：小學時五子棋被詐賭、冒名同學收到二十三個人寄「殺」明信片的詛咒、高中打工時自己愛慕的陽子被搶甚至造成她後來的自殺、出社會後被騙入不同的直銷、也被騙入一場虛設的欺騙婚姻……。雖然每一次在百般信任倉持的情況下，最後卻是落得被騙得一無所有的下場。這樣的遭遇，幾乎都可以激起想要報復的心態，甚至玉石俱焚都無所謂。這時的田島，自然地就將自己推向更靠近「殺人之門」，甚至有時還準備好就要行動了，譬如國中時含汞鯛魚燒的計畫。只是，即使再懦弱，所受的委屈是十分令人憤怒甚至抓狂的，但是內心深處的善，從小家裡還算健全時，身爲小孩而獲得父母些許的關心就可以建立起來的「善的本質」，又將田島拉回理智，終於沒跨入「殺人之門」。

殺人是很容易浮現的念頭。家庭破碎後轉學的田島，因爲是轉學生，遭到加藤爲首的一群同學的集體霸凌，當時就出現這樣的念頭：「我要殺掉你們，我總有一天要殺掉全班的人！」只是眞正的行動卻是很容易受到內心深處的善念和外在社會殺人行爲的不易而阻擋延緩。

然而，像倉持這樣，幾乎像鬼魂一樣揮之不去，總是在好不容易打消對他報復的念頭後，又纏上身來。教田島的善良又再度受騙，一次次被推向「殺人之門」，終有一天還是會跨進門檻的。

殺人，其實是可以理解的。一九九九年四月二十日，美國科羅拉多州哥倫本高中發生震撼校園的槍聲，十五個人死亡，二十三人送醫急救。殺人的那兩位同學，其實就是田島和幸這樣不惹眼的人。殺人原本很難發生，只是內心本質的善良逐漸死亡後，人的心態像困獸一樣，終將要最後一搏。像哥倫本高中那兩位同學，他們在殺人之後也自殺了，是存心同歸於盡而不懼的。

《殺人之門》這個故事訴說著人的善良如何被社會結構一步一步地摧毀，乍看之下似乎有些不可思議，其實是十分寫實的，甚至在台灣，如果你夠敏感，如果你能同理弱勢，像田島和幸這樣的學生，幾乎也處處可見了。

本文作者介紹

王浩威，本文作者爲作家・精神科醫師。

國家圖書館出版品預行編目資料

殺人之門／東野圭吾著；張智淵譯. -- 二版. -
台北市：獨步文化，城邦文化出版：家庭傳
媒城邦分公司發行，2019〔民108.06〕
面；　公分. --（東野圭吾作品集；5）
譯自：殺人の門
ISBN 978-957-9447-38-6（平裝）

861.57　　108006810

東野圭吾作品集5　殺人之門

原著書名／殺人の門
原出版社／角川書店
作　　者／東野圭吾
翻　　譯／張智淵
責任編輯／詹凱婷
編輯總監／劉麗真
事業群總經理／謝至平
榮譽社長／詹宏志
發行人／何飛鵬
出　版／獨步文化
城邦文化事業股份有限公司
115台北市南港區昆陽街16號4樓
電話：(02) 2500-7696　傳真：(02) 2500-1951
發　行／英屬蓋曼群島商家庭傳媒股份有限公司
城邦分公司
115台北市南港區昆陽街16號8樓
讀者服務專線：(02) 2500-7718; 2500-7719
24小時傳真服務：(02) 2500-1990; 2500-1991
服務時間：週一至週五上午09：30-12：00; 下午13：30-17：00
讀者服務信箱E-mail：service@readingclub.com.tw
劃撥帳號／19863813
戶　　名／書虫股份有限公司
香港發行所／城邦（香港）出版集團有限公司
香港九龍土瓜灣土瓜灣道86號順聯工業大廈6樓A室
電話：(852) 25086231　傳真：(852) 25789337
E-mail: hkcite@biznetvigator.com
馬新發行所／城邦（馬新）出版集團【Cite (M) Sdn Bhd.】
41, Jalan Radin Anum, Bandar Baru Sri Petaling,
57000 Kuala Lumpur, Malaysia.
電話：(603)90563833　傳真：(603)90576622
E-mail:services@cite.my
封面設計／高偉哲
排　　版／游淑萍
印　　刷／中原造像股份有限公司
□2019年6月二版
□2024年5月16日二版五刷
售價／原價530元　特價399元

Printed in Taiwan

ISBN 978-957-9447-38-6